Joan Riley

Sie stieg auf den Berg der Limonen

Sonderausgabe für

Der ANDERE Literaturklub

Postfach 100116
D 60001 Frankfurt

Erklärung von Bern
Postfach
CH 8031 Zürich

Joan Riley

Sie stieg auf den Berg der Limonen

Roman

Aus dem Englischen von
Frank Jakubzik und Marianne Schneider

Peter Hammer Verlag

Titel der Originalausgabe: *A Kindness to the children*
erschienen bei The Women's Press, London

Die Deutsche Bibliothek – CIP-Einheitsaufnahme

Riley, Joan:
Sie stieg auf den Berg der Limonen : Roman / Joan Riley.
Aus dem Engl. von Frank Jakubzik und Marianne Schneider. –
Wuppertal : Hammer, 1998
ISBN 3-87294-785-0

Lektorat: Manfred Görgens
Umschlaggestaltung: Wolf Erlbruch
Satz: Data System, Wuppertal
Druck: Clausen & Bosse, Leck

Ich danke meinen Kindern für ihre Geduld während der letzten drei Jahre; Bayo Riley für die Hilfe beim Ausdrucken des Manuskripts; Lethna Riley, die es gelesen und kommentiert hat und Einblicke in die Kindheit zur Verfügung stellte; Beverley Huie für das Fotokopieren, Kollationieren und Transportieren; Kathy Gale für das unentbehrliche Lektorat; und guten Freunden für Beistand und Unterstützung.

*Für Winston, meine Mutter und für Tante B., die
dem Gefängnis der Vergangenheit nicht entkommen kann.*

1. KAPITEL

Die sattgrünen Hänge der längst verfallenen Plantage beherrschten den Horizont von San Juanero. Billige Fertighäuser aus den Anfängen des Wohnungsbauprogramms, farbenfroh bemalt, um eines vom anderen zu unterscheiden, stachen wie funkelnde Juwelen aus dem grünen Einerlei hervor. Das Gelände fiel verblüffend steil ab, schwang gerade noch weit genug aus, um das alte Plantagengebäude zu betten, und senkte sich dann hoheitsvoll zu den Ebenen der Küste hinab.

Sylvia stand auf der schattenspendenden Veranda ihres Cousins George und genoß mit unbeirrbarer Faszination die Aussicht. Ihre Augen folgten den scharf umrissenen Silhouetten der weit entfernten Hügel und schwelgten in der verschwenderischen Fülle der Grüntöne: von den zarten, blassen Limonen über die wächsernen Blätter der Ackee* -Bäume bis zum tiefdunklen Gewirr des Unterholzes. Zur Rechten schmiegte sich die Stadt Port Juanero an die sanfte Biegung der Küste, dann folgte der Strand von Sansee, der sich von der Landzunge aus wie ein langes weißes Band am hellblauen Wasser der Karibischen See entlangzog, soweit das Auge reichte.

Sie nahm einen langen, tiefen Atemzug und schloß die Augen, um sich an dem Duftzauber dieser freigebigen Natur zu berauschen.

Das also ist Jamaika! Und wenn sie unsterblich wäre, nie würde sie sich an diesem Anblick, dieser Landschaft sattsehen können. Die Gefühle überrollten sie, sie spürte, daß dies der richtige Ort für sie war. Kaum zu glauben, daß sie dieses

* *Blighia sapida.* Seine wie Rührei aussehende und auch so schmeckende Frucht ist als Gemüse ein jamaikanisches Nationalgericht. (A.d.Ü.)

Land nie zuvor betreten hatte! Das alles schien ihr so vertraut. Neu und doch altbekannt. Die Stadt, die Menschen, sogar deren Tonfall: so geläufig aus den Tagen ihrer wohlbehüteten Kindheit in der Mostyn Road, im Herzen des Londoner Stadtteils Brixton.

Sylvia dachte an all die Jahre, in denen ihre Eltern sie davon zu überzeugen versucht hatten, daß sie Britin sei. Wenn sie nur begriffen hätten, was es bedeutete, hier zu sein: hier, wo sich keine englische Stimme in irgendwas einmischte und wo beinahe jedes Gesicht schwarz war! Wo die Hitze und die schiere *Weite* der Landschaft jedem Gesprächsfetzen ein unüberhörbares Echo anfügten und allem eine besondere Bedeutung verliehen – selbst dem Geräusch einer Sense, die Gras mähte. Niemand hätte ihr schildern können, wie dieses Land aussah, wie es klang und duftete. Das mußte sie erst selbst *spüren*, selbst erfahren.

Ein unverhoffter Windzug bewegte die heiße, aromatische Luft, die sie umgab, und berührte sie wie ein sanfter Willkommensgruß, eine schmeichelhafte Geste des Wiedererkennens. Mit der Erinnerung kam die Trauer und warf einen flüchtigen Schatten auf den hellen Tag. Winston hatte immer davon gesprochen, daß er in seinem Heimatland begraben sein wollte, Seite an Seite mit seinen Eltern, am Fuß der Berge, die ihre mächtigen Schatten über die grünen Zuckerrohr- und Bananenfelder warfen. Sie dachte an den düsteren Friedhof im Süden Londons, mit seinen verzierten Gedenksteinen und den wohlgeordneten Grabreihen, die von gepflegten Fußwegen durchschnitten waren. Jeder Gedanke an diesen Ort weckte das Bild eines wolkenverhangenen Himmels und der von einem kräftigen Regenguß zerzausten rosafarbenen Blüten der Zierkirschen. Die Erinnerung rührte sogleich einen Schmerz in ihr auf, ein Gefühl von Verrat. Er hatte sich in dieses heiße, schöne Land zurückgesehnt, doch das einzige, was sie ihm geben konnte, war ein schlichter grauer Grabstein mit einer Gedenkzeile: *In Erinnerung an meinen Gatten.*

Mit heftigem Blinzeln unterdrückte Sylvia die Tränen, die ihr in die Augen stiegen. Sie straffte die Schultern und lehnte sich an die blaßblau gekälkte Wand der Veranda. Hatte sie nicht genug getrauert? Winston war seit zwei Jahren tot, und sie war hierher gekommen, um etwas über das Land zu erfahren, das ihn geprägt hatte; und um sich vielleicht endlich mit dem Verlust abzufinden.

Es war nicht ganz so gelaufen, wie sie es sich vorgestellt hatte. Voller Bedauern dachte sie an das hübsche weiße Häuschen in Boscobel, das sie hatte mieten wollen. Dort wäre es mit Sicherheit gemütlicher gewesen als in dem vollgestopften, halbfertigen Gästezimmer in Georges chaotischem Haus. Aber Jimmy hatte sie gebeten, ein Auge auf seine Tochter zu haben, die ohne ihre Mutter nach Jamaika geflogen war. Beim Gedanken an die Beziehung von Jimmy und Georges Schwester spürte Sylvia die altbekannten Regungen ihrer Ungeduld. Jeans Benehmen hatte in letzter Zeit so sonderbare Formen angenommen, daß Jimmy manchmal nicht mehr wußte, wo ihm der Kopf stand.

Sylvia hatte sich eigentlich aus der Sache heraushalten wollen, so sehr sie Jimmys Befürchtungen auch nachvollziehen konnte. Insgeheim dachte sie, er hätte Jean ihrem Schicksal überlassen und selbst mit beiden Kindern nach Jamaika fliegen sollen. Jeans Behauptung, sie höre Stimmen, war ihrer Meinung nach lediglich ein neuer Dreh, der ihr Aufmerksamkeit verschaffen sollte … nichts anderes als das Trinken und die dramatischen Bekundungen, daß ihr nach Selbstmord zumute sei. Sylvia erlebte dergleichen zu oft in ihrem Berufsleben, als daß sie dafür auch noch in ihrer Verwandtschaft hätte Nachsicht üben können.

Aber sie hatte Jimmy noch nie eine Bitte abschlagen können. Sie fühlte sich ihm verpflichtet, weil er Winstons jüngerer Bruder war, und sie schätzte sein besonnenes, liebevolles Verantwortungsbewußtsein. Er war so gütig zu Aleesa und Davian. Von Anfang an war er viel mütterlicher zu ihnen gewesen, als

Jean es trotz ihrer guten Absichten je hätte sein können. Dennoch hatte er seine Lebensgefährtin nicht ein einziges Mal zum Teufel gewünscht und trotz ihres verantwortungslosen Verhaltens immer wieder Liebe für sie aufgebracht.

Die schräge Version eines alten Reggae-Songs tönte von der Straße herauf, und Sylvia war dankbar für die Ablenkung. Sie beobachtete, wie die Obdachlose, die sich in den Straßen von Port Juanero herumtrieb, durch ihr Blickfeld schlurfte. An der Treppe zum Haus blieb die zerlumpte Frau stehen, schaute sich argwöhnisch um und bückte sich dann stöhnend, um in den dort aufgeschichteten Abfällen herumzustochern. Sie zog etwas aus dem Haufen, wiegte es mit einem summenden Laut in den Armen und legte es mit äußerster Sorgfalt in die brüchige, ausgebleichte Strohtasche, die sie stets bei sich trug. Dann richtete sie sich zufrieden auf, rückte den Riemen der Tasche auf ihrer Schulter zurecht und setzte ihre schleppende, mißtönende Wanderung fort.

Ein Hagel von Steinen und Verwünschungen, die aus einem nahegelegenen Garten auf sie niederprasselten, unterbrachen ihren Gesang. Die Obdachlose erstarrte. Ihre Angst schien hinaufzusteigen bis zu der Frau, die von der Veranda aus die Szene verfolgte. Dann jagte sie mit unglaublichem Tempo davon.

Bevor Sylvia sich überlegen konnte, was sie davon halten sollte, lenkte das Weinen eines Babys ihre Aufmerksamkeit ab. An der Seitenwand des Hauses erschien Pearl mit tropfnassen Händen und einem untröstlichen Gesichtsausdruck. »Isses das Baby, das da so schreit, Sylvia?«

»Ja. Soll ich mal nach ihm schauen?«

»Nee, laß mal. George iss noch im Haus, der kann sich auch drum kümmern.«

Zögernd wandte sich Pearl zum Gehen. »Ich hoff, du fühlst dich nich von mir vernachlässigt, Sylvia. Aber Mauvia kommt heut nich, da muß ich Kaonas Windeln selber waschen.«

Das Schreien des Babys wurde lauter. Im selben Augenblick erschien George. Pearl runzelte die Stirn. »Kannste dich bitte mal um das Baby kümmern, Liebling! Ich wasch grad seine Windeln, weil Mauvia heut nich kommt.«

Er zog seine buschigen Brauen zusammen. Ein Stirnrunzeln verdrängte den fröhlichen Ausdruck von seinem Gesicht. »Du wirst mich jetz nich durch diese Tür gehn sehn, Pearl!« stieß er zwischen den Zähnen hindurch hervor.

Pearl machte ein verlegenes Gesicht. »Du brauchst ihm bloß das Fläschchen zu geben, George, es steht schon im Krug zum Kühlen ...«

Er schien ablehnen zu wollen und bat Sylvia mit einem stummen Blick um Unterstützung.

Sie schaute betrübt vom einen zur anderen. »Auf eine halbe Stunde kommt es doch wohl nicht an, George?«

Er zuckte die Achseln. »Gut, aber nur, weilde hier bist un ich nich schon wieder Streit haben will.«

Sylvia spürte, daß sich was zusammenbraute. Seit ihrer Ankunft war kein Tag vergangen, ohne daß Streitigkeiten zwischen den beiden aufflackerten. Anfangs hatte sie eher zu Georges Sicht der Dinge tendiert, weil er sie so bereitwillig in seinem Haus aufgenommen hatte. Sein Wunsch, sie möge sich bei ihm wie zu Hause fühlen, zeugte von Offenheit und Großherzigkeit, während Pearl ihr eher kurzangebunden und unfreundlich vorgekommen war. Doch inzwischen war sie sich nicht mehr so sicher.

»Liebling ...« Pearls Stimme brachte Sylvia in die Gegenwart zurück.

George wandte sich ärgerlich um. »*Was willste denn jetz noch?*«

Pearl schüttelte den Kopf und zog die Mundwinkel nach unten, was sie älter aussehen ließ. »Ach, gar nix ...«

Die Bitterkeit zwischen den beiden war beinahe mit Händen zu greifen, und Sylvia merkte, daß sie ebenfalls wütend wurde. Immer nur Anschuldigungen und Streit! Warum konnten sie nicht einfach mit dem zufrieden sein, was sie hatten?

»Hört mal, ich gehe jetzt Aleesa abholen ...«

Während George sich um das Baby kümmern ging, warf Pearl ihr zur Entschuldigung ein Lächeln zu. »Ich hoff, du läßt dir von uns nich die Laune verderben ...«

Sylvia wollte nicht noch tiefer in die Probleme der beiden verwickelt werden. Es war schlimm genug, sich damit abzufinden, wie Jean und Jimmy *ihre* Beziehung zerstörten. »Es ist eure Angelegenheit, nicht meine.«

Pearl wollte das Thema aber noch nicht fallen lassen. »Ich möcht bloß nich, dassde denkst, ich wär allein an diesem Streit schuld, Sylvia.«

Fest entschlossen, sich aus dieser Sache herauszuhalten, verkniff sich Sylvia jede Parteinahme. »Es geht mich nichts an, Pearl. Ich muß mich jetzt auf den Weg machen – Aleesa wird schon auf mich warten.«

Pearl nickte mechanisch.

Behutsam suchte sich Sylvia einen Weg auf der grauenhaft ruinierten Straße und sog den Duft ein, der von der Ebene aufstieg. Bei der Grabstätte des ehemaligen Plantagenbesitzers verlangsamte sie ihre Schritte. Ein Mann, dessen Haut dunkel wie poliertes Ebenholz war, thronte schweißüberströmt auf dem höchsten Grabmal und meißelte kunstvolle Muster in den blaugeäderten Stein. Sylvia blieb stehen und sah ihm eine Weile zu, fasziniert von diesem Drang, ein solch kompliziertes Werk zu schaffen, und das ausgerechnet unter sengender Sonne. George hatte ihr von diesem Mann erzählt. Er war aus der Psychiatrischen Klinik von Kingston entwischt und hatte nun Zuflucht bei den Geistern gefunden. Er sprach mit niemandem, belästigte niemanden und verdiente sich seinen Lebensunterhalt, indem er Rasen mähte oder Buschwerk rodete; und Jahr für Jahr meißelte er einen neuen Tribut an eine längst vergangene Zeit.

Auf dem ausgetretenen Fußpfad hinter der Schule von Port Juanero war von der nachmittäglichen Brise nichts mehr zu spüren. Kleinkinder strömten ihr entgegen, als sie das Schulgelände erreichte, doch von den Grundschülern war noch keiner zu sehen. Auf dem improvisierten Marktplatz vor dem Eingang rief ihr Miss Berta, eine der Standbesitzerinnen, die vom Handel mit den Schülern lebten, einen Gruß zu. Sylvia wechselte die Richtung und ging auf die wacklige Bretterbude zu. »Hallo, Miss Berta. Ist noch niemand rausgekommen?«

Miss Berta schüttelte den Kopf und wedelte träge mit ihrem großen Strohhut, um etwas Bewegung in die schwüle Luft zu bringen. »Bloß die, die immer früher Schluß haben ... Wie kommense denn so mit der Hitze zurecht, Miss Sylvia?«

Sylvia wischte sich die Schweißbäche ab, die Zickzackpfade auf ihre Stirn zeichneten und ihr in die Augen liefen. »Puh, ich zerfließe.«

»Diese Hitze iss ja auch wirklich nich normal, Mensch«, bestätigte Miss Berta mitfühlend und klopfte neben sich auf das freie Fleckchen der rostigen Trommel, die ihr als Sitz diente. »Setzense sich 'n Moment zu mir. So wie Aleesa immer trödelt, dauert's noch 'ne Weile, bis se rauskommt.«

Dankbar nahm Sylvia Platz. Es war eine Art Ritual zwischen ihnen, seit sie am ersten Abend mit Aleesa hier vorbeigekommen war. Das kleine Mädchen hatte sie bei der Hand genommen, sie hierher geführt und ihr mit dem liebenswerten Eifer einer Achtjährigen Miss Berta vorgestellt.

Eine dicke Händlerin, die inmitten ihrer Waren auf dem harten Boden saß, unterbrach die Unterhaltung mit ihrer Nachbarin, um den Neuankömmling in Augenschein zu nehmen. »Iss das die Lady aus England, Miss Berta?«

Im Bewußtsein ihrer Bedeutung richtete sich Miss Berta auf und nickte. »Das iss Dorrie, Miss Sylvia, se iss grade aus der Stadt zurückgekommen.« Sie wandte sich wieder der anderen Frau zu. »Sie iss die Tante von Aleesa.«

Dorrie lächelte freundlich. »Iss hier wohl 'n bißchen anders als in England. Bei der Trockenheit, die wir zur Zeit haben.«

Die Frau neben ihr bleckte die Zähne. »Missa George kriegt genug Wasser, Mensch. Gestern abend hab ich gesehn, wie der

Tankwagen vonner Wasserkommission kam un sein Tank aufgefüllt hat.«

»Na un?« nahm Miss Berta ihn in Schutz. »Wenn er Wasser will, muß er's auch bezahlen. Das kannste Missa Mackenzie nich vorwerfen: Er hat schließlich Besuch aus'm Ausland un 'n kleines Baby.«

Das besänftigte die Frau nicht. »Viele von uns inner Siedlung haben kleine Kinder – un Wasser isses Wichtigste. Aber wie's in Jamaika nun mal so iss, kriegen eben nur die was, die dafür zahlen können!«

»Ich find, dasse niemand Wasser verkaufen dürften, bevor nich alle andern welches gekriegt haben ...« Dorrie behielt Miss Berta genau im Auge, während sie ihrer Nachbarin beipflichtete. »Jeder weiß doch, daß alle acht Monate kein Wasser inner Leitung nach Mountain District iss un daß der Tankwagen dann nur einmal inner Woche kommt – un dann isses Wasser auch noch alle, bevor der Wagen oben ankommt, weil Leute wie Missa Mackenzie zuerst beliefert werden.«

»Findense das gerecht, Miss Sylvia?« fragte Dorries Nachbarin mit Nachdruck.

Sylvia wußte nicht, was sie sagen sollte. Anders Miss Berta. Sie klemmte sich den Rock zwischen die Knie und blickte ihre widerspenstige Kollegin wütend an. »Laß Miss Sylvia damit in Frieden!«

»Immerhin benutztse das Wasser ja auch«, beharrte Dorries Nachbarin.

»Un wenn schon.« Schnippisch tat Miss Berta den Einwand ab. »Ich frag dich: Wennde 'n Wassertank un die achthundert Dollar für 'ne Füllung hättest, würdeste's dann nich genauso machen?«

»Wir haben aber keinen Wassertank«, blieb Dorrie hartnäckig.

»Na also, worüber beklagste dich dann?« mischte sich eine Händlerin links von Miss Berta in die Auseinandersetzung ein.

Sylvia fühlte sich wie der Schinken im Sandwich und war froh, als das Thema gewechselt wurde.

»Ihre kleine Nichte hat ziemlich gute Manieren, Mensch.« Dorries Laune schlug um wie eine Fahne im Wind. »Neulich hatse 'ne Käsestange bei mir gekauft. Ihr hättet mal hören sollen, wie se danke un bitte sagen kann!«

Miss Berta stieß Sylvia in die Seite und zwinkerte ihr zu. »Aleesa kann wirklich gut reden, Mensch, aber leider sprichtse auch mit jedem!«

»Das liegt daran, dasse im Ausland aufgewachsen iss«, meinte Dorrie, die zu allem eine Meinung hatte. »Wennde da nich schön reden kannst un keine guten Manieren hast, biste aufgeschmissen.«

Miss Berta betrachtete sie mit säuerlicher Miene. »Seit wann bist denn du 'ne Auslandsexpertin?«

»Ich hab 'ne Tante in England«, verkündete Dorrie triumphierend, »in Birmingham. Die hat mir alles ganz genau erklärt: In England hassen die Weißen die Schwarzen so sehr, daß die Schwarzen keinem Menschen trauen können, der nich auch 'n Schwarzer iss.«

»Ich kenn viele, die wieder zurückgekommen sind un dasselbe sagen«, ließ sich Miss Berta nicht überbieten. »Daher kommt's auch, daß manche von ihnen verrückt werden, wennse wieder hier sind un irgend so'n übler Schurke aus Jamaika sie beklaut.«

Zustimmendes Gemurmel setzte ein. Zur Abwechslung tauschten die Frauen nun Horrorgeschichten über Leute aus, die nach Jamaika zurückgekommen waren und gleich den Verstand verloren hatten, als sie hier von anderen Schwarzen übers Ohr gehauen wurden.

»Sehn Se, Miss Sylvia«, ließ Miss Berta ihr ansteckend verschwörerisches Grinsen sehen. »Sie können hier nich jedem trauen, der Ihnen übern Weg läuft.«

»Es gibt auch 'ne Menge Verrückte, die auf Jamaika geboren sind«, sagte Dorrie herausfordernd. »Denkt nur mal an Maddy, die seit einiger Zeit in 'nem Haus in Trinity wohnt.«

»So Leute sollte man einsperren, Mensch.«

»Genau«, bestätigte Dorrie. »Jeden Tag treff ich den District Councillor, der für unsern Bezirk zuständig iss, un sag ihm, daß man se nach Bellevue schaffen soll, aber bei dem Kerl iss das nix als Zeitverschwendung.«

Sylvia lauschte der leidenschaftlich geführten Debatte über den besten Weg, Jamaika von der Verrücktenplage zu befreien, vernahm Vorurteile und Angst, die sich hinter dem Haß verbargen. Sie dachte an die Frau, die sich in den Straßen von Port Juanero herumtrieb, rief sich ins Gedächtnis, wie sie vor knapp einer Stunde Zeugin einer Steinigung geworden war, und verspürte ein unbestimmtes Mitleid.

Eine Gruppe von Grundschülern und ein paar Vorschulkinder kamen zu ihnen herübergeschlendert. Die Frauen wetteiferten miteinander um die Kundschaft und ließen für den Augenblick ihre Auseinandersetzung ruhen. Miss Berta verkaufte zwei Packungen Käsestangen, aber die Betriebsamkeit ließ nach, als die Kinder weiterschlenderten, und die Händlerinnen nahmen ihre jeweiligen Gespräche wieder auf.

Miss Berta wühlte in der Kühltasche, die sie neben sich stehen hatte. Ihre große braune Hand förderte eine Packung buntes Kiscopop-Eis zutage. »Nehmense eins!« forderte sie Sylvia auf und fügte, als diese zögerte, hinzu: »Na los, Mensch, ich weiß, dasse sich nix aus Süßigkeiten machen, aber das gelbe hier iss nich gar so süß, un das Eis wird Ihnen helfen, sich ‘n bißchen abzukühlen.«

Sylvia gab nach und nahm den mit Rauhreif überzogenen Eislutscher dankbar an. Da die Brise, die auf dem Hügel wehte, hier unten fehlte, war die Hitze wirklich gnadenlos. Ihre Kopfhaut spannte sich unter dem schützenden Strohhut, und sie spürte die ersten Anzeichen eines Kopfschmerzes.

Miss Berta kramte noch ein Eis hervor und grub unerschrocken ihre kräftigen Zähne hinein. »Aleesa hat mir erzählt, daß Miss Jean un Missa Jimmy bald kommen.«

Sylvia nickte. »Am Samstag.«

»Bestimmt freutse sich, ihre Mama un ihren Papa wiederzusehn, wose doch jetz schon vier Wochen allein iss.«

»Ja, Jimmy hatte noch einiges zu erledigen.«

Miss Berta nickte. »Ich hab 'ne Tante von ihm auf'm Markt in Highgate getroffen, un se hat mir erzählt, daß er 'n Buch geschrieben hat un daß alle furchtbar stolz auf ihn sind ... Schade, daß sein Bruder so jung gestorben iss. Sindse nich mit Missa Winston verheiratet gewesen?«

Sylvia schluckte die Tränen hinunter, die ihr bei Miss Bertas Worten in die Augen geschossen waren. Es war hier viel schwieriger, den Kummer zu verdrängen, wo anscheinend an jeder Straßenecke jemand wohnte, der ihren Mann und seine Familie gekannt hatte. Sie zwang sich dazu, freundlich zu nicken, trotz allem gerührt von der Wärme, die im Tonfall der anderen mitschwang. Es war überraschend, wieviel die Leute hier über Jimmy, aber auch über ihre eigene Ehe und Winstons Tod wußten, und ebenso überraschend, wieviel Anteil sie daran nahmen. Erzählungen aus Kindheit und Schulzeit hatten ihr dergleichen nicht vermitteln können, und diese Form der Zuwendung gab ihr, ungeachtet ihres Kummers, das Gefühl, geborgen und anerkannt zu sein.

»Kommt das Baby auch mit?« wandte Miss Berta ihr Interesse wieder einmal einem anderen Thema zu.

»Ja, sie bringen Davian mit ... allerdings ist er inzwischen eigentlich kein Baby mehr, wissen Sie.«

»Wie alt isser denn jetz – drei?«

Sylvia brummte bestätigend und ließ ihre Augen über den Schwarm Kinder wandern, der nun aus dem Schulhaus strömte. Das Gespräch über Jimmy und Jean hatte ihr wieder ins Gedächtnis gerufen, wie uneinsichtig und destruktiv ihre Cousine sein konnte. Der Gedanke beunruhigte sie. Jamaika hatte offenbar die Eigenschaft, alles bis auf seine Wurzeln bloßzulegen ... und nur mal angenommen, Jimmy hatte recht mit seiner Ansicht, daß Jean ernsthafte Probleme hatte?

Miss Berta lutschte gedankenvoll an ihrem Eis, während sie die wachsende Anzahl von Kindern bediente, die herbeiströmten, um Käsestangen und Rosinenbrötchen zu erstehen. »Un zu welcher Tageszeit kommen Missa Jimmy un die andern an?«

»Samstagabend.«

Die Frau lachte. »Er iss ja 'n echtes Schlitzohr! Dann brauchense also nur tagsüber inne Kirche zu gehn, nich wahr?«

»Nein. Ich bin keine Christin, Miss Berta.«

Die andere nickte. »Ich auch nich, aber Missa Mackenzie wirdse schon dazu bringen, inne Kirche zu gehn, bevorse wieder abfliegen.«

»Bestimmt nicht. Ich bin seit meiner Ankunft nicht dort gewesen, und ich werde jetzt auch nicht mehr damit anfangen.«

Miss Berta warf ihr einen verschlagenen Blick zu. »Ich wette, daß Missa Mackenzie das gar nich gut findet.«

Sylvia lächelte, ohne ihr eine Antwort zu gönnen. Darauf fiel sie nicht herein. Sie hatte nicht lange gebraucht, um herauszufinden, daß Miss Berta eine Klatschbase war. Jede noch so geringfügige Neuigkeit, die sie erhaschte, konnte sie horten, bis sie sich gegen Wertvolleres eintauschen ließ. Sylvia wußte, daß sie es nicht böse meinte, aber es lag ihr auch nicht daran, sie mit neuen Vorräten zu versorgen.

Miss Berta zuckte gutmütig die Achseln und wandte sich den Kindern zu, die sich immer zahlreicher um ihren Stand drängten. Sylvia sah ein paar Minuten lang zu und erfreute sich an dem Schauspiel, das Miss Berta, die Kinder und die anderen Händlerinnen darboten; trotzdem war sie froh, als Aleesa erschien und sie aufbrechen konnten.

Sie gingen über den kahlen, steinigen Schulhof zurück zu der Straße, die durch die Stadt führte, und die munter drauflos plappernde Aleesa berichtete von ihren Tageserlebnissen. Sylvia konnte sich nur wundern, wie schnell sich das Kind akklimatisiert hatte. In ihrem blauen Schulkittel und der kurzärmeligen weißen Bluse war Aleesa nicht von den anderen Kindern zu unterscheiden, die in großer Zahl aus Bussen und Schulen strömten.

»Gehen wir heute zum Strand, Tante?«

Sylvia nickte. »Wir sollten nur vorher noch etwas zu trinken besorgen, und dann gucken wir mal, ob wir in der Eisdiele eine Eistorte kriegen können.«

Um diese Tageszeit war Sansee Beach beinahe menschenleer, und Sylvia war – nach den Abgasen und der Hetze im überfüllten Stadtzentrum und dem Lärm aus den Strandkneipen – froh über die Ruhe. Rechts und links von ihnen erstreckte sich warmer, pulvriger Sand. Zwei Jogger trabten am Wasser entlang, ein Rastafari kiffte unter einer Kokospalme, barfüßige Farmer zogen wie auf einer Ameisenstraße ein letztes Mal vor Sonnenuntergang zu ihren Äckern auf der Landzunge. Vor der Küste schaukelten grüne, goldfarbene, rote und gelbe Fischerboote träge auf ihren Ankerplätzen. Angelruten, die aus den leeren Rümpfen hervorragten, senkten ihre Schnüre ins unbewegte Wasser und zeichneten scharfe Kontraste gegen das Orangerot der Sonne, die allmählich hinter dem Rand der Insel in der Mitte der Bucht versank.

Große Abschnitte der Küstenstraße waren von Sandhügeln umgeben, Hinterlassenschaften des Hurrikans, der vor zwei Jahren gewütet hatte. Sie mußten zum Hinüberklettern die Schuhe ausziehen, und ihre Füße versanken knöcheltief im heißen, sandigen Boden. Aleesa liebte die Weite des glatten Sandstrandes. Sie lief zum Meer hinunter und begann im flachen Wasser zu tanzen. Sylvia, die Schultasche und Schuhe trug, folgte ihr gemächlich. Hier, inmitten dieser uralten Landschaft, war es nicht schwer, die Zeit zu vergessen.

Sylvia mußte sich in Erinnerung rufen, daß bald Samstag war. Sie seufzte. Wenn Jimmy und Jean doch nur eine Woche später kommen würden! Sie hatte sich schon an die Illusion gewöhnt, eine eigene Tochter zu haben. Der Gedanke machte sie traurig und weckte zugleich Schuldgefühle in ihr. Natürlich war es gut, daß die Eltern des Kindes kamen. Aleesa war noch nie von ihnen getrennt gewesen, und Sylvia wußte, daß die Spannungen, die zu dieser Trennung geführt hatten, dem Kind großen Kummer machten.

Wie auf ein Stichwort wandte sich Aleesa plötzlich um. »Kommen Papa, Mama und Davian diesen Samstag, Tante Sylvia?«

Sie schluckte. »Ja, Aleesa.«

»Darf ich mitkommen, wenn du und Onkel George sie abholen?«

»Ich wüßte nicht, was dagegen spricht.«

Übersprudelnd zählte Aleesa auf, was sie ihrem Vater alles berichten wollte und wie sie sich um Davian kümmern würde.

Sylvia sah sie erstaunt an. »Und deine Mama, Aleesa? Willst du ihr das alles denn nicht erzählen?«

Das strahlende Lächeln verschwand, und anstelle der Vorfreude erschienen nun Zweifel auf dem Gesicht des Kindes. »Mama wird nichts davon hören wollen.«

Sylvia war hin- und hergerissen zwischen ihrer Neugier und dem Vorsatz, sich nicht in die Privatangelegenheiten ihrer Cousine zu mischen. Die Neugier siegte. »Wieso will deine Mama nichts davon hören?«

»Weil sie zuviel trinkt«, war Aleesas nüchterne Antwort. »Deshalb mußte ich ja auch nach Jamaika: weil ich ihr auf die Nerven gegangen bin.«

Sylvia war bestürzt. Welche Fehler Jean auch haben mochte – sie liebte ihre Kinder, auch wenn sie es nicht immer zeigen konnte. »Ich kann mir nicht vorstellen, daß deine Mama das gesagt hat.«

»Doch, hat sie ... und sie hat gesagt, Davian ist dumm, weil er mit drei noch immer nicht sprechen kann.«

Sie hatte Mitleid mit dem Kind und verspürte plötzlich Zorn auf ihre Cousine. »Ich bin sicher, daß deine Mutter dich wirklich lieb hat, Aleesa. Wahrscheinlich haben sie und dein Papa im Augenblick bloß ein bißchen Streit miteinander.«

Aleesas Stimme klang unsicher. »Streiten sie sich wegen mir, Tante Sylvia?«

»Natürlich nicht.« Der Gedanke, daß Aleesa die Schuld bei sich suchte, erschreckte Sylvia. »Es ist nur so, daß Erwachsene manchmal glauben, sie hätten von allem die Nase voll, und dann streiten sie sich.«

»Wie Onkel George und Tante Pearl, meinst du?«

»Ja, genau so.«

Die Häuser in Solon Heights waren bereits hell erleuchtet, als sie an der steilen Treppe ankamen, die von der Straße hinauf zu Georges Haus führte.

Schon auf halber Treppe dröhnte ihnen das Hin und Her einer erbitterten Auseinandersetzung entgegen. Nicht einmal das Gebell der Hunde, die ihnen zur Begrüßung entgegenliefen, vermochte Pearls Flehen und Georges unduldsames Gebrüll zu übertönen.

»Liebling, warum kannste heut abend nich mal zu Haus bleiben un uns Gesellschaft leisten?« Pearls Stimme klang gedemütigt und verzweifelt.

»Du weißt doch genau, daß ich zu arbeiten hab, Pearl.«

Aleesa schob ihre kleine Hand in die von Sylvia, die sie besänftigend drückte. Insgeheim aber wünschte sie, sie könnte kehrt machen und verschwinden, bis der Streit vorüber war.

»Wie kommt es eigentlich, daß du dich nie mit Onkel Winston gezankt hast?« fragte das Kind traurig.

Hatte sie das nicht? Überrascht stellte Sylvia fest, daß sie es nicht mehr genau wußte. »Jeder zankt sich mal«, antwortete sie mechanisch.

»Aber die zanken sich *dauernd*«, widersprach Aleesa.

Pearls Stimme unterbrach sie, wie um diese Behauptung noch zu bekräftigen. »Es iss doch nur heut Abend, George! Ich kann mir nich vorstellen, was daran so schlimm sein soll.«

»Pff, du weißt genau, daß heut der beste Tag für meinen Umsatz iss, Pearl, un ich kann's mir nich leisten, den zu versäumen.«

»Aber das sagste doch jeden Freitag, Liebling.«

»Mensch, Pearl – was iss bloß los mit dir? Warum mußte immer Streit anfangen?« Georges Stimme verwandelte sich in ein Wutgeheul.

Während Aleesa ihre Hand noch fester umklammerte, bekam Sylvia allmählich eine ziemliche Wut auf George. Sie blieb stehen und stampfte mit den Füßen auf den Boden, um die Hunde zu verscheuchen. Dann setzte sie sich auf die rauhen Betonstufen der Treppe und zog das kleine Mädchen zu sich herunter. Warum dachten Pearl und George immer nur an sich selbst? Sie konnte sich gut vorstellen, wie es für die Kinder war, sich jeden Abend am Rand der schmalen Veranda aneinanderzuschmiegen und mitanhören zu müssen, wie sich ihre Eltern gegenseitig zerfleischten.

»Schatz«, versuchte Pearl zu beschwichtigen, »ich weiß, dassde lieber im Lisa's essen un zu Selsey gehn willst, um Domino zu spielen. Es iss ja nich so, daß ich was dagegen hätt, aber ...«

»Warum machste das immer, Pearl? Was iss los mit dir? Immer biste gegen mich – das bringt doch nix. Da isses doch kein Wunder, daß ich immer aus'm Haus geh! Glaubste denn, daß ich mir dein ständiges Genörgel anhörn will?«

Wie sehr es ihr auch widerstrebte, sich einzumischen: Sylvia konnte einfach nicht dasitzen und so tun, als würde sie nichts hören. Sie stand auf und zog Aleesa mit sich.

»Was hast du vor, Tante Sylvia?« flüsterte Aleesa so ängstlich, daß Sylvia sie lächelnd in den Arm nahm.

»Mach dir keine Sorgen, bleib einfach mit deinen Cousinen auf der Veranda, bis ich euch rufe.«

Die drei Mädchen hatten sich im Dunkeln auf der abgenutzten Holzbank aneinandergeschmiegt und sich sogleich um Sylvia geschart, als diese die Veranda betrat.

»Tante«, Jalini, die Kleinste und Kühnste, ergriff ihre Hand, »bringsde uns von hier weg?«

Sylvia drückte die kleine, heiße Hand besänftigend, wobei sie ihre eigene Nervosität überspielte. Eine der Zwillingsschwestern fing leise zu weinen an. »Ganz ruhig, Lutie, ich bin sicher, daß eure Eltern es nicht halb so ernst meinen, wie es sich anhört ...«

»Doch, Tante Sylvia«, antwortete Dionne, die andere Zwillingsschwester. »Warum streitense sich denn sonst immer so un schreien sich an?«

Sylvia wünschte, sie könnte die Kinder einpacken und von hier wegbringen. Statt dessen schaltete sie das Licht auf der Veranda ein, fischte in ihren Taschen nach den Pfefferminzbonbons, die sie für den Fall, daß Aleesa etwas Süßes wollte, immer bei sich trug, und verteilte sie großzügig. »Hört mal, Kinder, ihr bleibt schön hier und ich ...«

»Ich will nich, dassde jetz zu ihnen gehst, Tante.« Jalini griff wieder nach ihrer Hand. »Als Schwester Rose versucht hat, mit ihnen zu reden, hat Papa Streit mit ihr angefangen, un Mama hat sich furchtbar geschämt.«

»Keine Angst, ich glaube nicht, daß dein Papa mit mir streiten wird«, versicherte Sylvia dem Kind, löste ihre Hand aus der Umklammerung und wünschte, sie wäre so zuversichtlich, wie ihre Worte klangen.

Sie machte sich bereit, das Haus zu betreten, und spürte, wie ihre Handflächen feucht wurden und ihr Magen sich zusammenzog.

Pearl und George waren so sehr mit sich selbst beschäftigt, daß sie ihr Eintreten nicht einmal bemerkten. Sylvia fühlte sich immer schlechter. Streitereien hatten stets die gleiche Wirkung auf sie. Allein der Gedanke, hier einzugreifen, jagte ihr solche Angst ein, daß sie am liebsten davongerannt wäre und sich versteckt hätte. Statt dessen zwang sie sich, den schmalen Gang zur Küche zu durchqueren.

»Hört mal, ihr beiden, ich gehöre wirklich nicht zu denen,

die ihre Nase in anderer Leute Angelegenheiten stecken, aber glaubt ihr nicht, daß diese Schreierei ein bißchen hart für die Kinder ist?«

George brach mitten im Satz ab. Er und Pearl fuhren gleichzeitig herum und starrten sie an, als sei sie ein Wesen von einem anderen Stern. Sylvia wäre in diesem Augenblick lieber sonstwo gewesen und mußte sich zusammenreißen, um nicht auf der Stelle davonzulaufen.

»Ich weiß nicht, wer in diesem Streit recht hat und wer nicht, ich weiß nur, daß es nichts bringt, sich anzuschreien und gegenseitig Vorwürfe zu machen.«

Eine endlose Minute lang war es still, und Sylvia fing schon an, sich ein wenig zu entspannen. Wenigstens waren sie nicht sofort auf sie losgegangen. Dann brach es förmlich aus den beiden hervor, jeder wollte ihr schreiend seinen Kummer anvertrauen und sie auf seine Seite ziehen. Hilflos schaute sie von einem zum anderen. Was in aller Welt sollte sie nur tun, ohne den Anschein zu erwecken, Partei zu ergreifen? Das letzte, was sie gebrauchen konnte, war, daß die beiden anfingen, gemeinsam auf ihr herumzuhacken.

Das Schreien des Babys, das den Zorn und die Verdrießlichkeiten übertönte, kam gerade recht und ließ die beiden einen Moment lang verstummen.

Dann murmelte George etwas vor sich hin und begann, seinen Kosmetika-Musterkoffer zusammenzupacken, dessen Inhalt über den Küchentisch ausgebreitet war. »Du solltest dich lieber um Kaona kümmern, statt mir auf die Nerven zu fallen«, sagte er provozierend in Pearls Richtung.

Pearl richtete sich auf und wandte sich dann mit einer entschlossenen Miene ab, ohne ihn einer Antwort zu würdigen.

»Nu mach schon, Pearl. Hörste nich, daß das Baby dich braucht, Mensch?«

»Na, dann fütter du ihn doch! Er iss doch auch dein Sohn.«

George versteifte sich. »Was iss mit dir los, Pearl? Warum

biste bloß so unvernünftig?« Er sah dermaßen gekränkt aus und war sich seiner Sturheit so wenig bewußt, daß Sylvia hätte heulen mögen. Sie sah, daß Pearl gleich explodieren würde, und wußte, daß sie nichts dagegen tun konnte.

»*Unvernünftig!*« Pearl schäumte geradezu. »Du glaubst wohl, dasses mir Spaß macht, schon wieder an 'n Baby gefesselt zu sein! *Sieh mich an!* Jali iss acht, George! *Acht!* Kannste mir verraten, wozu ich noch 'n Baby brauch? Denkste, ich kann mir nix Besseres vorstellen?«

»Niemand hat dich gezwungen, schwanger zu werden, Pearl. Haste schon vergessen, wann ich davon erfahrn hab?«

»Ich hab's für dich gemacht, George, un das weißte auch. Du warst's doch, der mir ständig erzählt hat, daß er 'nen Stammhalter will! Un jetz, wo er da iss, erwarteste, daß ich mich aufopfer un alles allein mach.«

»Das iss nich wahr, Pearl. Soweit ich weiß, hatten wir uns geeinigt, mit dem nächsten Kind 'n bißchen zu warten.« Er trat vom Tisch zurück und breitete hilflos die Arme aus. »Nachdem du Jali gekriegt hattest, sollteste erstmal 'ne Pause einlegen. Deswegen biste ja sogar inne Stadt gefahrn un hast gesagt, das tuste, damit ich mich nich mehr um die Verhütung kümmern muß ... Aber das war 'ne Lüge, nich wahr, Pearl?«

»Willste mir allein die Schuld in die Schuhe schieben?« gab sie zurück, zu wütend, um seiner Argumentation zu folgen oder auf seine Vorwürfe einzugehen. »Da gehörn ja wohl zwei dazu! Oder glaubste, daß ich mich selbst geschwängert hab, George? Isses so? Glaubste, ich hab's allein gemacht un du hast nix damit zu tun?«

»Nach Jali haben wir beschlossen, kein Kind mehr zu kriegen, bis alles 'n bißchen einfacher geworden iss. Ich hab dir nich gesagt, dassde schwanger werden sollst, Pearl, du hattest nich mal das bißchen Anstand, mit mir drüber zu reden – also heul auch nich, weil Kaona jetz da iss.«

»Immerhin haste ja kräftig rumgeprahlt mit deinem Sohn, oder haste das schon vergessen? All das *Ich danke dir* un diese

Riesenparty – als ob das ‘n Ausgleich für Leid un Schmerzen gewesen wär, die ich zu erdulden gehabt hab!«

Sie waren jetzt beide gleichermaßen wütend und schimpften in ihrer gewohnten Weise aufeinander ein.

»Was für Schmerzen?« rief George herausfordernd. »Was für Leid? Frauen kriegen ständig Kinder, was iss denn bei dir Besonderes dabei?«

»Niemand weiß, was ich durchgemacht hab, niemand außer Gott un mir, also erzähl mir nich sowas ... Kriegste vielleicht Kinder? Kannste vielleicht schwanger werden? Kannste ‘n Kind neun Monate lang tragen?«

»Männer sind nich dafür geschaffen, also hör mit dem Blödsinn auf un geh das Baby holen.«

Sie überhörte das letzte. »Wofür sindse denn dann geschaffen? Guck dich doch an – ihr jamaikanischen Männer seid ‘n Haufen nutzloser Typen, allesamt seid ihr nutzlos. Un hier steht ‘ne Jamaikanerin, die sich von euch nich unterkriegen läßt!«

Sylvia sah, wie sich sein Mund zu einem Ausdruck von Sturheit verzog, aber es reichte ihr jetzt. »Hört sofort auf, wird's wohl!« Beide wandten sich ihr zu. In einem plötzlichen Wutanfall vergaß sie, wie nervös sie eigentlich war. »Ich werde mich jetzt um das Baby kümmern, weil offenbar keinem von euch sonderlich viel an dem Kleinen liegt – aber denkt mal drüber nach, wie sich Jean und Jimmy vorkommen werden, wenn sie das hier mit ansehen müssen!« Ohne eine Antwort abzuwarten, stieg sie zielstrebig die Treppe hinauf.

Der Kleine war naß, und sie wechselte seine Windeln, bevor sie ihn mit hinunter nahm. Er sah so traurig aus, daß sie nicht umhin konnte, ein wenig mit ihm zu spielen. Als sie wieder in die Küche trat, gluckste er fröhlich vor sich hin. Erleichtert stellte sie fest, daß sich anstelle der bitteren, verletzenden Worte nun Schweigen eingestellt hatte. George war nirgends zu sehen, Pearl bereitete resigniert das Abendessen zu. Sylvia machte das Fläschchen fertig, trug das Baby auf die Veranda hinaus und bat Lutie, es zu füttern.

»Kann ich jetzt reinkommen, Tante Sylvia?« Aleesa warf ihr einen bittenden Blick zu. »Ich möchte mein neues Buch lesen.«

»In Ordnung, aber vorher wäschst du dich noch.«

»Sylvia?« Pearls Stimme hielt sie davon ab, die Treppe hinauf in ihr Zimmer zu gehen.

Sylvia seufzte. »Ja, Pearl?«

»Ähm ... tut mir leid wegen vorhin.«

»Wie gesagt, Pearl, es geht mich eigentlich nichts an, aber es ist wirklich nicht angenehm für uns, das alles über uns ergehen zu lassen.«

Pearl seufzte. »Du hast ja recht, aber's iss nich ganz so, wiede denkst. Ich weiß, dasses so aussieht, als ob ich die ganze Zeit auf George rumhacken würd, aber's hängt noch viel mehr dran.«

»Ich will es gar nicht hören, Pearl. Du und George, ihr solltet in der Lage sein, eure Probleme zu lösen, ohne uns alle mit hineinzuziehen.«

»Hast recht.« Pearl ließ die Schultern sinken. »Es wär nich fair, Jean un Jimmy damit zu belasten ... ich werd mit George drüber reden, wenn er heut nacht zurückkommt.«

Sylvia machte sich keine großen Hoffnungen auf eine Besserung, nickte aber trotzdem. Wenigstens zeigte Pearl guten Willen. Doch beim Stand der Dinge zwischen Jean und Jimmy konnte dieser Urlaub schnell unerträglich werden.

2. KAPITEL

Jean saß mit ihrem kleinen Sohn im Flugzeug und wartete auf den Start. Ihr Gesicht sah müde und verschlossen aus, ihre rotgeränderten Augen waren hinter dunklen Gläsern verborgen. Der kleine Davian war vor Angst ganz angespannt. Krampfhaft versuchte er, sich von dem Gurt zu befreien, der ihn festhielt.

Jean redete sanft und beschwichtigend auf ihn ein und beugte sich vor, um seine starr abgewandte Wange zu küssen. Dann aber wurde sie ungeduldig und schüttelte ihn. Der Junge schrie erschrocken auf. Sofort empfand sie Reue und nahm ihn in den Arm.

In letzter Zeit passierte ihr das immer häufiger. Da war dieses unbändige Bedürfnis zuzuschlagen, etwas kaputt zu machen. Am liebsten etwas, das Jimmy nahe stand. Jetzt hatte er sie auch noch allein weggeschickt – mit den Kindern, die er so liebte, wie er eigentlich auch sie lieben sollte.

Dabei wagte sie gar nicht, an diesen Schmerz zu denken, der ihr seit einiger Zeit immer dann den Schädel zu sprengen drohte, wenn die Kinder ihr nicht gehorchten oder sie wie ihr Vater mit schiefgehaltenem Kopf und gerunzelter Stirn anblickten – Zeichen seiner Mißbilligung, die eine unbezähmbare Wut in ihr hervorriefen.

Und als wäre das alles noch nicht genug, hatten auch die Stimmen ihres Gewissens wieder begonnen, sie zu quälen, ihr immerzu vorzuwerfen, so unendlich verdorben und Jimmys nicht würdig zu sein. Manchmal wurde der Tumult in ihrem Kopf so schlimm, daß sie sich fragte, ob sie nicht bald den Verstand verlieren würde.

Sie schluckte, unfähig, sich mit diesem Gedanken auseinanderzusetzen. Sie hatte Aleesa allein nach Jamaika geschickt, weil sie merkte, daß sie sich nicht mehr richtig im Griff hatte. Seit dem Tod von Jimmys Bruder war ihre Furcht, dessen Witwe, *ihre eigene Cousine*, könne ihr Jimmy wegnehmen, immer stärker geworden. Sylvia erschien ihr als all das, was sie selbst nicht war: selbstsicher, geschickt im Umgang mit den Kindern ... begehrenswert. Kein Wunder, daß Jimmy ihr immer wieder sagte, sie solle sich ein Beispiel an ihrer Cousine nehmen.

Tränen brannten hinter ihren Lidern, und sie drückte Davian an sich, um sich selbst zu trösten. Erst wehrte er sich, dann schmiegte er sich an sie. Seine ernsten Augen, die ihre Traurigkeit widerspiegelten, blickten verwirrt.

»Ich liebe dich!« stieß sie heftig und hoffnungslos zugleich hervor. »Ich liebe euch Kinder sehr, was immer Sylvia glauben mag. Aber ich brauche auch euren Vater!«

Davians Unterlippe zitterte. Jean zwang sich zu einem Lächeln und versuchte, ihre Stimmung aufzuheitern. Doch der kleine Junge war in den letzten sechs Monaten sehr empfindsam für ihre Launen geworden. Obwohl er kein Wort sagte, spürte er sofort, wenn es ihr nicht gut ging. Wann immer sie in der Nähe war, wich sein unschuldiges Lächeln einer stillen Wachsamkeit.

Sie seufzte. Jimmy hatte ihr oft gesagt, daß sie sich besser beherrschen würde, wenn sie die Kinder wirklich liebte. Aber was wußte *er* schon? Für ihn war es kein Problem; der Umgang mit den Kindern war für ihn so natürlich, wie er für sie bedrohlich war. Jimmy war es, der ihre Windeln wechselte und sie tröstete, wenn sie weinten. Und Jean schaute ihm dabei zu, unglücklich und beschämt, weil sie trotz aller Liebe Angst vor ihren Kindern hatte.

Aleesa und Davian bewunderten ihren Vater; Jean aber verstand sie nicht und wußte nie, was hinter ihren ernsten Blicken wirklich vorging. Zwar ließen die Kinder sie ihre Abneigung nicht offen spüren, aber wenn etwas sie verstörte, liefen sie zu Jimmy und bargen ihre Gesichter in seinen Armen, nicht in ihren.

Jean sagte sich, daß das lediglich eine natürliche Reaktion sei. Schließlich war Jimmy derjenige, der zu Hause bei den Kindern war. Aber die Zurückweisung tat ihr weh, trieb sie immer weiter ins Abseits und führte dazu, daß sie Trost und Bestätigung nur noch in ihrer Karriere suchte. Sie hatte sich stets gesagt, daß sie auf diese Weise immerhin Jimmys Schreiben ermöglichte, daß es genauso wichtig war, Geld zu verdienen, wie Kinder großzuziehen. Aber jetzt brachte auch Jimmys Arbeit Geld ein, so daß sie keine richtige Aufgabe mehr hatte. Vielleicht lehnte sie die Kinder deshalb ebenso sehr ab, wie sie sie liebte. Aleesa und Davian beanspruchten seine ganze Zeit und Aufmerksamkeit, da blieb für sie nicht mehr viel übrig. Und es gab nichts mehr, womit sie ihn binden konnte.

Wenn die Kinder nicht wären, würde er mich noch lieben. Bei diesem Gedanken bekam sie wieder Gewissensbisse. Eine Erinnerung stieg in ihr auf, Bilder, die in Zeitlupe hinter ihren geschlossenen Lidern abliefen. Ein vor Schmerz stöhnendes Kind im Schatten eines blutroten Kreuzes, Blut und Tränen, die sich mit grauem Betonstaub mischten. Jean schauderte und schob die Erinnerung beiseite, um nicht in Panik zu geraten.

Meine Damen und Herren, wir heißen Sie an Bord des Fluges BA 265 herzlich willkommen.

Endlich! Gott sei Dank! Die Durchsage löste etwas von der Spannung in ihrem Kopf, bannte die zerstörerischen Bilder und milderte ihre Verbitterung.

All das, diese Unfähigkeit zur Beherrschung, war ganz allein Jimmys Schuld. Er hatte ihr die einzigen positiven Gefühle genommen, die sie je für sich selbst empfunden hatte. Sie wandte den Kopf, um durch die dicken Scheiben die Markierungen auf dem Rollfeld zu betrachten, aber sie sah nur ihr eigenes Elend.

Jimmy sollte jetzt bei ihr sein. Er schuldete ihr das! All diese Jahre! All ihre Leiden!

Sie waren jetzt seit neun Jahren zusammen, und Jean hatte stets gehofft, daß sie eines Tages vor Gott die heilige Ehe schließen würden. Jimmy war immer für sie dagewesen – früher. Er hatte ihre Hand gehalten und ihr die Stirn getrocknet, während sie hart gearbeitet hatte. Er hatte sie immer darin bestärkt, zu studieren und Karriere zu machen. Jean runzelte die Stirn. Wie kam es dann, daß ihr jetzt nichts anderes mehr übrigblieb, als allein und verlassen zurück in den Schoß ihrer Familie zu kriechen?

Beklemmung überkam sie bei dem Gedanken an ihren Bruder, seine Glaubensbrüder mit ihrer Kleinstadtmentalität und den Klatsch der Dorfstraßen. Was würden sie jetzt von ihr halten, von einer Frau, die dazu verdammt war, ziellos und ohne männlichen Schutz durchs Leben zu stolpern? Sie alle mochten und bewunderten Jimmy. Er war ein Mann, der das Englisch der Königin beherrschte … und es in etwas Schönes, etwas Schwarzes verwandelte. Sie waren stolz auf ihn, auch wenn sie nicht immer genau wußten, weshalb. Und Jean hatte sich so viele Jahre in Jimmys Glanz gesonnt, daß sie vollkommen verlernt hatte, für sich selbst einzustehen.

Das Flugzeug hatte inzwischen die nötige Geschwindigkeit erreicht und rumpelte über die Startbahn. Dann kam der atemberaubende Moment, in dem die Räder sich vom Boden lösten und der schwere Vogel abhob.

Sie brauchte jetzt unbedingt einen Drink, groß, stark und extravagant: einen dreifachen Gin und Wodka. Sie stellte sich die behagliche Wärme vor, die sich danach in ihr ausbreiten würde. Allerdings hatte sie Jimmy versprochen, keinen Tropfen mehr anzurühren. Vier Wochen war sie jetzt trocken, vier schmerzhafte Wochen, so voller wirrer Bilder, daß ihr Gehirn manchmal zu explodieren drohte.

Das ›*Rauchen einstellen*‹-Signal erlosch, und sie drückte automatisch auf die Ruftaste. Ein kleiner Gin könnte bestimmt nicht schaden.

Innerlich gab sie sich einen Stoß, um die mahnende Stimme in ihrem Kopf zum Schweigen zu bringen. Sie dachte an das letzte Mal, daß sie der Versuchung erlegen war. Am nächsten Tag war sie von ihrem eigenen Schnarchen aufgewacht. Das Geräusch war in ihren Traum gedrungen und hatte sie mit schwindelerregender Macht in die Wirklichkeit zurückgeholt. Sie hatte ausgestreckt auf dem Rücken gelegen, bemüht, nur ja keinen Muskel zu bewegen, damit sich die Übelkeit in ihrem Magen nicht in ein Fiasko verwandelte. Als ihr Kopf allmählich klarer wurde, hatte sie versucht, sich Zeit und Ort ins Gedächtnis zu rufen, doch war ihr nur eingefallen, daß sie etwas ganz Wichtiges zu erledigen hatte. Kein Schimmer davon, was es war.

Dann traf es sie wie ein Schlag: *Aleesa!* Ihre Tochter sollte nach Jamaika fliegen, und sie hatte ihr versprochen, sie zum Flughafen zu bringen. Dieses Privileg hatte sie Jimmy abgerungen, denn sie wollte nicht, daß Aleesa sich von ihr verstoßen fühlte. Außerdem wollte sie ihrer Tochter so die Liebe beweisen, die sie ihr anders nicht vermitteln konnte. Ein rascher Blick auf die Uhr, und alles war klar. Sie hatte das Mädchen wieder enttäuscht.

Jimmy war wutentbrannt vom Flughafen zurückgekehrt, und Sylvia hatte ihr unterschwellig schwere Vorwürfe gemacht, indem sie erzählte, wie tapfer Aleesa gewesen sei. Jean hatte zugehört und ihren Zorn hinter gespielter Reue verborgen.

Das Rumpeln des Getränkewagens verstärkte ihren brennenden Durst. Sie atmete tief durch, versuchte das verlockende Geräusch fließenden Alkohols zu ignorieren und redete sich ein, daß sie nicht voller Sehnsucht darauf wartete, daß der Steward endlich zu ihrer Sitzreihe kam. Ein Zittern breitete sich in ihren Händen aus, und sie schob sie unter ihre Schenkel. Sie war stärker als ein Glas Gin! Sie würde eine Cola nehmen, nichts Hartes.

Die drei Männer in der Reihe vor ihr bestellten Rum, die Frau neben ihr Gin … *Versuchung!* Beim Gedanken an den

Geschmack des Alkohols lief Jean das Wasser im Mund zusammen. Sie biß sich auf die Unterlippe und war froh, daß die Stimmen in ihrem Kopf einer erwartungsvollen Stille gewichen waren.

»Möchten Sie etwas trinken, Miss?«

»Für den Jungen einen Orangensaft.« Sie hörte das Gluckern, sah, wie Davian gierig nach dem Plastikbecher griff und trank. Ihr Mund wurde trocken.

»Und für Sie?«

Es gibt alles umsonst! Gin, Wodka – du brauchst nur zu bestellen! Jean leckte sich die Lippen und schaute sich um. Waren diese geflüsterten Worte nur in ihrem Kopf erklungen, oder hatte jemand hinter ihr sie ausgesprochen?

»*Möchten* Sie etwas trinken, Miss?« beharrte der Steward.

Ihre Handflächen waren feucht vor Anspannung, und ihre Stimme klang verlangend, als sie ausstieß: »Einen doppelten Gin und Wodka, bitte.«

Sie leerte das Glas mit drei großen Schlucken und bedeutete dem Steward, bevor er weitergehen konnte, es noch einmal zu füllen. Ein paar Drinks würden ihr nicht schaden, verdammt noch mal.

Die Frau im Nebensitz sah sie eigenartig von der Seite an und schaute rasch weg, als sich ihre Blicke trafen.

Jean warf einen verstohlenen Blick zu Davian und bildete sich ein, daß seine großen Augen sie vorwurfsvoll ansahen. Hatte er das Flüstern vorhin auch gehört? Konnte er die Kreaturen sehen, die sich am Rande ihres Gesichtsfeldes versammelten und sie unablässig beobachteten? Sie schaute auf das Glas in ihrer Hand und unterdrückte den Impuls, sich vor dem schweigenden Kind zu rechtfertigen. Tränen des Selbstmitleids stiegen ihr in die Augen, und sie verjagte sie mit einem weiteren Schluck Gin.

Was war nur aus dem Glück geworden, das sie und Jimmy einst geteilt hatten? Versonnen starrte sie in das halbleere Glas und dachte an ihr erstes Treffen zurück. Zwei Tage zuvor hatte sie das College beendet, war nun zu Besuch bei ihrer Cousine Sylvia gewesen und hatte versucht, sich zwischen einem Job und der Rückkehr nach Jamaika zu entscheiden. Da war er in ihr Leben getreten und hatte dessen Lauf unwiderruflich verändert. Sie erinnerte sich noch gut an jede Einzelheit dieses Treffens und an die aufregenden Wochen, in denen sie einander näher gekommen waren. Sylvia hatte sie bei einer der spontanen Parties, die damals bei ihr und Winston ständig stattfanden, miteinander bekannt gemacht.

»Jean, das ist mein Schwager Jimmy; Jimmy, meine Cousine Jean.«

Er hatte gelächelt. Die glatte dunkle Haut um seine Augen bildete tausend kleine Fältchen. »Wie geht's, Jean?«

»Gut, und Ihnen?«

Das Lächeln verbreiterte sich. »Ebenso.«

Sie merkte, daß auch sie zu lächeln begann. Sofortige, gegenseitige Zuneigung.

Sie fühlte sich von ihm angezogen. Es war wie eine warme Explosion in ihrem Bauch, an einer Stelle, die sie erst in diesem Moment entdeckte. Ihr Körper sagte: *Ich mag dich – alles an dir.*

Und seiner reagierte entsprechend. »Was machen Sie beruflich, Jean?«

Sie überlegte, wie es wohl wäre, einen Mann wie ihn zu haben. »Ich fange nächste Woche in einem Maklerbüro an. Und Sie?«

»Ich schreibe. Eines Tages werde ich ein Buch schreiben, das jeder lesen will.«

Keine Eitelkeit, keine Angeberei, nur diese unverblümte Aussage; und sie hatte ihm geglaubt. Sie mochte die Offenheit, die in seinem einladenden Lächeln lag, aber sie zögerte, sie zu erwidern. Es war ja ein Wunder, daß er sie überhaupt wahrgenommen hatte, daß er Interesse für sie zeigte!

In der folgenden Woche hatten sie jeden Tag miteinander telefoniert. Durch ihn war sie in der Lage gewesen, ihre Hülle zu verlassen und die Welt um sich herum ein wenig zu erkunden. Sie unterhielten sich über Philosophie und Politik. Sie sprach mit der Inbrunst einer frisch geprüften Studienabsolventin, selbstbewußt und wichtigtuerisch, mit geborgtem Wissen, das sie für ihr eigenes hielt. Er umwarb sie mit Worten, mit Sprachgewandtheit und der Erfahrung des vier Jahre Älteren, und schmeichelte ihrem geheimen Stolz. Währenddessen hatte ihr Körper vor Neugier gejuckt.

In der zweiten Woche war sie so kühn, mit in seine Wohnung zu gehen. Sie unternahmen lange Spaziergänge und sahen sich Theaterstücke an, über die sie dann ausgiebig diskutierten. Sie lachten, berührten sich, küßten sich. Er weckte ein großes Verlangen in ihr. Sie dürstete nach ihm, öffnete sich, um ihn zu empfangen … ihren ersten Mann.

Noch vor Beginn der dritten Woche erfüllte er seine sanften Versprechungen. In der warmen, weichen Geborgenheit seines holzgeschnitzten Bettes führte er sie in die Geheimnisse der Leidenschaft ein. Es schmerzte ein wenig, aber zumindest blutete sie nicht. Behutsam half er ihr über das quälende Bild des kleinen Mädchens hinweg, das verwundet im Schatten des Kreuzes lag. Er sagte ihr, daß ihre Nervosität völlig normal sei, ein Ausdruck ihrer Unschuld und der Angst vor dem Unbekannten. Seine Geduld und sein Verständnis verliehen ihr Sicherheit, und das Bild in ihrem Kopf verflüchtigte sich in der Schönheit des Augenblicks.

Er liebte sie auf eine ruhige, leidenschaftliche und zärtliche Art und weckte in ihr das Begehren, das sie stets für ein Hirngespinst verträumter Frauen gehalten hatte. Sie erkundeten einander mit zarten Küssen und geduldigen Berührungen, wisperten einander zu, wie sie sich gegenseitig glücklich machen und welche Experimente sie wagen könnten. Wie vorher ihr Herz, so öffnete Jean nun ihre Schenkel für ihn und fand dabei Erfüllung und mehr …

Das spöttische Kichern in ihrem Kopf vertrieb die Erinnerung und holte sie abrupt in die Gegenwart zurück. Ihre

Hände verkrampften sich, für eine kurzen Moment stieg Ärger in ihr auf.

»Diese verdammte Stimme in meinem Kopf ... die ist an allem schuld.«

»Wie bitte?« Die Frau im Nebensitz warf ihr einen überraschten Blick zu, und Jean riß sich zusammen.

»Entschuldigung ... ich ... ähm ... ich sprach mit meinem Sohn.«

Am liebsten hätte sie ihren Verstand einfach abgeschaltet. Gott allein wußte, wie die Stimmen da hineingekommen waren. Manchmal waren sie so aufdringlich, daß sie das Gefühl hatte, eine ganze Armee befinde sich in ihrem Kopf. Kein Wunder, daß sie bei all dem, was da in ihr vorging, gelegentlich einen Drink brauchte!

Der erste harte Drink: das schien so lange her zu sein. Es war an dem Tag gewesen, als sie heimgekommen war und Jimmy überschäumend vor Aufregung vorgefunden hatte, weil er seine erste Kurzgeschichte verkauft hatte. Auch wenn sie sich dazu gezwungen hatte, ihn zu umarmen und sich mit ihm zu freuen, war für sie in diesem Augenblick die Gefahr, ihn zu verlieren, einen Schritt näher gerückt. Was wurde aus ihr, wenn er mit seinem Schreiben Geld verdiente? Er brauchte sie für nichts anderes, und trotz all seiner Liebesschwüre fühlte sie sich ohne Ehering in ihrer Beziehung nicht sicher.

Vielleicht hatte sie deshalb unbedingt einen kleinen Gin trinken wollen, hatte angesichts seiner Überraschung sogar trotzig darauf bestanden. Das ist ein Grund zum Feiern, hatte sie gesagt, während Jimmy darauf beharrte, seinen Bruder und Sylvia einzuladen, die die Kinder hüteten. Das erste Glas hatte nur Übelkeit verursacht, aber das zweite verbreitete eine gewisse Wärme in ihrem Bauch. Als Winston und Sylvia auftauchten, war sie entrückt genug, sich einzureden, daß es ihr nichts ausmache, wenn die Kinder sich nun um die anderen scharten, während sie im Abseits stand. Sie meinte, Aleesa und Davian hätten in ihrer Aufregung auch zu ihr laufen wollen, es dann aber unterlassen, als Jimmy nach ihnen rief. So, wie es ihrer Ansicht nach immer geschah.

Ja, damit hatte es angefangen, mit Jimmys Art, sie aus allem Wichtigen auszuschließen. Dann war seine nächste Story erschienen, und schließlich sein Buch. Damals hatten die Stimmen begonnen, sich bemerkbar zu machen. Zuerst freundlich, so daß sie dachte, sie seien ein Teil ihrer inneren Stärke, mit der sie gegen den Druck ankämpfte, den alle auf sie ausübten. So war es aber nicht geblieben, als Winston dann starb. Für Jean war das der Anfang vom Ende. Jimmy schien sie aufzugeben und nahm die Kinder manchmal für Wochen mit zu Sylvia. Sie wurde nicht einmal eingeladen, zumindest nicht so ausdrücklich, wie sie es erwartet hätte. Gut, sie war vielleicht nicht Jimmys Ehefrau, aber Sylvia war ihre Cousine und Winston war der Onkel *ihrer* Kinder gewesen.

Davian schlief in seltsam gekrümmter Haltung, den Kopf unbequem auf die Seite gelegt, wodurch die Kopfhörer, die er aufgesetzt hatte, verbogen wurden. Selbst mit herabhängender Unterlippe war er so schön, wie es nur ein Kind sein konnte. Während sie ihn ansah, tauchten in ihrem Kopf unwillkürlich Bilder ihrer eigenen Kindheit auf und bewirkten einen kurzen, unerwarteten Frieden. Sie entspannte sich in dem engen Sitz und ließ sich von der Erinnerung trösten.

Granny, Papas Großtante P., wie sie auf einem umgestürzten Baumstamm im Schatten eines alten Mandelbaums saß und sich mit dem zerdrückten Strohhut, den sie stets zum Schutz vor der Mittagssonne trug, Luft zufächelte.

Von allen Menschen auf der Welt war ihr Granny immer der liebste gewesen. Sie hatte sie mehr geliebt als Tante Vi, die geheimnisvolle Sagen und Märchen erzählen konnte, mehr als Tashi, die ihr Eis und Popcorn kaufte und sie in den Ferien zum Markt in Highgate mitnahm. Meistens hatte sie Granny sogar mehr geliebt als Papa. Granny war die einzige, die ihr niemals gesagt hatte, daß sie zu klein für etwas sei, das sie gerne machen wollte, und die sie niemals ausgeschimpft hatte, wenn sie ein bißchen Wasser auf Tante Vis sauberem Boden verschüttet hatte.

Wenn nur Granny nicht gestorben wäre! Aber sie war so alt gewesen – beinahe hundert Jahre alt, hatte Papa gesagt. Jean seufzte. Granny hatte an sie geglaubt. Niemals hatte die alte Dame ihre Erfolge heruntergespielt, nur weil sie ein Mädchen war. Immerzu ermunterte sie sie, ebenso gut wie Noel und George zu sein – im Gegensatz zu Papa, der nur auf die beiden Söhne geachtet hatte, weil sie später einmal seinen Namen weitergeben würden.

Jean konnte sie förmlich vor sich sehen: eine dunkelhäutige Frau mit einem faltigen Gesicht voller Humor, Güte und jener Art von Geduld, die nur das Alter verleiht. Grannys magerer Leib war wie ein Stück Geschichte gewesen. Die Furchen der Jahre hatten sich auf ihrem Gesicht so zahlreich eingegraben, daß man unmöglich sagen konnte, wo die eine aufhörte und die nächste begann. Ihre alte Großtante hatte etwas Majestätisches gehabt. Sie war wie eine Ife-Statue aus Fleisch und Blut gewesen, aus einem fernen Afrika stammend wie die längst gestorbenen Schöpfer jener Bronzen, die ihr Jimmy in einem Londoner Museum gezeigt hatte.

Es war Granny gewesen, die Papa jedesmal widersprochen hatte, wenn er abwinkend über ihre guten Leistungen in der Schule hinweggegangen war.

»Sie iss die Klügste, die du hast, Obadiah. Warum kannstese nich 'n bißchen unterstützen un dich drüber freun, dasse was lernt?«

Jean wußte noch, wie sie an einer Seite der stickigen Veranda gestanden und so getan hatte, als sei es der Schweiß gewesen, der ihr Tränen in die Augen trieb. Mit ausgestrecktem Arm hielt sie ihrem Vater eines jener Zeugnisse entgegen, auf die er nicht zu reagieren pflegte.

Er schnalzte dann mit der Zunge und legte die sonnenverbrannte Stirn in tiefe parallele Falten. »Reg dich nich auf, Miss P.! Jean weiß, daß ich's mir später angucken werd.«

»Nee, Obadiah, bei Noel un George schauste auch sofort aufs Zeugnis un du findest sogar noch Zeit, ihnen 'nen Penny dafür zu geben. Warum soll Jean also warten?«

Jean fühlte immer noch, wie sehr das Widerstreben ihres Vaters schmerzte. Sie erinnerte sich daran, wie seine von der Arbeit rauhen Hände die Seiten des *Gleaner* so ungeduldig zusammenlegten, daß die Zeitung jede Form verlor. Seine ledrige Hand öffnete sich, das kleine weiße Zeugnis verschwand beinahe darin, und sie fühlte sich schuldig, weil sie es ihm aufgedrängt hatte. Aber sie wollte ihm beweisen, daß sie kein Taugenichts war. Er sollte sie genauso stolz anstrahlen wie Noel, wenn der als Drittbester in Englisch und mit fünfundsiebzig von hundert Punkten in Mathematik ankam.

»Ich hab siebenun'neunzig Punkte in Englisch, Papa.«

»Mhm, bloß zweiun'siebzig in Rechnen. Willste mir erzählen, daß das alles iss, was du kannst, Jean?«

Die Erinnerung ließ sie zusammenzucken, und sie konzentrierte sich darauf, wie müde er ausgesehen hatte. Seine Augen waren rotgeädert gewesen und sein Rücken gebeugter als der von Granny. Er hatte alt gewirkt, nicht alterslos wie ihre Großtante, sondern ganz einfach alt. So alt, daß sie abends verstohlen betete, er möge noch leben, wenn sie erwachsen war. Sie wünschte sich, daß er dann stolz auf sie wäre, und hatte sich geschworen, daß er eines Tages im ganzen Bezirk von Cromwell mit ihren Erfolgen prahlen würde.

»Ich bin die Beste im mündlichen Englisch, Papa.«

»Wie kommt's, dassde nur dreißig Punkte in Handarbeit hast?«

»Ich krieg nich mehr, weil ich keinen Rock nähen kann.«

»Was iss denn mit dir los, dassde nich mal nähen kannst ... Du bist ja zu nix nütze!«

Worte *können* verletzen, Worte wie ›nichtsnutzig‹ oder ›Enttäuschung‹, Worte, die sie immer wieder wie einen Stempel aufgedrückt bekam. Es half nicht, daß Granny stets sagte, sie solle sich nichts daraus machen, ihr Vater meine es nicht so.

Die Worte trafen sie auch weiterhin, scharf und brennend wie die Stiche der kleinen gelben Wespen, die unter dem Dach des Hauses nisteten.

Jean hatte dann jedesmal angefangen, wie wild drauflos zu plappern, um den Schmerz vergessen zu machen, ihn durch Anerkennung, Zuneigung, irgend etwas Positives zu ersetzen. »Ich denk, ich werd Ärztin, wenn ich groß bin, Papa.« In der betäubenden Stille, die darauf folgte, hatte sie glühend vor Erregung auf seine Zustimmung gewartet.

»Was, *du*? Jean, Kindchen, überlaß so 'nen Ehrgeiz deinem Bruder. Wennde erwachsen bist, wirste was machen, was zu dir paßt, Lehrerin vielleicht. Un dann wirste heiraten un kleine Afrikaner großziehn, zum Ruhm der Rasse, wie Missa Garvey immer sagt.«

Sie wollte bloß, daß er sie ebenso liebte wie Noel, daß er sie nicht wie eine Küchenhilfe oder irgendein Ärgernis behandelte.

»Papa ... krieg ich 'ne Belohnung für die Englischnote?«

Es wurde so still wie in den langen heißen Mittagsstunden des Sommers. »Findeste denn, dassde eine verdient hast?«

»Ja, Papa.«

»Okay ...«

»Dinah kriegt *Was Katy machte*, un Jeanette kriegt 'n Buch von Enid Blyton.«

Da hatte sie wieder mal das Falsche gesagt.

Die Falten auf der sonnenverbrannten Stirn vertieften sich. »Das iss Zeug für Weiße, die reine Gehirnwäsche. Ich kauf dir 'n anständiges Buch, wenn ich inner Stadt bin.«

»Was für 'n Buch, Papa?« Ihre Stimme war leise, gedämpft von der Enttäuschung.

»'n Buch von 'nem Mann namens ... ähm ... Cleaver, es heißt *Seele auf Eis*. Du mußt lernen, die schwarze Rasse zu unterstützen.«

Als sie zur Zwischenlandung auf den Bahamas ansetzten, schlug ein heftiger Regen gegen die kleinen Fenster. Schwarze

Wolken umgaben das Flugzeug. Jean sah die Blitze am dunklen Himmel zucken und schauderte.

Auch das weckte eine Erinnerung: sie, die egoistische Jean, die wieder einmal etwas Falsches sagte und ihren Bruder zu einem seiner idiotischen und gefährlichen Spielchen aufstachelte. Noel, der Älteste, stand auf Zehenspitzen unter dem Mangobaum, um die letzten reifen Früchte zu pflücken. Sie ärgerte sich, weil Granny ihr gesagt hatte, daß die Mangos für sie seien.

»Ich sag's Granny, wennde meine Mangos klaust!«

»Das iss nich Grannys Baum, un Papa hat nie gesagt, dasse dir gehörn! Un außerdem iss Granny bis übermorgen inner Stadt.«

»Ich sag Papa, daß Granny gesagt hat, dasses meine Mangos sind.«

Noel schnaubte. »Du traust dich ja doch nich, mich aufzuhalten.«

Frustriert ballte Jean die Fäuste. »Bald kommt 'n Gewitter mit Blitz un Donner un das wird dich umbringen!«

»Red kein Quatsch. Ich hab keine Angst vor 'nem bißchen Donner.«

Der Regen begann zu tröpfeln, tropfte stärker und lief schließlich aus den Regenrinnen des neuen Zinkdachs. Kleine Wasserfälle überschwemmten den Boden. »Du bist gleich tot wie 'ne Ente im Sturm!«

Noel lachte. »Verkriech dich doch in deinem Bau, Angsthase!«

»Ich mach keine Witze … wennde nich hörst, haste gleich nix mehr zu lachen!«

Ein Blitz zuckte genau über ihnen, der folgende Donner grummelte warnend. Plötzliche Angst. Noel sollte das Spiel lieber beenden und von dem Baum weggehen. Vielleicht hätte sie besser nicht vom Tod gesprochen und damit Gottes Aufmerksamkeit auf sich gezogen! *Der Herr segne sein Zeichen und wasche uns rein.*

»Papa, draußen blitzt's, un Noel steht unterm Mangobaum.«

»Erzähl keine Lügen über deinen Bruder, Jean!«

»Das iss keine Lüge, Papa, er iss da draußen, un die Erde bebt vor lauter Donner.«

»Dann sag ihm, dasser reinkommen soll!«

»Er sagt, er will nich reinkommen.«

»Warum könnt ihr Kinder denn nie brav sein? Ich muß euch ganz allein aufziehen, seit eure Mutter tot iss.« Er hörte sich noch erschöpfter und trauriger an als damals, als er von der Farmarbeit in den Staaten zurückgekommen war.

Draußen grollte der Donner, ein plötzliches Krachen. Der Regen schlug hart auf die kleine Veranda. Ein Blitz! Ein endgültiges, gezacktes Leuchten ... die Hand Gottes, die das Zeichen nicht segnete und sich weigerte, sie reinzuwaschen.

Das Flugzeug schwenkte ein letztes Mal zum Landeanflug ein, und der verängstigte Davian begann, Jeans Aufmerksamkeit für sich zu beanspruchen. Er krallte sich an ihrem Arm fest und grub seine langen Fingernägel in ihre Haut. Halb verwirrt und halb verzweifelt wegen des Theaters, das er machte, sagte sie sich, daß sie daran denken müsse, ihm die Nägel zu schneiden, während sie seinen Griff gewaltsam lockerte. Sie wurde ärgerlich und ballte die Hände zu Fäusten.

Der kleine Junge schaute sie weiterhin an. Tränen liefen seine zarten braunen Wangen hinab. In seiner stummen Verzweiflung lag etwas, das stärker als ihr Zorn war und tief in ihr, jenseits der langen Monate alkoholgenährten Grolls, eine Saite zum Schwingen brachte, die die aufkommende Wut ein wenig dämpfte. Lange unter Verschluß gehaltene Muttergefühle wurden lebendig und breiteten sich in ihr aus. Ihre Hilflosigkeit schmerzte sie, aber dieses Mal wurde sie nicht wütend. Jimmy hätte ihn zu beruhigen gewußt, hätte gewußt, was zu tun war.

»Keine Angst, Liebling, wir sind gleich gelandet. Schsch, Davian ... es ist alles gut.«

Sinnlose Wörter, die wenig Eindruck auf das ängstliche Kind machten. Sie empfand Enttäuschung, Verzweiflung. Dann die letzten brüllenden Sekunden, ihre eigene Angst, als das Flugzeug aufsetzte und rollte, das Aufheulen der Motoren im Gegenschub.

Davian zitterte, und sie wünschte, sie könnte ihn von dem Gurt befreien und in die Arme nehmen. Aber das war verboten ... Sie zog seinen Kopf an ihre Brust, wiegte ihn und summte unsinnige Laute, wie sie es getan hatte, als er noch ein Baby war.

Wie gewöhnlich herrschte am Norman Manley Airport eine Atmosphäre, die von kleinen Ärgernissen und endlosen Unhöflichkeiten bestimmt wurde. Die Kübelpflanzen in den niedrigen, barackenartigen Korridoren hatten schon bessere Tage gesehen. Sie erweckten den Eindruck, als habe die Trockenheit der ländlichen Gebiete, von der Sylvia gesprochen hatte, mittlerweile auch das wasserreiche Kingston ereilt, wie um einen absurden Ausgleich zwischen Stadt und Land zu schaffen. An allen Ecken standen Soldaten in voller Kampfausrüstung, was der ganzen Szenerie einen einschüchternden Beigeschmack verlieh. Das war das Ärgerliche am Flughafen von Kingston: Alles wich gerade so weit vom Gewohnten ab, daß es die reisegeplagten Nerven auf die Zerreißprobe stellte. Die Klimaanlage war ein bißchen zu kalt, die Korruption ein bißchen zu offensichtlich, das Gebäude für einen internationalen Flughafen ein bißchen zu schäbig.

Jean spürte, wie ihre Anspannung zurückkehrte, spürte die Zwiespältigkeit ihres Verhältnisses zu diesem Land, dem einzigen, das Heimat zu nennen Gewohnheit und Geschichte ihr erlaubten. Mit einem Anflug von Scham sah sie den Grenzbeamten am Besucherschalter zu. Nur Schwarze wurden angehalten und befragt, als hätten sie kein Recht, einen ausländischen Paß zu besitzen. Die weißen Touristen schlenderten vorbei, als ob das britische Empire noch existierte und sie hier wären, um die Eingeborenen in ihren selbsterbauten Glaskäfigen zu besichtigen. Sie blieben nur kurz stehen, um ihre Ausweise abstempeln zu lassen, und wurden dabei von den Beamten mit dem größten Respekt behandelt. Ohne Jimmy kam sich Jean verloren vor. Sie war nicht daran gewöhnt, daß er nicht da war, um ihnen den Weg zu bahnen.

Sie dachte an Aleesa, die sich ganz allein durch diesen Gang hatte kämpfen müssen. Während sie Davian weitertrug und beschwichtigend auf ihn einredete, zog sich ihr Magen zusammen. Sie war zu begierig gewesen, ihre Tochter loszuwerden, zu sehr mit den eigenen Ängsten beschäftigt und aus dem Gleichgewicht gebracht, um zu begreifen, welche Ablehnung für das kleine Mädchen darin liegen mußte.

Schon als Jean den Vorschlag gemacht hatte, Aleesa solle allein reisen, war Jimmy dagegen gewesen. Er war vor Wut explodiert, als er herausfand, daß Jean ihn hintergangen und einfach ein Ticket gebucht hatte. Nicht einmal ihre Beteuerung, daß Sylvia fünf Tage später bei seiner Tochter sein würde, hatte ihn besänftigen können.

»Weißt du, was in fünf Tagen alles passieren kann?«

»Auf Jamaika?«

»*Gerade* auf Jamaika.«

»Beruhige dich, Jimmy, es geht dort doch nicht zu wie in England.«

Er fuhr aus der Haut. »Jamaika ist ein Land wie jedes andere, Jean, und wenn du deine Nase lange genug aus deinem Glas Gin heben würdest, um nüchtern zu werden, wüßtest du das auch.«

Seine rohe Bemerkung hatte sie in die Defensive gedrängt. Sie hatte versucht, die Sache ein wenig zu beschönigen. »Ich habe nur einen kleinen Schluck getrunken.«

»Na klar«, entgegnete er sarkastisch. »Und die zwei leeren Flaschen ganz unten im Mülleimer sind bestimmt von selbst ausgelaufen.«

Sie ging nicht darauf ein. »Du wirst einen Monat lang von Aleesa getrennt sein, Jimmy. Du wirst doch wohl solange ohne sie auskommen können?«

Er hatte nicht geantwortet, und erst im nachhinein wurde ihr klar, daß er nie vorgehabt hatte, nach Jamaika zu fliegen. Die ganze Zeit hatte es verräterische Anzeichen dafür gegeben. Seine Weigerung, die Einladung zu einer Tagung abzusagen, sein Beharren, den Flug selbst zu buchen ...

Die Paßkontrolle war nur die erste, die niedrigste Hürde. Die Zollkontrolle würde schlimmer sein. Auf Jean wirkte die Zollhalle wie ein Mikrokosmos der Nation, in dem die Tönung der Haut darüber bestimmte, ob einem Höflichkeit oder Erniedrigung zuteil wurde.

Eine Vielzahl elender kleiner Dramen spielte sich an den schäbigen Tischen ab. Es war schwer zu ertragen, mit welch flüchtiger Geste die weißen Touristen vorbeigewinkt wurden. Empfindsam, wie sie war, bildete sich Jean ein, in ihren Gesichtern Hohn und Verachtung lesen zu können. Erneut verspürte sie Scham, als sie sah, daß die Schwarzen jeden Koffer einzeln öffnen mußten und daß ihre Unterwäsche wie eine obszöne Beleidigung über die abgenutzten Tische verstreut wurde.

Davian zerrte an ihrem T-Shirt und drückte seinen Kopf gegen ihre Hüften. Sanft fuhr sie mit der Hand über sein kurzgeschorenes Haar und lächelte beruhigend zu ihm hinunter. Er antwortete mit einem schläfrigen Grinsen und steckte den Daumen in den Mund. Wieder spürte sie Vorwürfe gegen seinen Vater in sich aufsteigen. Jimmy sollte hier sein, um Davian zu tragen. Was zum Teufel dachte dieser Mann sich dabei, sie und die Kinder allein zu lassen, damit er einen Sommer lang den Star-Autor spielen konnte?

Der Zollbeamte klopfte ungeduldig gegen das Trennglas. Jean ging langsam vorwärts und machte sich auf eine Erniedrigung gefaßt. Aber die Durchsuchung fand nicht statt. Sie konnte es kaum glauben: ein flüchtiger Blick, ein saures Lächeln, das war alles. Sie hielt Davian fest an sich gedrückt und ärgerte sich darüber, daß sie auch noch Dankbarkeit empfand.

Die Gepäckträger stürzten auf sie zu und stritten wie Geier um einen fetten Kadaver. *Kein Entkommen ohne Lösegeld,* dachte sie. Es war eine subtile Form der Erpressung, die von offizieller Seite aktiv gefördert oder zumindest geduldet wurde. Diesseits der Zollschranke durften die Gepäckwagen nicht benutzt werden, und Verwandte und Freunde hatten keinen Zutritt zum Flughafengebäude. So blieb keine andere Wahl, als einen der offiziellen Gepäckträger zu beschäftigen. Wenn jemand sein Gepäck selbst tragen konnte, wurde es außer Reichweite geschafft, bis er die entsprechende Summe entrichtet hatte. Heute fühlte sie sich zu schlecht, um sich auch nur der Form halber zu wehren, also bezahlte sie ohne Widerrede den geforderten Betrag in ausländischer Währung.

Sylvia konnte kaum glauben, wie voll der Flughafen war. Sie betrachtete das Gewimmel schwitzender Menschen und fragte sich, wie sie Jimmy und die anderen hier bloß finden sollte. Ihre gute Laune wurde zum ersten Mal gedämpft. Vielleicht lag es auch daran, daß sie Aleesa nun verlieren würde. Sie schalt sich selbst. Nein, das war Unsinn. Aleesa hatte ihr nie gehört. Irgend etwas zog sich in ihrer Brust zusammen, während sie dem Kind zusah, wie es den Kopf hierhin und dorthin streckte, um durch die Menge zu spähen. Der kleine Körper zappelte vor Spannung.

»Werden sie gleich hier sein, Tante Sylvia?«

Sylvias Finger schlossen sich fester um die kleine Hand. »Ich denke schon. Das Flugzeug ist gelandet.«

»Werden sie uns auch finden?« Das Mädchen war plötzlich beunruhigt.

»Ich bin sicher, daß wir sie finden werden. Hab keine Angst, gleich sind sie bei dir.«

Sie schaute sich um und fragte sich, wo George geblieben war. Wenn er nicht bald zurückkäme, würde sie nach ihm suchen müssen. In seiner jetzigen Stimmung konnte man ihn einfach nicht allein herumlaufen lassen. Er war den ganzen Tag so gewesen, fast manisch, vollauf mit seiner Angst und Besorgnis beschäftigt, Jimmy nun wiederzusehen.

Da George beinahe jedes Gespräch mit Hinweisen auf seine Verwandtschaft mit ihm würzte, war leicht zu erkennen, wie sehr er Jimmy bewunderte. Sylvia fand das nicht weiter erstaunlich. Sie hatten beide unten angefangen, und Jimmy erhielt jetzt Einladungen von Leuten, die George als Crème de la crème Jamaikas erachtete.

»Wann kommen sie denn endlich, Tante?«

Mechanisch beschwichtigte Sylvia das Kind, während ihre Gedanken ruhelos umherschweiften, um nur ja nicht bei dem Kummer zu verweilen, den es ihr bereitete, Aleesa in die Obhut ihrer Eltern zurückgeben zu müssen.

Sie fragte sich, wie sie wieder nach Port Juanero kommen würden. Nach ihrer alptraumartigen Fahrt nach Kingston, bei der Georges alter Cortina aus dem Stottern und Husten nicht herausgekommen war, bezweifelte sie, daß der Wagen die Rückfahrt über die steilen Bergstraßen überstehen würde. Normalerweise hätte ihr der Zustand von Georges Vehikel nichts ausgemacht. Im Gegenteil sah sie darin eine Bestätigung für den unternehmerischen Geist der Jamaikaner, ihre unerschütterliche Zuversicht, die ihr ein Gefühl von Stolz vermittelte. Ohne Zweifel waren sie unendlich optimistisch, erfinderisch selbst da, wo sie an die Grenzen ihrer Möglichkeiten stießen. Man brauchte sich nur anzusehen, wie geschickt sie sich trotz des miserablen Verkehrssystems fortbewegten.

Es kam ihr wie ein überdimensionales Brettspiel vor. Die Elite verbrachte die meiste Zeit damit, Mittel und Wege zu ersinnen, das Land auszubeuten – und war offenbar unfähig zu begreifen, daß es keine Kolonialmacht mehr gab, in deren Land sie sich nach erfüllter Pflicht zurückziehen konnte. Die einfachen Leute wehrten sich und brachten die Herrschenden schon allein damit aus der Fassung, daß sie trotz aller Widrigkeiten überlebten, koste es, was es wolle. Nach der Schwarzmalerei, die Sylvia gewohnt war, erschien ihr Jamaika wie eine Offenbarung. Sie war fasziniert und beeindruckt von den Leuten und bekam Lust, das Leben mit ihren Augen zu sehen. Sie genoß es sogar, sich in uralte Privattaxis zu quetschen, und war eine geübte Benutzerin der zerbeulten, rostigen Minibusse geworden, boxte sich mit Aleesa im Schlepptau den Weg frei und war inzwischen eine der Lautesten, wenn es darauf ankam, »Nächste Haltestelle, Fahrer!« zu rufen.

An den Türen zum Flughafengebäude hatte erneut Geschäftigkeit eingesetzt. Sylvia drängte sich, Aleesa im Arm, nach vorn, um einen besseren Überblick zu bekommen. Gepäckträger quollen hervor, entluden umstandslos ihre überfüllten Wagen und machten sich wieder auf die Suche nach der nächsten lukrativen Ladung. Das gleichmäßige Raunen der Gespräche wurde hier und da von lauten Willkommensrufen unterbrochen, wenn Wartende ihre Angehörigen erkannten und sich vordrängelten, um sie zu begrüßen. Sylvia suchte die Reihen der herauskommenden Passagiere nach Jimmys kurzgeschorenem Haarschopf ab. Als George gerade wieder an ihrer Seite auftauchte, entdeckte sie Jean. Ihre Augen wanderten weiter, suchten hinter ihrer Cousine nach Davian und Jimmy.

»Ist Papa da?« Aleesa hatte die Aufregung um sie herum mitbekommen.

»Ich sehe deine Mama, aber deinen Papa noch nicht«, antwortete Sylvia. »Komm, wir gehen ihr entgegen.«

George kämpfte sich bereits zu seiner Schwester durch. Sylvia verstärkte ihren Griff um Aleesas Hand und folgte ihm. Als George das zweite Mal nach ihr rief, wandte sich Jean zu ihnen um. Ihre Augen leuchteten auf, als sie das Begrüßungslächeln ihrer Cousine sah.

Angesichts der Bitterkeit, die ihr letztes Gespräch bestimmt hatte, empfand Sylvia ebenfalls Erleichterung. Vielleicht hatten

Jean und Jimmy eine Lösung gefunden. Verwundert, daß er nicht auftauchte, schaute sie sich um, wurde aber vom Überschwang der Begrüßung abgelenkt. Sie umarmte Jean und nahm dann Davian auf den Arm. Sie freute sich, seine zarten Ärmchen in ihrem Nacken zu spüren, obwohl es den alten Kummer wieder weckte. Warum hatten sie und Winston keine Kinder gehabt? Von allem, was sie bedauerte, war dies das Schlimmste.

»Mama, wo ist Papa?«

Aleesas enttäuschte Stimme zerstörte die allgemeine Euphorie. Als sie sah, wie sich Jean in sich selbst zurückzog und so tat, als hätte sie die Frage nicht gehört, versteifte sich Sylvia. Irgend etwas war nicht in Ordnung.

»Ist Jimmy nicht bei euch, Jean?«

»Er wollte, aber in letzter Minute ist ihm etwas dazwischengekommen.« Jean lachte nervös und vermied es, Sylvia in die Augen zu schauen. »Du weißt ja, wie das bei Künstlern ist.«

George blickte mißbilligend. »Was erzählste denn da für 'n Unsinn, Jean?«

Sylvia hätte Jimmy verfluchen können. »Ich nehme an, es wäre ein bißchen viel von ihm verlangt, jetzt wegzufahren, wo das Buch solchen Erfolg hat«, meinte sie diplomatisch.

George ließ den Kopf hängen. »Wennde mich fragst, iss das bloß seine Trägheit.«

Jean warf ihm einen säuerlichen Blick zu. »Es hat dich aber keiner gefragt.«

»Siehste, das war schon immer dein Problem! Wenn der Mann dich bloß geheiratet hätte!«

»George, verdammt noch mal!«

»Bewegt euch, Leute, ihr seht doch, daß andere hier durch wollen.« Ein drahtiger Taxifahrer schwang eine schwere Tasche über seine Schulter und drängte vorwärts, während Sylvia Aleesa zur Seite zog.

»Ist ja gut, Entschuldigung«, murmelte Jean und hob den protestierenden Davian hoch.

»Macht nix, Lady, aber wennse nich auf 'n Taxi warten, dann gehnse zur Seite, damit die andern Leute vorbei können.«

Sylvia wartete, bis George anfing, das Gepäck einzuladen. Dann fragte sie ihre Cousine in aller Ruhe: »Warum ist Jimmy denn nicht mit euch gekommen?«

»Er meinte, wir sollten uns mal eine Zeitlang aus dem Weg gehen.«

Sylvias Herz setzte einen Schlag aus. »Soll das heißen, daß ihr euch getrennt habt?«

»Noch nicht, aber vielleicht bald.«

Sie wollte etwas Aufmunterndes sagen, aber ihr fiel nichts ein. Jean wirkte angespannt und gereizt, verschiedene Anzeichen sprachen dafür, daß sie vor kurzem etwas getrunken hatte. Warum um Himmels willen hatte Jimmy ihr nichts davon gesagt? Was dachte er sich dabei, Jean allein mit den Kindern hierher zu schicken? Jeder, der Augen im Kopf hatte, mußte sehen, daß die Frau zur Zeit nicht einmal fähig war, sich um sich selbst zu kümmern, geschweige denn um zwei Kinder.

3. KAPITEL

Pearl stellte Kaonas Fläschchen zum Abkühlen in einen Krug mit Wasser und fuhr dann fort, Brote für die Kinder zuzubereiten. Die Uhr an der Wand zeigte Viertel vor acht, und sie war in Eile. *Warum kann ichse nie pünktlich fertig kriegen?* fragte sie sich frustriert. Ganz gleich, wann sie die Kinder zur Morgenandacht weckte, immer waren sie erst halb angezogen, wenn es acht wurde. Und um zwanzig nach mußten sie in der Schule sein.

Das Pfeifen des Wasserkessels rief sie an den Herd zurück. Rasch rührte Pearl das blubbernd kochende Porridge um und füllte Kakao und Milchpulver in die bereitgestellten Plastikbecher.

Mauvia, ihre Haushaltshilfe, war heute wieder nicht gekommen, und Pearls Kopf steckte voll von den tausend Lasten, die ihre Abwesenheit mit sich brachte. Am schlimmsten waren die schmutzigen Windeln. Sie haßte es, Kaonas dreckige Wäsche zu waschen. Es stieß sie mehr ab, als das bei einem ihrer anderen Kinder je der Fall gewesen war.

Wenn ich mich nich von George hätt bequatschen lassen, wär ich nich in diese Situation geraten, dachte sie bitter. *Mamas vier süße Kinder – un ich bin die einzige, die 'n Dreck wegkratzt un sich um alles kümmert.* Sie schnippte eine grüne Eidechse vom Tisch und füllte einen weiteren Becher mit Kakao. *Der Mann iss so geizig. Nur daran liegt's, daß wir jetz in dieser Lage sind. Wenn wir 'n bißchen was ausgeben würden, wär alles ordentlich gemacht, un nich wie bei 'ner billigen Hilfe wie Mauvia, die kaum zwei Tage hinter'nander kommt.*

Früher war es anders gewesen, vor langer Zeit, als der Hurrikan Gilbert ihren Wohlstand noch nicht weggeblasen hatte und sie noch wagen konnte, von einem besseren Leben zu träumen. Sie hatte eine gute Haushaltshilfe gehabt, mit der sie vernünftig reden konnte. Janet hatte in der Stadt gearbeitet, bis sie schwanger geworden und wegen des Babys aufs Land gezogen war. Eine richtige, stadterprobte Hilfe, die sie sich da leisten konnten. Damals hatten die Erträge aus Georges Ackerland und aus seinen Kosmetikverkäufen noch ausgereicht, ihnen einen gehobenen Lebensstil zu ermöglichen.

Aber nicht nur das hatte sich seitdem geändert. Der steile Hang hinter dem Haus besaß damals noch die grob in den Boden gestampften Stufen, über die man bequem die unteren Lagen erreichen konnte. Dort unten – am äußersten Punkt, den sie als Frau noch betreten durfte – hatte sie oft gestanden, wenn sie traurig war, und zu dem steil ansteigenden Feldboden hinaufgeblickt. Sie hatte davon geträumt, eines Tages dort hinaufzusteigen, und sich vorgestellt, daß irgendwo in diesem geheimnisvollen ›dort oben‹, wo der Limonenbaum Früchte für die halbe Nachbarschaft bereithielt, Freiheit und Reichtum auf sie warteten.

Seufzend nahm sie die Vase mit den Plastikblumen vom Tisch und legte Platzdeckchen aus, damit das handgearbeitete Holz nicht litt. Gilbert hatte alles verändert. Und das nur, weil George nicht vorausplanen konnte. Es hatte sie nicht überrascht, daß Janet nach einem kurzen Blick auf die Verwüstungen, die der Hurrikan angerichtet hatte, auf Nimmerwiedersehen verschwunden war. Ihr Haus war nur noch eine Ruine gewesen, völlig unbewohnbar. Der untere Hang des Ackers war restlos weggewaschen. Verwandte hatten ihnen geholfen, eine Mauer zu bauen, damit die überhängende Erde nicht abrutschte und das Haus unter sich begrub, wie es anderswo in Solon Heights geschehen war. Natürlich konnten sie das meiste wieder aufbauen, aber mit dem Wohlstand war es vorbei gewesen. Die Leute hatten kein Geld mehr, um Kosmetika zu kaufen, und George weigerte sich, mehr auf dem Grundstück zu tun, weil er das für ein Eingeständnis seines Scheiterns hielt.

Pearls Traum, eines Tages zu dem Limonenbaum hinaufzusteigen, rückte durch die behelfsmäßigen Trittstellen, die die Treppe am unteren Teil des Hangs ersetzt hatten, in weite Ferne.

Weil er sich irgendwie abreagieren mußte, hatte George Pearl für das Wegbleiben ihrer Haushaltshilfe verantwortlich gemacht. Er hatte ihr vorgeworfen, Janet habe *ihr* Verhalten einfach nicht mehr ertragen. Pearl schnalzte ärgerlich mit der Zunge und goß das kochende Wasser so vehement in einen Becher, daß es ihr auf die Hand spritzte. Sie fluchte leise und war noch mehr verärgert, während sie den Kessel auf den Herd stellte und sich die schmerzende Stelle mit Butter einrieb. »Siehste, wie er dich sogar dazu bringt, dassde dich selbst verbrühst«, murmelte sie, nahm den Kessel wieder vom Herd und goß vorsichtiger ein.

Es iss 'n Kreuz mit George, befand sie bitter, *man muß sich nur ansehen, wie er sich immer jemand sucht, dem er an allem die Schuld geben kann. Er übernimmt nich das geringste bißchen Verantwortung für die Lage, in der wir nun mal sind. Es iss 'n Wunder, daß ihm noch nich eingefallen iss, wie er mir auch noch die Schuld an Gilbert geben kann.*

Wieder schnalzte Pearl. Er war es doch, der zu dumm gewesen war, eine solide Mauer zu bauen, die den Erdrutsch verhindert hätte; und zu verstockt, eine Versicherung für Haus und Land abzuschließen. Er war überzeugt gewesen, daß niemals etwas passieren würde, das zweihundert Dollar Prämie im Monat lohnte! Jetzt, wo es zu spät war, saß er herum und beklagte sich, daß sich alles gegen ihn verschworen hatte.

Was nur, wenn ihnen Jimmy und Jean kein Geld geschickt hätten? Pearl schloß die Augen und sandte ein schnelles Dankgebet an Gott. Sie hätten das Haus und alles verloren. Gott wußte, daß sie sich eigentlich nicht über Mauvia beklagen sollte. Wäre es noch schlimmer gekommen, würde *sie* jetzt vielleicht in so einer Sozialwohnung hausen und durch die Stadt laufen, um für andere Leute zu putzen.

Obwohl Jean die Schecks unterschrieben hatte, war Pearl davon überzeugt, daß es Jimmy gewesen war, der sie gerettet hatte. George würde das allerdings nie zugeben. Sein Vertrauen in die Großzügigkeit seiner Schwester war unerschütterlich, und seine Dankbarkeit für jede kleine Wohltat ihrerseits trug zu Pearls Verbitterung bei. Sie wußte, daß sie ihrer Schwägerin dankbar sein sollte, aber sie konnte weder über ihre Vorbehalte hinwegkommen noch über das Wissen, daß diese Frau sie verachtete. Vom ersten Augenblick an war Jean gegen sie gewesen und hatte sich keine Mühe gegeben zu verhehlen, daß George ihrer Ansicht nach eine bessere Partie hätte machen können.

Pearl unterdrückte das Minderwertigkeitsgefühl, das stets beim Gedanken an ihre Schwägerin aufkam, und konzentrierte sich auf die Dinge, die sie am heutigen Tag zu erledigen hatte. Sie hatte den Kindern versprochen, einen Pudding zu machen, mußte den Boden schrubben und das Laub zusammenfegen. Die Auflistung in ihrem Kopf wurde von Jalinis Lachen und Aleesas schrillem Quieken unterbrochen. In einem Anfall von Wut verzog Pearl die Lippen. »Was iss denn los da oben?«

»Aleesa un Jalini machen Dummheiten, Mama«, ertönte Dionnes zornige Stimme aus dem oberen Stockwerk.

»Iss gar nich wahr, Mama.« Unterdrücktes Gelächter begleitete Jalinis Widerspruch.

»Mama!« Dionnes Stimme klang, als sei sie am Ende ihrer Geduld. »Kannste mal mit Aleesa reden? Auf mich willse nich hörn. Sie schüttet dauernd Wasser auf den sauberen Fußboden.«

Aleesa! Immerzu Aleesa! Pearl schloß die Augen und zählte langsam bis zehn. Dann hörte sie, wie Sylvia auf Aleesa einredete und die Sache sich von selbst erledigte; aber das erfüllte sie nur mit neuer Verärgerung. Immer fester krallte sie ihre Finger um den Löffel in ihrer Hand, während sich Sylvias Schritte im Flur des oberen Stockwerks entfernten und die Tür des Gästezimmers sich hinter ihr schloß.

Mit Mühe unterdrückte Pearl ihre Verbitterung. Es würde nichts bringen, sich Sylvia zur Feindin zu machen. Vor allem nicht angesichts ihres Streits mit George und der Art, wie Jean sich aufführte.

Sie nickte, als ob sie einem unausgesprochenen Gedanken zustimmen wollte. Seit der Ankunft ihrer Schwägerin hatte sich die Atmosphäre im Haus noch verschlechtert. Jean wirkte irgendwie gereizt und extrem nervös. Und was war der wahre Grund dafür, daß Jimmy nicht mitgekommen war?

Die Fragen summten durch Pearls Kopf, und sie wünschte, sie hätte den Mut, sie auszusprechen. Sie hatte das unangenehme Gefühl, daß sich in ihrem Haus ein unsichtbares Drama abspielte. Sie legte die Stirn in Falten und besann sich auf die Ereignisse der letzten Tage. Jean hatte sich verändert, sie geriet viel schneller in Wut als früher. Und sie redete ständig mit sich selbst, führte regelrechte Monologe, wie die Verrückte in dem verfallenen Holzhaus unten an der Kreuzung Mountain District und Port Antonia Road.

Wieder wurden die Kinder laut. Pearl hörte, daß Aleesa Jalini bedrängte, und begann sich abermals zu ärgern.

»Haste nich gehört, daß ich gesagt hab, ihr sollt zusehn, daß ihr fertig werdet, Jalini! ... Wascht ihr euch auch?«

Unterdrücktem Kichern folgte das Geräusch eiliger Schritte und einer zugeschlagenen Tür.

Jalinis runder Kopf tauchte am oberen Treppenabsatz auf. Ein Grinsen erhellte ihr frisch geschrubbtes Gesicht. »Ich hab mich schon gewaschen, Mama, aber Lutie un Dionne noch nich.«

»Ich hab doch Kaona, Mama«, ließ sich Lutie gekränkt von der Veranda vernehmen. »Du hast mir gesagt, daß ich mich um ihn kümmern soll, bis Mauvia kommt, un bis jetz isse noch nich da.«

»Dann leg ihn halt in seine Wiege!« Pearl machte sich Vorwürfe, und ihre Stimme klang wütender, als sie sollte. »Wie oft hab ich euch Kindern eigentlich schon gesagt, daß ihr nich so spät in die Schule gehn sollt?«

»Wenn ich ihn hinleg, fängt er sofort an zu heulen, Mama«, jammerte das Kind, »un Tante Jean hat gesagt, wir sollen dafür sorgen, dasser ruhig iss, solang se noch schläft.«

»Das hatse gesagt?«

»Ja, Mama, se sagt, daß wir ihr die ganze Zeit auf die Nerven gehn un daß wir nich gut erzogen sind.«

Für wen hältse sich eigentlich, dasses wagt, die Kinder zu kritisieren? Pearls Augen wurden schmal. »Leg das Baby in die Wiege, Lutie, un dann ...«

»Aber dann schreit er, Mama.«

»Tu, was ich dir gesagt hab!« Sie erhob die Stimme und ließ Lutie ihre Wut spüren. »Daß ihr Kinder einfach nich hören könnt. Jeden Morgen isses dasselbe Theater mit euch.« Abrupt wandte sie sich ab und zwang sich, den Rest hinunterzuschlucken. Sie merkte, daß sie im Begriff gewesen war, den Frust über ihren Mann und ihre Schwägerin an ihrer unschuldigen Tochter auszulassen.

Jalini wippte unruhig auf dem Treppenabsatz. »Soll ich runterkommen, Mami?« fragte sie leise. Ihr schelmisches Grinsen war mißtrauischer Besorgnis gewichen.

Pearl wollte Jalini zu sich rufen und umarmen, wie sie das sonst immer tat. Aber etwas in ihr hielt sie zurück und erstickte die aufmunternden Worte. Statt dessen nickte sie nur. »In Ordnung, Jali, komm runter un iß dein Frühstück.«

Jalini, die nur ein Unterhemd und die Hose ihrer Schuluniform trug, kippelte auf der obersten Treppenstufe. »Soll ich Aleesa sagen, dasse auch frühstücken darf, Mama?«

Pearl nickte abwesend und füllte eine weitere Schale mit Porridge. Ihre Gedanken waren bereits bei dem Berg schmutziger Wäsche, der in ihrem Zimmer auf dem Boden lag.

Als die Kinder sich endlich auf den Weg zur Schule machten, war es Viertel vor neun. Sylvia und Aleesa waren bereits früher gegangen. Beim Anblick des Schlachtfelds, das auf dem Frühstückstisch zurückgeblieben war, überkam Pearl eine unsagbare Schwere. Sie hatte das Gefühl, seit Ewigkeiten auf den Beinen zu sein. Um vier Uhr früh hatte Kaona sie aus dem Schlaf gerissen. Um fünf Uhr hatte sie Frühstück für George gemacht, damit er den ersten Bus in die Stadt nehmen konnte, um seine Kosmetika abzuholen. Sofort danach mußten die Kinder für die Morgenandacht geweckt werden. Sie setzte sich an den verschmutzten Tisch und wischte ihn flüchtig ab, damit sie ihren Ellenbogen aufstützen und den Kopf in die Hand legen konnte. Ihre Glieder waren vor Müdigkeit schwer, die Augen taten ihr weh und sie wünschte nichts sehnlicher, als sie zu schließen und sich ein wenig auszuruhen.

Die Stille wurde von Kaonas Geschrei zerrissen. Pearl preßte die Handflächen auf die Ohren, um sich gegen den Lärm zu schützen, aber er war stärker als sie, kroch an ihren Fingern vorbei und bohrte sich tiefer und tiefer in ihr Gehirn. Ihre Hände ballten sich zu Fäusten, und sie war kurz davor, die Beherrschung zu verlieren. Sie wollte schreien und toben, Kaona ohrfeigen und schütteln und so lange schlagen, bis er mit dem Lärm aufhörte und nie wieder damit anfangen konnte.

Der Haß, den sie empfand, erschreckte sie, und sie suchte Zuflucht zu den Gebeten, die ebenso Teil ihres Lebens waren wie das Kochen auf Kohleherden und das Wäscheaufhängen unter der heißen Sonne. Sie war so damit beschäftigt, sich wieder zu beruhigen, daß Jean schon beinahe über ihr stand, als sie sie bemerkte.

»Was soll denn das für 'n Spielchen sein, Pearl?« Jean gab sich keine Mühe, ihren Ärger zu verbergen. »Bist du taub oder was? Das Baby schreit laut genug, um Tote aufzuwecken, also geh und sorg dafür, daß es Ruhe gibt!«

Verwirrt stand Pearl auf. Ihre mörderische Wut verschwand, und sie verlor angesichts von Jeans verächtlicher Haltung jeden Mut. »Ha ... hatter dich geweckt?«

Jean schaute sie ungläubig an. »Bist du blöd oder was?«

Die Beleidigung kränkte Pearl. »Ich frag ja nur.«

»Frag nicht, geh einfach hin und bring ihn zum Schweigen. Ich bin es leid, daß du deine Kinder nicht im Griff hast. Immer ist irgendwas los in diesem gottverdammten Haus.«

Pearl war wie vor den Kopf geschlagen. »Ich denke, dassde nich in diesem Ton über meine Kinder reden solltest!«

»Und ich denke, du solltest überhaupt nicht denken.«

Den wachsenden Zorn ihrer Schwägerin im Ohr, versuchte Pearl einzulenken. »Ich weiß, daß ich nich sehr freundlich gewesen bin, seit du hierher gekommen bist, Jean.«

»Wie willkommen ich dir bin, ist mir völlig egal, Pearl«, schnitt Jean ihr das Wort ab. »Soweit es mich betrifft, kann ich mir im Augenblick nichts Schlimmeres vorstellen, als überhaupt hier zu sein. Ob ich nun willkommen bin oder nicht.«

»Das iss nich fair von dir, Jean.«

»Erzähl mir nicht, was ich bin und was nicht«, bellte Jean. »Glaubst du, ich hab mich darauf gefreut, hierher zu kommen? Soviel Lärm und Dreck hier, ein Wunder, daß ich und die Kinder noch nicht krank geworden sind.«

»Ich denke, das reicht jetzt, Jean.« Sylvias heftiges Einschreiten war eine Befreiung für Pearl. Nur das Schreien des Babys war in der vorübergehenden Stille zu hören.

Jean starrte Sylvia aus zusammengekniffenen Augen an. »Das geht dich doch wohl überhaupt nichts an, Sylv, oder? Außerdem mußt du ja zugeben, daß in diesem Haus einiges im argen ist.«

»Du bist Pearls Gast, Jean. Du könntest ihr gegenüber wenigstens höflich sein.«

»Ihr gegenüber? Nun mach aber mal einen Punkt, Sylvia. Wir beide wissen, daß dies Georges Haus ist.«

»Davon weiß ich nichts«, versetzte Sylvia. »Und ich glaube kaum, daß uns Georges und Pearls Angelegenheiten etwas angehen.«

Vor Wut verzog Jean das Gesicht. Pearl spürte, wie sich ihr der Magen umdrehte. Einen Moment lang fürchtete sie, Jean werde zuschlagen. Sylvia wich keinen Zentimeter zurück und hielt dem Blick ihrer Cousine stand, bis Jean schließlich die Achseln zuckte und mit der Zunge schnalzte. »Ich weiß genau, was du vorhast, Sylvia. Glaub nur nicht, ich weiß es nicht! Ich warne dich …«

Mit einem weiteren Schnalzen wich sie zurück, drehte sich aber noch einmal um und stampfte erst nach einem letzten Angriff davon: »Du solltest aufhören, dich in Dinge einzumischen, die du nicht verstehst, oder es wird dir noch mehr leid tun, als du dir vorstellen kannst. Hältst Jamaika wohl für England, wie?«

In Pearls Augen standen Tränen der Erschöpfung, als sie Jean die Treppe hochsteigen sah. Kaonas Geschrei klang dringlicher als zuvor, aber *sie* war jetzt noch weniger in der Lage, sich ihm zuzuwenden. »Muß mich wohl um Kaona kümmern …«

»Laß gut sein, ich werde nach ihm sehen«, bot Sylvia an. »Ich will nur nachschauen, ob Davian noch schläft, dann kümmere ich mich um ihn.«

Pearl nahm das Angebot dankbar an. Sie vermied es, das schmutzige Geschirr anzusehen, und flüchtete vor der schmerzhaften Wahrheit in Jeans Vorwürfen auf die Veranda.

4. KAPITEL

Warme Tage am Strand von Sansee, das einsame Ufer wie geschaffen zum Müßiggang, trotz der rollenden Dünung bei Flut. Sylvia, Aleesa und Davian erkundeten die Küste, sammelten Muscheln und gruben im Sand nach Krebsen und Schnecken. Ein andermal kletterten sie auf der felsigen Landzunge von Goat Pen herum.

Sylvia liebte es, das Sonnenlicht auf den ruhigen Wassern der See tanzen zu sehen. Sein Glanz verlieh den Fischerbooten, die zwischen dem Festland und Carbaritta, der ›Vogelnestinsel‹, vor Anker lagen, eine surrealistische Schönheit. Alles leuchtete golden, blau und grün in der Sonne. Sansee war ein herrlicher Flecken, eine ruhige Gegend, in der man in Frieden leben konnte. Das flache Wasser des Galina River war bereits vormittags angenehm warm; Davian hatte sich auf den ersten Blick in das trübe Gewässer verliebt – trotz einiger Untiefen und dem unangenehmen Geruch jener Stellen, an denen der Fluß zu einer schmutzigen Pfütze getrocknet war. Bei jeder Gelegenheit sprang er hinein und planschte umher, und nur die Luftpolster, die in seinen Badeanzug eingenäht waren, verhinderten dann, daß er unterging. Sylvia freute sich über Davians Abenteuerlust, die sich hinter seiner eher schüchternen Fassade verbarg. Er war seinem verstorbenen Onkel Winston so ähnlich, daß sie sich trotz ihres Schwurs, sich aus allem herauszuhalten, in ihn verliebte. Der Junge war einfach überall, er jagte kleinen schwarzen Ferkeln hinterher oder rannte los, um einen Ziegenbock bei den Hörnern zu erwischen. Ein paarmal konnte sie seine Hand gerade noch zurückziehen, als er versuchte, eine Biene aufzuheben. Dann wieder lachte sie herzlich über seine ungeschickten Versuche, eine der glitschigen Kröten zu fangen, die gegen Abend überall hervorkamen. Seine Geduld und Hartnäckigkeit verblüfften sie jedesmal wieder, ebenso der Gleichmut, mit dem er Rückschläge hinnahm. Wenn er hinfiel oder ihm der Schwanz einer Eidechse entglitt, lächelte er nur, und man merkte, daß sich hinter seiner Wortlosigkeit Humor und Selbstbewußtsein verbargen.

Schließlich gab Sylvia ihren Widerstand auf und ließ sich tiefer in seine stumme Welt hineinziehen. Sie suchte mit ihm nach Muscheln und half ihm dabei, Sandburgen zu bauen. Aleesa und sie redeten die ganze Zeit über mit ihm und erklärten ihm alles, was sie taten, sahen oder hörten. Ein ununterbrochener Strom von Wörtern umgab ihn und verlieh ihm Sicherheit bei seinen zaghaften Versuchen, selber etwas von sich zu geben.

An manchen Tagen war der Strand so heiß, daß sie sich die Fußsohlen verbrannten, aber selbst das vermochte weder die Unternehmungslust noch die gute Laune der Kinder zu dämpfen. Sie machten ein Spiel daraus, liefen von ihrem Sonnenschirm zum kühlen, feuchten Ufer und hüpften und sprangen dabei durch den heißen, trockenen Sand.

Nun, da die Schule aus war, ging Sylvia jeden Morgen mit ihnen zum Strand – um Jean eine Atempause zu verschaffen, wie sie sich einredete. Diese Entschuldigung war so gut wie jede andere, sie beschwichtigte ihr Gewissen und befriedigte ihr Bedürfnis, die Kinder in Sicherheit zu wissen, während sie darauf wartete, daß Jimmy ihren Brief beantwortete.

Beim Gedanken an das, was sie ihm geschrieben hatte, überkamen sie Schuldgefühle. Sie hatte zwischen dem, was sie in ihrer Ausbildung über Kinderfürsorge gelernt hatte, und der Loyalität gegenüber ihrer Cousine wählen müssen. Sie hatte ihr Gewissen befragt und schließlich entschieden, daß es keine andere Möglichkeit gab. Der Zeitpunkt ihrer Abreise rückte immer näher, es waren knapp zwei Wochen bis dahin – und den Gedanken, Aleesa und Davian dem Ehekrieg ihres Onkels und der Teilnahmslosigkeit ihrer Mutter zu überlassen, konnte sie einfach nicht ertragen.

In all den Jahren, die sie Jean kannte, hatte sie nie erlebt, daß sich ihre Cousine dermaßen ausfallend und unbeherrscht aufführte. Ratlos mußte sie sich eingestehen, daß Jean unübersehbare Anzeichen seelischer Überlastung zeigte. Sie sagte sich, daß es die richtige Entscheidung gewesen war, Jimmy herzubitten – letztlich war es sein Problem, nicht ihres. In der Zwischenzeit aber mußte sie Aleesa und Davian beschützen, sie von jenem bedrückenden Haus fernhalten und dafür sorgen, daß das Lachen und Staunen ihnen so lange wie möglich erhalten blieb.

Heute war Sylvia müde. Jean war wieder einmal mitten in der Nacht betrunken aus der Stadt zurückgekommen und hatte sie aus dem Schlaf gerissen. Ein heftiger Schmerz hatte sie auffahren lassen. Jean war über die Matratze auf dem Boden gestolpert und hatte sich unter Flüchen bemüht, wieder aufzustehen, wobei sie ihren Ellenbogen in Sylvias Bauch rammte.

Sylvia hatte ihr beim Ausziehen geholfen und sich dabei anhören müssen, wie Jean sich fortwährend selbst eine Sünderin nannte. Besorgt hatte sie zu den schlafenden Kindern gesehen und Jean aufgefordert, leiser zu sein, damit sie nicht aufwachten. Und die ganze Zeit über hatte sie sich nicht eingestehen wollen, daß der Geruch eines Mannes an Jeans zerknitterten Kleidern hing. Es war unfaßbar, was diese schmutzigen Kleider verrieten. Sylvia hatte Jean deswegen verachtet und sich insgeheim schon gefürchtet, ihre Cousine könne nun etwas Ansteckendes übertragen …

»Tante Sylvia, ist Mami jetzt wach?« Aleesa hatte ihr Buch weggelegt und malte mit einem Stock abstrakte Muster in den Sand.

Sylvia setzte ein freundliches Lächeln auf. »Sie ist bestimmt schon lange wach. Weißt du, wie spät es ist?«

»Essenszeit, hoffe ich. Ich verhungere schon.«

Sie seufzte. Es hatte keinen Sinn, das Unvermeidliche weiter hinauszuschieben. »Dann sollten wir Davian wecken und uns auf den Rückweg machen.«

Aleesas Lächeln verflog. »Können wir nicht in der Stadt essen, Tante Sylvia, beim Hähnchengrill?«

Das war eine Versuchung für Sylvia. Sie ging gerne ins ›Cool Shade‹, sie liebte den Blick auf das bunte Treiben in der Holzhandlung, die neben dem Restaurant lag. »Und was ist mit eurer Mama?«

Aleesa sah sie nicht an. »Wir können sie ja später holen.«

Sie konnte es dem Kind nachfühlen, unterdrückte diese Regung aber. »Ich glaube, deine Mutter wäre ziemlich enttäuscht, schließlich wollten wir heute nach Oche Rios fahren.«

Aleesa ließ die Schultern sinken. »Sie will gar nicht wirklich mitkommen«, murmelte sie und kratzte mit ihrem Stock im Sand. »Sie wird nur dastehen und schlecht gelaunt sein und uns alles verderben.«

»Ich bin sicher, daß sie das nicht tun wird«, bekräftigte Sylvia und wünschte, sie würde es selber glauben. »Es ist nur ... manchmal ist deine Mutter eben ein bißchen traurig.«

Der Stock hielt abrupt inne, und das Mädchen schaute sie mit tränenerfüllten Augen an. »Warum hat uns Mama nicht mehr lieb, Tante Sylvia?«

Aleesa hatte ihr diese Frage schon einmal gestellt, und Sylvia wußte noch immer nicht, was sie darauf entgegnen sollte. Aleesa war kein Kind, das man mit oberflächlichen Antworten abspeisen konnte, dafür hatte Jimmy gesorgt. »Du weißt, daß das nicht wahr ist, Alli.«

Aleesa schniefte und wischte sich mit dem Rücken der rechten Hand über die Nase, wobei sie eine feine Sandspur hinterließ. »Mama war noch nie so schlecht gelaunt wie jetzt, und in den Arm nehmen will sie uns auch nicht mehr ...«

Sylvia kaute unschlüssig auf ihrer Unterlippe. »Willst du damit sagen, daß eure Mama grob zu euch ist, Aleesa? Ich meine ... also ... schlägt sie euch?«

Für einen Moment schien das Kind in die Enge getrieben und wirkte schuldbewußt. Es ließ den Kopf sinken, zog die schmalen Schultern abwehrend hoch und vermied es, Sylvia anzusehen. »Laß uns zu dritt gehen, Tante Sylvia, *bitte*. Mama ist bestimmt noch müde.«

Die Fragen brannten Sylvia auf der Zunge. Ihr Verlangen, tiefer in die Geheimnisse einzudringen, die sich hinter diesem ängstlich angespannten Gesicht verbargen, rang mit dem Wunsch, das Kind in den Arm zu nehmen und zu trösten. Sie entschied sich, Aleesa kurz und liebevoll zu umarmen und die Geheimnisse, vor denen sie sich plötzlich fürchtete, auf sich beruhen zu lassen.

»Ich bin sicher, daß eure Mama jetzt wach ist«, wiederholte sie freundlich, »und ich wette, daß sie schon auf euch wartet.«

Aleesa machte ein zweifelndes Gesicht, aber Sylvia gab ihr keine Gelegenheit zum Widerspruch. Sie bückte sich und nahm Davian auf den Arm. Als er zu protestieren begann, streichelte sie ihn mechanisch.

Aleesa hielt mit ihr Schritt. »Wird sich Mama wirklich freuen, uns zu sehen, Tante Sylvia? Wird sie das?«

»Na klar.« Sylvia verbarg ihre Zweifel hinter einem strahlenden Lächeln und unterdrückte die Versuchung, Aleesas Offenheit zu erwidern. Es war schon schlimm genug, auch ohne daß sie sich ihre Cousine zur Feindin machte: Jean hatte ihr bereits vorgeworfen, daß sie ihr die Kinder abspenstig machen wolle. Und das letzte, was sie gebrauchen konnte, war ein weiterer Krach.

Jean lag ausgestreckt auf dem Sessel, der im letzten bißchen Schatten auf der Veranda stand. Sylvias Mut schwand, als sie ihren Gesichtsausdruck sah. Mit wem auch immer sie die letzte Nacht verbracht hatte – ihre Laune hatte er nicht bessern können.

»Wo seid ihr gewesen?« fragte Jean streitlustig und beobachtete mit offener Feindseligkeit, wie sich Davian an Sylvia klammerte. »Ich dachte, wir wollten heute morgen nach Oche Rios fahren.«

»Ich hätte nicht gedacht, daß du so schnell wieder dorthin

willst.« Die Worte waren Sylvia entschlüpft, bevor ihr klar wurde, was sie damit sagte. Der Fehdehandschuh war geworfen.

Jean schenkte ihr einen vernichtenden Blick und wandte sich an ihre Tochter. »Aleesa, geh mit Davian aufs Klo. Und dann geht zu Miss Lisa und spielt mit euren Cousinen.«

»Ich hab aber Hunger, Mama.«

»Wir sind nur zurückgekommen, um dich zu fragen, ob du mit ins ›Cool Shade‹ kommst, Jean.«

»Bitte, Mama ...«, quengelte Aleesa. »Laß uns alle zusammen hingehen.«

Jean sah erst schuldbewußt drein, dann ärgerlich. »Nicht jetzt, Aleesa«, murmelte sie ungeduldig. »Tu einfach, was ich dir gesagt habe und geh mir bei der Hitze nicht auf die Nerven.«

Die Augen des Mädchens füllten sich mit Tränen der Wut. Es starrte von Jean zu Sylvia. »Ich habe ja gleich gesagt, daß wir ohne sie gehen sollten, Tante Sylvia.«

»Aleesa!« Jeans Stimme klang drohend, aber das Kind ignorierte sie, zu enttäuscht, um sich in acht zu nehmen.

»Nie dürfen Davian und ich irgendwas machen. Du bist schrecklich, ich wünschte, Papa wäre hier.«

Mit einem furchtbaren Geräusch klatschte Jeans Hand auf Aleesas Wange. Das Kind stolperte zurück, bis es außer Reichweite der Mutter war, und sah sie voller Angst an.

»Es tut mir leid, Mama ...«

»Das mußte nicht sein.« Sylvia drückte Davians verkrampften Körper fester an sich. Erst langsam wurde ihr bewußt, wie sehr sie erschrocken war. »Es war nicht nötig, sie zu schlagen!«

In den Augen ihrer Cousine flackerte nackte Wut. Ein herausfordernder Trotz war an die Stelle von Scham und Schuldbewußtsein getreten. »Ich kann mit meinen Kindern machen, was ich will.«

»Sie sind keine Gegenstände, Jean, sie sind Menschen wie du und ich.«

Jean achtete nicht darauf. »Los jetzt, Aleesa, tu, was ich dir gesagt habe.«

Das Mädchen zögerte. Sylvia bückte sich und setzte den widerstrebenden Davian ab. »Komm, Alli, tu, was deine Mutter sagt.«

»Aber ich …«

»Aleesa!« Jeans Augen verengten sich, und sie machte Anstalten, aufzustehen.

Das Mädchen schaute sie überrascht und ängstlich zugleich an. Dann nahm es seinen Bruder bei der Hand und zog ihn mit sich fort.

Sylvia war außer sich. »Mußt du deine schlechte Laune immer an Aleesa auslassen?«

Jean schnaubte verächtlich. »Was kümmert's dich?«

Es gelang Sylvia nicht, ihre Verärgerung für sich zu behalten. »So wie du dich verhältst, ist es kein Wunder, daß die Kinder Angst vor dir haben.«

Angespannte Stille. Dann stand Jean auf und stampfte mit dem Fuß auf den Boden. »Versuchst du etwa, sie gegen mich aufzubringen?«

Sylvia spürte, wie die Wut in ihr hochschäumte. »Ich brauche überhaupt nichts zu *versuchen*, du schaffst das ganz allein. Wenn du dich zu Hause genauso aufgeführt hast, ist mir klar, warum Jimmy eine zeitweilige Trennung vorgeschlagen hat.« Es war ein Schlag unter die Gürtellinie, und die Worte taten ihr im selben Augenblick leid, in dem sie sie ausgesprochen hatte. »Entschuldige, ich hätte das nicht sagen sollen.«

»Warum denn nich?« Jean sah aus, als würde sie jeden Moment explodieren. »Iss doch, wasde denkst, nich? Hat dich schon immer geärgert, daß Jimmy mich liebt. Außer dir darf niemand 'nen Dyer heiraten! Es würde mich nich überraschen, wenn du daran Schuld wärst, daß er mich nich heiraten will.«

Sylvia war entsetzt. »Du weißt genau, daß das nicht wahr ist, Jean!«

Jean lachte gequält auf. »Denkste, ich wär von gestern? Du hast dich schon immer für was Besseres gehalten.«

Sylvia ärgerte sich, daß sie sich dermaßen in die Enge drängen ließ. »Sei nicht albern. Du hältst dich selbst für was Schlechteres ...«

»Ach ja?«

»Ja! Es ist deine Unsicherheit ... Genau wie damals, als ich dir sagte, daß das mit dir und Jimmy keine gute Idee sei. Sieh es doch ein, Jean«, flehend breitete sie die Arme aus, »solange du eine schlechte Meinung von dir selbst hast, machst du es allen anderen schwer.«

»*Na klar*, alles meine Schuld, was? Du brauchst dir gar nich erst einbilden, daß ich dir deine Märchen abkauf«, schniefte Jean.

»Wovon redest du denn jetzt schon wieder?«

»Tu nich so unschuldig!« Jeans Stimme triefte vor Verachtung. »Ich weiß, wasde hinter meinem Rücken mit Jimmy ausheckst. Aber wenn ihr glaubt, ihr könnt mich loswerden, müßt ihr euch schon 'n bißchen mehr anstrengen.«

Einen Moment lang glaubte Sylvia, Jean habe irgendwie von dem Brief erfahren, den sie Jimmy geschickt hatte. Sie suchte nach einer Antwort. »Niemand intrigiert gegen dich, Jean. Ich gebe zu, daß ich mich darum sorge, wie du mit Aleesa umgehst, aber ...«

»Und was soll ich deiner Meinung nach tun, mir ihre Unverschämtheiten gefallen lassen?«

Sie wußte also nichts, hatte nichts erraten. Sylvia atmete erleichtert auf und riskierte einen neuen Vorstoß. Wenn sie Jean nur dazu bringen könnte, sich zu beruhigen und sich ihren Problemen zu stellen! »Hör mal, es geht doch nicht um Aleesa, oder?«

Jean begann vor Wut zu kochen. »Nein, *um dich geht's*, darum, daß du immer versuchst, mich vor meinen Kindern zu blamieren. Glaubste, ich weiß nich, wasde vorhast, dassde se immer von mir fernhältst?«

Sylvia trat unruhig von einem Fuß auf den anderen und wünschte sich, sie hätte den Mund gehalten. »Was ist denn jetzt wieder in dich gefahren, Jean?«

»Tu nich so gönnerhaft! Ich weiß genau, wasde plötzlich mit deinen *Sorgen um die Kinder* hast. Seit wann verstehste denn überhaupt was von Kindern? Du und Winston, ihr habt ja nich mal im Traum dran gedacht, welche in die Welt zu setzen, als ihr die Gelegenheit dazu hattet. Un jetz willste dir unbedingt meine schnappen.«

Sylvia wollte sich von Jean nicht aus der Ruhe bringen lassen. »Hör mal, ich versuche gar nicht, dich zu verdrängen ...«

»Soll wohl 'n Scherz sein?« Das klang provokativ, wie eine Herausforderung.

»Bestimmt nicht.« Im stillen dachte Sylvia, daß es Jean nicht gut ging, daß sie es nicht so meinte, wie es sich anhörte, und nicht anders konnte, als um sich zu schlagen. »Ich könnte dich doch gar nicht verdrängen. Die Kinder wissen sehr gut, wer ihre Mutter ist.«

»Aber nich grade deshalb, weilde's ihnen gesagt hast.«

Sylvia schüttelte den Kopf. »Jean, ich bleibe nicht hier, um noch weitere Beleidigungen mit dir auszutauschen.«

Jean ging nicht darauf ein. »Jimmy hat dich dazu angestachelt, wie?«

Ihr Herzschlag setzte einen Moment lang aus, und sie betete, nicht so schuldbewußt auszusehen, wie sie sich fühlte. »Wozu angestachelt?«

»Ich weiß, er will die Kinder. Aber ich sag's dir: Du kriegstse nich un er auch nich. Eher bring ichse um.«

Ihre Boshaftigkeit erschütterte Sylvia, und sie klammerte sich an den Gedanken, daß ihre Cousine das nur im Eifer des Gefechts gesagt hatte. »Komm, das bringt doch nichts.«

»Da haste verdammt recht, das bringt nix. Ich will dich nich mehr in der Nähe meiner Kinder sehen. Wir gehn jetz 'nen Freund besuchen, un zwar ohne dich.«

Mit gemischten Gefühlen sah Sylvia zu, wie Jean mit den Kindern wegging. Sie hatte Angst um Aleesa und Davian, aber sie brauchte auch Zeit zum Nachdenken. Sie war nicht in der Lage gewesen, zwischen ihren eigenen Interessen und ihren Gefühlen für die Kinder zu unterscheiden, und hatte sich deshalb in der Auseinandersetzung mit Jean nicht sehr geschickt verhalten. Sie ärgerte sich auch über Jimmy. Wie hatte er ihr das aufhalsen können? Von allen Menschen wußte er am besten, warum sie nach Jamaika gekommen war und was ihr diese Reise bedeutete. Aus einem plötzlichen Impuls heraus ging sie zum Telefon. Bei irgend jemandem mußte sie ihr schlechtes Gefühl abladen – und schließlich war es sein Schlamassel.

Sie schaute auf den Wecker, der auf der Kommode stand. Wie spät war es jetzt in England? Sieben Uhr, spät genug, daß er für heute mit der Schreiberei aufhörte. Ehe sie es sich anders überlegen konnte, wählte sie seine Nummer und war erleichtert, als der Hörer nach dem zweiten Klingeln abgenommen wurde.

»Jimmy?«

»Ja?«

»Sylvia hier.«

»Ist den Kindern was passiert?«

Sie versuchte die Besorgnis in seiner Stimme zu überhören und ermahnte sich, daran zu denken, daß es sein Problem war. »Jean säuft wie ein Loch ... Sie macht den Kindern angst. Hör zu, ich weiß, daß sie dich seit ihrer Ankunft bei jedem Telefonat beschimpft hat, aber seit du ihre Anrufe nicht mehr entgegennimmst, hat sie erst recht mit dem Trinken losgelegt. Könntest du nicht wenigstens mal mit ihr reden?«

Seine Antwort war unmißverständlich. »Bevor sie abflog, haben Jean und ich uns alles gesagt, was zu sagen war. Sie weiß, was los ist.«

»Und was soll mit Aleesa und Davian werden?«

»Soll das heißen, daß sie sie schlecht behandelt?«

Nun, da sie ihn am Telefon hatte, wußte sie nicht mehr, ob sie die Lage richtig beurteilte. »Hast du meinen Brief nicht bekommen?«

»Nein, wann hast du ihn abgeschickt?«

Mutlosigkeit überkam sie. »Letzte Woche ...«

»Willst du sagen, daß sie die Kinder mißhandelt?«

Sie hatte nicht den Mut, ihm alles zu erzählen, schließlich konnte er aus der Entfernung überhaupt nichts machen. »Sie hat Aleesa heute geohrfeigt und, wie ich glaube, nicht zum ersten Mal.« Seufzend rang sie sich zu einem Entschluß durch. »Jimmy, ich glaube nicht, daß die Kinder bei Jean gut aufgehoben sind. Meistens sind sie mit mir zusammen, aber ich fliege in etwas mehr als einer Woche ab, und was wird dann?«

»Könntest du nicht länger bleiben, Sylvia – nur ein paar Wochen, bis ich kommen kann?«

Das fehlte ihr gerade noch. »Ich muß wieder zur Arbeit, Jimmy – warum sprichst du nicht mit George darüber?«

»Machst du Witze?« sagte er frustriert und ärgerlich. »Für ihn sind Kinder Frauensache. Schau, ich weiß, es ist viel verlangt. Aber wie soll ich in dieser Jahreszeit so schnell einen Flug nach Jamaika bekommen?«

Der verzweifelte Klang seiner Stimme weckte neue Schuldgefühle in ihr – als wäre sie tatsächlich für die Kinder verantwortlich. »Ich kann meine Klienten in London unmöglich so lange sich selbst überlassen.«

Er schnalzte ärgerlich mit der Zunge. »Soweit ich weiß, arbeitest du doch im Sozialwesen. *Herrgott, Mensch, Sylvia!* Du sagst selbst, daß Alli und Davian in Gefahr sind – oder zählen Verwandte nicht, wenn es um den Schutz von Kindern geht?«

Er baute einen Käfig aus Worten um sie, und das machte sie plötzlich wütend. Alle warfen ihr ständig ihre Kinderlosigkeit vor, aber sobald einer von ihnen davon profitieren konnte, sah es auf einmal ganz anders aus. »Zunächst einmal könntest du dir dieses Gerede schenken, du sprichst nämlich nicht mit Jean, verstehst du?«

Schweigen in der summenden Leitung. »Du hast recht. Tut mir leid, das war ein bißchen daneben. Aber du bist die einzige, die ich um Hilfe bitten kann, Sylvie.«

»Du weißt aber, daß es nicht geht ...«

»Sylv, du kannst doch nicht einfach abhauen und die Kinder allein lassen, Mensch ... Du weißt, was Winston sagen würde, wenn er da wäre.«

»Er ist aber nun mal nicht mehr da. Und von allen Leuten weißt du am besten, wie wichtig diese Reise für mich war. Dieses Durcheinander ist deine Schuld, hörst du?«

»Das sehe ich ja ein. Aber es ist keine Lösung, sie einfach allein zu lassen.«

»Du kannst doch nicht alles mir aufbürden, Jimmy, das ist nicht fair. Du wußtest, wieviel Jean trinkt, und dir muß klar gewesen sein, wie sie sich unter dem Einfluß von Alkohol benimmt.«

»Bei Gott, Sylvia, es war mir nicht klar ... Okay, sie hat sich nie besonders viel um die Kinder gekümmert, aber glaubst du vielleicht, ich hätte sie bei ihr gelassen, wenn ich geahnt hätte, daß sie sie schlägt?«

Ihr Schweigen brachte ihn zum Fluchen. »Verdammt noch mal, Sylvia, ich sage dir mal, was mit Jean und den Kindern ist; sie ist ihnen eine wirklich gute, liebevolle und geduldige Mutter, meistens jedenfalls.«

Sie ignorierte das. »Sie bleibt also nicht die ganze Nacht weg und taumelt besinnungslos betrunken umher?«

Sein Schweigen beantwortete ihre Frage, bevor er etwas sagen konnte. »Sie hat versprochen, nichts mehr zu trinken«, rechtfertigte er sich schließlich.

»Und das hast du ihr abgekauft?«

»Um Gottes willen, Sylvia, ich bin Schriftsteller, verdammt noch mal, kein Sozialarbeiter. Sagt meine Frau mir was – un schwört drauf –, glaub ich's ihr, klar doch.« Er seufzte. »Was ist nur schiefgegangen, Sylvie? Eben lief alles noch bestens, und dann bleibt sie plötzlich so häufig von der Arbeit weg, daß man ihr nahelegt, zu kündigen.«

»*Was!* Sie hat ihren Job verloren?« Davon hatte sie nichts gewußt. »Du hättest mich ein bißchen früher darüber informieren können.«

»Wie denn, wo sie es sich selbst nicht eingesteht? Sie erzählt jedem, sie hätte unbezahlten Urlaub, und beharrt darauf, daß sie wieder anfängt, sobald Davian im September in die Vorschule kommt.« Er hielt inne. Sie konnte förmlich sehen, wie er nach den richtigen Worten suchte. »Sylvie, ich bitt dich … ach was, fleh dich an, bleib 'n bißchen länger. Tu's für die Kinder! Was immer richtig oder falsch iss: Es iss nich ihre Schuld, dasse da reingeraten sind!«

Es war nicht zu leugnen, daß er damit recht hatte, und Sylvia wurde allmählich weich. »Also gut, wenn du mit den Leuten auf meiner Arbeitsstelle redest, buche ich meinen Rückflug um.«

»Was soll ich ihnen sagen?« Jimmy ließ ihr keine Chance, es sich noch einmal zu überlegen.

»Laß mich erst mal bei British Airways anrufen und fragen, ob sie mir einen späteren Rückflugtermin geben können, dann melde ich mich wieder bei dir.«

Seine Erleichterung war ihr beinahe peinlich. »Du hast mir das Leben gerettet, Sylvie. Ich mache das wieder gut, du wirst sehen. Ich komme, sobald ich einen Flug kriegen kann, das verspreche ich dir.«

Es folgte eine unbehagliche Stille, dann verabschiedeten sie sich voneinander.

5. KAPITEL

Die Sonne weckte sie. Die Sonne und die lautsprecherverstärkte Stimme des Priesters der Sonntagskirche, der die Sünder zur Reue mahnte und sie im Namen Jesu willkommen hieß.

Jean räkelte sich in ihrem Bett, genoß den Duft von frischem Gras und reifem Durian und lauschte den Gesängen, die aus der Kirche herüberwehten. Wie gewöhnlich vertrieben die Klänge des Gottesdienstes die schrecklichen Stimmen aus ihrem Kopf und erfüllten sie mit einer Art Frieden. Es war, als ob die Kirche ihr zuwinkte, um sie zu trösten. Eine Zeitlang stellte sie sich vor, wie es wäre, dort zu sein, mitten in jenem frommen Treiben.

Schon als kleines Kind, schon als sie jünger gewesen war als Aleesa jetzt, hatte sie sich gewünscht, in die Sonntagskirche gehen zu dürfen – in die verbotene Kirche. Nun ertappte sie sich bei dem Gedanken, daß Gott ihr vielleicht endlich ein Zeichen gab. Vielleicht wollte er ihr sagen, daß sie eine solche Kirche, einen gütigeren, unbeschwerten Glauben brauchte. Die Sonntagskirche schrieb ihren Gläubigen nicht alles vor. Jean nahm an, daß ihre Ansprüche leichter zu erfüllen sein würden: Der Gottesdienst endete bereits mittags, und für den Rest der Woche gab es keine Pflichten, sondern nur die freiwilligen Abendandachten.

Damit hätte sie von Anfang an keine Probleme gehabt. In so einer Atmosphäre wäre sie niemals vom Weg abgekommen und dem zerstörerischen Einfluß von Alkohol und Wollust erlegen!

Doch statt ihren Glauben auf freiheitliche Weise leben zu können, hatte sie unter einem strengen Fundamentalismus gelitten, der sie zur Einhaltung des Sabbats und zur Lüge zwang, um der öffentlichen Anprangerung für ihre Übertretungen zu entgehen. Immerzu hatte sie lügen müssen, und so war eine Schuld zur anderen gekommen, bis das Lügen zur Gewohnheit geworden war.

Wenn sie nur geahnt hätte, daß dies Gottes Weg war, zu ihr zu sprechen und sie zu warnen! In einem Augenblick der Zuversicht erkannte sie, daß die Zeichen immer bei ihr gewesen waren. Wenn der Sonntagsgottesdienst im Rundfunk übertragen wurde, hatte sie nie das Bedürfnis gehabt, um sich zu schlagen oder den Kindern weh zu tun, damit der Schmerz in ihrem Kopf endlich nachließ.

Wie hatte sie nur so blind sein können! dachte sie verwundert und schüttelte den Kopf. Jahrelang hatte sie gebetet und gewartet und war zu ehrlich oder zu dumm gewesen, ihre Hoffnungen auf das Versprechen der Taufe zu setzen. Sie hatte sich nach einer transzendentalen Erfahrung gesehnt, nach Vergebung für das Unglück, das sie über Noel und ihren Vater gebracht hatte.

Schließlich hatte sie der Kirche den Rücken gekehrt und Gott die Schuld an allem gegeben, weil Er sich von ihr abgewandt habe. Und sie hatte gelitten. Auf sich selbst gestellt und von der Gemeinschaft der Gläubigen ausgeschlossen, hatte sie statt Gottes Barmherzigkeit nur seine Rachsucht erfahren. Sobald sie ein Problem gelöst hatte, war ein neues aufgetaucht – Schicksalsschläge, die sie an den Rand des Wahnsinns getrieben hatten.

Das Bild des Kindes kam ihr wieder in den Sinn, das Kind, das blutend im Schatten des Kreuzes lag. Jean erschauderte.

Wenn Jimmy mich nich verlassen hätte, wär mir das hier erspart geblieben, dachte sie traurig. *Er hätte nich zugelassen, daß ich in die Mountain District-Kirche geh und sowas durchmach.*

Sie rollte sich auf die Seite und versuchte, nicht an Jimmy zu denken. Sie merkte, daß sie wieder depressiv wurde, und bekam Angst, daß dann auch die bösen Stimmen zurückkehren würden. Nur die Angst, Sylvia und die Kinder aufzuwecken, die auf einer Matratze auf dem Fußboden schliefen, hielt sie davon ab, ihren Alkoholvorrat aus der Tasche neben dem Bett zu holen.

Um sich zu trösten, wiegte sie sich hin und her und hielt die Arme fest um den Leib geschlungen. Einst war auch jenes Kind so gewiegt worden.

Sie schob den Gedanken beiseite, versuchte an etwas weniger Schmerzliches zu denken. Aber auch das war falsch. Die neuen Bilder überrollten sie, übermächtig und voller Anklagen ... Sansee Beach am letzten Freitag. Sylvia und die Kinder hatten unter dem großen Mandelbaum gesessen.

An diesem Tag war etwas in ihr zerbrochen. Sie hatte die Furcht und das Mißtrauen in Aleesas Augen gesehen. Das Gesicht ihrer Tochter war für einen Augenblick mit dem des achtjährigen Mädchens ihrer Erinnerung verschmolzen. Sie war furchtbar erschrocken und hatte Aleesa an sich reißen und mit ihr weglaufen wollen, um sie vor all den Gefahren zu beschützen, die hinter scheinbar harmlosen Dingen lauerten. Sie hatte am ganzen Leib gezittert und war dermaßen verängstigt gewesen, daß sie weder Sylvias besorgten Blick noch Aleesas Erschrecken begreifen konnte. Nur mit großer Anstrengung war es ihr schließlich gelungen, sich zusammenzureißen und ihre Panik niederzukämpfen. Vor Erschöpfung zitternd, hatte sie dagestanden.

Vielleicht hatte sie sich zu Davian hinabgebeugt, um bei dem stummen Kind Trost zu suchen. Aber er war vor ihr zurückgewichen, hatte sich weggeduckt und ihr jede Zuwendung verweigert.

Ohne Vorwarnung hatte eine heftige Wut Besitz von ihr ergriffen. Sie hatte weit ausgeholt und so kräftig zugeschlagen, daß dem Kleinen die Luft weggeblieben war.

Davian hatte geschrien, und Aleesa war mit vor Furcht weit aufgerissenen Augen von ihr abgerückt. Alles schien vor ihr zurückzuweichen: die Meeresbrise, das Geräusch der Wellen, der Klang der Stimmen in der warmen Luft.

Dann war es wieder laut brüllend auf sie eingestürzt. Sie hatte ihr eigenes heftiges Atmen hören können, Davians Jammern, Aleesas Schluchzen und – lauter als alles andere – Sylvias betroffenes Schweigen.

Tief in ihrer Brust hatte die dämonische Stimme gedröhnt, ein bitteres, schluchzendes Lachen.

Sylvia hatte Davian an sich gezogen und Jean einen vielsagenden Blick zugeworfen. Dann hatte sie Aleesa bei der Hand genommen und sie und Davian weggebracht, ohne auf Jeans reuevolle Worte und ihre Bitte um Vergebung zu achten.

In ihrer Verzweiflung war Jean am nächsten Tag in die Sabbatkirche gegangen – die Kirche ihrer Kindheit, deren Schatten so lang war, daß sie das Land hatte verlassen müssen, um ihm zu entgehen. Voller Vorfreude und Hoffnung war sie früh am Morgen aufgestanden, überzeugt, daß nun die Zeit gekommen war. Sie mußte sich jetzt entscheiden: Entweder sie lebte weiter in der Grauzone des Halbwahns und versank dabei so tief in der Sünde, daß nichts sie mehr retten könnte, oder sie bereute und wurde erlöst. Sie mußte einfach daran glauben, daß sie in der Mountain District-Kirche ihren Frieden wiedererlangen würde, wenn sie nur inbrünstig genug betete. Was blieb ihr denn anderes übrig?

Hätte sie nur ein wenig Vergebung und Mitleid finden können! Es war ihr nicht leichtgefallen, in die Sabbatkirche zu gehen und sich nach so langer Zeit der Gemeinde zu stellen, vor der sie einst weggelaufen war. Sie hatten ihr keine Chance gegeben. Zögernd war sie in die Kirche getreten und hatte sich auf den erstbesten Platz in der Nähe der Seitentür gesetzt. Nach einiger Zeit war ihre Anwesenheit bemerkt worden. Feindliche Blicke hatten sich ihr zugewandt, erbostes Flüstern hatte die Kirche erfüllt, die Leute neben ihr waren von ihr abgerückt. Unfähig, das zu ertragen, war sie aufgesprungen und hinausgelaufen.

Pearls quengelnde Stimme erklang in der warmen Luft und rief Jean wieder ins Gedächtnis, daß ihr ein weiterer unerfreulicher Tag im Haus ihres Bruders bevorstand. *Kein Wunder, daß ich weglaufen muß,* murmelte sie vor sich hin. *Die Frau nörgelt so, daß ichse bis in meine Träume hör.*

Erneut dachte sie an die Flasche. Nein. Sie hatte inzwischen eingesehen, daß ein kleiner Schluck nicht ausreichte. Da wäre schon einiges mehr nötig, um das durchdringende Geschimpfe ihrer Schwägerin zu ertränken.

Die Gemeinde in der Kirche stimmte ein neues Lied an, das sie beruhigte und wieder den Traum von einer besseren Welt auferstehen ließ ... und von einem erlösenden Glauben.

Sie könnte hingehen – niemand könnte sie daran hindern. Sylvia war ja hier und konnte sich um die Kinder kümmern.

Ich wette, es wird nicht so wie gestern.

Ohne weiter darüber nachzudenken, sprang sie aus dem Bett und griff nach ihrem Kleid und der Unterwäsche. Es war, als ob irgend etwas an diesem Gottesdienst sie magisch anzog und eine lang vernachlässigte spirituelle Saite in ihr zum Klingen brachte. An der Tür des Zimmers hielt sie inne und lauschte den besänftigenden Klängen der Musik. Sie sangen jetzt noch ein anderes Lied – eigens für sie, um ihr zu versichern, daß in ihrer Kirche alle Sünden vergeben wurden.

Diesmal trödelte sie nicht in dem betonierten Duschraum herum. Diesmal brauchte sie keinen verstohlenen Drink. Aus lauter Vorfreude auf einen freundlichen Empfang in der Kirche wurde sie heiter und ausgelassen. Doppelt so schnell wie gewöhnlich kleidete sie sich an und behielt dabei die schlafenden Kinder und ihre Cousine im Auge.

Als Jean die Treppe herunterkam, war Pearl in der Küche zugange. Beim Anblick des sauberen, geblümten Kleids und des blauen Huts setzte sie ihr übliches Stirnrunzeln auf. »Du hast mir gar nich gesagt, dassde heute früh ausgehn willst, Jean.«

Jean zuckte die Schultern. »Ich wußte nicht, daß ich verpflichtet bin, mich bei dir an- und abzumelden.«

»Du weißt, so hab ich's nich gemeint, es iss nur, weil George grad Ackee für dein Frühstück holt.«

Jean hatte nicht die Absicht, sich mit ihrer Schwägerin zu streiten, nicht an diesem Tag. »Ich frühstücke, wenn ich zurück bin.«

Pearl wirkte verunsichert. »Wie lang wird's denn ungefähr dauern?«

»Bis es vorbei iss!« Diese Frau war dermaßen neugierig und aufdringlich! Aber Jean würde nicht zulassen, daß sie sie wieder in Rage brachte, nicht jetzt, wo die Segnungen des Gottesdienstes ihr in den Ohren klangen. »Sag George einfach, daß ich heute später frühstücke.«

Pearl machte Anstalten, ihr zu widersprechen, aber Jean wartete ihre Einwände nicht ab. Jede Sekunde, die sie hier verschwendete, war eine Sekunde ohne die Worte des Trostes. »Hör mal, Pearl, ich kann mich jetzt nicht länger mit dir unterhalten.« Sie ging zur Tür, und das Bedürfnis, endlich in die Sonntagskirche zu gelangen, verlieh ihren Schritten Schwung, trotz des unebenen Bodens und der hohen Absätze, an die sie nicht gewöhnt war.

Als sie die Kirche erreichte, hatte die Predigt gerade begonnen. Aus Angst, daß ihr Zuspätkommen Aufmerksamkeit erregen könnte, blieb sie vor der Tür stehen. Hier, in der hölzernen Vorhalle, schien das mit der Sonntagskirche plötzlich keine so gute Idee mehr zu sein. Sie fragte sich, ob sie nicht lieber eine Zeitlang warten und dann wieder zurückgehen sollte.

Dann sprach der Priester davon, daß zwar die Sünde gehaßt, der Sünder aber geliebt werde, und sie merkte, daß ihre Füße sie vorwärts trugen. Sie klemmte sich in die letzte Bank zwischen eine stämmige, schwitzende Frau und einen dünnen, gebeugten Mann, der gelegentlich hustete. Als der Priester aus der Heiligen Schrift zitierte, lehnte sich der Mann zu ihr herüber und ließ sie in seine Bibel sehen. Jean spürte, daß sich die Anspannung in ihrer Brust löste.

Sie akzeptierten sie, einfach so. Keine mißbilligenden Blicke, kein plötzliches, unbehagliches Gemurmel. Jean entspannte sich und lauschte den tröstlichen Worten der Predigt. Auch die aufrichtenden Gebete und Lieder, die auf die Predigt folgten, gaben ihr neue Kraft. Es war, als hätte sie wieder eine Zugehörigkeit gefunden, es gab ihr das Gefühl der Rückkehr in eine Heimat, die so sehr verloren schien, seit ihr Vater sie verlassen hatte. Es nahm die Last aus Schuld und Versagen von ihren Schultern, so daß sie sich frei und leicht fühlte. Gott hatte sich endlich doch noch erweichen lassen und ihr den Glauben wiedergegeben, das Licht, das sie aus dem Labyrinth der Sünde führen würde.

Am Ende des Gottesdienstes umarmten sich alle und verabschiedeten sich in Christi Namen voneinander. Jean ging das Herz auf. Nachdem sich die Kirche geleert hatte und der schöne Gottesdienst nicht mehr als eine Erinnerung war, blieb sie noch lange auf ihrem Platz sitzen. Sie hatte einfach das Bedürfnis, noch eine Weile hier zu sein und die kühle, friedliche Stille in sich aufzunehmen.

Warum war sie nicht früher hergekommen? All die Jahre der Selbstqual, in denen sie versucht hatte, einem erbarmungslosen Gott – dem falschen Gott der Samstagskirche – zu gefallen, während die Erlösung die ganze Zeit über hinter der holzverzierten Fassade der bescheidenen Sonntagskirche nebenan gewartet hatte! Sie konnte es nicht genug bedauern.

»Alles in Ordnung?«

Der Priester, ein älterer Mann, setzte sich neben sie. Jeans Stimmung schlug um. Sie hatte Angst, daß ihre Depressionen mit all ihrer zerstörerischen Bösartigkeit zurückkehren würden.

Er hielt ihr seine Hand hin und brach das bedrohliche Schweigen. »Ich bin Dekan Davis.«

Sie entspannte sich ein wenig. »Jean Mackenzie«, sagte sie, froh über seine vorsichtige Annäherung und die menschliche Zuwendung, die er ihr anbot.

Der Dekan runzelte die Stirn. »Sindse mit Missa Mackenzie aus der Siedlung verwandt?«

Widerstrebend nickte sie. Sie wollte im Augenblick nicht über ihren Bruder sprechen und die Welt noch eine Weile draußen vor der Tür lassen.

Der Dekan lächelte verständnisvoll. »Sieht aus, als hättense Sorgen.« Der sanfte Klang seiner Stimme war wie eine freundliche Einladung, ihm alles zu erzählen.

Jean merkte, daß sie Vertrauen zu ihm faßte. Sie erzählte ihm, daß Jimmy sie im Stich gelassen hatte und daß sie nicht wußte, wie sie sich den Kindern gegenüber verhalten sollte.

»Sindse sicher, daß Ihr Mann nich bloß 'n bißchen Zeit für sich braucht? Sie sagen ja, dasser viel Arbeit hat.«

»Ich weiß nich, Dekan Davis, ich fühl nur, er liebt mich nich mehr.« Sie beließ es bei seiner Annahme, daß Jimmy ihr Ehemann sei, weil sie sich schämte, mit einem Mann in Sünde zu leben.

»Ich find, Sie sollten ihm 'nen Brief schreiben un versuchen, ihm zu erklären, was in Ihnen vorgeht. Wennse mit ihm nich mehr reden können, ohne dasse sich furchtbar aufregen, hat's keinen Sinn, es immer wieder von neuem zu versuchen. Gibt bloß neuen Streit, wenn er's Gefühl hat, Sie wollen ihn unter Druck setzen.«

Sie senkte den Kopf, weil sie an Davian denken mußte und wieder Schuldgefühle bekam. Sie wollte dem Dekan davon erzählen. Die Worte brannten ihr auf der Zunge …

»Noch was bedrückt Se?« fragte er aufmerksam.

Sie wagte nicht, ihm in die Augen zu sehen, aber das Bedürfnis, sich auszusprechen, war überwältigend. Irgendwie flößte ihr dieser alte Mann, dieser Fremde, Vertrauen ein. »Am Freitag hab ich meinen kleinen Sohn geschlagen. Hab ihn so gehauen, daß er fiel, un davon iss seine Brust auf einer Seite grün und blau geworden.«

»Zur Strafe?« Seine Stimme blieb warm und gütig.

Sie zögerte, hätte es sich gern leicht gemacht. Dann dachte sie an den Gottesdienst. Das gute Gefühl, das es in der Samstagskirche nie gegeben hatte. »Nein, nur weil ich mich geärgert habe.«

»Was hatter denn getan, dasse so aufgebracht waren?«

Sie wollte ihm erzählen, daß Davian sich geweigert hatte, sie zu trösten. Daß er sich – genau wie sein Vater – von ihr abgewandt hatte, obwohl er sah, daß sie Trost brauchte. Die Worte lagen ihr auf der Zunge, Worte, die das Durcheinander in ihrem Kopf erklären konnten. Sie dachte an Jimmy und schaute auf das leuchtende Gemälde an der Altarwand, das Jesus Christus darstellte. »Es ist bloß, weil er der Sohn seines Vaters ist und ich einfach nicht weiß, wie ich an ihn herankommen soll.«

»Wir sind alle Gottes Kinder, nich … Sie lieben doch Ihren Sohn?«

Sie bejahte ohne das geringste Zögern. Es war nie eine Frage der Liebe gewesen. Sie liebte Davian, liebte Aleesa, und am meisten von allen liebte sie – Jimmy. Jean seufzte. »Ich würde alles für meine Kinder tun, Pater, aber ich weiß nicht, wie ich Zugang zu ihnen finden soll. Sie halten immer zu ihrem Vater, verstehen Sie?«

»Aber Sie haben doch gesagt, dasse se lieben. Un es sind Ihre Kinder, un Mutterliebe iss was ganz Natürliches.«

Sie konnte es dem alten Mann nicht begreiflich machen. Wie sollte er es auch verstehen? Er, der so selbstsicher, so fromm war?

Der alte Dekan räusperte sich. »Hab den Eindruck, Sie brauchen geistlichen Beistand. Übernächsten Sonntag kommt der Pastor, un ich bin sicher, dasser bereit iss, sich mit Ihnen zu unterhalten.«

Jean runzelte die Stirn und blickte in sein faltiges Gesicht. »Ich gehöre aber nicht zu Ihrer Gemeinde«, gestand sie. Dann erst fiel ihr ein, wie verächtlich Außenstehende in der Kirche ihrer Kindheit behandelt wurden.

Er schüttelte besänftigend den Kopf. »Wie ich sag: Wir sind alle Gottes Kinder, un Jesus hat gesagt, wir sollen die Sünder zu ihm bringen.«

Sie war erleichtert. Nun fühlte sie sich wirklich akzeptiert. »Dann würde ich den Pastor gerne treffen, wenn es möglich ist.«

Er nickte erfreut. »Ich werd dem Pastor jedenfalls sagen, Sie möchten ihn sprechen.« Er zögerte. »Möchtense jetz mit mir beten?«

Ergeben senkte Jean den Kopf. Sie brauchte diese Absolution. Sie hörte konzentriert zu, wie er Gott bat, sie zu segnen und ihrer verwirrten Seele Trost zu schenken. Irgendwie fühlte sie sich durch das Gebet besser, näher an der Heilung, die sie hier gesucht hatte. Das abschließende »Amen« sprach sie mit leichterem Herzen. Die Schlingen der Depression hatten sich gelockert. Wenigstens sah sie jetzt einen Weg, wieder die Frau zu werden, die sie einmal gewesen war.

Als sie den Kopf hob, war der Tag klarer geworden. Sie sah und hörte alles deutlicher als jemals zuvor. Es kam ihr vor, als sei sie aus einem langen, tiefen Schlaf erwacht.

»Vielen Dank, Dekan Davis, ich fühle mich jetzt viel besser.«

Er lächelte erfreut. »Heute abend um sechs iss Gottesdienst, Sie sind herzlich eingeladen.«

»Ich werde es mir überlegen.« Aus Angst, daß die bösen Gefühle zurückkommen könnten, wagte sie nicht zuzusagen.

Er bedrängte sie nicht. »Ich werd zu Gott beten, er soll Ihre Schritte leiten un Sie von teuflischer Versuchung fernhalten, bis ich mit dem Pastor über Ihr Problem gesprochen hab.«

Zum erstenmal seit langer Zeit fühlte Jean sich gut. Als sie die Kirche verließ, schritt sie schwungvoll aus und erwiderte die zahlreichen Grüße, die in kleinen Ortschaften zum Alltag gehören. Kaum zu glauben, daß dies die deprimierende Welt sein sollte, in der sie heute aufgewacht war. Die Erlebnisse dieses Morgens hatten sie so sehr verwandelt, daß sie fast schon erwartete, sie müßten sich auch auf die vertrauten Geräusche der Siedlung und die Atmosphäre im Haus ihres Bruders ausgewirkt haben.

Sie schüttelte verwirrt den Kopf, als sie sah, daß offensichtlich alles unverändert war. Der Duft der Kidney-Bohnen, die zum traditionellen Sonntagshühnchen mit Reis gekocht wurden, hing in der Luft. Kinder in Sonntagskleidern sausten in die niedrigen Betonhäuser und wieder hinaus, verfolgten einander und standen den Erwachsenen im Weg. Mr. Browns Hennen waren über den Zaun in Georges Garten geflattert und pickten das Hundefutter auf, das in der Mittagshitze vertrocknete, und Miss Lisas Katze machte unter dem Pawpaw-Baum Jagd auf eine Eidechse.

Sylvia und die Kinder saßen auf der Veranda und waren mit irgendeinem Rätselspiel beschäftigt, als Jean endlich die letzte Stufe der Außentreppe erreichte. In das aufgeregte Lachen der Kinder mischten sich Pearls endlose Litaneien. Aber das würde sie nun nicht mehr durcheinanderbringen. Von ihrem neuen Standpunkt aus, erfüllt vom Geist des Friedens, empfand Jean Mitleid mit ihrer Schwägerin, die ohne die Gnade des Herrn auskommen mußte und dabei so tat, als lebe sie gottgefällig.

»Wo bist du gewesen?« fragte Sylvia erstaunt.

Jean lächelte. »In der Sonntagskirche.«

»Hat es dir gestern nicht gereicht?« wunderte sich ihre Cousine.

»Diesmal war es anders.« Sie sprudelte förmlich über vor Enthusiasmus. »Ehrlich, Sylvie, es war großartig. Ich bin froh, daß ich dort war.«

Aleesa lächelte sie unsicher an. »Bist du nicht mehr wütend, Mama?«

»Nein, mein Liebling.« Sie fühlte sich großartig und gab dem Kind vorbehaltlos Auskunft. »Weißt du, es tut mir leid, daß ich so grob zu dir und Davian war.«

Das Mädchen sah sie mißtrauisch an. »Heißt das, daß du Davian und mir nicht mehr weh tun wirst?«

Reue überkam sie. Sie wurde ein wenig ärgerlich, unterdrückte es aber. Sie würde nicht zulassen, daß die bösen Gefühle wieder Besitz von ihr ergriffen, *nicht jetzt*. Dies war ihre erste Bewährungsprobe. »Nein, das werde ich nicht mehr. Wie sieht's aus, würdet ihr gerne heute abend mit mir in die Kirche gehen?«

Bevor Aleesa antworten konnte, meldete sich die jüngste ihrer Nichten zu Wort. »Gehste etwa in die Sonntagskirche, Tante Jean?« wollte Jalini empört wissen. »Mama sagt, daß man nur erlöst wird, wenn man den Sabbat einhält.«

Jean ging mit einem Achselzucken über die Worte des Kindes hinweg. »Das stimmt nicht, Jalini, es gibt auch andere Möglichkeiten, Gott näher zu kommen.«

»Iss das wahr, Tante?«

Jean nickte und beschloß, sich erst einmal zurückzuziehen. Die Samstagskirche war das letzte, worüber sie reden wollte. Die Erinnerung an den gestrigen Tag war noch frisch, der bittere Nachgeschmack noch gegenwärtig.

Sie schnappte sich Davian und ignorierte seinen Versuch, sich aus ihren Armen zu winden. Sein ängstlicher Blick tat ihrem neuen, fürsorglichen Ich weh. Sie wollte ihm zeigen, daß sie wieder sie selbst und nicht mehr bedrohlich war. Er war ihr von seinem Vater anvertraut worden. Sie mußte ihre Fehler wiedergutmachen. Sie drückte ihn an sich und versuchte ihm ohne Worte zu vermitteln, daß sie ihm nie wieder wehtun würde. Schließlich hörte er auf zu zappeln. Jean wünschte, er würde seine dünnen Ärmchen wieder wie früher in ihren Nacken legen, den Kopf an ihre Schulter betten und sie beruhigend anlächeln.

Sie ging die Treppe hinauf und tat so, als bemerke sie die Schritte ihrer Cousine nicht, die dicht hinter ihr war. Sylvia würde sie für vollkommen übergeschnappt halten, wenn sie auch nur die Hälfte von allem erfuhr. Als sie im Zimmer angekommen war und sich zu Sylvia umwandte, konnte sie ihr ansehen, wie verwirrt und besorgt sie war. Sie wappnete sich für die Fragen, die jetzt kommen würden.

Sylvia schloß die Tür und lehnte sich mit dem Rücken dagegen. »Heute morgen hatte Davian eine große Schramme, Jean, und deshalb hoffe ich, daß du wirklich vorhast, die Kinder nicht mehr zu schlagen.«

Jean versuchte Zeit zu gewinnen, indem sie umständlich ein anderes Kleid hervorkramte. Sie tat so, als sehe sie nicht, daß Davian von ihr wegkroch und sich an Sylvias Bein klammerte. Noch vor kurzem wäre er lieber bei ihr geblieben als bei jedem anderen mit Ausnahme von Jimmy – auch wenn er gelegentlich einen Klaps von ihr bekommen hatte. Sie versuchte, den Schmerz über diese Zurückweisung nicht an sich heranzulassen.

»Jean?« In Sylvias Stimme mischten sich Ungeduld und Skepsis.

Jean wollte ihr sagen, daß es ein Versehen gewesen sei, daß sie nicht vorgehabt habe, ihn so fest zu schlagen, daß Davian unglücklich ausgerutscht und hingefallen sei; ja, daß Sylvia die ganze Sache falsch verstanden habe. Aber ein Blick in das Gesicht ihrer Cousine sagte ihr, daß das Zeitverschwendung war. »Ich hatte eine schwere Zeit, und das habe ich wohl an den Kindern ausgelassen.«

Damit war Sylvia nicht zufrieden. »Wie lange schlägst du Davian schon?«

»Nicht lange ... sieh mal, ich habe dir doch gesagt, daß es eine schlimme Phase war; aber das ist jetzt vorbei«, verteidigte sie sich.

»Heißt das, daß du Jimmy nicht länger belästigen wirst?«

Sie wurde zornig. »Das geht dich nichts an.«

»Doch, wenn die Kinder und ich unter den Auswirkungen zu leiden haben.«

Irritiert von der Unverblümtheit, mit der ihre Cousine sie in die Verantwortung nahm, wich Jean zurück. »Ich sage dir doch, daß ich eine schlechte Phase hatte und daß es jetzt vorbei ist – okay?«

»Sag mir nur eins, Jean: Liegt es an deinen Schwierigkeiten mit Jimmy, daß du trinkst?«

Das brachte sie aus dem Gleichgewicht, und sie verfiel in ihre alte Gewohnheit, alles abzustreiten. »Ich habe nur gelegentlich etwas getrunken, und selbst das ist jetzt vorbei – das versuche ich dir ja die ganze Zeit zu erklären ...«

»Erzähl mir nicht sowas«, schnitt ihr Sylvia das Wort ab. »Warum gibst du nicht zu, daß du ein Alkoholproblem hast?«

Jean war entrüstet. »Ich habe kein Alkoholproblem.«

»Du bist so oft betrunken hier aufgekreuzt, daß ich es unmöglich übersehen konnte. Und außerdem habe ich heute morgen die Flaschen gefunden.«

»Welche Flaschen?«

»Die, die du in Davians Koffer versteckt hattest.«

Jeans Kopfhaut kribbelte vor Zorn. »Soll das etwa heißen, daß du meine Sachen durchsucht hast?«

»Nein. In deiner Eile, in die Kirche zu kommen, hast du vergessen, Davian etwas zum Anziehen rauszulegen, also mußte ich etwas für ihn suchen.«

Jean atmete tief durch. Wie genau Sylvia sie beobachtete! Trotzdem durfte sie sich keinesfalls durch das Mißtrauen ihrer Cousine aus der Ruhe bringen lassen. »Was immer du glauben magst, ich hatte nie ein Problem mit dem Trinken. Okay, ich gebe zu, daß ich ab und zu einen getrunken habe, aber deshalb bin ich noch lange keine Alkoholikerin.«

»Es macht dir also nichts aus, daß ich das Zeug weggeschüttet habe?«

Jeans Herz tat einen kleinen Hüpfer, aber sie zwang sich zu einem unbekümmerten Lachen – getreu dem Versprechen, das sie sich heute gegeben hatte. Sie würde reingewaschen werden und wie neugeboren sein. »Nein ... vielleicht hätte ich es selbst getan, wenn du mir nicht zuvorgekommen wärest. Etwas Großartiges ist heute passiert, Sylvia.« Ihr Enthusiasmus kehrte zurück und verdrängte den Groll. »Ich habe eine wunderbare Erfahrung gemacht.«

»Was? In der Kirche?«

»Ja. Ich bin aufgewacht und habe sie singen gehört. Es war, als ob mich jemand gerufen hätte.«

»Ich dachte, du hättest gesagt, daß du keinen Fuß mehr in die Kirche setzen willst, nachdem man dir gestern die kalte Schulter gezeigt hat.«

Sie schauderte, erzählte Sylvia aber nichts von dem Trauma, das der Besuch in der Samstagskirche *tatsächlich* für sie bedeutete. Sie wollte nicht einmal daran denken. »Ich meinte es auch so, aber diese Kirche ist anders, Sylvia. Das sind richtig nette Leute, wahre Christen.«

»Und das hast du schon bei deinem ersten Besuch gemerkt?«

Jean nickte. »Sogar schon vorher. Wie ich gesagt hab, ich lag im Bett un hörte ihnen zu, un es war, als ob se mich rufen würden ... ich meine, ich weiß, dasses verrückt klingt, aber ich mußte einfach hingehn.«

Sylvia dachte einen Augenblick nach. »Ich nahm an, du wärst nicht besonders religiös.«

Jean zuckte die Achseln. »Ich habe immer an Gott geglaubt, aber nie den richtigen Weg gefunden, Ihm zu dienen.«

Wieder blickte Sylvia besorgt. »Bist du sicher, daß es nicht nur eine Flucht ist ... ein Strohhalm, an den du dich klammerst, weil es dir schlecht geht?«

Es klang so sehr wie etwas, das Jimmy gesagt haben würde, daß sich in Jean alles dagegen sträubte. »Wie kannste sowas sagen! Du glaubst ja nich mal an Gott!«

»Stimmt. Aber wenn du alkoholkrank bist, Jean, ist das nicht der richtige Weg, dein Problem zu lösen. Du weißt selbst, daß es nur eine andere Art des Davonlaufens ist, sich hinter der Religion zu verschanzen.«

Jean ließ die Einwände ihrer Cousine an sich abprallen. »Ich bin keiner deiner ›Fälle‹, Sylvia«, sagte sie steif, »ich muß mir deine blöden Theorien nicht anhören.«

»Und was ist, wenn ich recht habe – kannst du mir das sagen?«

Unter keinen Umständen würde sie versuchen, auf diese Frage eine Antwort zu finden. Sie würde sich nicht in eine Lage bringen, in der das Bedürfnis nach Alkohol so stark wurde, daß der Teufel leichtes Spiel mit ihr hatte. »Bitte, laß es gut sein, Sylvie. Ich werde jetzt mit den Kindern spazierengehen …«

»Ich komme mit.«

Jean ärgerte sich über den Argwohn ihrer Cousine. »Mach, was du willst, aber laß mich mit deiner negativen Einstellung in Frieden.«

Zuerst schien Sylvia etwas erwidern zu wollen. Dann nahm sie Davian auf den Arm und stützte ihn auf ihrer Hüfte ab. »Ich warte mit den Kindern draußen auf dich.«

6. KAPITEL

Jean hatte zu Gott gefunden! Pearl war noch immer schockiert. Gott hatte wahrhaftig Jeans Herz berührt, er hatte *sie* erwählt. Pearl konnte es einfach nicht glauben. Wie konnte jemand wie Jean eine spirituelle Erfahrung machen, die so gewaltig war, daß sie eine unmittelbare Veränderung ihres Wesens bewirkte? Eben noch hatte diese Frau ihre Kinder verprügelt, in der Öffentlichkeit geflucht und war im Vollrausch in die Mountain District-Kirche gewankt. Dann hatte all das buchstäblich über Nacht aufgehört, und eine beinahe allumfassende Liebe und Fürsorge war an seine Stelle getreten.

Es fiel Pearl schwer, das zu akzeptieren. Es war einfach nicht fair. *Sie* hatte Gott so viele Jahre lang treu und klaglos gedient. Es war ihr nicht leicht gefallen, da sie jede Menge Zweifel hatte und ihr vieles an der Kirche fragwürdig erschien. Aber obwohl ihr Glaube schwach war, hatte sie jeder Versuchung widerstanden, die ihr in den Weg gelegt worden war. Warum hatte sie kein solches Erlebnis gehabt? Sie hatte lange genug auf etwas gewartet, das ihren mehr von Routine als von tiefer Überzeugung geprägten Glauben bestärkt hätte. Gott schien sich jedermann zu zeigen, nur ihr nicht! Er hatte sich sogar George gezeigt, der immer von einer Vision sprach, die ihn auf einen christlichen Lebensweg geführt hatte. Bei jeder Gelegenheit schilderte er detailliert, wie er, der aus dem Nichts kam, seinen Schulabschluß gemacht hatte – auch wenn das, verglichen mit dem Drama, das er daraus machte, nicht gerade eine übermäßige Errungenschaft schien. Marcie hatte zumindest ein Auto, ein Haus und einen neuen Job, außerdem war es ihr gelungen, einen Priester zu heiraten und obendrein einen *akademischen Grad* zu erwerben.

Pearl seufzte. Wünsche waren nutzlos, wenn sie nichts als Frustration und Enttäuschung brachten. Sie behielt Jean ganz genau im Auge und hoffte insgeheim, sie könne sie bei einer Sünde ertappen und als die Heuchlerin entlarven, die sie in Wirklichkeit war. Aber die Frau erlaubte sich keinen Ausrutscher.

Jean hatte jedes ihrer Laster und jede ihrer Sünden offen und ehrlich bekannt – im Gegensatz zu George, der nur bestimmte Dinge beichtete und weiterhin fleischliche Sünde mit Miss Jourdan aus der South Road beging. Sie wußte, daß ihr Ehemann Miss Jourdan jeden zweiten Dienstag im Monat besuchte, wenn er zum Brown's Town Market nach St. Ann fuhr. Jean machte zwar eine Schmierenkomödie aus ihrer Errettung, aber sie gab ihre Laster wenigstens auf.

Besonders um das Trinken hatte Jean ein großes Trara gemacht. Nachdem sie an jenem Sonntag aus der Pfingstkirche gekommen war, mußte sie ihre ganzen Vorräte sofort weggeschüttet haben. Verwundert beobachtete Pearl, wie Jean aus ihrer heimlichen Trinkerei ein öffentliches Bekenntnis machte. Ganz früh am Montagmorgen hatte sie ihre Flaschen nach unten gebracht und sie an der Küchenwand aufgestellt. Als sie Mauvia anwies, sie mit dem Müll hinauszubringen, hatte sich Pearl über diese Verschwendung geärgert. Sie hätte George die Flaschen geben können. Bei dem Preis, der in Jamaika für ausländische Spirituosen gezahlt wurde, hätte er einen schönen Profit gemacht. Für Pearl war das ein weiterer Beweis dafür, wie egoistisch ihre Schwägerin war.

Später hatte sich Jean in Georges zerfleddertes Exemplar der Schofield-Bibel versenkt, hatte ganze Passagen laut vorgelesen und so getan, als debattiere sie mit sich selbst. Sie hatte auch Hymnen gesungen, und zwar dermaßen laut, daß Kaona davon wach geworden war und die Kinder gefragt hatten, ob sie zu Miss Lisa gehen dürften, weil sie sich nicht auf ihre Schularbeiten konzentrieren konnten.

Der Gedanke, wie ungerecht all das war, hatte den ganzen Tag über an Pearl genagt. Gott, fand sie, hätte bestimmt nicht dafür gesorgt, daß sich ihre Schwägerin ihr gegenüber weniger provozierend verhielt, wenn ihre vorherige Art nicht unerträglich gewesen wäre. Sie tröstete sich damit, daß sich Jean über kurz oder lang bei ihr würde entschuldigen müssen. Denn falls sie ihre Feindseligkeiten fortsetzte, würde das ihr Christentum als Heuchelei entlarven.

Während Jean mit der Bibel in der Hand von der Veranda zum Gästezimmer und wieder zurück pilgerte, hatte Pearl sich des Gedankens nicht erwehren können, daß der Heilige Geist eigentlich über sie hätte kommen müssen. Wenn man bedachte, wie sie all die Jahre unter George und seiner Schwester gelitten hatte … *das* wäre das mindeste gewesen, was ihr zum Ausgleich dafür zustand!

Am Dienstagabend nahm Jean eine Dusche und zog ihre besten Sachen an, wobei sie fortwährend Hymnen sang. Pearl fragte sich, ob nun der wahre Charakter dieser Frau wieder zum Vorschein kam. Vor lauter Vorfreude schlug ihr das Herz bis zum Hals. Aber ihre gute Laune verging, als sie hörte, wie ihre Schwägerin, nachdem sie fertig war, Sylvia fragte, ob sie nicht mit ihr in die Bibelstunde kommen wolle.

Nach ähnlichem Muster verlief auch die folgende Woche. Jean tat beinahe nichts anderes mehr, als Mauvia, Sylvia und George wie auch jedem Passanten, der so tollkühn war, auf der Straße stehenzubleiben, eine Predigt zu halten. Am Freitag versammelte sie die Kinder um sich, erklärte, daß sie in Sünde gelebt habe, und bat sie um Vergebung. Pearl empfand allmählich so etwas wie Bewunderung für ihre Schwägerin, die sich selbst dermaßen erniedrigte. Welche Fehler sie sonst auch haben mochte: Mut hatte sie! Man brauchte Mut, um seine Sünden öffentlich einzugestehen, noch dazu vor Kindern. Pearl glaubte nicht, daß sie unter vergleichbaren Umständen auch nur eine ihrer Verfehlungen zugegeben hätte. Man mußte ja nur daran denken, wie das die Disziplin untergrub! Ihrer Ansicht nach war es besser, wenn ihre Kinder sie für makellos hielten, bis sie groß genug waren, um selbst herauszufinden, wie es sich wirklich verhielt. Dennoch: *Sie* würde niemals ausländische Verhaltensweisen kritisieren, die sie nicht verstand! Sie tröstete sich schließlich mit dem Gedanken, daß Jean eines Tages ja auch *sie* um Vergebung würde bitten müssen.

Während sie den Betonfußboden mit Roteichenpolitur bearbeitete, stellte sie sich vor, was sie dann zu Jean sagen würde. Natürlich würde sie großherzig, versöhnlich und zuvorkommend sein. Das war das mindeste, was sie als Mitchristin für Jean tun konnte. Sie würde Jean sagen, daß sie keinen Groll gegen sie hegte, daß sie ihren Glaubenskampf nachempfinden konnte. Entsprach er etwa nicht dem Kampf, den sie in all den Jahren mit ihrem Ehemann ausgefochten hatte? Immerhin hatte sie ja auch leiden müssen, weil sie gegen die Kirche gewesen war! Es war, als wäre sie für jeden Zweifel und jede Frage bestraft worden, die sie unausgesprochen mit sich herumgetragen hatte. Als Kind hatte sie nicht einfach an etwas glauben können, sondern hatte alles selbst ausprobieren müssen, um herauszufinden, ob die Voraussagen eintrafen. Deshalb hatte sie sich auch mit der halsstarrigen Torheit der Jugend gegen die strengen christlichen Prinzipien aufgelehnt, die ihre Mutter ihnen hatte einpflanzen wollen.

Das Geräusch von Schritten riß sie aus ihren Erinnerungen. Sie blickte auf und sah Jean langsam die Treppe herunterkommen, ganz in die »Gute Nachricht« versunken. Als sie am Fuß der Treppe ankam, schaute sie auf, als habe sie Pearls Blick auf sich gespürt. In Erwartung eines freundlichen Wortes oder eines Grußes lächelte Pearl ihr aufmunternd zu. Obwohl sie beschlossen hatte, geduldig zu sein, konnte sie es kaum erwarten, daß sich ihre Schwägerin endlich bei ihr entschuldigte. Vielleicht hatte Jean nun begriffen, daß sie im Unrecht gewesen war, und wollte mit ihr reden, ohne erst zu warten, bis George wieder da war.

Die Augen ihrer Schwägerin verengten sich. »Was willst du, Pearl?« Ihre Stimme war kalt, ihr Gesicht verschlossen und unfreundlich. »Haste 'nen bestimmten Grund dafür, mich so hirnlos anzugrinsen?«

Die Zurückweisung traf sie wie ein Schlag. »Ich wollte bloß freundlich sein ...« Ratlos verstummte sie. Die spitze Bemerkung hatte sie verletzt, aber sie wich nicht zurück. Sie war entschlossen, allen Beleidigungen standzuhalten.

Jean enttäuschte sie nicht. »Ich habe dir bereits gesagt, Pearl, daß ich deine Freundschaft weder brauche noch wünsche. Das beste, was du für uns beide tun kannst, ist, mir aus dem Weg zu gehen und dich nicht ständig aufzudrängen.«

Pearl war verärgert. »Ich dräng mich keinem auf, das hab ich überhaupt nich nötig ... Außerdem iss das mein Haus, un wenn hier irgendwas ...«

Jean sah ihre Schwägerin an, dann die dreckige Küche, dann die Fliegen, die sich auf dem trocknenden Geschirr sammelten. Christliche Vergebung war eine Sache, aber Pearl war einfach lächerlich. Sie hatte George mit Tricks dazu gebracht, sie zu heiraten, war seiner niemals würdig gewesen – und daß sie auch noch vorgab, gläubig zu sein, war eine Schande. Sie lebte im Schmutz, zankte mit ihrem Mann herum, vernachlässigte ihre und anderer Leute Kinder und machte allen das Leben zur Qual. Jean wurde zornig.

»Das Haus deines Mannes, meinst du wohl! Sag mir einfach, was dir gehört, Pearl, dann achte ich darauf, es nicht zu benutzen, okay?«

»Dassde immer so übertreiben mußt, Jean!« jammerte Pearl, und ihr Trotz verschwand ebenso rasch, wie er gekommen war. »Du hast überhaupt keinen Grund, mich immer so schlecht zu behandeln. Ich versuch doch nur, uns das Leben 'n bißchen leichter zu machen, wo wir alle so eng aufeinander hocken.«

»Sprich für dich, nicht für andere«, wies Jean sie zurecht. »Es gibt nichts, was du tun könntest, um dieses gottverlassene Haus gemütlich zu machen. Wenn einem gerade mal keiner von diesen dicken Johnnys von der Decke ins Bett fällt, dann geht das Wasser aus, weil du nicht sparsam damit umgehen kannst.«

Pearl fand das zutiefst ungerecht. Jean konnte sie wohl kaum für die stinkenden, harten Würmer verantwortlich machen, die nun mal eine Schwäche für Betonhäuser hatten. Und was das Wasser anging: Kaonas Windeln mußten täglich gewaschen werden, Wasserknappheit hin oder her. »Es kommt mir manchmal so vor, als gäb's 'nen besondren Grund, dassde immer alles an mir ausläßt, Jean.«

»Wie hast du das nur herausbekommen?« Jedes Wort triefte vor Verachtung. »Bei deiner Dickfelligkeit hätte ich dir das niemals zugetraut.«

»Schsch, Jean! Du kannst doch nich einfach in mein Haus kommen un meine Frau beleidigen, Mensch.«

Zum erstenmal seit langer Zeit freute sich Pearl, Georges Stimme zu hören. Aber dann bekam sie Angst, daß er sie dafür verantwortlich machen könnte, daß seine Schwester so wütend war.

»Ich wollte Jean bloß sagen, dasse bei uns willkommen iss, Liebling«, erklärte sie nervös. Sie hatte Angst, daß er sich wieder gegen sie wenden würde – wie so oft in letzter Zeit. »Ich hab nix gemacht, worüber se sich hätt aufregen müssen.«

George blickte mißtrauisch von der einen zur anderen. »Stimmt das, Jean?«

Jean nickte unbestimmt und warf Pearl einen giftigen Blick zu. Dann setzte sie plötzlich ein frommes Gesicht auf. »Es tut mir leid, daß ich in deinem Haus für Unannehmlichkeiten gesorgt habe, George. Und wo ich schon mal dabei bin, möchte ich mich auch für mein Verhalten entschuldigen.«

Hätte Pearl es nicht mit eigenen Augen gesehen, sie hätte es nicht geglaubt. In Gegenwart ihres Bruders wurde Jean ein anderer Mensch. Sie konnte förmlich zusehen, wie Georges Argwohn verschwand, wie sich auf seinem Gesicht statt dessen vorsichtige Billigung und schließlich völlige Zustimmung abzeichneten.

Jean erzählte nun, wie sie ihre Schnapsflaschen in Davians Kleidern versteckt hatte, wie sie zum Schnapsladen gegangen war und wie ein liederliches Frauenzimmer geflucht und ihre Kinder beschimpft hatte. Sie schilderte, wie sie mit dem Trinken angefangen und dann die Kontrolle darüber verloren hatte.

»Die schwere Last deiner Sünden hat dich reif für Gottes Ernte gemacht«, nickte George weise. »All die Jahre hab ich für deine Seele gebetet, un jetzt hat mich der liebe Gott endlich erhört.«

»Aber in *deine* Kirche geh ich nicht«, stellte Jean mit einem leisen Anflug von Humor fest. »Wenn ich dort war, habe ich nachher nur noch mehr getrunken. Es war ein Besuch in der Sonntagskirche, der mich auf den rechen Weg gebracht hat.«

»Nee, Mensch«, sagte George bestimmt, »deine geschwächte Widerstandskraft hat dafür gesorgt. Übrigens hab ich nix gegen die Sonntagskirche. Ich weiß, daß viele inner Kirche denken, daß man nich erlöst wird, wenn man den Sabbat nich einhält, aber das iss mir zu engstirnig. Gott iss nich kleinlich, Mensch. Er wird jedem vergeben, der ernsthaft versucht, auf Seinem Weg zu wandeln. Wennde in Seinem Namen Gemeinschaft suchst, wird Er über dir wachen. Ich muß allerdings sagen, dasses nich ganz der richtige Weg iss.«

»Genauso denke ich über die Samstagskirche«, entgegnete Jean ein wenig herausfordernd. »Ich habe das Stipendium nach England damals auch deswegen angenommen, um von Tante Vi wegzukommen, die unbedingt wollte, daß wir in die Samstagskirche gehen, nachdem sie uns aus dem Heim der Heilsarmee geholt hatte.«

»Daß die Kirche in Kingston zu streng war, laß ich gelten, aber so isse nun mal, weißte.«

Pearl konnte sich über diesen neuen, verständnisvollen George nur wundern. Sie brauchte bloß eine Kleinigkeit zu vergessen, schon hackte er auf ihr herum und warf ihr alles mögliche vor. Und jetzt vergab er ohne jedes Zögern seiner Schwester, die bekannte, die Seuche der Sünde in sein Haus geschleppt zu haben.

Jean lächelte. »Um die Wahrheit zu sagen, George, ich habe den Entschluß damals nur wegen der Samstagskirche gefaßt. Punktum.«

George nickte energisch. »Ich hab mich schon gefragt, ob es nich sowas in der Art war. Aber wo wir schon von Tante Vi sprechen: Sie läßt dir sagen, dasse am Wochenende in Passage Fort iss, nur falls du mal bei ihr vorbeigehn willst, wennde inne Stadt gehst.«

Jean nickte. Sie dachte bereits über etwas anderes nach. »Es wäre schön, wenn du mal mit zum Gottesdienst kommen könntest, George ... anscheinend seid ihr Samstagsbaptisten nicht so engstirnig wie die Adventisten.«

Er antworte ausweichend und fügte hinzu: »Weißte, eins beunruhigt mich dabei. Was wird aus deiner Beziehung zu Jimmy? Wennde vorhast, 'n gottgefälliges Leben zu führen, kannste nich weiter in Sünde mit ihm leben.«

»Die Wege des Herrn sind unergründlich ...«

Das war mehr, als Pearl ertragen konnte. Ihre Polierutensilien auf dem Boden zurücklassend, lief sie nach draußen. Eine Woge des Trotzes trug sie hinüber zu Miss Lisa. Auf der Veranda des Hauses ihrer Nachbarin ärgerten Aleesa und Jalini gerade deren Welpen, indem sie sie mit Stöcken piekten. Davian schaute zu, und Dionne, mütterlich wie immer, versuchte sie davon abzuhalten. Lucie und die beiden Kinder von Miss Lisa spielten, daß der große Mandelbaum ihr Haus sei.

Eine Weile sah Pearl dem Treiben der Kinder zu, dann rief sie von der Tür aus nach Miss Lisa. Während sich die Kinder mit dem Trinkwasser, das sie vorher geholt hatten, auf den Heimweg machten, nahm Pearl Miss Lisas unvermeidliche Einladung zu einem großen Glas Limonade an.

»Was iss denn los, dasse aus'm Haus gehn, Miss Pearl?« fragte Miss Lisa und legte ihr gutmütiges, rundes Gesicht in ungewohnte Falten. »Sie un Missa George werden doch nich so früh am Tag schon wieder Streit haben?«

Pearl schüttelte mürrisch den Kopf. »Jean iss schuld. Wissen Se, Miss Lisa, ich tu ja, was ich kann, aberse mag mich einfach nich.«

»Vielleicht solltense damit aufhörn un se einfach in Ruhe lassen«, schlug Miss Lisa vor. »Ich würd sagen, das größte Problem bei Ihnen iss, dasse Georges Schwester un ihre Cousine über sich bestimmen lassen, bloß weil se aus'm Ausland sind.«

»Sylvia iss in Ordnung«, widersprach Pearl mit Nachdruck. »Sie hält sich zwar für was Besseres, aberse hat auch 'nen tollen Job, un wenigstens hilftse mir manchmal mit dem Baby.«

Miss Lisa schob den Stoff ihres weiten Rockes zwischen ihre Beine und schnalzte erbost. »Oh Mensch, manchmal sindse wirklich zu blöd, Miss Pearl. Wie könnense nur 'ne Frau nett finden, die Sie merken läßt, dasse sich für was Besseres hält?«

Der Vorwurf verletzte Pearl. »Sylvia hat noch kein böses Wort zu mir gesagt, seit se hier iss. Un se iss die einzige, die Jean sagt, dasse aufhören soll, mich schlecht zu behandeln.«

Miss Lisa runzelte ihre Stirn. »Wenn ich's nich besser wüßt, würd ich sagen, daß Miss Jean 'n Problem hat. Grad neulich hab ichse inner Stadt getroffen, un se hat laut mit sich selbst gesprochen un iss an mir vorbeigegangen, als ob se mich nich kennen würd. Un als ich ihr dann zugerufen hab, hatse schnell was versteckt, ich schwör Ihnen ...«

»Entschuldigen Se, wenn ich unterbrech, aber das hat sich erledigt«, fiel Pearl ihr ins Wort. »Letzten Sonntag war se inner Pfingstkirche, un seitdem krieg ich zu Hause nur noch böse Worte zu hören.« Sie erzählte ihr, daß Jean ihr ständig Vorwürfe machte und überall herumerzählte, daß sie sich unchristlich verhalten würde.

Miss Lisa hörte teilnahmsvoll zu. Als Pearl schließlich aufbrach, fühlte sie sich viel besser.

Im Haus war alles ruhig, als sie zurückkam. Mauvia richtete

ihr aus, daß George nach Mountain District gefahren sei und daß Jean und Sylvia die Kinder für ein paar Stunden mit an den Strand genommen hätten. Der Neid versetzte Pearl einen Stich, als sie auf die ruhige, blaue See blickte, die in der Nachmittagssonne döste. Sie konnte sich nicht erinnern, wann sie das letzte Mal etwas nur für sich getan hatte.

Als sie Mauvia das Herdfeuer entzünden sah, richtete sie sich auf und wischte sich vergeblich den Schweiß von der Stirn. Es wäre schön, einfach zum Strand hinuntergehen zu können, im warmen Sand zu sitzen und sich von den Wellen kühlen zu lassen. Man könnte sich Sodawasser und fritierten Fisch vom Strandkiosk holen und unter einem Mandelbaum dösen, falls es in der Sonne zu heiß wurde. Statt dessen ging sie in die Küche und begann, das Abendessen vorzubereiten.

Als die beiden Frauen mit den Kindern vom Strand zurückkamen, waren sie bester Laune. Die Kinder unterhielten sich darüber, wer von ihnen am mutigsten gewesen war und was am meisten Spaß gemacht hatte. Pearl fühlte sich einsam und ausgeschlossen. Sie war froh, als die Kinder endlich leiser wurden und davontrotteten, um sich zu waschen. Sie hatte keinen Zweifel daran, daß sich alles wieder normalisieren würde, sobald sich der Neuigkeitswert von Jeans Bekehrung abgenutzt hatte. Es war bloß schwierig, mit all dem fertigzuwerden, bis es soweit war.

Doch Pearls Isolation verstärkte sich nach dieser ersten Woche noch. Mit jedem Tag wurde Jean frommer, und Pearl fühlte sich zunehmend unzulänglicher. Ihre Schwägerin war Aleesa und Davian in diesen Tagen eine mustergültige Mutter – beinahe zu mustergültig, dachte Pearl manchmal. Es war, als wenn sie in allem perfekt sein wollte. Perfekte Christin, perfekte Mutter, perfekte Tante … nur keine perfekte Schwägerin. Sogar Lutie, Dionne und Jali wollten sich nun von Jean bei den Hausaufgaben helfen lassen und benutzten die Anwesenheit ihrer Tante nicht mehr als Ausrede, um sich in ihr enges Kinderzimmer zurückzuziehen.

Pearl konnte nun nicht länger abstreiten, daß sich ihre Schwägerin im Zustand der Gnade befand, und das verstärkte noch ihr Gefühl, unerwünscht zu sein. Warum wurde sie jedesmal an den Rand gedrängt, wenn sie sich im Umkreis dieser spitzzüngigen Frau aufhielt? Während sie am Mittwoch, eine Woche nach Jeans Beichte, die Wäsche wusch – die leichtere Bügelarbeit hatte sie Mauvia überlassen –, beschäftigte sie sich mit dieser Frage.

Jean hatte die Verrückte besucht, die in Trinity wohnte, und war in das dortige Ghetto gegangen, um mit all den kaputten Leuten zu reden. Ihre Schwägerin schien sich ihre Fürsorge beinahe ausschließlich für die Elendesten aufzuheben, die Verrückten und Armen. Pearl sah sich gezwungen, sie, wenn auch widerwillig, dafür zu bewundern. Wenn Jean nur ein wenig Rücksicht auf sie genommen hätte! Mit unnötiger Heftigkeit und zusammengepreßten Lippen rieb Pearl mit der blauen Seife über den Schmutzfleck auf Georges Hemdkragen. Wenn es um sie ging, war Jean ruppiger und rücksichtsloser als je zuvor. Was hatte sie getan, daß sich Jean immer ausgerechnet auf *sie* stürzte?

Sie faltete das Hemd zusammen, wrang es aus und legte es über das Zinkblech, damit es in der Sonne trocknete. Dann nahm sie sich Luties Sonntagskleid vor. Die Sonne stand hoch am Himmel, und der Schweiß rann in Strömen aus Pearls Haaren, lief in den kragenlosen Ausschnitt ihres Sommerkleides, tränkte den Stoff und sammelte sich in den Falten ihrer Haut. Eigentlich hatte sie hier draußen beim Waschen in der sengenden Hitze nichts verloren. Eigentlich war es Mauvias Job.

Wenn sie nur am Tag von Jeans Ankunft nicht so eingeschüchtert gewesen wäre! Sie hätte sich ihre Schwägerin genau anschauen, hätte höflich und zuvorkommend sein sollen. Statt dessen hatten ihre Schuldgefühle sie dazu getrieben, unbedingt klarzustellen, daß nicht sie, sondern George schuld daran war, daß Aleesas Insektenstiche vernarbt waren. Jetzt, wo es zu spät war, wünschte sie sich, sie hätte Jean genau erklärt, *wer* ihre

Tochter in Wahrheit vernachlässigt hatte. Jedenfalls hatte sie eigentlich überhaupt nicht begriffen, was so schlimm daran sein sollte – ihre Kinder wurden ständig von Moskitos gestochen. Bei Dionne und Jalini, deren Füße zur Zeit völlig wund waren, war das jedenfalls so. Aber sie lief doch nicht herum und machte anderen Leuten Vorwürfe deswegen.

Bei diesem Gedanken faßte sie ein wenig Mut. Sie durfte nicht zulassen, daß Jean sie weiter beiseite schob, so daß sie gezwungen war, Mauvias Arbeit zu machen, um dem permanenten Strom von Verwünschungen zu entgehen, der ihr im Haus entgegenschlug. Sie konnte bis hierher hören, wie Jean auf Mauvia einredete und ihr mit Sprüchen über Sünde und die Rache des Herrn den Kopf verdrehte.

Das gurgelnde Geräusch von Wasser, das durch eine Leitung läuft, lenkte Pearl ab. Sie hielt inne und lauschte einen Moment lang, ob sie sich nicht verhört hatte. Und dann war alles vergessen – Jean, ihr Zorn, die Ungerechtigkeit des Lebens –, denn das Wasser kam nur einmal in der Woche.

7. KAPITEL

Im August erreichten die Vorbereitungen zur Feier des Unabhängigkeitstages ihren Höhepunkt. Überall wurde von der großen Parade in der Stadt und von den Spektakeln am Sansee Beach gesprochen. Die Schneider kreierten brandneue Kleider in den aktuellen Modefarben, während die Menschen Armut und Wasserknappheit für eine Weile vergaßen. Gleichzeitig verstärkte die Hitze ihren Griff um das ausgedörrte Land. Die Sonne stand unerbittlich über der wehrlosen Insel. Jamaika glühte und wurde versengt – doch kein Phönix stieg am Morgen aus der Asche.

Sylvia hatte wieder Lust am Leben bekommen. Die tiefen Falten der Anspannung und des Kummers waren aus ihrem Gesicht verschwunden, sie sah die Welt wieder wie mit jugendlicher Ungeduld. Jean folgte ihr und den Kindern in all die kleinen Dörfer und Ortschaften, die im Umkreis von zwei Busstunden um Port Juanero lagen. Sie machte sich nichts aus diesen Fahrten, aber Sylvia schien wild entschlossen, in der kurzen Zeit, die ihr noch blieb, soviel wie möglich von der Insel zu sehen.

Während ihre Füße immer wunder wurden und ihr Kopf in der stechenden Hitze schmerzte, tröstete sich Jean damit, daß sie all das um Christi Willen erduldete. Anfangs hatte sie trotz Sylvias Protest darauf bestanden, die »Gute Nachricht« mitzunehmen, um bei jeder Fahrt im Minibus Zeugnis von der Herrlichkeit des Herrn abzulegen. Sie hatte bestürzt festgestellt, daß sich viele Menschen über ihre Frömmigkeit lustig machten und daß es zu furchtbaren Streitereien kam, wenn ein Unduldsamer verlangte, sie solle den Mund halten und ihn bei dieser Hitze in Frieden lassen. Schließlich beschränkte sie sich darauf, während der Fahrten religiöse Lieder zu singen, und hob sich ihre Predigten für ein geneigteres Publikum auf.

Sie besuchten alle möglichen interessanten Orte. Unbeeindruckt von der stickigen Luft in den Minibussen nahm Sylvia, sobald Jean sich beschwerte, daß sie einer Ohnmacht nahe sei, sowohl Aleesa als auch Davian ohne Murren auf den Schoß. Einmal wollte sie unbedingt Miss Berta zum Markt nach Linstead begleiten, ein anderes Mal nahmen sie den Bus nach Browns Town, weil ihre Mutter ein Volkslied zu singen pflegte, in dem diese Stadt vorkam.

Sylvia fing mit allen möglichen Leuten Gespräche an, während Jean sich weitgehend zurückhielt. Die häufigen Bemerkungen darüber, daß das derzeitige Wetter eine Strafe Gottes für die Verderbtheit im Lande sei, erinnerten sie auf unangenehme Weise an den Aberglauben ihrer Kindheit, an Grannys Geschichten über die Teiche von Yallah, die von Schuld und Sühne handelten. – Einstmals, vor sehr langer Zeit, stritten sich zwei Brüder um ihre Erbschaft und zerstörten sie aus Habgier. Obwohl 1800 Morgen Land mehr als genug für zwei waren, wollte jeder der Brüder auch noch das Land des anderen besitzen. So gingen sie vor Gericht. Als sie jedoch am Morgen des Tages, an dem das Urteil gesprochen werden sollte, erwachten, hatte sich der fruchtbare Boden in große Salzteiche verwandelt. – Ein jamaikanisches Gleichnis? Brüder, die einander bekämpften, um eine alte Rechnung zu begleichen – ohne zu ahnen oder sich darum zu sorgen, daß sie das Land in den Ruin trieben?

Trotzdem hatten sie in der ersten Augustwoche keine Probleme. Jimmy rief an und teilte ihnen mit, daß er am 19. ankommen werde – drei Tage vor Sylvias Rückflug nach England. Er sprach auch mit Jean, und das gab ihr Auftrieb, weil sie ihm sagen konnte, daß sie nun besser mit Aleesa und Davian zurechtkam. In der Woche des Unabhängigkeitstages unternahmen Jean und Sylvia viel mit den Kindern. Sie fuhren nach Kingston, wo Aleesa und Davian die kunstvoll gearbeiteten Wagen der großen Parade sehen konnten, sie aßen Jerk-Hühnchen, liefen am überfüllten Sansee Beach um die Wette, fuhren sogar zur Quelle des Rio Grande hoch oben in den Bergen von Portland und vergnügten sich bei einer zweieinhalbstündigen Floßfahrt.

Für Jean blieb die Kirche nach wie vor die Hauptsache. Sie half ihr, auf dem rechten Weg zu bleiben und der Versuchung des Alkohols zu widerstehen. Sie fühlte sich wohler, war mit sich zufrieden. Bald würde der Pastor kommen, und sie würde Gottes Segen von ihm empfangen.

Die dämonischen Stimmen waren nur noch eine böse Erinnerung, Engelsstimmen waren an ihre Stelle getreten. Die Stimmen der Engel begleiteten sie, wenn sie zu den Armen ging, die am Strand vegetierten, und ihren Festen und Saufgelagen beiwohnte. Jean war überzeugt, daß Gott sie prüfen wollte, indem er sie dort den Verlockungen der Sünde aussetzte.

Das Gewirr der einfachen Häuser faszinierte sie und stieß sie zugleich ab. Einerseits verabscheute sie die Armut, das Gebettel und die Hoffnungslosigkeit, die aus dieser Umgebung nicht wegzudenken waren. Auf der anderen Seite verspürte sie das Bedürfnis, sich den Armen zuzuwenden und an ihrem Leben teilzuhaben. Die meisten Dorfbewohner hörten sich ihre Predigten mit amüsierter Toleranz an. Die meisten – nur der Rastafari nicht.

Er faszinierte sie am meisten. Als sie sich das zweite Mal trafen, erzählte er Jean, sein Name als Rastafari laute Peter vom Stamm der Ash. Sie hielt das für ziemlich an den Haaren herbeigezogen, aber ihr neues, rechtschaffenes Ich nahm es ihm nicht übel. Seine großen, tüchtigen Hände und die Sanftmut, die er hinter seinem Blut-und-Feuer-Gerede verbarg, hatten etwas Beruhigendes. Jean fühlte sich wohl bei ihm. Er lauschte ihren Predigten mit ernster Miene und widmete allem, was sie sagte, große Aufmerksamkeit. Trotz der sozialen Unterschiede zwischen ihnen mochte sie den Rastafari. Anfangs hatte sie ihre

Freundschaft mit ihm, einem Sünder, nur für ein harmloses Spiel gehalten, das ihrem angegriffenen Selbstbewußtsein guttat. Schließlich war er völlig ungebildet und nur mit seiner abgegriffenen Bibel und den Visionen vertraut, die er unter dem Einfluß permanenten Shillum-Rauchens hatte. Sie aber hatte die halbe Welt bereist und eine Ausbildung erhalten, die sein Begriffsvermögen um einiges überstieg. Trotzdem weckte seine unverstellte Bewunderung einen selbstzerstörerischen Drang in ihr: das Bedürfnis nach mehr als ferner Anbetung.

Jean merkte, daß sie mehr und mehr an den massigen Körper dachte, der unter seinen zerlumpten Kleidern steckte. Er erschien ihr in leidenschaftlichen Träumen und stahl sich tagsüber, wenn sie nicht aufpaßte, in ihre Gedanken. Sie malte sich aus, wie seine kräftigen Finger über ihre schwellenden Brüste strichen und er ihr sein Bein zwischen die Schenkel schob. Sie genoß diese Träume, obwohl sie sich hinterher dafür schämte. Ras Peter war gut zu ihr, er gab ihr das Gefühl, daß sie wertvoll war. Sie wollte das einfache Glück, das sie teilten, unter keinen Umständen zerstören. Aber so sehr sie sich auch ins Gewissen redete, es gelang ihr nicht, ihre wachsende Begierde im Zaum zu halten. Sie kam sich schmutzig und schuldig vor und dachte oft an die Vergewaltigung in ihrer Kindheit und daran, wie sie Jimmy im Suff betrogen hatte.

Die dämonischen Stimmen, die sie für ausgetrieben gehalten hatte, kicherten vor sich hin und warteten auf ihre Gelegenheit. Jean flüchtete sich in die Gemeinschaft der Sonntagskirche und verbrachte die meisten Abende der Woche mit Lobpreis, Gebet und Buße. Sie sagte sich, daß dies die teuflische Versuchung sein müsse, vor der sie der Pastor damals immer gewarnt hatte. Der Dämon hatte einen winzigen Riß entdeckt und würde hindurchkriechen, wenn sie ihm auch nur die geringste Gelegenheit dazu gab. An manchen Tagen fühlte sie sich wie zweigeteilt: ein Teil von ihr war gottesfürchtig und anständig, der andere, dunkle und geheimnisvolle, entsprang einer Fäulnis, die tief in ihrer Seele wurzelte. Der Kampf zwischen ihren beiden Ichs brachte sie allmählich an den Rand des Zusammenbruchs – bis schließlich nur noch die Hoffnung, daß der Pastor kommen und sie segnen würde, sie vor einem Rückfall in ihren alten Zustand bewahrte.

Es half ihr zwar, zu beten und ihr Gewissen zu prüfen, aber es half nicht immer. Viel zu oft erwachte sie schlecht gelaunt und mürrisch. Heute war wieder so ein Tag. Sie war vor Aleesas Geplapper auf die Veranda geflüchtet und hatte Angst bekommen, daß das Verlangen nach einem Schluck Gin übermächtig werden könnte. Im Radio verlas ein Nachrichtensprecher die neuesten Einzelheiten über die Korruptionsaffären der letzten Regierung. Während sie ihm zuhörte, wurde sie unverhältnismäßig wütend, als wäre sie von diesen Dingen persönlich betroffen. Als Sylvia und die Kinder erschienen, war sie froh, sich die schier endlose Auflistung von Fakten, die die Untätigkeit der neuen Regierung bewiesen und ihren Slogan *Zuerst kommt das Volk* Lügen straften, nicht länger anhören zu müssen.

Der Spaziergang nach Port Juanero war heute eine zermürbende Angelegenheit. Die Hitze ließ selbst Davian kraftlos werden, so daß sie nur im Schneckentempo vorankamen. Lediglich Aleesa war gut gelaunt wie immer. Nicht einmal die kurzen, heißen Windstöße, die den Staub von der hartgebackenen Straße aufwirbelten, machten ihr etwas aus. Unbekümmert lief sie vor ihnen her und pflückte Soracee* -Beeren.

»Heute fahren wir nach Oche Rios, nicht wahr, Tante Sylvia?« fragte sie so oft, daß Jean fürchtete, sie würde noch verrückt von den ständigen Wiederholungen.

In der Stadt, wo es viel heißer war als auf dem Hügel, erlahmte schließlich auch Aleesa. Während sie das Kind von einem offenen Abflußkanal wegzog, fragte sich Jean, wieso sie

* Bitter schmeckendes Teekraut, das gekocht als Medizin gegen Magenbeschwerden verwendet wird. (A.d.Ü.)

diese Gegend nicht mehr liebte wie damals, als *sie* noch ein Kind gewesen war. Dieser drückend heiße Tag in Port Juanero rief ihr lediglich jenen Tag ins Gedächtnis, an dem die Verdrießlichkeit ihres Vaters ihr die Freude am aufregendsten Ereignis ihrer Kindheit genommen hatte.

»Wir machen 'nen Schulausflug nach Castleton, Papa. Der Lehrer hat gesagt, wir sollen uns was zum Essen mitnehmen, un Jeanette hat erzählt, dasses am Wag Water River Alligatoren un Kanonenkugelbäume* gibt.«

Er hatte bloß geseufzt, hatte nicht einmal den Blick von der Zeitung gehoben. Früher, als Noel noch am Leben gewesen war, hätte er ihre Aufgeregtheit wenigstens mit einem Lächeln registriert.

Jean war fünf, als ihre Mutter bei der Fehlgeburt ihres vierten Kindes durch einen Blutsturz ums Leben kam. Ihr Vater hatte die Adoptionsangebote der Frauen aus der Verwandtschaft abgelehnt, weil er nicht wollte, daß die Kinder voneinander getrennt wurden. Er hatte beschlossen, sie selbst aufzuziehen: Das war der letzte Wunsch seiner geliebten Frau gewesen. Mit seinen von der Arbeit schwieligen Händen hatte er Jean den Fieberschweiß vom Gesicht gewischt, wenn sie krank war. Er hatte sie in Kräuteressenzen gebadet und sie mit Rum eingerieben, hatte ihre Erkältungen mit Knoblauch und Honig bekämpft und ihr warmes Kokosnußöl in die Kopfhaut massiert, wenn sie Kopfschmerzen hatte. Er hatte gekocht und geputzt, sich mit den acht Morgen Land abgemüht, die er von der Britischen Regierung als Belohnung für die Teilnahme am Zweiten Weltkrieg erhalten hatte, und später bei einem sechsmonatigen Beschäftigungsprogramm Farmarbeit geleistet, um für ihr Schulgeld aufzukommen.

Aber nach Noels Tod war alle Wärme aus ihm gewichen, nur sein Pflichtgefühl und der Geruch nach weißem Rum waren

* *Couroupita guyanensis.* Trägt den Namen, weil die am Stamm sitzenden Blüten dicke, kugelrunde Früchte ausbilden. (A.d.Ü.)

geblieben. Erst jetzt, aus der Rückschau, hatte sie zu verstehen begonnen, wie sehr ihn die Unglücksfälle seines Lebens gezeichnet hatten.

Nach all den Jahren hatten die Bilder ihrer Kindheit noch immer die Kraft, sie zu verstören. Jean drängte sie beiseite und konzentrierte sich auf Aleesa, die zu allem, was sie sah, Fragen stellte.

Auf der kleinen Rodung, die den stolzen Namen Port Juanero Square trug, blieb das Mädchen stehen und betrachtete neugierig den alten Wegweiser, der in alle Richtungen zeigte.

»Wie weit ist es bis Islington, Mama?«

Die Frage erschreckte sie. Sie mußte an ihre eigene Kindheit denken. Vor vielen Jahren hatte sie einmal genau hier gestanden, ein Kind wie Aleesa, und sich zu jedem Ortsnamen auf den Schildern eine Geschichte ausgedacht. Eine andere Erinnerung kam dazwischen: ein weinendes Kind, das in der Stille einer regnerischen Märznacht steht, während Regenwasser und Blut ...

Verärgert über sich selbst verdrängte sie diese Gedanken. Diese Straßen führten nirgendwohin, und sie hatte keine Zeit für Kinderträume.

»Komm aus der Sonne und setz deinen Hut wieder auf, Aleesa – oder willst du einen Hitzschlag bekommen?«

Jean scheuchte das Kind in den Schatten eines Möbelladens der allgegenwärtigen Court's-Kette, wo Davian und Sylvia bereits warteten. Aleesa starrte in das große Schaufenster des Geschäfts. »Können wir nicht an dem Preisausschreiben teilnehmen und Court's-Millionäre werden, Tante?«

»Um teilnehmen zu können, mußt du erst etwas kaufen, Alli«, spielte Sylvia das Spiel des Kindes mit. »Ich denke, wir könnten vielleicht etwas Kleines nehmen.«

»*Dürfen* wir mitmachen, Mama?« Aleesa war jetzt ganz ernst. »Wir könnten das Geld Onkel George und Tante Pearl schenken, dann müßten sie sich nicht mehr streiten.«

Jean spürte ihre Hilflosigkeit gegenüber solchen kindlichen Überlegungen. Was sollte sie dem kleinen Mädchen, das sich die Welt so traumhaft einfach vorstellte, darauf antworten? Daß die Begeisterung, die überall wegen des Preisausschreibens der Firma Court's grassierte, auch nur eine Art Traum war? Genauso wie das Interesse an den täglichen Quizsendungen im Radio mit ihren simplen, aber unbeantwortbaren Fragen, die nicht der Schlüssel zu plötzlichem Reichtum, sondern lediglich hiesige Varianten des amerikanischen Glücksspiels und der englischen Fußballwetten waren. Jeder brauchte Nahrung für seine Träume, besonders, wenn er drückend arm war.

»Wenn wir uns nicht beeilen, verpassen wir den Bus, Mama.«

Unwillig, sich wieder hinaus in die Hitze zu begeben, runzelte Jean die Stirn. »Wollen wir nicht lieber an den Strand gehen, Aleesa?« Als sie den meuternden Gesichtsausdruck des Kindes sah, verlor sie den Mut. »Wir könnten doch ein anderes Mal fahren.«

»Das sagst du jedesmal«, murmelte Aleesa. »Wenn du nicht mitkommen willst, fahren wir eben mit Tante Sylvia.«

Jean wurde wütend. Sie zwang sich, bis zehn zu zählen und an Vergebung zu denken. Gleichzeitig bohrte sie ihre Fingernägel in die Handflächen, um nicht auf das Kind einzuschlagen.

»Wenn du dich nicht sofort bei deiner Mutter entschuldigst, fahren wir nirgendwo hin, Aleesa«, sagte Sylvia ruhig.

»Entschuldige, Mama«, murmelte Aleesa ungnädig. »Aber es ist einfach nicht gerecht ...«

»Ich habe nur gefragt, ob du nicht lieber ein andermal fahren würdest«, fiel ihr Jean ins Wort. »Wenn es dir natürlich dermaßen wichtig ist, dann machen wir es halt jetzt.«

Sylvia warf ihr einen mitfühlenden Blick zu. Jean zog den Kopf ein. Das Zentrum ihrer Verärgerung verlagerte sich von dem Kind auf die Frau.

»Wir haben diese Fahrt *wirklich* schon ein paarmal verschoben, Jean«, sagte Sylvia und sah sie prüfend an.

»*In Ordnung!* Ich habe gerade gesagt, daß es okay ist, oder?«

Aleesa ließ sich von all dem nicht irritieren. »Wohin führen denn nun all diese Straßen, Mama?«

Jean blickte wieder auf die alten, verwitterten Schilder.

Vom Port Juanero Square zweigten drei Straßen ab. Die Straße zur Rechten führte über Trinity nach Mountain District und dann in das bitterarme Jack's River mit seinen regelmäßigen Morden und dem traurigen Ruhm, den einzigen Berufskiller der Region St. Mary hervorgebracht zu haben.

Die Straße zur Linken führte direkt nach Islington, in die tiefste Provinz. Dort waren die Leute engstirnig und verbohrt. Eine verschwiegene Gemeinschaft. Furchtsam. Fremdenfeindlich. Wer nicht von dort war, wurde in Islington für gewöhnlich umgebracht – vergeblicher Anschauungsunterricht für die Regierungsstellen, die bei dem Wort ›Provinz‹ immer noch an fröhliche Wochenendpartien zu denken pflegten.

Die Brücke, die sich über den stark verschmutzten Galina River wölbte, führte zum Marktplatz. Dorthin gingen sie jetzt. Hier, in der Geschäftigkeit des Markttreibens, mischten sich Lärm, Hitze und Gestank. Der Marktplatz war die wichtigste regionale Haltestelle der Minibusse, auf die sich das marode jamaikanische Verkehrssystem hauptsächlich stützte. Eine Menge Leute waren hier unterwegs, blockierten die Zufahrtsstraßen und hielten den Verkehr auf.

Der erste Bus, der herangeröchelt kam, raubte Jean den letzten Mut. Das uralte Fahrzeug war von riesigen Rostflecken übersät, die sich hier und da schon durch die weiße Karosserie gefressen hatten. Der Bus wendete und stieß zurück. Die Leute, die lange gewartet hatten, drängelten sich nach vorne zum Eingang.

Sylvia war unschlüssig. »Bist du auch ganz sicher, daß du mit dem Bus fahren willst, Aleesa?«

»Ja, Tante, ganz sicher.«

Jean dachte sehnsüchtig an den umgestürzten Baumstamm in Sansee Beach, über dem die Äste des alten Mandelbaumes ein schattenspendendes Dach bildeten. »In den Bus kommen wir nicht mehr rein«, stellte sie fest. Dann zog sie Aleesa zur Seite, weil plötzlich ein Mann mit verzweifeltem Gesichtsausdruck durch eines der hinteren Fenster in den Bus sprang. In einem Regen von Glassplittern landete er auf dem breiten Schoß einer älteren Dame im Sonntagskleid. Daraufhin ertönte ein dreistimmiges Geschrei, bei dem der Fahrer und der Schaffner die empörten Rufe der Dame unterstützten. Der Missetäter blieb gelassen sitzen. Weder er noch die anderen, die eng um ihn herum saßen, machten irgendwelche Anstalten, ihre Plätze zu verlassen.

»Mama, fährt der Bus da auch nach Oche Rios?«

»Welcher Bus?«

»Der da neben der Brücke ...«

Er war offensichtlich an ihnen vorbeigefahren und hatte auf dem Platz gewendet, ohne daß sie es bemerkt hatten. Es war ein neuerer Bus mit dunkel getönten Scheiben, die eine angenehmere Fahrt versprachen.

Sylvia lief bereits auf die offene Tür zu. »Sei still und komm schnell, Aleesa, sonst verpassen wir den auch noch.« Die meisten Leute hatten den Bus noch nicht entdeckt. Sie waren einen Augenblick lang abgelenkt, denn im ersten Bus schien es zu einer Schlägerei zu kommen, weil der Fahrer und der Schaffner versuchten, den widerspenstigen Passagier hinauszuwerfen. Als der Ansturm auf den zweiten Bus begann, hatten sie sich bereits die einzigen bequemen Plätze hinten an den Fenstern gesichert. Jeans Laune besserte sich, und als der Bus voller wurde, erlaubte sie Davian sogar, auf ihren Schoß zu klettern.

Die Straße nach Oche Rios war von großem landschaftlichen Reiz. Die mächtigen Linien der Küste schwangen sich von Port Juanero bis zu den narbigen, dunkelgrauen Wabenfelsen an der Mündung des Galina River. Dort nahm die See eine dunkelblaue Färbung an. Rasiermesserscharfe Felsen reichten weit aufs Meer hinaus, und zwischen den Klippen hatten sich natürliche Schwimmbecken gebildet. Aleesa hüpfte aufgeregt auf ihrem Sitz und drehte den Kopf nach allen Seiten. Sie deutete auf alles, was sie von anderen Fahrten her kannte, und rief die Namen der Sehenswürdigkeiten, an die sie sich noch erinnern konnte. Da gab es die Bucht, in der die Brecher unterhalb massiger Traumvillen zerschellten. Dann die Behelfsunterkünfte der Landbesetzer, in denen auch ein entfernter Cousin von ihnen wohnte. Die hübschen Fassaden der weißen Villen in Boscobel, den verschlafenen kleinen Markt von Orocabessa. Ein alter Farmer in Gummistiefeln, der neben Sylvia saß, lehnte sich herüber, grinste Aleesa an und fragte sie, woher sie käme. Sylvia begann sofort ein Gespräch mit ihm und löcherte ihn mit Fragen über die Gegend, durch die sie fuhren. Der alte Mann erwies sich als Goldgrube: Er steckte voller Anekdoten und wußte über jeden Ort und jedes Dorf etwas zu erzählen.

Jean war frustriert und gelangweilt. Es ärgerte sie, daß sich die Mitreisenden in das Gespräch einmischten und versuchten, einander mit den unglaublichsten Berichten zu übertrumpfen. Sie hatte die neugierige Freundlichkeit der Landbewohner noch nie leiden können. Endlich erreichte der Bus Oche Rios. Er schabte an dem erhöhten Gehweg vor der Kirche entlang, der Schaffner sprang hinaus und riß die Tür weit auf, und der Bus hielt zum letzten Mal an.

Aleesa stieg als erste aus und stürzte sich gleich in das Gewirr von Verkaufsbuden und Lebensmittelständen, die den gesamten Gehweg einnahmen. Jean hatte Angst, daß Aleesa mit jemandem aneinandergeraten könnte, und lief ihr hastig nach. Sie wußte, daß sich die Leute hier aufs Schimpfen und Fluchen verstanden, und hatte nicht die Absicht, das über sich ergehen zu lassen.

In Oche Rios gab es außer Einkaufspassagen und zahlreichen Parks, in denen Kunsthandwerk ausgestellt wurde, wenig zu sehen. Jean hatte keine Lust auf einen Schaufensterbummel.

Ihre Abneigung gegen Oche Rios nahm bei jedem Besuch in Jamaika zu, da sie jedesmal ein Hotel mehr vorfand, das den Einheimischen den Zugang zu den besten Strandplätzen versperrte.

»Also, was wollen wir als nächstes machen?« fragte sie mit angestrengter Fröhlichkeit.

»Ich möchte zum Strand, Mama«, sagte Aleesa sofort.

Jean spürte, wie die Wut in ihr hochstieg. *»Warum mußten wir dann erst unbedingt hierherfahren, verdammt noch mal?«*

Das Kind zitterte vor Schreck. Sylvia blitzte sie warnend an. Sie merkte, daß Davian sich nach Kräften bemühte, von ihrer Hand loszukommen, atmete tief durch und nahm sich zusammen. »Kommt, laßt uns zu Chuckleberry's gehen und ein Eis essen. Danach können wir mal schauen, ob wir im Supermarkt etwas Hübsches finden.«

Da die drohende Explosion ausgeblieben war, fand Aleesa ihren Mut wieder. »Wir könnten zum Dunn's River fahren.«

»Das ist eine gute Idee«, pflichtete Sylvia ihr bei, »ich habe keine große Lust, bei dieser Hitze einkaufen zu gehen.«

Jean hatte dazu eigentlich auch keine Lust, vor allem, weil Davian nervös und quengelig war. Außerdem war sie unter ihrem dünnen Baumwollkleid bereits naßgeschwitzt, und ihre Kopfhaut juckte und prickelte. Wahrscheinlich, nahm sie an, war das der Grund dafür, daß sie so rasch einlenkte – obwohl sie noch immer gekränkt war und sich veralbert vorkam. Anstatt in Sansee in aller Ruhe die kühle Brise vom Meer zu genießen, waren sie der gleißenden Hitze von Oche ausgesetzt und hatten noch eine weitere beschwerliche Busfahrt vor sich.

Glücklicherweise dauerte die Fahrt nach Dunn's River nicht lange, so daß sich Jeans Laune bei ihrer Ankunft gebessert hatte. Sylvia bestand darauf, Jerk-Hühnchen zum Mitnehmen an den Strand zu kaufen. Dann wollte sie sich unbedingt die Büsten und Friese in einem der Kunsthandwerkparks ansehen. Der Park war fast menschenleer. Die Flaute im Reisegeschäft sorgte dafür, daß sie praktisch unter sich waren. Es war so friedlich, daß Jean zur Abwechslung sogar Aleesas unaufhörliches Geplapper zu schätzen wußte.

Die endlosen Treppen und schmalen, schattigen Wege, die zum Strand führten, waren nach dem heißen Pflaster von Oche eine Wohltat. An der Stelle, wo der Fluß ins Meer mündete, war das Wasser kühl, und man konnte das Rauschen der Dunn's River-Fälle hören. Jean kam es so vor, als fließe das Wasser schneller und als seien die Steine glitschiger, als es vor Gilbert der Fall gewesen war.

Die See war vollkommen unbewegt, das Wasser stand so niedrig, daß Davian bis zu den Bojen hinauslaufen konnte, die Stellen mit gefährlicher Strömung markierten. Er stürzte sich ins flache Wasser und grub kleine Steine aus dem Sand, die er auf seinen Knien stapelte. Aleesa versuchte währenddessen, aus dem widerspenstigen Sand eine Burg zu bauen.

Eine Stunde nach ihrer Ankunft tuckerte ein Touristen-Ausflugsboot die Fahrrinne entlang und steuerte den schmalen Steg am Ende des kleinen Strandes an.

Sofort war Aleesas Neugier geweckt. »Mama, können wir mit dem Boot fahren?«

Jean zögerte. Sie dachte an die quälenden Ausflüge nach Big Bay im Fischerboot ihres Onkels. Da ihr leicht übel wurde, vermied sie Bootsfahrten, wo sie nur konnte.

»Bitte, Mama, Davian möchte es auch gerne!«

Davian stand aufrecht im Wasser und wollte von Sand und Steinen nichts mehr wissen. Die glänzenden Augen weit aufgerissen, hob er die Hand und deutete nach vorne. »Boot.«

Die beiden Frauen erstarrten vor Schreck.

Sylvia fing sich zuerst. Sie hob Davian hoch, umarmte ihn und lachte. »Hast du das gehört, Jean? Er hat ›Boot‹ gesagt!«

Überrascht blickte Davian von der einen zur anderen. Er lächelte unsicher, wußte zwar nicht, was er getan hatte, genoß aber den Applaus, den er dafür erhielt.

»Boot«, wiederholte er und deutete auf das wackelige Gefährt.

Eine plötzliche Zuversicht überkam Jean, jene Art vorübergehenden Hochgefühls, die ein sonniger Tag im nassen englischen Frühling mit sich bringt. Die Ernüchterung folgte auf dem Fuße.

Ein Wort – na und? Ein blödes Wort bedeutet noch gar nichts.

Davian spürte ihre schlechte Laune und verzog das Gesicht. Jean verdrängte ihre bitteren Gedanken und dachte daran, wieviele Sorgen sie sich wegen seines Schweigens gemacht hatten. Die Ärzte hatten ihnen versichert, daß er eines Tages sprechen würde, und Jimmy hatte ihnen geglaubt – sie aber hatte im Schweigen ihres Sohnes nur eine weitere Strafe für ihre Sünden gesehen.

»Das ist ein großer Schritt.« Sylvia legte ihr die Hand auf den Arm. »Das bedeutet, daß Davian keine Behinderung hat. Wie schade, daß Jimmy das nicht hören konnte – nach all der Mühe, die er sich mit ihm gegeben hat!«

Dauernd denkt sie an Jimmy! dachte Jean säuerlich. »Wieso ist das schade? Ich habe das gleiche Recht wie er, die Fortschritte der Kinder mitzuerleben ...«

»Ich hätte auch nie etwas anderes behauptet«, entgegnete Sylvia leise. »Niemand hat etwas dagegen, daß du Anteil am Leben der Kinder nimmst.«

Mit Tränen in den Augen wandte Jean den Kopf ab. Der Gedanke an Jimmy vertrieb ihr letztes bißchen Freude über Davians Leistung. Sie beobachtete, wie Sylvia sich zu dem Jungen hinunterbeugte, mit übertriebenen Gesten auf verschiedene Dinge zeigte und ihre Namen geduldig und deutlich wiederholte. »*Baum*, Davian, B-a-u-m. Und das da unter dir ist *Sand*, S-a-n-d.« Davian war begeistert. Sogleich versuchte er mit wechselndem Erfolg, die verschiedenen Laute nachzuahmen. Doch dann zog das Boot seine Aufmerksamkeit wieder auf sich. Er wand sich aus Sylvias Armen.

Aleesa rannte bereits den Strand entlang, und Davian lief ihr, das neu erlernte Wort rufend, hinterher.

»Ein Wort, das heißt noch gar nichts«, murmelte Jean halblaut, »er konnte nicht mal richtig ›Baum‹ sagen.«

»Gib ihm eine Chance«, mahnte Sylvia, »er fängt doch gerade erst an. Weißt du noch, wie schnell Aleesa nach ihrem ersten Wort sprechen gelernt hat?«

Jean nickte und versuchte zu lächeln. Sie konnte sich nur noch an die Angst erinnern, die sie gehabt hatte, als Aleesa in Davians Alter gewesen war. Sie hatte damals nicht zu hoffen vermocht und konnte es auch jetzt nicht. Eine einzige Enttäuschung würde genügen, ihre alte Wut wieder aufleben zu lassen. Und Davian müßte es dann ausbaden.

»Jean«, sagte Sylvia ernst, »wenn du wirklich an deinen Gott glaubst, dann nimm etwas von diesem Glauben und setze ihn in Davian.«

Jean hatte das Gefühl, daß Sylvia ihre Gedanken lesen konnte. Sie wand sich schuldbewußt unter dem Blick ihrer Cousine. »Es ist ganz egal, *woran* ich glaube«, murmelte sie und verbarg ihren Kummer hinter Trotz. »Sie werden mich niemals so lieben wie Jimmy. Ich meine, sie lieben ja sogar *dich* mehr als mich.«

»Das glaube ich nicht.«

»Natürlich tun sie das, das weißt du ganz genau.«

»Und das bedeutet dir viel, nicht wahr?«

Jean fühlte sich in die Enge getrieben. »Was erwartest du denn. Sie sind auch *meine* Kinder. Ich behaupte nicht, daß ich immer gut zu ihnen gewesen bin, aber das heißt nicht, daß sie mir egal sind«, sagte sie und rieb sich mit dem Handrücken über die brennenden Augen. »Ich weiß, daß ihr es nicht glaubt, weder Jimmy noch du, aber ich liebe meine Kinder, Sylvia.«

»Natürlich tust du das!« pflichtete ihr Sylvia ohne zu zögern bei. »Ich habe niemals behauptet, daß dir deine Kinder egal seien, Jean.«

Der letzte Satz machte Jean wütend. »Ja, so etwas würdest du nie sagen, nicht wahr? Aber ich weiß, daß du es die ganze

Zeit denkst. Ich sage dir eins: Wenn irgend jemand daran schuld ist, daß ich keine wirkliche Nähe zu meinen Kindern finde, dann sind das du und Jimmy – weil ihr sie aus meinem Leben drängt und sie gegen mich aufhetzt.«

Sylvia sah sie besorgt an. »Ich dachte, du hättest diese Eifersuchtsgeschichte inzwischen überwunden, Jean.«

Jean zuckte die Achseln. »Tja, da hast du falsch gedacht. Weißt du eigentlich, wie das ist? Neun Jahre lang alles für einen Mann zu tun, nur damit er dich dann wegen irgend jemand anderem verläßt? Wundert es dich, daß ich das manchmal an den Kindern auslasse?«

»Das ist doch keine vernünftige Einstellung. Schließlich sagst du selbst, daß sie auch deine Kinder sind.«

»Sag das mal ihrem Vater! Ich meine, nach allem, was ich für ihn getan habe ...« Die Verbitterung, die sie für überwunden gehalten hatte, ergriff wieder von ihr Besitz. Sylvia hörte ihr geduldig zu, bis alles heraus war.

»Was ist der *wirkliche* Grund, Jean?«

Die Frage, die Sylvia ganz ruhig stellte, erschütterte sie. Sie fing an zu stammeln und schluckte. »Die ganze Sache zwischen Jimmy und mir, glaube ich.«

»Aber daran ist nicht Davian schuld, oder?« führte Sylvia mit ihrer typischen Logik aus. »Das ist *kein* Grund, nicht an ihn zu glauben und ihn nicht in seiner Entwicklung zu unterstützen.«

Der Vorwurf war nicht zu überhören. »Du verstehst das nicht, Sylvie, es geht nicht nur darum, daß Jimmy die Kinder lieber hat als mich oder sogar ... nun ... lieber mit dir zusammen ist als mit mir.«

»Dann sag mir, worum es sonst geht.«

Sie lächelte traurig, während sie neben ihrer Cousine herging und das in Worte zu fassen versuchte, was sie selbst erst zu begreifen begann. Sie dachte an das, was sie sich als Kind im Angesicht der Zerrüttung ihres Vaters geschworen hatte ... und an die andere, die nie erwähnte Sache. *Sie* hatte ihre Kinder niemals im Stich lassen wollen. Und dann hatte die Zeit ihrer Prüfungen begonnen …

Zuerst Aleesa … ein süßes Baby, das es nicht verdient hatte, an einer Behinderung zu leiden. Von dem Tag an, an dem der Arzt ihre kleinen Füße untersucht und einen chirurgischen Eingriff empfohlen hatte, hatte Jeans Leben nur noch aus den Schmerzen ihrer Tochter und Schuldgefühlen bestanden. Dann hatten die täglichen, später dreiwöchentlichen Fahrten zur Behandlung begonnen, mit dem 109er Bus um acht Uhr ab Brixton – bis Jean irgendwann nicht mehr am St. Thomas Krankenhaus in Waterloo, London, vorbeigehen konnte, ohne daß die Angst ihr einen Knoten in den Magen machte.

Sie stand auf dem feinen, weißen Sand von Dunn's River und fühlte, wie ihre Angst von vor acht Jahren wieder auflebte, die Selbstvorwürfe, daß sie es nicht geschafft hatte, mit der Tatsache zurechtzukommen, daß sie ein behindertes Kind zur Welt gebracht hatte. Auch andere Frauen mußten täglich ins Krankenhaus fahren, und deren Kinder hatten weitaus schwerer wiegende Probleme als Klumpfüße. Frauen, die jahrelang ohne zu klagen durch die verglasten Korridore des Lambeth-Flügels hinüber in die älteren, dunkleren Korridore des abgetrennten Nordflügels gingen. Sie jedoch hatte diese Tätigkeit bald Jimmy überlassen, weil sie unfähig war, ihre Schuldgefühle und die Verzweiflung zu ertragen, als aus den Wochen Monate wurden und Aleesas Füße nicht auf die Behandlung ansprachen.

Sie hatte geglaubt, den Grund dafür zu kennen: Gottes Strafe traf ihr unschuldiges Kind, weil sie eine Sünderin war. Darum mußte das Kind soviel leiden … Sieben Monate vergingen, in denen sie alles versuchten: Krankengymnastik, die nicht half, Stiefel, die das Kind zum Weinen brachten und ihm den Schlaf raubten, sowie eine erste Operation, nach der die kleinen Beine bis zu den Hüften im Gipsverband steckten. Schuldgefühle vermehren sich von selbst, und Jean hatte gespürt, daß ihre Schuldgefühle immer stärker wurden. Kein Wunder, daß sie aufgab und Jimmy die Sorge um die Kinder aufbürdete – er hatte breitere Schultern.

Sie schaute Sylvia an, die geduldig darauf wartete, daß sie ihre Erzählung beendete. *Was weiß sie schon davon?* Sylvia und Winston hatten überhaupt keine Kinder gewollt – trotz ihres Geredes davon, sich das Beste bis zum Schluß aufzuheben. Jean verdrängte diesen Gedanken wieder. Sie kam sich bösartig und undankbar dabei vor.

»*Tante*, Mama!« Aleesas Stimme unterbrach ihre Selbstbetrachtung und ersparte es ihr, weitererzählen zu müssen. »Der Mann auf dem Boot sagt, daß wir für zehn Dollar mitfahren können, aber dann müßt ihr jetzt kommen.«

Jean wurde verlegen. Das Schweigen war ihr unbehaglich, weil ihr aufging, wieviel sie ihrer Cousine erzählt hatte. Seit ihr Vater sie und George vor vielen Jahren im Stich gelassen hatte, hatte sie niemandem mehr soviel von ihrem Innenleben anvertraut.

»Ähm ... ich glaube, wir sollten mal nach den Kindern sehen.«

»Es ist nicht schlimm, negative Gefühle zu haben, Jean.« Sylvias Stimme klang mitfühlend und verständnisvoll. »Schwierig wird es in der Regel erst dann, wenn man sie zu verbergen versucht.«

Sie lächelte unsicher. »Kann sein.«

Sylvia legte ihr besänftigend die Hand auf den Arm. »Es ist nie zu spät, etwas zu ändern. Vielleicht hättest du mit Jimmy öfter über deine Gefühle sprechen sollen ...«

Als wenn das so einfach gewesen wäre! Sie dachte an all die gesichtslosen Männer, von denen Jimmy nie erfahren durfte, die schuldbeladenen Freuden, die ihr der Alkohol geschenkt hatte. Wie zum Hohn kam ihr auch noch ihre Vorstellung von Peters kaum bekleidetem Leib in den Sinn, und sie bat Gott stumm um Vergebung. Wie könnte sie Jimmy von diesen Dingen erzählen? Er war ihr erster Liebhaber gewesen und seines Wissens auch ihr einziger. Er würde sie hinauswerfen und sie auslachen, wenn sie beteuerte, daß ihr diese Männer nie etwas bedeutet und daß sie bis auf jenes letzte dumme Mal stets Kondome benutzt hatten.

»Denkst du über das nach, was ich gesagt habe?« fragte Sylvia hoffnungsvoll.

Jean warf ihr ein bitteres Lächeln zu. Sie fragte sich, wie Sylvia reagieren würde, falls sie jemals von den Dingen erfuhr, die sie mit sich herumschleppte.

Sylvia schien ihre Gedanken gelesen zu haben. »Ich weiß, daß dich noch mehr belastet, als du mir erzählt hast, Jean. Aber es liegt bei dir, etwas dagegen zu tun.«

Das ärgerte sie. »Du meinst, dir ist es egal.«

»Nein, ich meine, daß *ich* dich nicht zwingen kann, dich um deine geistige Gesundheit zu kümmern ... Das mußt du schon selbst tun.«

»Du glaubst also, daß ich langsam verrückt werde! Ist es das?«

»Nein, aber ich glaube, daß du ziemlich unter Druck stehst.«

»Du wirst mir nie verzeihen, daß ich einmal so ausgerastet bin, nicht wahr?«

»Darum geht es nicht ...«

»Doch. Ich habe dir gesagt, daß ich zu Gott gefunden habe, aber nein, du kannst es nicht akzeptieren. Worauf willst du eigentlich hinaus? Ich bemühe mich redlich, dir nichts Böses zu unterstellen – aber du weißt ganz genau, was du willst, nicht wahr?«

Sylvia schüttelte den Kopf. »Findest du nicht selbst, daß du ein bißchen paranoid bist, Jean?«

»Hör auf, mich zu analysieren, Sylvia, ich bin verdammt noch mal so, wie es mir paßt! Ich bin keiner von deinen Fällen.«

Sylvia ließ sich nicht darauf ein. »Ich weiß, daß du gut für Aleesa und Davian sorgst, Jean, auch wenn du dich manchmal über sie ärgerst. Aber du wirst sie verlieren, oder noch Schlimmeres wird passieren, wenn du nicht etwas gegen das unternimmst, was dich von innen her auffrißt – und damit meine ich nicht, daß du einfach einmal öfter in die Kirche gehen sollst.«

Jean war, als hätte sich in ihrem Kopf plötzlich etwas losgerissen. Es drückte gegen einen Spalt in ihrem Glauben und verursachte einen dumpfen Schmerz. Sie wollte Sylvia beschimpfen und verfluchen, damit der Teufel, der in ihrer Cousine stecken mußte, den dämonischen Stimmen nicht die Rückkehr ermöglichen konnte …

»Tante! Mama! Ihr müßt *sofort* kommen!« Aleesas drängendes Rufen stellte ihr inneres Gleichgewicht wieder her. Es gelang ihr, die Stimmen abzuwürgen, bevor sie richtig loslegen konnten. Sylvia winkte Aleesa lächelnd zu, aber Jean war noch zu aufgewühlt, um ähnlich zu reagieren.

»Wartet eine Minute, ja?« rief sie den Kindern zu. Sie wollte diese Angelegenheit erledigt wissen, ehe sie zu einer Bedrohung für ihren neugewonnenen Seelenfrieden wurde.

»Laß sie nicht warten, Jean«, fiel ihr Sylvia ins Wort. »Wenn du es wirklich ernst meinst mit deinen Kindern, mußt du jetzt damit anfangen, sie an die erste Stelle zu setzen. Du kannst ein andermal über das nachdenken, was ich dir gesagt habe, und wenn du mit jemandem reden willst, bin ich immer für dich da.«

Jean wollte ihr entgegnen, daß sie die letzte wäre, an die sie sich wenden würde, aber da war Sylvia schon vorausgegangen. »Wenigstens könntest du mich ausreden lassen«, rief sie ihr in plötzlicher Wut nach.

Sylvia blieb stehen und wandte sich um, aber Aleesa schnitt ihr das Wort ab.

»Kommt schon, ihr lahmen Enten!« rief das Mädchen ungeduldig. »Beeilt euch … Davian steigt schon ins Boot.«

»Wenn du mitkommen willst, dann komm sofort«, sagte Sylvia mahnend. »Ich möchte nicht, daß die Kinder auf die Idee kommen, ohne uns loszufahren.«

8. KAPITEL

Am Tag nach dem Ausflug zum Dunn's River erwachte Jean spät am Morgen voller Vorfreude. Sie blieb ruhig liegen, fühlte sich frei und geborgen und lauschte auf die Geräusche des Vormittags, die ins Zimmer drangen. Nebenan machte Kaona Theater, das Gelächter und der Lärm der Kinder mischte sich mit dem gelegentlichen Bellen der Hunde, wenn Passanten vorüberkamen. Heute fühlte sie sich gut. Am Abend zuvor war sie mit all den schlechten Gefühlen, die das Gespräch mit Sylvia in ihr aufgewühlt hatte, in die Kirche gegangen, und wieder hatte es Wunder gewirkt. Sie fühlte sich gereinigt und wie neu geboren. Der Gottesdienst war wunderbar gewesen. Pastor Simmonds war unerwartet erschienen, um die Versammlung zu leiten, und hatte eine stürmische Predigt gehalten. Die Woge allgemeiner rechtschaffener Begeisterung hatte Jean mitgerissen. Ohne zu zögern, war sie aufgesprungen, hatte mitgesungen und Zeugnis abgelegt, erfüllt vom Geist Gottes. Anschließend hatte Dekan Davis sie mit Pastor Simmonds bekannt gemacht und ihm erzählt, wie sehr sie geistlichen Beistands bedurfte. Er war bereit gewesen, sich am folgenden Nachmittag mit ihr zu treffen.

Als ihr wieder einfiel, wie sie unwillkürlich zu zittern begonnen hatte, als der Pastor ihr die Hand gab, fühlte sie sich einen Augenblick lang unbehaglich. Stumm bat sie um Vergebung für ihre unwürdigen Gedanken. Selbstverständlich hatte er ihr die Hand weder zu lange noch irgendwie zweideutig gedrückt. Sein Lächeln war verständnisvoll, und in seinen Augen lag eine Ruhe, die ihr sagte, daß er ihr dauerhaften Seelenfrieden bringen würde.

Kein Wunder, daß sie heute so ungeduldig und aufgeregt war. Die Stunden schienen sich endlos hinzuziehen, und der

Minutenzeiger der Uhr kroch im Laufe des Tages immer langsamer dahin. Ihr kam es so vor, als wäre sie wieder ein Kind und wartete auf den bittersüßen Ausflug nach Castleton. Währenddessen lauschte sie auf die Geräusche im Haus: Mauvia wusch unermüdlich Wäsche in der sengenden Sonne; Pearl bearbeitete den Zementboden mit Roteichenpolitur und zankte sich mit George, der seine Kosmetika sortierte.

Am frühen Nachmittag unterbrach das Geheul des Wasser-Tankwagens, der sich die Anhöhe hinaufkämpfte, die Monotonie des Wartens. Jean sah, wie die Nachbarschaft zum Leben erwachte. Im verzweifelten Bemühen, genug Wasser zu bekommen, um bis zur nächsten Lieferung versorgt zu sein, liefen Frauen und Kinder mit allem, was sie an Behältern zur Hand hatten, aus dem Haus. Die ganze Straße stand voller Kanister, eine vielfarbige Blume der Not in der sengenden Mittagshitze.

Hustend sprang die Wasserpumpe an. Die Hälfte der kostbaren Ladung lief aus einem Riß im Schlauch und verwandelte die Löcher in der holprigen Straße in Pfützen. Bald brach ein Streit aus, weil ein paar einfallsreiche Frauen die Warteschlange zu umgehen versuchten, um sich an diesem verschwenderischen Strom zu bedienen, und die weniger Mutigen sie lautstark für ihre Rücksichtslosigkeit beschimpften. Der Fahrer versuchte die Frauen zu beschwichtigen und die Ordnung in der drängelnden Menge aufrechtzuerhalten, während er gleichzeitig die Kanister füllte. Als nichts mehr aus dem Schlauch kam und die Pumpe ihren Betrieb für diese Woche einstellte, waren die meisten Gefäße noch leer.

Der Radiosprecher verkündete die Uhrzeit, und Jean erhob sich von ihrem Sitz auf der Veranda, froh, den enttäuschten Frauen nicht länger zusehen zu müssen, die auf der rasch trocknenden Straße umherliefen. Sie streckte sich, um ihre verspannte Rückenmuskulatur zu lockern, und ging ins Haus.

Pastor Simmonds erwartete sie in der leeren, kühlen Kirche. Er war ein hochgewachsener Mann Anfang Fünfzig, der sie aufmunternd anlächelte und sie aufforderte, sich zu ihm in die erste Reihe vor dem Altar zu setzen.

»Vielleicht sollten wir erst mal gemeinsam beten«, schlug er vor.

Gehorsam senkte Jean den Kopf und faltete die Hände zum Gebet. Pastor Simmonds' Hand lag sanft auf ihrer Schulter, während er einen Segen sprach und Gott bat, über ihre Wege zu wachen. Sie nahm die trostreichen Worte mit geschlossenen Augen in sich auf, und als er schließlich endete, kam ihr Amen aus tiefstem Herzen.

Während er sie über ihr Leben ausfragte, ließ er seine Hand auf ihrer Schulter liegen. Jean entspannte sich, öffnete sich ihm. Sie erzählte ihm von ihrem Kampf gegen die Sünde und von der vermeintlichen Stimme ihres Gewissens, die sich als die des Teufels erwiesen hatte. Sie berichtete ihm, wie die Samstagskirche sie enttäuscht und sie in seiner Kirche die heilende Kraft der Erlösung gefunden hatte. Er lauschte ihr ebenso ernst und schweigend wie der hellhäutige Christus, der vom Kreuz herab feierlich auf sie niederblickte.

Vielleicht fand sie deshalb den Mut, von ihrer Beziehung mit Jimmy zu reden.

Die Hand auf ihrer Schulter drückte ein wenig fester zu. »Heißt das, dasse mit dem Vater Ihrer Kinder in Sünde leben?«

Die Schwere ihrer Verfehlung preßte ihr die Kehle zu. Sie nickte, beschämt vom Gewicht ihrer Schuld. »Aber er iss der einzige Mann, mit dem ich je zusammengelebt hab, Pastor …«

»Aber Sie haben mir doch grad erzählt, dasse mit vielen andern Männern Unzucht getrieben haben.« Irgendwie hatte seine Stimme ihren verständnisvollen Ton verloren und eine ungemütliche Schärfe angenommen.

»Das war unter dem Einfluß von Alkohol, Pastor«, verteidigte sie sich eilig und verfiel wieder in ihr gewohntes Rechtfertigungsschema, wobei sie seinen beharrlichen Blicken auswich. »Es war so, wie ich's Ihnen grad erklärt hab: Die Stimme des Teufels hat auf mich eingeredet un mir keine Ruhe mehr gelassen. Vor Jimmy hab ich mit keinem andern Mann was gehabt.«

Ein Sonnenstrahl fiel auf den weißen Christus und rief eine Erinnerung in ihr wach. Verzweifelt versuchte sie, jenes Bild wegzuschieben – das verwundete Kind im Schatten des blutroten Kreuzes.

»Aber seitdem habense mit 'ner Menge Männern was gehabt, Miss Jean.« Er fuhr ihr mit der Hand nachdrücklich über die Schulter, hielt inne und wurde zudringlicher, als er merkte, daß sie sich nicht wehrte. »Mir scheint, dasse sowas wie 'ne Art Handauflegen brauchen ... 'ne heilsame Berührung. Als Dekan Davis mir sagte, wie sehnsüchtig Sie auf mich warten, hab ich's kaum glauben können.« Sein Tonfall hatte sich unmerklich verändert. Der Mann im Pastor erwachte. »Ich hatte davon gehört, daß Missa Mackenzies Schwester aus'm Ausland hier iss, aber ich hätt nie gedacht, dasse auch was von mir gehört hat.«

Seine Hand – grobe Finger, schwielig von jahrelanger Arbeit – war über ihren Nacken und die Falten ihres Kleides gewandert, glitt dann hinab und umfaßte ihre Brust. Die Berührung brannte auf ihrer Haut und ließ eine Vielzahl von Bildern in ihrem Kopf entstehen.

Sie konnte sich weder bewegen noch sprechen. Sie war wieder ein Kind, und der Schatten des Pastors, der sie wegen Ungehorsams gegen ihren Vater züchtigte, lag drohend über ihr. Die Hand machte sich hastig und plump an ihren Schenkeln zu schaffen und verirrte sich im langen Rock ihres Kleides. Ein-, zweimal schluckte sie. Ihr Herz klopfte so schnell, daß sie nach Luft schnappen mußte, um nicht in Ohnmacht zu fallen.

»Wahrhaftig, Sie sind wirklich 'ne heiße Frau.« Die Stimme des Pastors war vor Erregung ganz rauh. Seine Hand fand die Stelle zwischen ihren Schenkeln und knetete unbeholfen daran herum. »Aber lassense mich für alle Fälle erst die Tür zumachen.«

Sie hörte ihn kaum, nahm kaum wahr, was er sagte. Sie wußte nur, daß das Schreckliche nicht wieder passieren durfte. Sie durfte nicht noch eine weitere Sünde begehen …

Ein begieriger Finger drang vor und berührte dabei einen Nerv, der einen lustvollen Schmerz tief in ihrem Unterleib auslöste. Die Stimme des Dämons lachte ein hysterisches, schluchzendes Lachen und riß Jean aus ihrer Erstarrung.

Sie sprang so unvermittelt auf, daß der Pastor, der sich an sie gelehnt hatte, zu Boden fiel. Sie mußte hier raus, weg von dem wahnsinnigen Lachen in ihrem Kopf!

Ohne auf die Hitze zu achten, rannte sie die unebene Straße entlang. Der Schmerz zerriß ihr die Brust, sie atmete pfeifend und keuchend, aber sie lief weiter und drängte sich verzweifelt durch die Reihen der umherschlendernden Passanten. Jemand versuchte, sie festzuhalten. Eine panische Angst überkam sie, und sie riß sich los. Sie nahm nichts mehr wahr – weder die bestürzten Gesichter noch das ärgerliche Gemurmel –, sie wollte nur weg von der Flut schuldbeladener Erinnerungen, die ihren Kopf überschwemmten. Als sie schließlich den Strand erreichte, sorgten der Sand und ihre Erschöpfung dafür, daß sie langsamer wurde und bald stehenblieb.

Sie ließ sich zu Boden fallen. Das Brüllen des Ozeans mischte sich mit dem Getöse in ihrem Kopf. Nichts sonst drang an sie heran, weder der Frieden des einsamen Strandes noch der Gestank der Fischabfälle, auf denen sie saß, und auch das irritierende Summen der Schmeißfliegen nicht. Die alte, lange vergessene Erinnerung war alles, woran sie denken konnte.

Sie war gerade acht Jahre alt geworden und langweilte sich in den großen Schulferien, als alles angefangen hatte. Ihre Mutter war seit drei Jahren tot, ihr Vater war zur Farmarbeit in den Staaten. Jeden Donnerstag begleitete sie Tante Vi und Tashi zum Markt in Port Juanero. Sie ärgerte sich darüber, daß sie mitgehen mußte, während George und Noel müßig zu Hause hocken oder die Männer begleiten durften, die sich während Vaters Abwesenheit um sein Land kümmerten. Vielleicht war das der Grund, aus dem sie anfing, sich zur Bücherei auf der Wiese an der alten Küstenmauer zu schleichen. Ihr Vater hatte ihr verboten, dort hinzugehen, und Tante Vi mißtraute jedem Buch außer der Bibel und religiösen Schriften.

Die Bücherei faszinierte Jean. Die Bücher entführten sie in ferne Welten jenseits der begrenzten Umgebung von Port Juanero, Sansee Beach und Highgate. Sobald sich Tante Vi in ihren wöchentlichen Marktklatsch vertieft hatte, stahl sie sich davon, schlüpfte in die Bücherei und zeigte mit klopfendem Herzen den Ausweis vor, den sie sorgfältig in einer Tasche ihres Kleids versteckt hatte. Es war immer dasselbe Ritual: Sie stürzte zu den Büchern von Enid Blyton und A.A. Milne, schaute rasch, welches sie noch nicht kannte, und wartete nervös und schuldbewußt, bis der Bibliothekar das Buch, das sie leihen wollte, endlich vermerkt hatte. Dann lief sie zu den sandigen Grashügeln hinaus, wo sie ein mächtiger blühender Tunna-Kaktus vor Blicken schützte. Hoch über der zerbröckelnden Küstenmauer, wo sich außer zahllosen Ziegen niemand hinwagte, setzte sie sich hin und empfand ein köstliches Schuldgefühl, während sie sich ins Abenteuer stürzte. Sie verschlang die Geschichten der *Fünf Freunde*, verlor sich in verzauberten Wäldern und träumte, sie lebe mit Winnie-dem-Pu und I-Ah im Hundertsechzig-Morgen-Wald.

Sie lernte allmählich, die Uhrzeit nach dem Stand der Sonne zu bestimmen. Bevor die Bücherei schloß, gab sie ihr Buch zurück und war gerade rechtzeitig wieder am Marktstand ihrer Tante, um ihr beim Einpacken zuzusehen und ihren Bulla-Keks zu bekommen.

Sie las gerade *The Dream of Sadler's Wells*, als alles aufflog. Sie war so in Rosannas Kampf um Anerkennung in »The Wells« versunken, daß sie Pastor Bakers Herannahen nicht bemerkte und ihr auch kein einziges Wort der Rechtfertigung einfiel, als ihr das Buch plötzlich aus der Hand genommen wurde und der Mann finster auf sie herabschaute.

»Also das treibste, während dein Vater im Ausland arbeitet!« donnerte er mit seiner einschüchterndsten Blut-und-Feuer-Stimme. »Du bist ‘n böses Mädchen, dassde dich so davonschleichst, um zu sündigen!«

Sie saß bloß da, zitternd vor Angst, daß er Gottes Zorn auf sie herabrufen und der Herr Blitz und Donner vom Himmel schicken könnte. Pastor Baker war ein strenger, humorloser Mann. Er lebte allein und unverheiratet in Mountain District und blickte von dort auf das sündige Treiben seiner Gemeinde herab. Alle Mitglieder der Kirche fürchteten ihn und den schrecklichen Tag, an dem sich sein Zorn gegen einen von ihnen richten würde.

»Was machste überhaupt in Port Juanero?« fragte der Pastor, als er sie ausreichend verdammt und verwünscht hatte.

Bei dem Gedanken, daß Tante Vi wütend sein und mit ihrer Bestrafung absichtlich warten würde, bis ihr Vater wieder da war, wurde Jean schlecht.

»Wirste gefälligst ‘n bißchen Respekt zeigen, wenn ich mit dir rede?«

Sie versuchte, das würgende Etwas in ihrer Kehle, das sie am Reden hinderte, hinunterzuschlucken. »Ich warte hier bloß, bis Tante Vi un Tashi auf’m Markt fertig sind, Pastor.«

Er schien erschüttert. »Willste mir weismachen, daß deine Tante dir erlaubt, an diesen gottlosen Ort zu gehn, obwohl’s dein Vater verboten hat?«

Ihre Stimme wurde leise. »Nein, Pastor, se weiß nich, daß ich hier bin.«

Traurig schüttelte der Pastor den Kopf. »Ich sollte dich sofort zu ihr bringen un ihr von deiner Verderbtheit erzählen.« Er hielt inne und sah zu, wie ihre Angst und ihre Verzweiflung wuchsen, ehe er ihr einen Vorschlag machte. »Andererseits scheint mir, daß dir jetz, wo dein Vater so lang weg iss, ‘ne starke Hand fehlt. Ich werd deiner Tante sagen, daß Bruder

Leroy dich am Sonntag bei mir vorbeibringen wird, wenn er seine Mutter in Mountain District besucht.«

Er tat, was er gesagt hatte, und am nächsten und vielen darauffolgenden Sonntagen lud Leroy sie in seinen heruntergekommenen alten Zephyr und setzte sie vor der Tür der leeren Kirche ab. Sie hatte erwartet, daß sie einer Predigt lauschen und auf dem kalten, harten Boden des Gemeinschaftsraums knien müsse, um im Angesicht des Gekreuzigten, der über dem Kopf des Pastors hing, Gebete zu sprechen. Aber der Pastor hatte etwas anderes im Sinn.

Er sagte, daß er für sie gefastet und mit Gott gesprochen habe und daß das einzige Mittel gegen ihre schweren Sünden das Handauflegen sei. Beim ersten Mal hatten seine Berührungen sie noch nicht beunruhigt – wohl aber sein Beharren, daß sie mit niemandem darüber spräche. Ohne daß er es eigens erwähnte, stand somit fest, daß er *ihr* Geheimnis für sich behalten hatte, daß er gelitten und gebetet hatte, damit *sie* keinen Ärger bekam.

Am dritten Sonntag änderte sich die Art seiner Berührungen. Er drückte ihr wortlos einen Schilling in die Hand und bettete sie auf die rauhe Decke, die er vorsorglich auf dem Boden ausgebreitet hatte. Diesmal wurde überhaupt nicht gesprochen. Jean lag da, starrte das Bildnis des hellhäutigen Christus an und weigerte sich zu glauben, daß die Hände des Priesters tatsächlich an dem schmutzigen Ort zwischen ihren Schenkeln herumfummelten. Hinterher wich sie seinem Blick aus, lief über den steinigen Hof auf die Straße und hielt ihren glänzenden, neuen Schilling fest, bis sie Bruder Leroys krächzende Hupe hörte.

So ging es einen Monat lang. Die Berührungen, die Münze in ihrer Hand, die stumme Schuld. Dann fing der Pastor an, ihr alles mögliche zu erzählen, unanständige Sachen, wie sündhaft sie sei, wie sie ihn zu bösen Gedanken verleitete und ihn zwang, mit der teuflischen Versuchung zu ringen, die von ihr ausging.

Sie begann, sich schuldig zu fühlen. Die Berührungen erzeugten jetzt ein komisches Gefühl in ihrem Unterleib, das manchmal eine angenehme Gänsehaut verursachte und manchmal einen Brechreiz auslöste. Jean war sicher, daß es das Böse war, das hinaus wollte. Das Zeichen Sodoms, sagte der Pastor, stecke tief in ihrem Bauch.

Zu Hause war sie launisch und in sich zurückgezogen, ging auf ihre Brüder los und weinte ohne Grund. Der Gedanke an den Sonntag überlagerte alles andere. Sie fühlte sich beschmutzt, erdrückt vom Gewicht ihrer Sünden, irgendwie getrennt von den anderen Kindern. Ihre Leistungen in der Schule ließen nach, bis der Lehrer sich bei Tante Vi über ihre Unaufmerksamkeit beklagte. Vor Sorge verlor sie den Appetit, und Granny kochte Fiebergras und Soracee für sie, weil sie annahm, daß sie krank sei.

Jeder Gottesdienst wurde zur Tortur. Sie war sicher, daß der hellhäutige Christus sie vorwurfsvoll ansah und sie verdammte, weil das Böse so tief in ihr steckte, daß alle Austreibungsbemühungen des Pastors vergeblich waren.

Am letzten Sonntag vor der Rückkehr ihres Vaters setzte Bruder Leroy Jean erst spät an der Kirche ab. Der Pastor wartete ungeduldig vor der Tür des kleinen Gemeinschaftsraumes. Jede Faser seines gewaltigen Leibes bebte vor Wut. Er ergriff sie, zerrte sie in den Raum und schlug die Tür zu. Jean war immer noch ganz überrascht, als er sie plötzlich hart gegen die Tür stieß. Sie starrte ihn erschrocken an und begriff nicht, was für Verwünschungen er da gegen sie ausstieß. Als er ihr schließlich befahl, sich hinzulegen, zitterte sie vor Angst.

Diesmal war es anders. Die Art, wie er sie ansah, hatte etwas Furchterregendes – so, als ob er etwas wirklich Schlimmes vorhätte. Ihr Blick begegnete den blauen Augen des hellhäutigen Christus, ohne ihn zu erkennen. Die Hand zwischen ihren Schenkeln war hart und fordernd. Jean blinzelte. Tränen vernebelten ihren Blick. Sie starrte auf das Kreuz. Wieder blinzelte sie und erschrak furchtbar, als sie sah, daß es verblaßte und sich unter dem Druck ihrer Sünden blutrot färbte.

Ihr Körper versteifte sich vor Ablehnung und Entsetzen, während sie ihren Blick abzuwenden versuchte. Sie hörte, wie der Reißverschluß an der Hose des Pastors geöffnet wurde, wollte auch dies nicht wahrhaben und starrte wie blind vor sich hin. Nicht einmal die vertraute Wärme der Münze war da, um sie zu trösten.

Als er sich auf sie legte, erschrak sie. Das erdrückende Gewicht seines Körpers preßte ihr die Luft aus den Lungen. Sie hatte Angst, daß ihre Rippen brechen würden. Grunzend wälzte er sich auf die Seite und fummelte zwischen ihren Beinen herum. Dann zog er ihre Hand nach unten und zwang sie, etwas Dickes, Feuchtes zu berühren, das sich hin und her wand. Sie versuchte, ihre Hand wegzuziehen, aber die Finger des Pastors hielten sie fest, preßten sie um das Ding und bewegten sie, während er sich keuchend krümmte, als litte er Todesqualen. Als sie spürte, wie etwas Nasses und Klebriges aus dem dicken Wurstding hervorquoll, mußte sie würgen. Der Pastor war jetzt mit sich selbst beschäftigt. Jean nutzte die plötzliche Schlaffheit seines Körpers, um unter ihm hervorzukriechen und zur Tür zu laufen. Sie fühlte sich schmutzig, als hätten sich die weißlichen Spuren auf ihrer Hand tief in die Haut gebrannt und würden sie für alle Zeit brandmarken.

Am folgenden Mittwoch kam ihr Vater zurück. Unter seinem Schutz fühlte sie sich stark genug, jeden weiteren kirchlichen Beistand zu verweigern. Sie rechnete damit, daß der Pastor jeden Tag kommen und ihr Geheimnis, mit dem alles angefangen hatte, verraten könnte. Aber er kam nie. Das machte es ihr leichter, Tante Vis Drohungen und Schläge auszuhalten – und den Überredungsversuchen des Pastors zu widerstehen, die allmählich von bitteren Vorwürfen abgelöst wurden.

Jedesmal, wenn er sie beim Ganztagsgottesdienst traf, nahm er sie beiseite und drohte ihr, daß Gottes Zorn sie treffen werde, falls sie jemals über das sprechen würde, was auf dem

Boden des Gemeinschaftsraumes geschehen war. Er sagte ihr, daß sie verderbt sei und Gott sie strafen werde, weil sie versucht hatte, ihn dem Teufel in die Arme zu führen. Jeans Schuldgefühle wuchsen, ebenso ihre Überzeugung, daß sie das Kainsmal trug. Schließlich hatte doch der hellhäutige Christus, der während des Gottesdienstes so ruhig auf die Gemeinde niederblickte, genau gesehen, daß sie den Pastor zur Sünde verleitet hatte. Oder hatte sich das heilige Kreuz etwa nicht aus Zorn über ihre Schamlosigkeit blutrot gefärbt?

Je mehr sie darüber grübelte, desto häufiger zankte sie sich mit ihren Brüdern, vor allem mit Noel. Es war, als ob irgend etwas in ihr sie dazu zwang, beim kleinsten Anlaß wütend zu werden. Da sie sich zunehmend ausgeschlossen und einsam fühlte, wurde sie immer eifersüchtiger auf die Verbundenheit ihres ältesten Bruders mit dem Vater. Auf dem Höhepunkt ihres Zorns wünschte sie manchmal, daß Noel tot sei, und sagte ihm das auch. In diesen Momenten meinte sie es ernst, aber hinterher fühlte sie sich nur noch verkommener und weit jenseits jeder Vergebung.

Und dann kam jener Tag in ihrem neunten Lebensjahr. Es war mitten in der Regenzeit, elektrische Stürme entluden ihre tödliche Ladung in die Atmosphäre, und der Donner ließ die Erde erzittern. Granny war in die Stadt gefahren, um einer kranken Freundin Gesellschaft zu leisten. Tante Vi und Tashi waren, indem sie sich die Anwesenheit ihres Vaters zunutze machten, mit dem großen, buntbemalten Überlandbus zum Frühjahrsmarkt nach Kingston gefahren, weil sie hofften, ihre Waren dort teurer verkaufen zu können als in Port Juanero oder Highgate.

Durch den Regen ans Haus gefesselt, hatten sich die Kinder immer wieder gezankt. Jean ärgerte sich, weil sie das Essen zubereiten und ständig zwischen dem undichten Holzverschlag, in dem sich die Küche befand, und dem Haus hin und her laufen mußte. Sowohl Noel als auch George waren älter als sie und mußten nie im Haushalt helfen, bloß weil sie Jungen waren. Ihr Gefühl, ungerecht behandelt zu werden, hatte immer mehr zugenommen, bis sie in einem Anfall von Zorn Noels Drachen zerbrach. Er hatte sich sofort gerächt, indem er sie in die Seite boxte, und war, als sie ihn fangen wollte, lachend in den Regen hinausgerannt. Dort kam ihm dann die Idee, als Vergeltung für den zerbrochenen Drachen ihre Mangos zu stehlen.

Jean war wütend geworden und hatte Gott gebeten, Noel zu bestrafen. Aber sie hatte es doch nicht ernst gemeint, hatte doch nicht gewollt, daß Er ihren Bruder tötete! Wie erstarrt war sie am Rand der Veranda stehengeblieben, während das Regenwasser unbeachtet auf ihren dünnen Kittel spritzte und Noels hoher, schriller Schrei endlos in ihrem Kopf dröhnte.

Sie erinnerte sich nicht mehr daran, was als nächstes geschehen war, bloß daran, daß der Regen auf das neue Zinkdach hämmerte. Ihr war so kalt gewesen, sie hatte gezittert, gezittert und gewartet, daß Noel ins Haus kommen und sich über sie lustig machen würde. Die Zeit schien aus den Fugen, erst raste sie, dann wieder kroch sie, während die Szene, in der Noel im grellen Licht wie ein verkohlter Stein zu Boden fiel, sich wieder und wieder vor ihrem geistigen Auge abspielte.

Sie hätte nicht sagen können, wann die Frauen zurückgekommen waren, aber plötzlich war das Haus voller trauernder Menschen, die sie überall verscheuchten und zu sehr mit ihrem eigenen Kummer beschäftigt waren, um sie zu trösten. Das verkohlte und verformte Etwas, das einmal Noel gewesen war, lag verhüllt in einem Sarg. Sie glaubte, daß jeder wußte, daß sie seinen Tod verursacht hatte. Tante Vi und Tashi gingen ihr aus dem Weg, und selbst Granny nahm sie nicht mehr in den Arm. Wenn ihr Vater sie nun ansah, traf sie nur ein leerer Blick – und nicht der, den er stets für Noel übrig gehabt und den sie schuldbewußt für sich erhofft hatte.

Am vierten Tag der Trauer konnte sie das Gerede über den Tod nicht mehr ertragen. Das Geheimnis ihrer Schuld drohte ihr die Brust zu sprengen. Sie war vollkommen aufgelöst und den Tränen nahe. Es regnete wieder, es war genauso ein Gewitter wie in der Nacht, in der Noel umgekommen war. Tante Vi schickte sie in den Kochschuppen, um den vielen Leuten, die gekommen waren, um ihren Vater zu trösten, etwas zu essen zu machen. Jean zitterte vor Furcht und betete um Rettung aus der Finsternis. Der Pastor war an diesem Abend da und sah sie mit gewohnter Feindseligkeit an. Papa saß zusammengesunken in dem kunstvoll geschnitzten Sessel in der Ecke des Wohnzimmers, trank weißen Rum und starrte zu Boden. Tränen fielen auf seinen Handrücken. Wieder fühlte Jean sich schuldig. Das Gewicht der Sünde zerrte an ihr wie die schweren Regenwolken am Himmel.

Sie wünschte, daß Granny nicht zum Schlafen zu Miss Vinnie gegangen wäre. Die alte Dame hatte so zerbrechlich und müde ausgesehen, daß alle sie gedrängt hatten, sich hinzulegen und auszuruhen. Sie wünschte, Miss Vinnie hätte sie so umarmt, wie sie Granny umarmt hatte, und hätte ihr gestattet, sich neben ihre alte Großtante in das breite Bett zu legen, das Miss Vinnie mit Mr. Brenna teilte, wenn er nicht in der Stadt war.

Es dämmerte schon, als die gedämpften Gespräche und Lieder erstarben und die Leute sich auf den Heimweg machten. Zuletzt ging der Pastor, der sich ausgiebig streckte und langatmig ausführte, was für ein langer Tag voller Arbeit für seine Schäfchen ihm bevorstand.

Papa war im Sessel eingeschlafen. George hatte sich bereits vor einiger Zeit ins Bett geschlichen.

»Bring noch die zwei Teller rüber in den Schuppen un leg dich dann auch schlafen, Jean«, befahl Tante Vi und ließ sich erschöpft neben ihre Tochter und ihren Bruder auf das Sofa fallen.

Müde und ausgepumpt, wie sie war, freute sich Jean, bald ins Bett zu kommen.

Im Schuppen stellte sie die Teller hochkant in die große Zinkwanne, damit sie anderntags gespült werden konnten. Als sie sich umdrehte, um die Kerosinlampe auszupusten, sah sie im Dunklen einen Mann. Es war der Pastor, dessen mächtiger, bedrohlicher Schatten in den Raum fiel. Voller Entsetzen starrte sie ihn an.

»Denkste, du kannst der Gerechtigkeit Gottes entkommen, hä?« murmelte er und kam von der Tür her auf sie zu. »Denkste, deinen Bruder durch 'nen Blitz umzubringen, schützt dich vor Seiner gerechten Strafe? Du bist 'ne Viper, die aus'm Nest der Sünde in den Schoß dieser guten Familie gekrochen iss.« Während er in atemloser Empörung redete, kam er ihr immer näher.

Jean bemerkte das kaum. Sie starrte ihn nur schweigend und schuldbewußt an und vernahm ihre eigenen, unausgesprochenen Gedanken aus seinem Munde. Sie wehrte sich nicht, als er sie festhielt, spürte kaum, wie er sie ins Gesicht schlug. Diesmal verursachten die groben Finger zwischen ihren Beinen kein komisches Gefühl, sondern, wie beim letzten Mal, nichts als Schmerz ... Es war eine Folter. Sie spürte sein Gewicht auf sich, roch seinen nach Rum stinkenden Atem. Es war, als ob er sie erdrücken wollte. Sie hatte Mühe, ihren schmalen Brustkorb weit genug zu heben, um Luft zu bekommen. Und dann war alles nur noch Schmerz, ein heißer, brennender Schmerz, so intensiv, daß sie glaubte, der Mann wolle sie in Stücke reißen, wolle ihren Leib in zwei Teile brechen, damit ihre ganze Sündhaftigkeit ans Licht käme. Zeit und Schmerz wurden eins, es ging immer weiter und weiter und weiter. Sie schloß die Augen, sah aber weiterhin den hellhäutigen, blauäugigen Christus vor sich, der über ihrer Bestrafung wachte, wie er über ihrer Sünde gewacht hatte – und auch der lange Schatten des blutroten Kreuzes verschwand nicht.

Der Schrei eines Seevogels holte sie in die Wirklichkeit zurück. Die heiße Sonne brannte auf ihren ungeschützten Kopf herunter. Jean blinzelte und schüttelte sich, aber die Erinnerungen, die sie so lange verdrängt hatte, wollten nicht verschwinden. Irgendwie hatte sich damals alles, was geschehen war, in Luft aufgelöst. Sie war auf dem Zementboden des Küchenschuppens eingeschlafen, und als sie erwachte, war es nicht mehr da gewesen.

Tashi hatte sie gefunden, hatte das Blut und ihre Schmerzen beim Gehen bemerkt und war losgerannt, um ihre Mutter zu holen. Tante Vi hatte ihr in kurzen, verlegenen Sätzen erklärt, daß sie jetzt eine junge Frau sei und von nun an jeden Monat bluten würde. Sie hatte Jean gezeigt, wie man sich aus alten Stoffetzen einen Pfropfen zurechtband, der das Blut bequem aufnahm, und hatte ihr gesagt, daß sie keinen Mann an sich heranlassen sollte und jetzt schwanger werden könnte.

Der Pastor war am nächsten Tag fortgegangen, und einer der Dekane hatte sein Amt übernommen, bis ein Nachfolger bestimmt wurde. Jean hatte tagelang geblutet. Tante Vi bestand darauf, daß sie die restlichen Nächte der neuntägigen Trauerzeit bei Miss Vinnie schlief – für den Fall, daß ein Dämon sie befallen hätte. Als ihre Periode im nächsten Monat ausblieb, beteten sie für sie und badeten sie in Heilölen, aber es sollte noch fünf Jahre dauern, bis sie wieder zu bluten anfing.

Die kichernde Stimme kehrte zurück. Jean schüttelte den Kopf und versuchte vergeblich, die Wahrheit der lebhaften Erinnerung vor sich selbst zu verleugnen. Sie hatte den alten Pastor zur Sünde verleitet, genauso, wie sie es gerade mit Pastor Simmonds getan hatte.

Tief aus ihrem Inneren stieg eine Welle der Trauer empor. Sie schluckte, um nicht weinen zu müssen. Mühsam kam sie auf die Beine, wobei sie unsicher schwankte, als ob sie ihren Gleichgewichtssinn verloren hätte. Sie konnte jetzt nicht über diese Dinge nachdenken, konnte sich nicht der Schuld stellen, die sie im Alter von acht Jahren auf sich geladen hatte. Einmal, zweimal drehte sie sich um die eigene Achse, schaute vom Meer zur Straße und fühlte sich von den schmerzhaften Erinnerungen bedrängt und eingekesselt.

Sie brauchte jetzt einen Drink. Gin, Rum … irgendwas, das den Schmerz dämpfte und sie die quälenden Erinnerungen vergessen ließ. Sie erblickte das strohgedeckte Dach des Sea Lawn Club und hielt darauf zu. Es beruhigte sie, gab ihr ein Ziel. Beinahe ohne ihre Mitwirkung begannen ihre Füße sich zu bewegen, immer abwechselnd, vorwärts, vorwärts. Die Geräusche der Vögel, der strenge, rauhe Geruch des Meeres, der rinnende Schweiß, der heiße Sand, der durch die offenen Stellen ihrer Sandalen drang und ihr die Sohlen versengte – all das wurde bedeutungslos angesichts des Vergessens, das auf der anderen Seite der Straße auf sie wartete.

9. KAPITEL

Die Ausgestoßene wohnte am Rande von Trinity in einem verfallenen Haus, das an die Straße nach Port Juanero und an fruchtbares Ackerland grenzte. Niemand wußte, wie und wo sie hergekommen war. Eines Tages war sie einfach aufgetaucht, mit zwei verdreckten Strohtaschen und einem Haufen alter Zeitungen. Die Kinder sahen in ihr eine komische Figur und machten ihr Haus zur Zielschiebe ihrer Grausamkeiten. Sie warfen Steine durch die glaslosen Fenster und schlugen mit Stöcken gegen die wettergegerbten Holzwände. Sobald die Frau herauskam, liefen sie kichernd davon. Manchmal schwenkte sie ein rostiges altes Entermesser und rannte hinter ihnen her, aber meistens setzte sie sich einfach vor ihre schiefe Haustür und weinte.

Es kam sowieso nicht darauf an. Ganz gleich, was sie tat, es wurde verdammt, selbst wenn es etwas Normales war. Wenn sie lachte, bewies das nur, daß sie verrückt war, wenn sie weinte, lachten die anderen. Erwachsene und Kinder stießen sich im Vorbeigehen an und machten sich ungeniert über sie lustig: »Guck mal, was die Verrückte da macht, guck mal, wie se heult«, als ob sie kein menschliches Wesen wäre.

Nur in den Nächten wurde sie zum Objekt der Begierde, zur willkommenen Gelegenheit für die jungen Männer, die ihre erwachende Sexualität ausprobieren wollten, und für die älteren, die sie als eine Art öffentliches Eigentum betrachteten. Die meiste Zeit über wurde sie geduldet wie ein lokales Vergnügungsviertel: halb Schandfleck, halb Sehenswürdigkeit. Bald nannte man sie nur noch Miss Maddy, die Verrückte, und degradierte sie zum Objekt gelegentlicher Beschwerden und heimlicher nächtlicher Besuche.

In einem Anflug von Boshaftigkeit hatte George Sylvia und Jean mit Miss Maddy bekanntmachen wollen, kurz nachdem Jean zum erstenmal in der Pfingstkirche gewesen war. Sowohl Jean als auch Sylvia war die heruntergekommene Frau bereits aufgefallen, die ziellos, singend und in Selbstgespräche vertieft durch die Straßen lief, und sie reagierten anders, als George es erwartet hatte. Demonstrativ setzten sie sich zu ihr in den Hauseingang und unterhielten sich mit ihr.

Sylvia hatte Mitleid mit Miss Maddy. Ihrer Meinung nach war sie eher unglücklich als verrückt. Vollkommen verarmt und geistig ein wenig minderbemittelt, war sie der geborene Sündenbock, den man problemlos ausnutzen konnte. Sorgen machte sie sich allerdings wegen der Reaktion ihrer Cousine. Jean behauptete nämlich, daß Miss Maddys Lebensumstände nur eine Strafe für ihre Sünden seien. Sie und George nahmen es Sylvia übel, daß sie der Frau jedesmal etwas Geld gab, wenn sie ihnen über den Weg lief, und warfen ihr vor, daß das erniedrigend und beleidigend sei.

Dennoch suchte Jean Miss Maddy in der ersten Zeit nach ihrer Bekehrung zur Sonntagskirche oft unter dem einen oder anderen Vorwand auf, setzte sich zu ihr und verwickelte sie in bizarre Gespräche über die Sünde der Unzucht, Bestrafung und Reue. Es war, als ob sie eine Art geistiger Verbundenheit mit ihr gespürt hätte, als ob Armut und Verzweiflung sie magnetisch anziehen würden. Auf solche Vorwürfe entgegnete Jean, sie tue lediglich ihre Pflicht als Christin. Trotzdem wollte sie nicht, daß Sylvia und die Kinder sie begleiteten.

Irgendwann fand sich Sylvia damit ab. Sie sagte sich, daß diese neue Eigentümlichkeit ihrer Cousine zumindest keine Gefahr für die Kinder darstellte. Obwohl sie noch manchmal ohne jeden Grund für einen kurzen Moment in Rage geriet, schien Jean sich ganz gut im Griff zu haben – abgesehen von dem Ausflug zum Dunn's River in der vorigen Woche. Zwar redete sie immer noch mit sich selbst, aber wenigstens ging es dabei nun stets um Bibelfragen.

Sylvia fing an zu glauben, daß die Kirche ein kleines Wunder vollbracht haben könnte. Wäre da nicht dieser Rest von Gereiztheit in Jeans Verhalten gewesen, hätte man denken können, sie wäre ein anderer Mensch geworden. Sie war gut zu den Kindern, versuchte Davian neue Worte zu entlocken und stand sogar früh auf, um mit Aleesa die Küste zu erkunden. Später dachte Sylvia, daß es einfach zu schön gewesen sei, um wahr zu sein ...

Am Ende der Unabhängigkeitswoche, als die Gemüter aufgrund der langen Hitzeperiode ziemlich gereizt waren, nahm die Gemeindeverwaltung die allgemeinen Proteste zum Anlaß, Miss Maddys Haus niederzuwalzen. Als Sylvia davon erfuhr, fragte sie sich besorgt, wie Jean wohl darauf reagieren würde. Vor ein paar Tagen war ihr Verhalten umgeschlagen. Sie hatte wieder angefangen zu trinken, blieb nachts lange weg und kam frühmorgens betrunken nach Hause. Gleichzeitig war sie außerordentlich reizbar und neigte wieder zu Handgreiflichkeiten gegenüber den Kindern.

Sylvia hatte den Verdacht, daß es etwas mit der Kirche zu tun haben mußte. Am vorigen Donnerstag war Jean euphorisch vom Abendgottesdienst zurückgekehrt, weil der für die Gegend zuständige Pastor früher als erwartet erschienen war und ihr für den nächsten Nachmittag ein Beratungsgespräch versprochen hatte. Sylvia hatte erwartet, daß Jean nach diesem Gespräch noch begeisterter sein würde. Statt dessen war sie erst in den frühen Morgenstunden des Samstags nach Hause gekommen – betrunken und schimpfend.

Sylvias Versuche, herauszubekommen, was schiefgelaufen war, stießen auf kalte Feindseligkeit. Jeans Predigten nahmen einen bitter-ironischen Tonfall an, erst recht an Tagen, an denen sie betrunken oder melancholisch war. Sie war in zunehmendem Maße von dem Gedanken besessen, daß Sünden bestraft werden müßten, und der Besuch bei Miss Maddy wurde ein fester Bestandteil ihrer täglichen Predigerrunde.

Es war George, der Jean die Nachricht vom Abriß von Miss Maddys Haus überbrachte. Anscheinend hatte er nicht bemerkt, wie nervös und angespannt sie war. Er schilderte lachend, wie die Verrückte bei dem Versuch, ihre Habe zu retten, in den Trümmern umhergekrochen war. Sein Benehmen widerte Sylvia an, und sie stellte sich darauf ein, daß Jean gleich explodieren würde. Aber sie wurde überrascht. Jean zuckte lediglich die Schultern und meinte, sie habe so etwas erwartet. Als sie ungerührt hinzufügte, es habe ja so kommen müssen, weil Miss Maddy nicht auf Gottes Warnungen gehört habe, wußte Sylvia nicht mehr, was sie sagen sollte.

»Wer hatse denn jetz wieder gebissen?« fragte George, dem angesichts von Jeans steinernem Desinteresse das Lachen vergangen war.

Sylvia sah ihn überrascht an. »Merkst du denn gar nichts, George?«

»Ich merk nur, dasse sich allmählich in die Gemeinschaft einfügt.«

»Ist das so?« Sie schaute ihm in die Augen. »Und an ihrem Verhalten kommt dir nichts komisch vor, nehme ich an?«

»Mensch, Sylvia, fang nich wieder damit an ...« Diesmal klang sein Lachen nicht überzeugt. »Du machst 'n Gesicht, als wär Jean verrückt geworden – dabei isse doch bloß 'ne Christin geworden.«

Sylvia ging kopfschüttelnd davon und fragte sich, woran es wohl liegen mochte, daß er überhaupt nichts begriff.

Nach der Zerstörung ihres Hauses verschwand Miss Maddy von der Bildfläche. Sylvia machte sich Gedanken darüber, was aus der Frau werden würde. Ein paarmal ging sie zu der Ruine und suchte in den kläglichen Resten nach einem Hinweis auf ihren Verbleib. Sie fragte sogar George, ob er irgend etwas gehört habe, aber wie alle anderen schien auch er völlig vergessen zu haben, daß sie je existiert hatte. Genau eine Woche, nachdem man ihr Haus zerstört hatte, tauchte Miss Maddy wieder auf. Ihre Rückkehr war wie ein schlechtes Omen für jenen Tag, den Sylvia nie vergessen würde. Als Port Juanero an jenem Mittwochmorgen erwachte, war Miss Maddy in ein neues Haus gezogen. Wie sie zu dem Haus gekommen war, war allen ein Rätsel. Wie ein schnell wachsender Pilz war die stabile Ein-Zimmer-Konstruktion aus jungem Holz auf dem Gemeindegrundstück zwischen der Schule und den Gebäuden aus der ersten Phase des Wohnungsbauprogramms aus dem Boden geschossen.

Aus Sorge um Jean hatte Sylvia an jenem Mittwochmorgen den Gang zum Strand ausfallen lassen. Ihre Cousine hatte am Abend zuvor angekündigt, sie wolle in die Kirche gehen, war aber einmal mehr erst zurückgekommen, als die mondlose Nacht der Dämmerung gewichen war. Sylvia war von ihrem Umherstolpern erwacht und hatte sie im Wohnzimmer gefunden – betrunken und vollkommen orientierungslos. Um zu vermeiden, daß sie das ganze Haus weckte, hatte sie Jean nach oben gebracht. Sie hatte sie fragen wollen, wo sie herkam, aber wie gewöhnlich war ihre Cousine in dem Moment eingeschlafen, in dem ihr Kopf das Kissen berührte.

Jetzt schlief sie immer noch ihren Rausch aus, und Sylvia war zu beunruhigt, um das Haus zu verlassen. Sie wußte, wie unberechenbar sich ihre Cousine nach einer durchzechten Nacht verhalten konnte.

Sie flocht Aleesa die Haare und hörte mit einem Ohr zu, wie sich Jalini, Dionne und Lutie darum zankten, wer von ihnen nachher die größte Wasserflasche tragen dürfte, als ein sichtlich selbstzufriedener George die Treppe von der Straße heraufkam. Er hatte einen großen Sack voller Orangen dabei, den er in den Schatten eines riesigen Crotonstrauchs legte. Dann kam er herüber und lehnte sich an die Betonwand der Veranda. »Willste mal das Neuste hören?«

Sylvia nickte abwesend. Aleesas Frisur und Davian, der ihr die Blätter zeigen wollte, die er vom Mangobaum abgerissen hatte, nahmen ihre Aufmerksamkeit völlig in Anspruch.

George war dermaßen begeistert, daß er sich davon nicht abschrecken ließ. »Weißte noch, wie du mich letzte Woche nach Maddy gefragt hast?«

»Du meinst die geistig behinderte Frau?« Sylvias Interesse war geweckt. »Hast du herausbekommen, wo sie hingegangen ist?«

»Also, ich weiß nich, wose zuerst hingegangen iss ... nachdem das Haus abgerissen war, mein ich ...« Er versuchte es so spannend wie möglich zu machen.

Sylvia nickte. »Und?«

Er grinste noch breiter. »Na ja, se iss wieder da un wohnt jetz direkt hinter der Schule – se hat 'n neues Bretterhaus un alles ... Du hättest sehn sollen, was da los war!«

Jalini lehnte sich auf die niedrige Brüstung der Veranda. »Soll das heißen, daß jetz auf einmal 'n Haus hinter der Schule steht, Papa?«

Er nickte. »Die Leute sagen, dasses ihr die Männer gebaut haben, die nachts immer zu ihr gehn.«

Lutie und Donnie drängten sich neben Jalini an den Rand der Brüstung.

»Wohnt Miss Maddy jetz am Schulhof, Papa?« Dionnes Augen waren vor Schreck weit aufgerissen.

Sofort wurde George ernst. »Ja. Un ich will nich haben, daß ihr Kinder in die Nähe von dem Haus geht, ohne daß Mauvia oder jemand anders bei euch iss.«

Drei Augenpaare starrten ihn verängstigt an. Aleesa wandte sich neugierig um.

»Will Miss Maddy uns umbringen, Papa?« wollte Lutie wissen.

Ihr Vater nickte. »Ich weiß, daß die andern Kinder ihr Haus mit Steinen bewerfen. Daß ihr mir da ja nich mitmacht!«

Jetzt mischte Sylvia sich ein. »Ich bin ganz sicher, daß sie nicht gefährlich ist, George. Man hätte sie sicherlich in eine Anstalt gebracht, wenn sie das wäre.«

»Wennse verrückt iss, isse auch gefährlich«, beharrte er. »Hier laufen viel zu viele Verrückte rum, un es wird nix dagegen gemacht ... Sie sollten ihr nich erlauben, da zu wohnen, wo die Kinder anständiger Leute dauernd vorbeimüssen.«

»Ich geh kein Wasser mehr holen«, verkündete Jalini mit Bestimmtheit.

»Wir auch nich«, echoten ihre furchtsamen Schwestern.

Pearl erschien im Türrahmen, von ihren Armen tropfte Seifenlauge. »Wer geht kein Trinkwasser mehr holen?«

»Miss Maddy iss jetz da unten, Mama«, erklärte Jalini, »un se hat schon 'nen Jungen geschlachtet.«

»Hört auf, Unsinn zu reden, un geht Wasser holen!« schnappte Pearl. »Wenn ihr Miss Maddy in Ruhe laßt, tutse euch auch nix. Sie tut niemand was.«

George starrte seine Frau an. »Seit wann verstehste denn was von Verrückten?«

Pearl schnalzte. »Jeder weiß, daß Miss Maddy nich gefährlich iss, George. Wär mir lieb, wenn du den Kindern nich noch mehr Angst machen würdest.«

George blickte zu ihr hinauf. »Ich hab ihnen gesagt, dasse nich in ihre Nähe gehn sollen, un ich erwart von dir, dassde dafür sorgst, dasse mir gehorchen.«

Pearl warf ihm einen bitteren Blick zu. »Un wer geht dann Wasser holen? Du weißt doch, daß Mauvia heute zum Wäschewaschen bei Miss Lisa iss. Un es iss kein Tropfen Wasser mehr im Haus.«

»Un wieso kannste nich einfach selber gehn?«

»Ach, so einfach iss das, ja?« Verärgert hob Pearl die Stimme. »Un wer soll sich deiner Meinung nach um Kaona kümmern?«

»Fang nich schon wieder damit an, Pearl. Du weißt, dasses deine Aufgabe iss, dich um Kaona zu kümmern, so wie's meine Aufgabe iss, die Familie zu versorgen. Du kennst doch deine Pflichten. Ich versteh einfach nich, weshalb du dich jedesmal wieder so aufregst.«

Der Streit nahm an Lautstärke zu. Aleesa begann, unruhig hin und her zu rutschen, und Davian drückte sich enger an Sylvia.

Sylvia ärgerte sich ein wenig. »Ich bin sicher, daß den Kindern da unten nichts passiert, George. Geistig behinderte Menschen sind nicht unbedingt gefährlich, weißt du?«

Störrisch preßte er die Lippen aufeinander. »Mensch, Sylvia, merkste nich, dassde Pearl damit noch ermutigst? Meine Kinder werden keiner Verrückten zu nah kommen!«

Sylvia seufzte. Auf keinen Fall wollte sie sich in den Streit hineinziehen lassen. »Und wenn ich mit ihnen Wasser holen gehe?«

George schien noch einiges zu sagen zu haben, aber als Sylvia ihm direkt in die Augen schaute, trat er den Rückzug an.

Pearl warf ihr einen dankbaren Blick zu. »Ich wär sehr froh, wennde das machen könntest, Sylvia. Miss Maddy iss zwar nich wirklich gefährlich, aberse iss immerhin verrückt, un die Leute belästigense dauernd un …«

»Du mußt mir nichts erklären, Pearl. Ich könnte ohnehin ein bißchen Bewegung gebrauchen.«

Als Sylvia und die fünf Kinder das Gemeindegrundstück erreichten, sahen sie, daß sich eine Menschenmenge um Miss Maddys neues Haus drängte. Sylvia mußte Davian auf den Arm nehmen, weil er wegen des Lärms und des Geschiebes Angst bekam und sich an ihre Beine klammerte. Als sie mitten in der Menge waren, fing Lutie an zu weinen, und Dionne weigerte sich, auch nur einen Schritt weiter zu gehen.

»Miss Maddy iss in dem Haus da, Tante Sylvia«, beharrte sie, als Sylvia versuchte, sie zum Weitergehen zu bewegen.

»Sie haben bloß Angst«, erklärte Jalini bereitwillig, nachdem sie und Aleesa auf Sylvias Rufen hin widerstrebend zurückgekommen waren. »Sie haben vor allem un jedem Angst, Tante.«

»Das iss nich wahr«, sagte Lutie beleidigt. »Aber Miss Maddy sitzt genau im Eingang un kann sich jeden Augenblick jemand schnappen.«

Sylvia seufzte. »Wie würdest du dich fühlen, Lutie, wenn du diese arme Frau wärst und alle auf dir herumhacken würden?«

Lutie war überrascht, und Dionne hörte auf zu weinen, aber es war Jalini, die zuerst antwortete. »Ich würd gegen se kämpfen, Tante Sylvia, ich würd mir einen von ihnen schnappen un ihn so verprügeln, dasses nie wieder wagen würden, mich zu ärgern.«

»Sei doch still, Jali«, entgegnete Lutie verdrießlich, »immer redeste vom Kämpfen ...«

»Genau«, schniefte Dionne, »un der Pastor hat gesagt, wir sollen uns von Streit un Kämpfen fernhalten.«

Sylvia griff ein, um die Gemüter zu beruhigen. »Vielleicht hat die Frau bloß Angst vor uns und tut uns nichts, wenn wir ihr nichts tun.«

Dies schien den Zwillingen einzuleuchten. Als Sylvia weiterging, folgten sie ihr, achteten allerdings darauf, sich rechts von ihr, auf der von Miss Maddys Haus abgewandten Seite zu halten.

Als sie an ihr vorbeigingen, hob Miss Maddy den Kopf und sah hilfesuchend zu ihnen auf. Sylvia wandte sich schuldbewußt ab. Sie wünschte, sie hätte den Mut, sich zu dieser Frau zu stellen und die Menge zum Verschwinden aufzufordern. Statt dessen trieb sie die Kinder zur Eile an und überhörte Aleesas zornigen Ausruf, daß jemand der Frau doch helfen solle.

Es war ein heißer Tag, und kein Lüftchen wehte. Dankbar ließ sich Sylvia von Miss Lisa zu einer Limo mit Eis einladen. In Gedanken aber war sie noch bei Miss Maddy und ihren Peinigern. Bei der Vorstellung, noch einmal dort vorbeigehen zu müssen, fühlte sie sich unbehaglich. Sie hatte sich schon fast dazu durchgerungen, auf dem Rückweg doch einzugreifen, als Georges Wagen vor dem Haus hielt.

»Pearl hätt nich zulassen sollen, daß ihr hierher geht«, erklärte er, während er die Kinder auf den Rücksitz dirigierte, »vor allem, wo's so heiß iss un du die Hitze nich gewöhnt bist.«

Erleichtert, noch einmal davongekommen zu sein, stieg Sylvia in den Wagen. Aber sie wurde das schlechte Gefühl nicht los, eine wehrlose Frau im Stich gelassen zu haben.

Jean schlief immer noch, als sie zurückkamen. Sylvia überlegte, ob sie sie wecken sollte, entschied sich aber dagegen. Statt dessen holte sie sich die Ausgabe des *Carnival*, die sie bereits letzte Nacht zu lesen versucht hatte, und zog sich auf die relativ ruhige Veranda zurück. Pearl war in das tägliche Ritual des Bodenpolierens vertieft und sang die Morgenandacht im Radio mit. Die Kinder hatten begonnen, die hiesige Version von Schlagball zu spielen, die seltsamerweise Baseball hieß. Ihr aufgeregtes Geschrei erfüllte die warme Luft.

Als Jean herunterkam, war Sylvia auf der verblichenen roten Liege beinahe eingeschlafen. Sie wurde schlagartig wach, als sie die Gereiztheit ihrer Cousine spürte. Benommen richtete sie sich auf und überlegte, was sie sagen könnte, um die angespannte Stimmung aufzulockern.

Jean war noch im Nachthemd. Ihre schmalen Augen und die zusammengekniffenen Lippen versprachen jedem Ärger, der dumm genug war, ihr in die Quere zu kommen. Pearl kam an die Tür, zog sich aber sofort wieder ins Haus zurück, als ein ärgerlicher Blick ihrer Schwägerin sie traf.

Sylvia nahm sich zusammen und sagte das erste, was ihr einfiel. »Diese Frau ist wieder da, Jean, sie ist in ein neues Haus hinter der Schule gezogen.«

»So?«

»Ja, ich dachte, daß du sie vielleicht besuchen willst. Schließlich hast du sie oft besucht, bevor ihr Haus abgerissen wurde.«

»Was willst du damit sagen, Sylvia? Daß die verrückte Jean mit der anderen Verrückten befreundet ist?«

Diese Deutung erschreckte Sylvia. »Sei nicht albern. Ich wollte nur …«

Jean bleckte die Zähne und warf Sylvia einen erbosten Blick zu. Irgend etwas vor sich hin murmelnd, ging sie zur Brüstung der Veranda, lehnte sich gegen die blau gestrichenen Steine und betrachtete mißmutig die Kabbeleien der Kinder.

Wie auf ein Stichwort schied Aleesa in diesem Augenblick aus und weigerte sich, das Spielfeld zu verlassen. Daraufhin entspann sich ein lautstarker Streit. Davian begann zu weinen. Sylvia versuchte, Jeans Blick zu erhaschen, aber ihre Cousine mischte sich in den Streit ein, bevor sie eingreifen konnte.

»Wenn ihr nicht in Ruhe zusammen spielen könnt, dann ist auf der Stelle Schluß damit!«

»Aleesa iss ausgeschieden, aberse will nich rausgehn, Tante Jean«, verteidigte sich Jalini.

»Genau«, unterstützte Lutie ihre Schwester. »Aleesa will immer den Ball schlagen, un wenn wir nein sagen, nimmtse ihn un gibt ihn nich mehr her.«

Aleesa war entrüstet. »Das stimmt nicht, Mama, ich bin nicht ausgeschieden!«

»Ich will nichts davon hören, Aleesa!« fuhr Jean sie an. »Gib sofort den Ball zurück und komm her.«

Aleesa schob ihre Unterlippe vor und warf den Ball trotzig auf den Boden.

Wie der Blitz war Jean bei ihr. »Du selbstsüchtiges kleines Biest«, schrie sie in besinnungsloser Wut. »Du glaubst wohl, ich bin dein Vater oder deine Tante?«

Sylvia erstarrte, als sie sah, daß Jean dem Kind mit geballter Faust ins Gesicht schlug. Sie stand noch immer wie angewachsen, als Jeans Hand erneut nach vorne stieß und Aleesa mit solcher Wucht traf, daß sie benommen zu Boden fiel.

Lutie, Dionne und Jalini wichen zurück. Aus Davians Wimmern wurde ein Schreien. Sylvia löste sich aus ihrer Erstarrung. Sie war bei Jean, als diese Aleesa gerade auf die Füße zog und zum dritten Schlag ausholte.

In letzter Sekunde versuchte Sylvia, die Hand ihrer Cousine zu erwischen, bekam sie beim Nachthemd zu fassen und schüttelte sie heftig. *»Bist du verrückt geworden, Jean! Jean … laß sie los! Laß sie sofort los!«*

Irritiert durch den unerwarteten Angriff, ließ Jean Aleesa los. Vor Erregung zitternd, stellte sich Sylvia zwischen die beiden. Irgendwie gelang es ihr, ihrer Stimme einen festen Klang zu geben und das Kommando zu übernehmen. »Geht ins Haus, Kinder – du auch, Aleesa, nimm deinen Bruder und geh mit deinen Cousinen.«

Jean starrte ihre Tochter an. *»Wage es nicht, Aleesa!* Du bleibst besser genau da, wo du bist, bis *ich* dir etwas anderes sage.«

Das Kind kam auf die Beine, blieb verunsichert und zitternd stehen und blickte ängstlich von der einen Erwachsenen zur anderen.

»Mach schon, Aleesa«, drängte Sylvia und gab dem Mädchen einen sanften Stoß, »geh und kümmere dich um deinen Bruder, tu es mir zuliebe.«

»Aber Mama hat gesagt ...«

»Das geht in Ordnung, ich rede mit deiner Mutter.«

Jetzt ging Jean auf Sylvia los. »Meinst du denn, ich wär so eine Verrückte wie Maddy und du brauchst nur mit deiner Psychologie zu kommen, damit ich dir aus der Hand fresse?«

»Ich glaube nicht, daß du verrückt bist, Jean, aber ich glaube, daß du Hilfe brauchst.«

»Etwa von dir?« Die Worte trieften vor Verachtung.

Sylvia ließ sich nicht provozieren. »Es ist mir egal, von wem du Hilfe bekommst, aber so kannst du nicht weitermachen.«

»Wer sagt das?« Herausfordernd hob Jean ihre Stimme. »Steck deine Nase lieber nicht in meine Angelegenheiten, Sylvia, sonst ...«

»Was sonst? Ich bin keine Achtjährige, die du schikanieren kannst, weißt du?«

»Was ich mit meinen Kindern mache, geht nur mich was an«, rief Jean wutentbrannt. »Wenn ich Lust habe, sie noch heute von hier wegzubringen, kann mich niemand daran hindern.«

Sylvia hatte große Mühe, ruhig zu bleiben. »Ich könnte das nicht zulassen, Jean, und du weißt so gut wie ich, warum.

Schau dich doch an. Du trinkst weiß Gott wieviel und kommst irgendwann frühmorgens nach Hause. Die Kinder sind nicht dein Eigentum, und wenn du immer noch glaubst, daß du mit ihnen machen kannst, was du willst, bist du keine geeignete Mutter für sie.«

»Wie redest du denn mit mir?« fragte Jean angriffslustig, ballte die Hände zu Fäusten und kam drohend auf sie zu.

Sylvia schwankte, wich aber nicht aus. »Ich habe nicht die Absicht, in meinem Alter noch in einen Boxkampf zu geraten, Jean.«

»Du bist ja bloß zu feige, für all deine komischen Andeutungen einzustehen.«

Sylvia ging nicht darauf ein. »Ich will nur eines klarstellen, damit wir beide genau wissen, woran wir sind: Leg noch einmal Hand an eins der Kinder, und ich sorge dafür, daß du dafür belangt wirst, sobald du einen Fuß auf englischen Boden setzt.«

»Du kannst einfach nicht anders, was?« Jean schäumte vor Wut. »Du mußt einfach deine verdammte Sozialarbeiternase in meine Angelegenheiten stecken, nicht wahr?«

»Denk, was du willst, Jean. Aber ich bin Aleesas und Davians Tante, und ich werde nicht zulassen, daß du sie mißhandelst, nur weil du nicht den Mumm hast, dir deine Fehler einzugestehen.«

Einen Moment lang boten sie einander die Stirn wie alte Widersacher, deren Feindschaft endlich offen zutage trat. Dann verzog Jean das Gesicht. »Das wirste noch bereuen, Sylvia, wart's bloß ab. Niemand – weder du noch Jimmy – wird je wieder auf mir rumtrampeln ... Un glaub bloß nich, daß ich dir das hier jemals vergesse!«

Sylvia sah zu, wie Jean zurück ins Haus stürmte. Sie fühlte sich vollkommen ausgepumpt und hatte alle Hoffnung verloren. Wie hatte sich nur alles in so kurzer Zeit dermaßen verschlechtern können? Es war, als wäre Jean über Nacht in ihren alten Zustand verfallen. Es war sogar schlimmer als vorher.

Noch nie war sie dermaßen unbeherrscht und gewalttätig gewesen. Sylvia begann an ihrer Urteilskraft zu zweifeln, an ihrer oft bewiesenen Fähigkeit, heraufziehende Krisen vorauszuahnen. Wenn sie daran dachte, daß sie sogar erwogen hatte, ihren Rückflug vorzuverlegen, ohne Jimmys Ankunft abzuwarten! Sie machte sich längst Vorwürfe, ihre Klienten und die vielen Probleme, die in England auf sie warteten, im Stich gelassen zu haben.

Sie kaute auf ihrer Unterlippe. Was tun?

Sie erwog, Jimmy anzurufen, verwarf den Gedanken aber wieder. So, wie das Haus gebaut war, würde Jean jedes Wort hören. Abgesehen davon: Was konnte Jimmy von England aus tun? Sie würde ihm nur unnötige Sorgen machen und riskierte gleichzeitig, ihre Cousine noch mehr gegen sich aufzubringen.

Sie kam sich verlassen vor. Wenn Winston nur hier sein könnte! Mit ihm hatte sie über alles sprechen können. Das Selbstmitleid trieb ihr Tränen in die Augen. Sie riß sich zusammen.

»Alles in Ordnung, Sylvia?« Pearl blieb in der Nähe der Haustür stehen und behielt die Treppe im Auge. »Es iss nur – es ging nich anders, ich hab alles mit angehört.«

Sylvia zwang sich zu einem Lächeln. »Ja, es ist alles in Ordnung.«

Pearl zögerte und knetete nervös an dem Geschirrhandtuch herum, das sie in der Hand hielt. »Ich hab den Kindern gesagt, dasse mit Aleesa un Davian zu Miss Lisa gehn sollen. Ich hoff, du hast nix dagegen.«

Eine Woge der Dankbarkeit stieg in ihr auf. »Danke, Pearl … Wie geht es Aleesa?«

»Ihre eine Wange iss ziemlich angeschwollen, un die Lippe iss aufgesprungen, aber ich hab was Kaltes draufgetan un ihr 'n Stück Eis mitgegeben, damit die Schwellung zurückgeht.« Pearl kam ein Stück weiter aus dem Haus hervor und machte ein besorgtes Gesicht. »Iss mit Jean irgendwas nich in Ordnung?«

Es war schwer, darauf eine diplomatische Antwort zu geben. Sylvia entschied sich für eine Teilwahrheit. »Jean war einen Moment lang nicht ganz bei sich. Manchmal ärgert sie sich eben ein bißchen über die Kinder.«

Pearl sah nicht überzeugt aus. »Sie scheint beim kleinsten Anlaß auszurasten ... es hat irgendwas mit Jimmy zu tun, oder?«

»Da sindse ja, Miss Sylvia!« Miss Bertas Stimme war eine willkommene Unterbrechung. Sylvia drehte sich dankbar zu ihr um.

»Tag, Miss Berta, wie läuft's denn so?«

»Kann nich klagen, Miss Sylvia. Un wie geht's Ihnen bei dieser trockenen Hitze?«

»Nun, ich rede mir ein, daß es immer noch besser ist als der regnerische Sommer in England.«

Miss Berta wischte sich mit einem rosafarbenen Tuch über die Stirn, zog den Hut ab und fächelte sich damit Luft zu. »Ich war bei Miss Lisa un hab die Kinder getroffen. Iss Aleesa was zugestoßen, hatse sich geprügelt?«

Sylvia suchte noch krampfhaft nach einer passenden Antwort, als Pearl eingriff. Sie trat an die Brüstung der Veranda und lächelte der Marktfrau zu. »Tag, Miss Berta. Wie laufen die Geschäfte?«

»Tag, Miss Mackenzie.« Miss Bertas Lächeln kühlte ein wenig ab. »Könnte schlechter sein.«

»Un die Kinder?«

»Denen geht's gut. Bernice hat für 'n paar Tage Arbeit, un es sieht so aus, als würd se 'ne Stellung bei 'ner Lady in St. Catherine kriegen.«

Pearl nickte. »Das freut mich für se ... sagense ihr 'nen schönen Gruß von mir, ja?«

»Wird gemacht, Miss Mackenzie.« Miss Berta ging winkend davon. Pearl wandte sich wieder zu Sylvia um. »Hoffentlich biste mir nich böse. Ich glaub nur, daß wir besser niemand sagen, was mit Jean los iss.« Sie blickte bedeutungsvoll zum

Gemeindeland hinüber, wo die Menge vor Miss Maddys Haus sich allmählich aufzulösen begann.

»Danke«, sagte Sylvia und sah Pearl mit gestiegenem Respekt an. Ihre Art, mit Miss Berta umzugehen, war ein Musterbeispiel für Manipulation, und Pearl war sich dessen nicht einmal bewußt. »Ich hatte nicht die geringste Idee, was ich ihr antworten sollte.«

Pearl hörte das Kompliment heraus, war geschmeichelt und wurde verlegen. »Verglichen damit, wie du die ganze Zeit mit uns hier zurechtkommst, war das gar nix ... Ich wollt dir noch sagen, wie dankbar ich dir dafür bin, Sylvia.« Bevor sie etwas entgegnen konnte, hastete Pearl in den Schutz ihrer Küche zurück, da Jean wieder auf der Bildfläche erschienen war.

Die beiden Cousinen musterten einander wachsam. Der Streit von vorhin war noch nicht ausgestanden. Jean hatte die Shorts und das Baumwollhemd vom Vortag angezogen und sich, wie Sylvia bemerkte, auch nicht die Mühe gemacht, sich zu waschen. Verwirrt überlegte sie, ob Jean sie vielleicht absichtlich provozieren wollte.

»Geht es dir besser?« fragte sie mit leiser Stimme.

Jean bleckte die Zähne. »Wer sagt denn, daß es mir schlecht ging?«

Sylvia unterdrückte ihre Verärgerung. »Ich möchte lieber glauben, daß du nicht absichtlich auf Aleesa losgegangen bist.«

»Ich hab ihr doch bloß ein paar Ohrfeigen gegeben. Mein Gott, Sylvia, man könnte meinen, ich hätte sie verprügelt oder sowas.«

Das konnte sie ihr nicht durchgehen lassen. »Genau *das* hast du auch getan. Ihre ganze Wange ist geschwollen.«

»Sie muß sich verletzt haben, als sie hingefallen ist.«

»Nein, Jean, das warst du mit deiner Faust. Gib es doch endlich zu. Beim nächsten Mal könntest du das Kind ernsthaft verletzen.«

Plötzlich brach Jean in Tränen aus. Es war, als seien die Dämme ihres Kummers gebrochen. Sylvia wünschte, sie hätte etwas Mitleid oder wenigstens Sympathie für sie empfinden können, aber das Bild der geballten Faust, die mit Aleesas schutzlosem Kopf zusammenstieß, ließ sich einfach nicht verdrängen.

Also saß sie nur da, sah Jean beim Weinen zu und wurde immer wütender über die ganze Situation. Warum mußte *sie* mitten in diesem Durcheinander landen? Dazu war sie nicht hergekommen. Sie hatte sich in diesem Land von Winston und ihrer gemeinsamen Vergangenheit verabschieden wollen. Aber bei all den Problemen der Leute in ihrer Umgebung konnte sie einfach nicht die nötige Ruhe dafür finden.

Ironie des Schicksals: Oberflächlich betrachtet, schienen Jean und Pearl all das zu haben, was ihr fehlte. Sie lebten in festen Beziehungen und hatten insgesamt sechs Kinder. Aber eine solche Verbitterung wie in den Beziehungen der beiden hatte es zwischen ihr und Winston nie gegeben.

Sie fragte sich, ob es vielleicht daran lag, daß er gestorben war, bevor ihre Liebe schal werden konnte. Aber das war unmöglich. Bis zu seinem Tod hatten sie vierzehn glückliche Jahre miteinander verbracht. Jahre, in denen sie gelernt hatten, miteinander zu reden und Meinungsverschiedenheiten auszudiskutieren, anstatt abzuwarten und zuzusehen, wie daraus faule Stellen im Gebälk ihrer Ehe wurden. Dieser Gedanke trug dazu bei, ihren Ärger auf die schluchzende Frau neben ihr zu verstärken.

Jean schniefte, um Sylvias Aufmerksamkeit auf sich zu ziehen. »Dich läßt das völlig kalt, nicht wahr? Dir ist total egal, wie es mir geht – genau wie Jimmy.«

Sylvia sah sie resigniert an. »Ich weiß einfach nicht, was ich dir noch sagen soll, Jean. Wenn du reden willst, höre ich dir natürlich zu, aber ich muß zugeben, daß ich im Augenblick nicht viel Mitgefühl mit dir habe.«

»Du willst also nicht wissen, was ich letzte Nacht gemacht habe?«

»Das habe ich nicht gesagt.«

»Nun, ich wollte es dir sowieso erzählen.« Jeans Stimme nahm einen düsteren Klang an. »Ich habe mit einem Mann geschlafen.«

Sylvia hob die Hand. »Das geht mich nichts an.«

Jean redete weiter, als hätte sie es nicht gehört. »Und nicht zum ersten Mal. Erinnerst du dich an den Tag, an dem Aleesa in London abgeflogen ist? Ich habe sie nicht zum Flughafen gebracht, weil ich die ganze Nacht mit jemandem zusammen war.«

Sylvia erschrak, hörte aber weiter zu, während Jean all ihre Alkoholeskapaden beichtete. Als ihre Cousine fertig war, konnte Sylvia nur noch die Hände ausbreiten und nach dem Grund für all das fragen.

Wieder machte Jean ein elendes Gesicht. »Weißte, ich hab's wirklich versucht, Sylv. Ich hab wirklich geglaubt, daß die Sonntagskirche meine Rettung wär, aber du hast von vornherein recht gehabt: Sie iss auch nich besser als die andere. Bloß weil man mal 'nen Fehler gemacht hat, als man noch 'n Kind war, glauben alle Männer, daß man leicht zu haben wär!«

Sylvia verstand gar nichts mehr. »Was ist denn letzte Nacht passiert, Jean? Ich dachte, du fühltest dich wohl in der Kirche. Ich meine, du *warst* doch in der Kirche, oder?«

Jean stöhnte. »Ich möchte nich drüber reden. War alles bloß Zeitverschwendung mit diesen Leuten ... un Pastor Simmonds iss der schlimmste von allen!«

Sylvia verlor die Geduld. »Ach, hör doch auf, dir selbst leid zu tun! Warum kannst du zur Abwechslung nicht mal an jemand anderen denken? Ich habe die Nase voll davon, immer nur zu hören, was andere dir angetan haben. Versuch mal, eine Minute lang damit aufzuhören und dir zu überlegen, was *du* Jimmy angetan hast, und deinen Kinder ... und mir.«

»Dir!«

»Ja, mir.« Jeans Verwunderung entfachte ihren Zorn erst recht. »Es mag dir entgangen sein, aber ich hatte meine eigenen

Gründe dafür, nach Jamaika zu kommen – und dich zu hätscheln war keiner davon.«

»Es tut mir leid, daß du so denkst«, entgegnete Jean mit verletztem Stolz. Sylvia bekam wieder Schuldgefühle und steckte zurück.

»Es tut mir leid, ich hätte nicht so mit dir reden sollen.«

»Es tut dir leid? Glaubst du, daß ich dein Mitleid nötig hätte?« brüllte Jean. »Du willst mir Mann und Kinder abspenstig machen ... Du kriegst immer, was du willst, und dann erzählst du mir, daß es dir leid tut, und willst, daß ich mich dir anvertraue.« Sie stand auf und ging zur Treppe, die hinunter zur Straße führte. Dort blieb sie stehen und warf ihrer Cousine noch einmal einen bitteren Blick zu. »Ich brauche dein Verständnis nicht, Sylvia Dyer. Es gibt 'ne Menge anderer Leute da draußen. Ich krieg Männer, von denen du nich mal träumen kannst. Glaubste vielleicht, daß das nur hier so wär?« Sie schnaubte verächtlich. »Pah, so vertrocknet un verrunzelt wie du aussiehst, wirste das nie begreifen.«

Sie hielt abrupt inne, wandte sich um und stieg die steile Treppe zur Straße hinab. Sylvia saß da und schaute ihr vollkommen fassungslos hinterher.

10. KAPITEL

Jean lag nackt zwischen einer rauhen Holzwand und dem Körper eines Mannes in einem fremden Bett. Die Luft war verbraucht und roch nach Abfällen, Fisch und Seetang. Der Gestank war maßlos. Sie mußte würgen, bis sie sich daran gewöhnt hatte. Zwischen ihren Schenkeln spürte sie etwas Klebriges. Das und der abgestandene Körpergeruch sagte ihr, woran sie sich nicht zu erinnern vermochte.

Sie empfand weder Angst noch Scham, nur Resignation. Sie dachte nicht einmal mehr darüber nach, ob der Mann ein Kondom benutzt hatte oder nicht. Das Risiko war ihr allmählich ziemlich egal. In ihrem Kopf war kein Platz mehr für irgendeine Art von Verantwortungsgefühl. Was machte es schon aus? Wenn sie schwanger wurde, war das auch nicht schlimmer als alles andere. Sie wußte bereits, wie es war, als Mutter ohne die Sicherheit eines Eherings zu leben. Und sollte sie sich mit irgend etwas angesteckt haben, würde sie vielleicht sterben – aber im Moment lag ihr ohnehin nicht viel am Leben.

Sie lächelte geistesabwesend. *Wer sagt denn, daß nich ich diejenige bin, die Krankheiten verbreitet?* überlegte sie und unterdrückte eine plötzliche Lust zu kichern. *Bei den Sünden, die ich mit mir rumschlepp, un so oft, wie ich in genau dieser Lage aufgewacht bin, kann ich nich erwarten, daß ich jedesmal Glück gehabt hab … schon gar nich, wo ich sowieso vom Pech verfolgt bin.* Es war, als ob sich alles gegen sie verschworen hätte, und irgendwie bedeutete es ihr nichts mehr.

Der Mann wandte ihr den Rücken zu. Seine sonnenverbrannte, ausgetrocknete Haut nahm in dem halbdunklen Raum einen grauen Ton an. Jeans Blick ruhte auf den rauhen, sich schälenden Ellenbogen und glitt dann zu den rostroten Haaren, die ihr irgendwie bekannt vorkamen. Sie war aber nicht neugierig, wer der Mann war. Nichts weckte ihre Neugier. Alles, was sie wollte, war, hierbleiben zu können, wo nichts und niemand sie finden konnte.

Sie hoffte, daß er nicht aufwachen würde, damit sie sich nicht jetzt, wo ihr Kopf klar war, einem Annäherungsversuch seinerseits erwehren müßte. Dennoch blieb sie einfach liegen und machte keine Anstalten, das Bett zu verlassen und sich vor dem Mann in Sicherheit zu bringen.

Er bewegte sich jetzt im Schlaf, murmelte etwas und drehte sich um. Jean spannte ihre Muskeln gegen das Schaukeln des Bettes an und drückte sich eng an die rauhe Wand, um jede Berührung mit ihm zu vermeiden. Desinteressiert betrachtete sie sein bärtiges Gesicht und war nicht überrascht, daß es der Rastafari aus der illegalen Siedlung war. Wie war noch sein Name gewesen? *Peter...* Ja, so hatte er sich genannt: *Peter vom Stamm der Ash.* Ihr fiel auch wieder ein, daß er ein Schwindler war. Sie kannte genug echte Rastafaris, um einen Nachahmer zu erkennen. Wenigstens nahm er sie so, wie sie war, bewunderte sie sogar, weil er fand, daß sie etwas erreicht hatte. Sie freute sich kurz, daß sie sich an all das erinnern konnte, aber auch das verging in der Gleichgültigkeit, die bald wieder von ihr Besitz ergriff.

Ihr fiel ein, daß sie sich in dem baufälligen Holzhaus des Rastafari befinden mußte. Die Einzelheiten paßten zusammen, und auch darüber freute sie sich einen Moment lang. Kein Wunder, daß sie geglaubt hatte, das Meer sei so nah, daß sie nur die Hand auszustrecken brauchte, um im nassen Sand zu graben. Im Halbschlaf war das ein angenehmer Gedanke gewesen. Als ob sie sich fern vom Leid des wirklichen Lebens in Sicherheit befände.

Ihr Fuß war eingeschlafen, weil er zu lange schräg abgewinkelt gelegen hatte. Versuchsweise bewegte sie ihn ein wenig und wartete darauf, daß sich die gewohnte Übelkeit einstellte.

Nichts geschah. Das war immerhin erstaunlich. Hatte sie nichts getrunken? Bestimmt hatte sie, sonst wäre sie nicht hier gelandet. Das Prickeln in ihrem Fuß wich einem Gefühl der Schwäche. Sie rieb ihn, um das Blut zum Zirkulieren zu bringen und versuchte sich zu erinnern, wie sie hierher gekommen war. In Gedanken begab sie sich zurück in die Vergangenheit und suchte nach einem Ereignis, an dem sie sich orientieren konnte.

Gestern – was war da gewesen? Deprimiert wegen des Durcheinanders in ihrem Leben war sie aufgewacht und hatte sich krank gefühlt. Das Lachen der Kinder war wie ein Stachel gewesen, ein spöttischer Gegensatz zu ihrer Niedergeschlagenheit. Der Gedanke, daß sie an ihrer Freude nicht teilhaben konnte, hatte sie furchtbar gepeinigt. Sie war nur zu ihnen hinuntergegangen, um sie zu bitten, leiser zu sein – mehr nicht. Als sie an Aleesas Trotzreaktion und die Einmischung ihrer Cousine dachte, zog sie die Brauen zusammen.

Schön un gut, wenn Sylvia meint, daß kleine Mädchen Freiheit brauchen. Sie hat ja nich mal Kinder, un ihr macht garantiert keiner Vorwürfe, wenn Aleesa unhöflich un faul wird. Schlimm genug, daß Jimmy die Kinder verwöhnt, aber wenn Sylvia un George da sind, kann ich ihnen nix mehr sagen, gar nix. Sie seufzte und versank noch tiefer in ihrer Depression. *Warum kapiert Sylvia nich, daß ich nur zu Aleesas Bestem so streng bin? Daß ich versuch, das eigensinnige Ding vor der Sünde des Hochmuts zu bewahren? Bei Gott, ich könnte wahrhaftig 'n Buch über die Sünde schreiben,* stellte sie traurig fest, *ich hab so viel davon auf mich geladen, dasses mir manchmal vorkommt, als würd ich 'ne faulige Leiche mit mir rumschleppen.*

Ein seltsames, verzweifeltes Gelächter stieg in ihr auf. Jean schluckte und schlang die Arme um ihren Bauch. Sie wiegte sich selbst, um das Geräusch zu unterdrücken, bis ein Gedanke sie plötzlich erstarren ließ. Angenommen, in ihrem Bauch war etwas zerbrochen, irgend etwas Lebenswichtiges? Sie hatte

Angst davor, daß dieses seltsame Gelächter überschäumen könnte. Was, wenn es solange in ihrem Inneren sprudelte, bis es jede Fröhlichkeit aus ihr herausgeschwemmt hätte?

Trotz der Hitze fröstelte Jean. Sie stellte sich vor, daß alle ihre Gefühle in zerbrechlichen Behältern untergebracht waren, die bei der kleinsten Erschütterung bersten konnten. Sie sah geradezu vor sich, wie dann das bißchen Güte und ihre ganze Schlechtigkeit hervorquellen und sich miteinander vermischen würden. Plötzlich wurde sie von Angst überwältigt: Angenommen, das Gute vertrocknete dann und sie bliebe auf der ganzen ausgelaufenen Sünde sitzen?

Bei diesem Gedanken wälzte sie sich nervös zur Seite und brachte damit das durchhängende Bett zum Beben. Der Mann wachte auf. Ein-, zweimal blinzelte er, dann sah er sie mit blutunterlaufenen Augen an. Ein Lächeln zerschnitt sein Gesicht und deckte große Lücken zwischen seinen Zähnen auf.

»Tag, Miss Jean ... Ich hab gedacht, du wärst schon weg.«

Jean machte sich nicht die Mühe zurückzulächeln. Sie befürchtete, Gefühle zu verschwenden, die bereits auszulaufen begannen.

Er blieb eine Weile liegen und betrachtete sie bewundernd und vergnügt. Jean starrte ihn an, ohne etwas zu empfinden. Sie war nicht einmal mehr bestürzt darüber, daß er wach war und offenbar die Absicht hatte, da weiterzumachen, wo er letzte Nacht aufgehört hatte.

Der Mann legte seine Hand auf ihren Bauch. Es war eine große Hand, mit langen, knochigen Fingern und von Nikotin und Schmutz verfärbten Nägeln. Jean blieb regungslos liegen, weder ermunternd noch zurückweisend. Also machte er weiter. Seine Finger begannen, sanft an den Haaren zu zupfen, die zwischen ihrem Nabel und dem Schambein wuchsen.

Jean empfand eine Art Resignation und starrte durch ihn hindurch. Seine Gesten erinnerten sie so sehr an Jimmy, daß ihr Tränen in die Augen stiegen. Sie ärgerte sich plötzlich und erstickte dieses Gefühl. Warum sollte sie noch an Jimmy denken? Jetzt, wo er jemand war, wollte er sie nicht mehr haben, das hatte er ihr deutlich genug gesagt.

Dieser Mann hier – *Peter* –, der mochte sie. Jeder seiner Blicke und jede seiner Bewegungen verrieten, wie glücklich er war, daß sie ihm Beachtung schenkte. Ja, Peter wollte sie, und so, wie sie die Sache sah, würde er in hundert Jahren noch nicht soweit sein, daß sie nicht mehr gut genug für *ihn* war.

Das genügte, um die Verkrampfung ihrer Muskeln zu lösen, und so wehrte sie sich nicht, als er sich mit einem Arm aufstützte und sie aufforderte, sich auf den Rücken zu drehen. Doch Jimmy hörte nicht auf, ihr Streiche zu spielen. Seine Art, sie zu lieben, die Worte, die er ihr dabei sagte – all das drängte sich wieder und wieder in ihre Gedanken, bis sie sich nicht mehr vormachen konnte, daß dieser Mann hier ihn ersetzen könnte.

Immerhin war Peter ein sanfter Mann und bewegte seine Hand mit einer seltsam geduldigen Beharrlichkeit über ihren Bauch. Es fühlte sich angenehm an und war irgendwie tröstlich. Als er sich schließlich auf sie rollte, machte sie willig die Beine breit, damit er mehr Platz hatte. Wenn sie die Augen geschlossen hielt, konnte sie sich vormachen, daß es Jimmy sei, der sie in den Armen hielt, Jimmys Bart, der ihren Hals kitzelte, sein Mund, den sie warm und feucht erst auf der einen, dann auf der anderen Brust spürte.

Die Vorstellung erregte Jean. Sie schlang ihre Beine fest um seine dürre Taille und zog ihn tiefer in sich hinein. Ihre Hüften antworteten auf seine drängenden Bewegungen, und die Phantasievorstellung löste ganz tief in ihr einen befriedigten Seufzer aus.

Hinterher streichelte er wieder ihren Bauch und sagte mit selbstzufriedenem Lächeln: »Du magst mich, was? Ich hab's von Anfang an gewußt!«

Enttäuscht hielt Jean die Augen geschlossen. Der Geruch der Armut war plötzlich wieder erstickend; und sie mußte tief durchatmen, um das panikartige Gefühl zu vertreiben, sie sei hier gefangen. Sie registrierte, daß er aufstand, und nahm an, daß er sich ankleiden würde, hatte aber keine Lust, ihre eigenen Kleider zusammenzusuchen.

Dann setzte er sich neben sie auf die Bettkante, was sie daran merkte, daß das Bett unter seinem Gewicht nachgab. Sie hörte, wie er ein Streichholz entzündete, und roch den Duft von Marihuana, als ihr auch schon ein Joint in die Hand gedrückt wurde. Sie öffnete die Augen und sah die dicke Zigarette skeptisch an. Sie hatte noch nie mit Drogen zu tun gehabt. Peter beobachtete sie erwartungsvoll.

Jean blickte wieder auf den Joint. Er roch gar nicht so schlecht, ein bißchen nach Kräutern. In einem plötzlichen Entschluß führte sie ihn zum Mund und nahm einen kräftigen Zug. Der Rauch kratzte dermaßen im Hals, daß sie husten mußte. Peter klopfte ihr auf den Rücken und brachte von irgendwoher eine Tüte Saft zum Vorschein. Mit feuchten Augen besah sich Jean den Joint, den sie in der Hand hielt. Sie hatte noch nie in ihrem Leben irgend etwas geraucht.

»Versuch's noch mal«, drängte Peter, »an so 'nem Ding muß man 'n bißchen vorsichtiger ziehn.«

Zaghaft setzte sie den Joint noch einmal an die Lippen. Diesmal gelang es ihr, ohne gleich zu husten. Den seltsamen blauen Rauch in der Lunge zu halten, war dann nicht weiter schwer. Ein weiches Gefühl, erstaunlich entspannend. Sie glaubte nun nicht mehr, daß in ihrem Inneren etwas zerbrechen könnte. Es ging ihr gut, und Peter sah gut aus. Sie lächelte ihn an und fand, daß er wirklich ganz attraktiv war.

Er erzählte ihr, daß er in seinem Leben oft enttäuscht worden sei. Sie entdeckte Ähnlichkeiten mit ihrem eigenen Leben und konnte es ihm gut nachempfinden. Er hatte nach Amerika gehen wollen, aber seine Schwester drüben hatte nichts davon wissen wollen, und seine einzige Tante in England hatte keinen seiner Briefe beantwortet. Er sagte, daß er mit dem Verkauf von Haschisch im Ausland eine Menge Geld machen könnte. Aber hier mußte er von der Hand in den Mund leben, da der örtliche Markt nichts hergab.

Nachdem sie ihren Joint zu einem Drittel geraucht hatte, fühlte sie sich entspannt und klar im Kopf. Sie fragte sich, wie sie jemals gegen dieses Zeug hatte sein können, wie sie jemals an das – wie sie nun fand – dumme Gerede von Halluzinationen hatte glauben können. Ihr Verstand schien viel schärfer als sonst zu arbeiten, und all ihre vielen Probleme wurden auf einmal ganz klein.

Sie begann, Peter von Davian und Aleesa zu erzählen: daß ihr Sohn mit drei Jahren kaum zwei Worte sprechen konnte, daß Aleesa hochmütig war und daß Sylvia jeden ihrer Versuche hintertrieb, ihre Kinder auf die gute alte jamaikanische Art zur Disziplin zu erziehen.

Er hörte ihr geduldig, voller Mitgefühl und Verständnis zu. Wie hatte ihr nur entgehen können, wie klug er war, welch heller Verstand hinter seinem rauhen Äußeren wohnte? Sie hörte hingerissen zu, wie er ihr mit einer Mischung aus Bibelzitaten und eigenen Worten Mut zusprach und mit der tiefsinnigen Bemerkung schloß, daß alle ihre Leiden sie nur stärker machen würden.

»Letztlich mußte dich an das halten, was dir dein Herz sagt«, riet er, als sie ihn fragte, was sie tun solle.

»Aber ich hab dir doch erzählt«, erklärte sie ihm noch einmal, »daß Sylvia mich einsperren lassen wird. Du glaubst gar nich, wieviel Macht Leute wie sie in England haben. Eines Tages kommtse einfach an un nimmt dir deine Kinder weg, un als nächstes stehste vor Gericht un se stecken dich wegen Kindesmißhandlung ins Gefängnis – bloß weilde versucht hast, se richtig zu erziehn.«

»Das kannse nich machen, Mensch!« Peter schüttelte den Kopf. »Vor Jah biste die Mutter dieser Kinder, un niemand kann daran was ändern, denn Er sieht un weiß alles.«

»Du kennstse eben nich! Sie macht mit Jimmy gemeinsame Sache. Sie war mit seinem Bruder verheiratet, un seit Winston tot iss, willse mich bei Jimmy un den Kindern rausdrängen. Un er will mich nich mehr, seit er sein erstes Buch geschrieben hat.«

»Was, er will 'n Buch gegen 'ne Frau tauschen?« Er lachte laut über seinen Witz.

Jean schüttelte den Kopf. Sie bewunderte zwar Peters Klugheit, war aber nicht fähig, über diesen Scherz zu lachen. Die Erinnerung an Jimmy dämpfte ihre durch die Droge bedingte Zufriedenheit. »Nee, alles, was er will, sind die Kinder, un solange ich noch da bin, kann er se nich für sich allein haben. Also verbreiten Sylvia un er diese Geschichten über mich – daß ich nich ganz richtig im Kopf wär, wie Miss Maddy, weißte – un in England wollense mich dann verhaften lassen.«

»Warum willste denn wieder nach England gehn? Du hast doch 'n US-Visum un kannst bleiben, wo du willst.«

Sie sah ihn verwundert an. Daran hatte sie noch gar nicht gedacht. »Ja, du hast wirklich recht. Immerhin sind Aleesa un Davian meine Kinder – un sie iss diejenige, die keine haben wollte, weil se so eifrig an ihrer Karriere basteln mußte.«

»Wer?«

»Sylvia – meine Cousine, du weißt doch. Die mir meine Kinder wegnehmen will.«

Wieder ließ er eine Reihe von Ratschlägen vom Stapel, aber Jean hörte ihm nicht mehr zu. Ihre Abneigung gegen Sylvia war stärker als je zuvor. Sie fand, daß ihre Cousine sie noch nie hatte leiden können und daß sie und Jimmy es darauf angelegt hatten, die Kinder gegen sie aufzuhetzen. Die Stimmen in ihrem Kopf kicherten und sagten, daß sie eine Idiotin gewesen sei. Sie versicherten ihr, daß sie nichts getan habe, was andere nicht auch getan hätten – sie habe die Kinder nur aus Liebe bestraft, um sie vor der Versuchung durch den Teufel und vor der Schande ungebeichteter Sünden zu bewahren. Jean nickte wütend. Sie hätte jedes einzelne Wort davon unterschrieben. Wenn sie jetzt darüber nachdachte, fand sie, daß sie allein aus den edelsten Beweggründen gehandelt und nur das Beste für die Kinder gewollt hatte.

In ihrem Kopf schrillten die Stimmen durcheinander, Wut stieg in ihr auf und drohte, ihr die Brust zu zerreißen. Verzweifelt saugte sie an ihrem Joint, um jene weiche Stimmung wieder herzustellen.

Ein Klopfen an der Tür unterbrach ihre selbstmitleidigen Überlegungen. Das Gezeter der Stimmen verstummte abrupt. Als eine Frau in einem ausgebleichten geblümten Stoffkleid ihren Kopf durch die Tür steckte, runzelte Jean die Stirn und fragte sich, ob vielleicht *auch sie* für Sylvia spionierte. In ihrer Vorstellung war ihre Cousine zu etwas Dämonischem geworden, das die kleine Insel Jamaika mit riesigen Tentakeln umschlang.

»Ras Peter«, sagte die Frau entschuldigend, wobei der unsichere Klang ihrer Stimme, ohne daß sie es wissen konnte, die nackte Frau auf dem Bett beruhigte, »hier iss jemand, der die Lady sprechen möchte.«

Sie hatte gerade noch Zeit, sich das ausgeleierte T-Shirt überzuziehen, als die Tür auch schon aufging und Sylvia hereinkam. Als Sylvia sah, wer außer Jean noch in dem Zimmer war, blieb sie unvermittelt stehen. Ungläubig und verärgert blickte sie auf den Joint in Jeans Hand.

Jean unterdrückte das aufkommende Schamgefühl und verspürte plötzlich eine teuflische Befriedigung. »*Sylvia*, komm rein«, sagte sie spöttisch. Sie war froh, daß die Stimmen in ihrem Kopf im Augenblick schwiegen. Sie würde jetzt ihren ganzen Verstand brauchen. »Was führt dich her, Cousine?«

Sylvia verzog ihre Lippen zu einem Ausdruck von Abscheu. Ihr Blick glitt über die verschmutzten Kleider auf dem Boden und das zerwühlte Bett, bevor er an Ras Peter hängen blieb. »Ich würde gerne ein paar Worte mit meiner Cousine reden, wenn es Ihnen nichts ausmacht«, sagte sie ernst.

Er zog lange an seinem Joint und kniff die Augen zusammen, als er den herausfordernd verächtlichen Blick der Frau sah. »Sie sind also die Cousine, die Miss Jean ihre Kinder wegnehmen will. Habense noch nie davon gehört, dasses unnatürlich iss, die Kinder von der Mutter zu trennen? Glaubense wirklich, dasse sich ungestraft mit Jah anlegen können?«

Sylvias Miene verfinsterte sich. »Ich kenne Ihren Namen nicht, Mister …?«

»Nennense mich einfach Ras Peter. Wissense, was Ihr Problem iss, Miss Sylvia? Sie haben sich viel zu lange mit bösen Menschen abgegeben. Warum lassense Miss Jean un ihre Kinder nich einfach in Ruhe? Es iss nich recht, sich zwischen 'ne Mutter un ihre Kinder zu stellen.«

Sylvia sah ihn ungeduldig an und wartete darauf, daß er fertig wurde. »Ich bin nicht hergekommen, um mit Ihnen zu plaudern, Mr. Peter, wenn Sie also bitte für ein paar Minuten hinausgehen würden …«

Ras Peter überhörte die Aufforderung. »Wissense, es iss unnatürlich, daß 'ne Königin keinen Nachwuchs hat. Es sei denn, daß Jah ihren Schoß zur Strafe verdorren läßt. Dadurch kommen dann Neid un Eifersucht in die Welt. Sie sollten sich 'nen König suchen un ihre eignen Jungen kriegen, un nich versuchen zu stehlen, was Miss Jean gehört. Sie sind 'ne vorzeigbare Frau, 'ne Menge Könige würdense nehmen – obwohlse vom Bösen vergiftet sind.«

Jean lachte mit heimtückischer Freude über Sylvias offensichtlichen Ärger. Sie zog an ihrem Joint und behielt den Rauch lange Zeit in der Lunge, bevor sie ihn absichtlich in Richtung ihrer Cousine blies.

Sylvia setzte ein noch grimmigeres Gesicht auf, machte ein paar Schritte in den Raum und starrte Jean mit einer Mischung aus Hohn und Verachtung an. »Ich habe keine Ahnung, was für ein Spielchen du hier spielst, und es ist mir auch egal. Aber wenn du schon in der Gegend herumvögelst, mußt du es ja nicht unbedingt vor der Nase deines Bruders tun!«

Das traf einen wunden Punkt bei Jean. Die verdrängten Schuldgefühle stürzten wieder auf sie ein. Ihre Verbitterung über Sylvia nahm zu, ihr ganzer alter Kummer kam wieder hervor. »Warum soll ich nicht tun, wozu ich Lust habe? Ich bin nicht meines Bruders Hüter, Sylvia. Ich erzähle weder ihm noch dir, wie ihr zu leben habt, also haltet euch auch aus meinem Leben raus, ja?«

Frustriert warf Sylvia einen raschen Blick auf Ras Peter. »Hör mal, Jean, wir müssen über die Kinder reden – unter vier Augen.«

Jean starrte sie an und überlegte krampfhaft, was sie sagen sollte. Sie wußte, daß sie insgeheim Angst davor hatte, mit Sylvia allein zu sein – sie fürchtete, daß die unausgesprochene Verachtung, die sie für ihre Cousine empfand, sie überwältigen würde, sobald sich kein anderer mehr im Raum befand.

»Jean«, drängte Sylvia, »ich bin überzeugt davon, daß dir immer noch viel an Aleesa und Davian liegt, auch wenn du dich zuletzt nicht so verhalten hast. Also bitte ich dich: Gib mir um ihretwillen zehn Minuten ... *bitte*!«

Erst will sie den kleinen Finger und dann die ganze Hand, dachte Jean verbittert. Sie lachte nervös. »Ich kann doch wohl mal eine Nacht woanders schlafen, ohne daß du mich wie ein verirrtes Schäfchen suchen mußt?«

»Eine Nacht?« Sylvia war verdutzt. »Was soll das heißen, Jean? Du bist seit drei Tagen nicht mehr in Georges Haus gewesen.«

Einen Moment lang begriff sie nicht, was Sylvia da sagte – von all den plappernden Stimmen, die in ihrem Kopf durcheinander redeten, hatte *das* keine erwähnt. »Von wem sprichste denn überhaupt, Sylvia?« fragte sie, halb überzeugt, daß es nur ein Bluff war.

»Von *dir*, Jean ... davon, daß du vor drei Tagen verschwunden bist, ohne irgend jemandem ein Sterbenswörtchen zu sagen. Davon, daß du wegen ein bißchen schäbigem Sex deine Kinder im Stich gelassen hast.«

Ras Peter schnaubte verärgert, aber die beiden Frauen beachteten ihn nicht. Jean hatte genug damit zu tun, Sylvias Worte zu verdauen. »Das soll doch wohl ein Witz sein ... oder?«

Sylvia schüttelte den Kopf. »Sehe ich wie jemand aus, dem nach scherzen zumute ist? Keiner von uns wußte, wo du warst, Jean, bis Pearl dich gestern Abend hier gesehen hat. Kannst du dir vorstellen, welche Sorgen wir uns gemacht haben?«

Jean bekam Angst, sie spürte die aufkommende Panik und starrte Sylvia voller Abneigung an. »Du lügst, nicht wahr ... ? Du gehst nur wieder auf mich los, weil ich Kinder hab und du nicht.«

»Du weißt ganz genau, daß ich so etwas nicht tun würde ... Wenn du noch ein bißchen Verstand in deinem vernagelten Schädel hättest, würdest du begreifen, daß wir alle uns Sorgen um dich gemacht haben.«

»Was, sogar die Kinder?« höhnte Jean.

»Ja, sogar die Kinder.«

Jeans Angst verwandelte sich in Zorn. »Na klar! Ich wette, du bist richtig froh, mich mal bei einem Fehler zu ertappen. Ich wette, du konntest es gar nicht abwarten, zum Telefon zu greifen und Jimmy davon zu erzählen.«

»Ich habe nicht die Absicht, das vor Publikum zu diskutieren, Jean.« Stur preßte Sylvia die Lippen aufeinander.

Jean wußte, daß ihre Cousine nicht bluffte. Wenn Sylvia so ein Gesicht machte, war es unmöglich, sie umzustimmen. »Könntest du uns einen Moment allein lassen, Ras Peter?«

Er zuckte die Schultern und zog ein weiteres Mal an seinem Joint. »Klar, Miss Jean, wenn du das wirklich willst.«

Jean nickte. Ihre ganze Aufmerksamkeit war jetzt auf Sylvia gerichtet, die Angst hatte die betäubende Wirkung des Rauschgifts vertrieben. Es war nicht zu leugnen, daß es der anderen verdammt ernst war. Jean kannte ihre Cousine lange genug, um zu wissen, daß sie so etwas nicht erfinden würde.

Drei Tage! Wie konnte sie drei ganze Tage vergessen haben? Was um Himmels willen hatte sie in der Zeit bloß gemacht?

Sylvia kam über den unebenen Boden zu ihr herüber und ließ sich ungeschickt auf der Bettkante nieder. »Ich möchte, daß du und die Kinder mit mir nach England kommt, Jean. Ich habe bei British Airways angerufen, wir können am Dienstag gemeinsam fliegen.«

Jean erschrak. Ihr fiel wieder ein, daß ihre Cousine sie in England verhaften lassen wollte. »Du machst Witze, oder?«

»Ich meine es ernst«, beharrte Sylvia, »ich habe das Gefühl, daß du in England im Moment besser aufgehoben bist.«

Darauf wette ich, dachte sie verbittert, behielt es aber vorsichtshalber für sich. »Warum?« fragte sie statt dessen.

»Sieh dich an, Jean!« Sylvia wurde allmählich ärgerlich. »Du wolltest dich auf Jamaika erholen, aber jetzt geht es dir allem Anschein nach schlechter als bei deiner Ankunft.«

»Was weißt denn *du* davon?«

»Ich weiß, daß du dir manchmal nicht darüber klar bist, was du tust ... Schau dich an, du sitzt halbnackt im Bett irgendeines fremden Mannes ... und rauchst einen Joint, als wäre überhaupt nichts dabei. Und erzähl mir nicht, daß du keine Stimmen mehr hörst!«

Jean beschloß, der letzten Äußerung keine Beachtung zu schenken. »Warum sagst du nicht, was du wirklich denkst, Sylvia? Es stört dich doch nicht so sehr, daß er ein Fremder ist, nicht wahr? Dich stört, daß er arm und obendrein ein Rastafari ist.«

»Ich habe genau das gemeint, was ich gesagt habe«, entgegnete Sylvia brüsk. »Aber wenn du es wissen willst: Es stinkt hier – und sag nicht, das habe etwas mit Armut zu tun! Armut ist keine Entschuldigung für Schmutz.«

»Du bist ja so ein Snob, Sylvia! Ein bißchen ehrlicher Dreck schadet nichts!«

»Nun, wenn du dich darin suhlen willst, kann ich dich nicht daran hindern«, versetzte Sylvia roh. »Aber ich habe nicht vor, untätig zuzusehen, wie die Kinder leiden, nur weil du zu selbstsüchtig bist, um dich auch nur einen Deut um sie zu scheren!«

Jean spürte, wie die Wut in ihrer Brust glühte. Wie konnte diese Frau es wagen, hier aufzutauchen und ihr vorzuschreiben, wie sie *ihre* Kinder zu behandeln hatte? »Wir sind hier nicht in England, Sylvia, wo du einfach losgehen und den Leuten wegen irgendeiner Kleinigkeit ihre Kinder wegnehmen kannst«, schrie sie beinahe. »Also komm mir nicht mit sowas! Wenn du jetzt alles gesagt hast, was du zu sagen hattest, kannst du ja wieder gehen!«

Sylvia lächelte gequält und versuchte, der Unterhaltung die Schärfe zu nehmen. »Es bringt uns doch nicht weiter, wenn wir uns gegenseitig beschimpfen. Warum fangen wir nicht noch einmal von vorne an und reden vernünftig miteinander?«

»Soll das etwa heißen, daß ich nich bei Verstand bin?«

»Überhaupt nicht«, beschwichtigte Sylvia. »Ich habe nur gesagt, daß es nichts bringt, wenn wir uns gegenseitig beleidigen.«

»Warum interessierste dich überhaupt so für das Wohlergehn der Kinder? Kaum war ich in Jamaika angekommen, haste auch schon damit angefangen – bevor ich auch nur Piep sagen konnte. Jimmy hat dich dazu aufgefordert, oder nich?«

Ihre Cousine schien ihre Antwort sorgsam abzuwägen. »Na ja, da er nicht mitkommen konnte, hat er mich gebeten, ein Auge auf die Kinder zu haben.«

»Mir nachzuspionieren, meinste wohl!« Ihre Stimme nahm einen panischen Klang an. »Das isses also: Er wollte, dassde ihm Beweise beschaffst. Seit wann seid ihr beiden schon gegen mich verschworen, hä?«

»Nein, Jean! Das ist es nicht. Niemand spioniert dir nach. Du weißt genausogut wie ich, daß Jimmy so etwas nicht tun würde.«

Erneut wurde Jean von einer Woge der Bitterkeit überschwemmt. Sie hätte wissen müssen, daß er dahinter steckte. Sie hatten sich verbündet, genau wie sie es sich gedacht hatte. Jimmy und Sylvia versuchten, ihr die Kinder wegzunehmen, indem sie ihr nachwiesen, daß sie nicht fähig war, für sie zu sorgen.

»Du hast mich noch nie leiden können, Sylvia. Bloß weil ich Kinder hab un du nich. Von Anfang an haste gegen mich intrigiert. 'ne Heuchlerin biste, un sonst nix! Glaubste, daß ich noch auf dein ›Wir sind doch eine Familie‹-Geschwätz reinfall? Ich wette, du kannst's kaum erwarten, Jimmy brühwarm von all meinen schrecklichen Taten zu erzählen.«

Sylvia stand unvermittelt auf. »Es hat offenbar keinen Zweck, in deinem jetzigen Zustand mit dir zu reden.«

»Was iss denn los, Sylvia – verträgste die Hitze nich?« stichelte Jean, als ihre Cousine zur Tür ging.

Sylvia blieb stehen und wandte sich noch einmal zu ihr um. »Ich habe nicht vor, kindische Spielchen mit dir zu spielen, Jean. Du bist offensichtlich nicht ganz bei dir. Wenn du ein bißchen nüchterner bist und beschließt, deine Pflichten wieder ernst zu nehmen, schlage ich vor, daß du zurückkommst und ernsthaft darüber nachdenkst, professionelle Hilfe aufzusuchen.«

Das konnte Jean nicht so stehen lassen. »Un warum sollte ich wohl Hilfe brauchen?«

Ihre Cousine seufzte. »Dir fehlt jede Erinnerung an die letzten drei Tage, und du fragst mich sowas?«

»Was willste damit sagen: Daß ich verrückt bin, weil ich von einem Tag auf den andern vergess, was ich gemacht hab? Dann hab ich 'ne Neuigkeit für dich: Ich bin absichtlich weggeblieben. Du kannst von mir denken, wasde willst. Glaubste denn, *ich* laß mir von dir un Jimmy vorschreiben, was ich zu tun hab?«

»Nun, Jean, wenn du das so siehst, gibt es nicht mehr viel zu sagen, nicht wahr?«

Im Gefühl eines bitteren Sieges sah Jean zu, wie die andere den Raum verließ. Drei Tage. Wo waren die hingekommen? Sie fragte sich, ob ihre Cousine die Wahrheit gesagt hatte. Konnte sie ihr überhaupt noch ein Wort glauben? Immerhin hatte Sylvia jahrelang vorgegeben, Jean läge ihr am Herzen, und währenddessen nur darüber nachgedacht, wie sie ihr die Kinder wegnehmen könnte. Sie waren doch alle gleich! Sie taten nett und freundlich, aber hinter ihrem Rücken warteten sie auf eine Gelegenheit, sie zu vernichten. Nun, jetzt hatte sie ihr Spiel durchschaut: Keiner von ihnen würde ihr je wieder etwas vormachen können!

Ras Peter kam zurück ins Zimmer. »Alles in Ordnung?«

Sie nickte mechanisch, immer noch besorgt wegen der vergessenen drei Tage. »Seit wann bin ich hier, Peter?«

Er sah sie überrascht an. »Seit gestern. Haste das etwa vergessen?«

»Nee, natürlich nich, es iss nur wegen Sylvia.«

»Weil se gesagt hat, dassde drei Tage lang weggeblieben bist? Da hätteste grad recht, wennse da immer in so 'nem Ton mit dir reden!«

»Aber versteh doch, ich kann unmöglich drei Tage lang weggewesen sein! Ich hatte 'ne kleine Auseinandersetzung mit Sylvia, deshalb bin ich hierher gekommen.« Sie sagte ihm nicht, daß sie nicht mehr wußte, wie sie von der Sea Lawn Tavern – dem letzten Ort, an den sie sich noch erinnern konnte – zu seinem Haus gelangt war.

Peter nickte mitfühlend. »Du hast wirklich ziemlich erschöpft ausgesehen, als du gestern hier aufgetaucht bist.« Er grinste und blickte anerkennend auf ihre nackten Schultern. »Aber jetz siehste prima aus.«

Mechanisch erwiderte sie sein Lächeln. Sie hatte ihm kaum zugehört. Sie hätte sich denken können, daß Sylvia log. Wie konnte jemand drei volle Tage aus seinem Gedächtnis verlieren? Stunden vielleicht, aber *Tage*? In ihre Erleichterung mischte sich wachsende Furcht vor ihrer Cousine. Wie hatte sie Sylvia jemals vertrauen können, obwohl sie doch genau gewußt hatte, daß ihre Cousine sie nicht leiden konnte! Jean schüttelte den Kopf. Wann würde sie endlich lernen, daß man niemandem trauen konnte? Früher oder später ließ einen jeder im Stich und verletzte einen.

Jimmy zum Beispiel, der schuld daran war, daß es ihr jetzt so schlecht ging. Und Sylvia mit ihren Lügen. Und Noel, der sich bloß hatte töten lassen, damit die Schuld auf sie fiel. Es war ja nicht so, daß er nicht gewußt hätte, daß man vom Blitz getötet werden kann, wenn man während eines Gewitters unter einem Baum steht. *Er iss schuld dran, daß der Pastor mir das schmerzhafte Ding innen Bauch gesteckt hat, damit die Sünden nich mehr rauskönnen.*

Sie schluckte einige plötzlich aufsteigende Tränen hinunter und zog ein letztes Mal am Stummel ihres Joints. *Papa war auch böse,* dachte sie traurig, *er hat mich überhaupt kein bißchen geliebt. Wie er George un mich in dieses schreckliche Kinderheim abgeschoben hat, uns einfach inne Stadt gefahren un abgeladen hat … keinen von ihnen hat's je gekümmert, was der Pastor mit mir gemacht hat!*

Jean schniefte. Sie kam von ihrem Selbstmitleid einfach nicht los. *Tante Vi hat nich mal dran gedacht, uns aufzunehmen, als Papa uns loswerden wollte – bloß weil Tashi nach Amerika gegangen iss, hatse gedacht, dasse was Besseres wär.* Wieder schüttelte sie den Kopf. Die Hoffnungslosigkeit fraß sie auf. *Wenn du nich mal deinem eignen Vater trauen kannst, wer bleibt denn dann noch?*

Ras Peter kam herüber und tätschelte ihr unbeholfen die Schulter. »Laß dich von deiner Cousine nich ärgern, Mensch. Genau das willse doch erreichen!«

»Sie will mir meine Kinder wegnehmen«, vertraute sie ihm an und nahm den neuen Joint, den er ihr hinhielt. »Sie wollte se schon immer für sich, un jetz machtse ernst damit.«

Er hob den Blick und betrachtete die glühende Spitze seines Joints. Der blaue Rauch stieg spiralförmig in die Höhe und wallte in Schwaden um seinen Kopf. »Ich sag dir, was du tun wirst. Du überlegst dir, was mit den Kindern werden soll, un dann machste das einfach.«

Jean zog an ihrem Joint und stieß den Rauch durch die Nase aus. »Ich wünschte, dasses so einfach wär«, sagte sie mürrisch. »Begreif doch: Sylvia iss vorhin gekommen, um mir zu sagen, dasse die Kinder zurück nach England bringen will

… un se hat sogar die Frechheit gehabt zu erwarten, daß ich mitkomm.«

»Du hast dir das viel zu lang gefallen lassen«, bemerkte Peter. »Du mußt ihnen allen zeigen, daß du's nich nötig hast, dich nach andern zu richten. Wenn dein Mann dich nich mehr haben will, dann kannste doch einfach in Jamaika bleiben.«

Die Idee gefiel ihr, bis ihr die praktischen Schwierigkeiten zu Bewußtsein kamen. »Aber wovon soll ich leben? Meine Arbeitsstelle iss in England.«

»Na un? Du hast gute Manieren un kannst gut reden … 'ne feine Lady wie du kriegt hier bestimmt sofort 'nen Job.«

Irgendein Gedanke regte sich in ihrem Hinterkopf, aber sie war zu sehr mit ihren unmittelbaren Sorgen beschäftigt, um der Sache nachzugehen. »Glaubste wirklich, daß das gehn würde?«

Er nickte. »Klar, Mensch! Ich glaub das nich nur, ich weiß das – drüben in England haste doch niemand mehr, seit deine Cousine dich verraten hat.«

»Aber wo soll ich wohnen? Bei George kann ich nich bleiben, un Wohnungen sind teuer.«

»Du kannst bei mir wohnen.«

Sie blickte zweifelnd in dem schäbigen Raum umher, und er lachte. »Nich hier. Ich hab 'n Haus inner Stadt, von meiner Mutter geerbt. Es iss im Augenblick nich besonders gut in Schuß. Halt so'n altes Holzhaus. Aber ich wollte's sowieso irgendwann renovieren un 'n solides Haus draus machen.«

Sie mochte es, wenn ein Mann Ehrgeiz hatte. War das nicht einer der Gründe dafür gewesen, daß sie sich in Jimmy verliebt hatte? Aber noch hatte sie Zweifel. Was, wenn sie hier nicht heimisch wurde? Sie ärgerte sich jetzt schon ständig über Jamaika, und das würde zehnmal schlimmer werden, wenn sie für immer hier bleiben würde.

»Un was iss, wenn wir uns trennen?« fragte sie laut.

Er schüttelte sofort den Kopf. »Mensch, das wird nie passiern ... un da du 'n US-Visum hast, kann ich dir 'n paar Möglichkeiten zeigen, damit Geld zu verdienen.«

Seine Hartnäckigkeit ärgerte sie ein bißchen. »Mal sehn, was passiert, wenn ich Sylvia das nächste Mal ... Jedenfalls kann ich nich einfach so nach Jamaika ziehn.«

»Denk trotzdem mal drüber nach.« Ras Peters Begeisterung hatte ein wenig nachgelassen. »Bevor de in England ins Gefängnis gehst, isses vielleicht besser, du bleibst in Jamaika. Mit deinem US-Visum un so ... es gibt 'ne Menge Möglichkeiten, wie man damit Geld verdienen kann.«

Jean drückte den Rest ihres Joints aus, wie sie es bei ihm gesehen hatte, und rollte sich aus dem Bett. Ihr Entschluß stand fest. Ras Peter war zwar gut für ihr Selbstbewußtsein, aber sie hatte nicht die Absicht, Perlen vor die Säue zu werfen, indem sie bei ihm einzog.

11. KAPITEL

Sylvia verließ das Gewirr der Holzhäuser und hartgetrockneten Lehmpfade, so schnell ihre Füße sie bei der Hitze tragen konnten. Kinder zeigten auf sie und riefen ihr spöttisch »Ausländerin« und »englische Lady« nach. Einige Frauen, die an einem Wasserrohr Kleider wuschen, wurden durch den Lärm aufmerksam und sahen von ihrer Arbeit auf. Sie flüsterten, schüttelten den Kopf und lachten. Sylvia vermutete, daß sie sich über sie lustig machten. Sie preßte die Finger tief in die Handflächen und bemühte sich weiterzugehen, als hätte sie nichts bemerkt.

Am liebsten wäre sie sofort in jene schäbige Behausung zurückgegangen und hätte ihre Cousine dort herausgeholt. *Wie konnte Jean nur! Wie konnte sie nur!* Der Gedanke kreiste unermüdlich in ihrem Kopf. *Wie konnte sie mich nur so lächerlich machen?*

Eine neue Zorneswelle beschleunigte ihre Schritte. Sie spürte instinktiv, daß sie etwas Abstand zwischen sich und Jean bringen mußte, um die neue Situation zu überdenken.

Je weiter sie sich von der Siedlung entfernte, desto mehr traten Schuldgefühle an die Stelle ihrer Verärgerung. *Ich hätte nicht einfach so gehen sollen,* warf sie sich vor und verlangsamte ihre Schritte, da die Hitze ihren Tribut forderte. *Ich hätte mich nicht so rauswerfen lassen dürfen. Was um Himmels willen soll ich Jimmy sagen?*

Bei dem Gedanken daran, daß ihr Schwager auf sie vertraut hatte, überkam sie ein Gefühl des Scheiterns. Er hatte sie gebeten, ein Auge auf Jean zu haben. Er hatte sogar den Verdacht geäußert, daß seine Lebensgefährtin krank sei. *Ich hätte es besser wissen müssen, oder?* Sie schüttelte den Kopf. *Wozu war denn meine Ausbildung gut, wenn ich so etwas nicht kommen sehe?* Dieser Gedanke war der Schlüssel zur Büchse der Pandora. Jetzt, wo sie darüber nachdachte, fielen ihr all die Warnsignale ein, die sie die ganze Zeit übersehen hatte.

Voller Schuldgefühle dachte sie daran, welche Sorgen sie sich anfangs um Jeans Gemütszustand gemacht hatte. Warum hatte sie nicht ihrer Vermutung entsprechend gehandelt, daß die religiöse Bekehrung ihrer Cousine in Wirklichkeit nichts anderes als ein Hilferuf war? Jean mußte erkannt haben, daß es abwärts mit ihr ging, und hatte einen letzten Versuch unternommen, ihren Niedergang aufzuhalten. Und *sie* war so froh darüber gewesen, die Verantwortung für sie los zu sein, daß sie nicht genauer nachgefragt hatte.

Der Gedanke, daß sie nur mit ihrem eigenen alten Kummer beschäftigt gewesen war, während Jean sich vergeblich an eine nutzlose Hoffnung klammerte, bereitete ihr Unbehagen. Wie zum Spott tauchte das Bild der schäbigen Einzimmerwohnung wieder auf und brannte sich in ihren Kopf. Der Schock, Jean so zu sehen – halbnackt, schmutzig und gleichgültig –, verknotete ihr den Magen. Ihr wurde schlecht vor Enttäuschung. Angesichts all der nackten Beweise des Elends war es unmöglich zu übersehen, wie weit ihre Cousine bereits heruntergekommen war. »Wie lange vögelt sie schon so in der Gegend herum?« fragte sich Sylvia laut und versuchte, sich auf das Naheliegende zu konzentrieren. Das Gefühl des Scheiterns drohte sie zu erdrücken.

Sie dachte an den Zwischenfall vor Aleesas Abflug aus London, den Jean erwähnt hatte, und wie sie einmal nach Alkohol, Erbrochenem und schalem Sex gerochen hatte, als sie nach Hause gekommen war. Die Indizien waren nicht zu leugnen. Sie mußte sich eingestehen, daß Promiskuität eines der Probleme ihrer Cousine war.

Ihre Gedanken begannen durcheinander zu wirbeln, und sie verlor ein wenig den Mut. *Was, wenn Jimmy davon erfährt? Wie konnte Jean so tief sinken? Wann hat das ange-*

fangen? Warum? Wenn ich es nicht mit eigenen Augen gesehen hätte ...

Wieder schüttelte sie den Kopf. Sie schämte sich dafür, ihre eigene Cousine – die wählerische, zurückhaltende Jean mit ihrer unterdrückten Sexualität – so gesehen zu haben: halbnackt auf diesem fleckigen Bett, den überdimensionalen Joint vulgär zwischen die Lippen geklemmt. Es war wie ein schlechter Scherz ... nur daß Sylvia noch nie *weniger* nach Lachen zumute gewesen war. Es war ein Problem, und nur darauf konzentrierte sie sich.

Jean brauchte Jimmys Hilfe jetzt noch mehr als je zuvor. Aber durfte sie die Affären, die seine Lebensgefährtin im betrunkenen Zustand gelegentlich gehabt hatte, bewußt vor ihm verschweigen? Obwohl ihr Schwager liberale Ansichten hatte, konnte sich Sylvia nicht vorstellen, daß er mit solch zügelloser Untreue klarkommmen würde, ganz gleich, womit man sie auch zu erklären versuchte.

Was tun? Angenommen, sie schwieg, und Jean infizierte sich mit irgend etwas und steckte Jimmy an? Sylvia schwankte zwischen verschiedenen Standpunkten und konnte sich nicht entscheiden, welcher richtig und welcher falsch war. Die Morgensonne, die wie Feuer auf ihren nackten Armen brannte, zog ihr die Kopfhaut zusammen und verursachte einen pochenden Schmerz hinter ihren Augen.

Mühsam trottete sie an Löchern vorbei, in denen schmutziges Wasser stand, und umrundete kleine Müllhaufen, ehe sie die Islington Road überquerte. Wie üblich hatte sich eine Gruppe von Männern an der niedrigen Mauer versammelt, die die Straße von einem der wenigen intakten Abwasserkanäle trennte, die sie in Port Juanero gesehen hatte. Die Männer standen herum, schlossen Wetten ab und riefen den vorbeigehenden Frauen unflätige Bemerkungen hinterher. Diesmal ärgerte Sylvia sich nicht über ihre Rufe nach der »niedlichen englischen Lady« – sie war zu sehr mit Jeans Situation beschäftigt. *Warum habe ich es nicht gemerkt?* fragte sie sich wieder, als sie den steilen Aufstieg nach Solon Heights begann. *Hätte ich nicht etwas tun können, bevor alles so schlimm wurde?*

Ihre Cousine hatte den starren, gehetzten Blick eines Menschen gehabt, der am Rande des Zusammenbruchs stand. Ihre unberechenbaren Stimmungsumschwünge hatten ein zerbrechliches Verhältnis zu sich selbst und zur Realität verraten. Sylvia wurde von Verzweiflung überwältigt. Jean brauchte dringend Hilfe, und zwar Hilfe von einer Art, die in diesem Land höchstwahrscheinlich nicht zu bekommen war.

Während sie sich die holprige Straße zur Siedlung hinauf mühte, versuchte sie, nicht mehr an die durchgehend negative Einstellung gegenüber Geisteskranken zu denken, die sie in Jamaika vorgefunden hatte. Sie schob das Bild der weinend vor ihrem Holzhäuschen kauernden Miss Maddy beiseite und konzentrierte sich statt dessen auf die Unannehmlichkeiten des heißen, windstillen Tages. Ihre Kehle schmerzte vor Trockenheit, und sie wünschte, sie hätte in dem Laden am Fuß des Hügels eine Tüte geeiste Milch gekauft.

Im einladenden Schatten eines Flamboyant machte sie Rast und dachte über das nach, was ihr noch bevorstand. Sie mußte sich etwas ausdenken – einen Plan, wie sie Jean nach England schaffen konnte, bevor es schlimmer wurde. Nachdem sie diese Entscheidung getroffen hatte, fühlte sie sich besser. Der Schmerz in ihrer Kehle und das Brennen im Gesicht und hinter den Augen ließen ein wenig nach. Es war verfrühter Jubel, und das wußte sie auch. Dennoch schritt sie beschwingter aus, als sie ihren Weg in der drückenden Hitze fortsetzte.

Auf Höhe seines Hauses begegnete sie George, der gerade seine Kosmetikpackungen ins Auto lud. »Ich wollt schon losfahren un nach dir suchen«, sagte er besorgt.

Sylvia bat ihn lächelnd um Entschuldigung. »Bei der Hitze bin ich froh, daß ich es überhaupt noch bis hierher geschafft habe.«

George grunzte zustimmend. »Das hätt ich mir denken können. Nächstes Mal fragste mich, un dann fahr ich dich, wohin du willst.« Er richtete sich auf. »Was iss mit Jean, haste se nich gefunden?«

»Na ja ... doch. Aber ich fürchte, daß ich mich nicht sehr klug angestellt habe. Würdest du nachher mit mir hinfahren und mit ihr reden, George? Auf dich ist sie im Moment nicht so wütend wie auf mich.«

»Ich?« rief er empört. »Ich hab ihr *nix* zu sagen!« Er schnaubte und nahm mit einer Heftigkeit, die seine Empörung unterstrich, eine Kosmetikpackung von dem Stapel auf dem Seitenstreifen. »Überleg doch mal, welche Schande se mir macht ...«

Sylvia starrte bestürzt auf seinen steifen Rücken. Erst jetzt wurde ihr klar, wie sehr sie auf Georges Verständnis und seine Hilfe gezählt hatte. »Auf Jean zu schimpfen, ist keine Lösung, George. Versteh doch, daß sie für ihre Taten im Moment nicht verantwortlich ist.«

»Komm mir nich mit sowas, Sylvia. Weißte«, er schnaubte wieder, »Jean iss alles in den Schoß gefallen. Sie konnte ins Ausland gehn un studieren. Un jetz guck mich an: Ich hab nie was gekriegt, überhaupt nix, ohne mir den Buckel dafür krumm zu schuften.«

Sylvia war betroffen. »Schön und gut, George, aber Jean ist krank. Wenn du ihr helfen willst, mußt du das begreifen.«

»Wenn hier jemand Hilfe braucht, bin ich das. Meinste, es iss leicht mit vier Kindern? Un mit Pearl, die von morgens bis abends wegen allem un jedem auf mir rumhackt? Mensch, Jean fehlt überhaupt nix, Sylvia! Sie taugt bloß einfach nix.«

Seine Verbitterung überraschte sie. Sie konnte ihn nur anstarren, während sie versuchte, diesen neuen Rückschlag zu verkraften. »Ich verstehe, daß es für dich nicht einfach gewesen ist, George, aber um es geradeheraus zu sagen: Ich glaube, daß Jean einen Nervenzusammenbruch hat.«

»Glaubste, da wär se die einzige? Gerade dies Jahr, wo ich in den Schulrat gewählt worden bin, muß se hierher kommen un sich so aufführn! Weißte, was das für'n Eindruck macht?« Er atmete tief durch und senkte seine Stimme, die er vor Wut erhoben hatte. »Gestern abend war ich auf'm Markt. Dorrie hat überall rumerzählt, daß Jean inner Siedlung am Strand iss un mit 'nem verlausten Rastafari Unzucht treibt.«

»Ich verstehe dich ja!«

»Nee, Sylvia, du kannst's gar nich verstehn, weilde in zehn Tagen wieder nach England fährst. Un Jean wird auch abhauen, wennse mich genug blamiert hat. Aber ich kann nirgendwohin abhauen – ich bin's, der ihren Lebenswandel ausbaden muß. In Port Juanero isses nich wie inner Stadt, Mensch. Die Leute achten hier auf sowas, weißte.«

Sie hatte durchaus Verständnis für seine Lage. Aber sie mußte ihn irgendwie dazu bringen, die Sache aus der Sicht seiner Schwester zu betrachten. »George, *natürlich* verstehe ich deinen Standpunkt, aber ...«

»Da gibt's kein ›Aber‹!« Störrisch runzelte er die Stirn. »Alles, was ich weiß, iss, daß Jean immer irgendwas tut, was mir nix als Ärger einbringt. Erst bekommtse 'nen guten Mann wie Jimmy, schafft's aber nich, daß er se heiratet. Un jetz treibtse's mit 'nem verlausten Rastafari, un alle Leute kriegen's mit. Wennde wüßtest, wieviel Leute zu mir kommen un mich darauf ansprechen, seit Dorrie mir gesagt hat, wose iss: Schande, nix als Schande. Kannste das nich verstehn?«

Sylvia wurde klar, daß eine Fortsetzung der Diskussion sinnlos war. Sie drehten sich im Kreis, und Georges Vorbehalte wurden dadurch nur noch verstärkt. »Laß uns später noch mal darüber reden«, schlug sie vor, »ich bekomme Kopfschmerzen von der Sonne und muß dringend in den Schatten.«

»Jetz oder später – es bleibt sich gleich«, sagte George und schlug den Kofferraumdeckel mit unheilvoller Endgültigkeit zu. »Jean iss meine Schwester, un ich sag nich, dasse hier nich willkommen iss. Aber wennse in Sünde leben will, sollse das woanders machen.«

Sie sah zu, wie er in einer Staubwolke davonfuhr. Dann stieg sie müde die Stufen von der Straße zum Haus hinauf. Einer der

Hunde erhob sich gähnend von seinem Schlafplatz unter dem Crotonstrauch, streckte sich und verschwand wieder.

Hinten im Hof waren Pearl und Mauvia dabei, die frischgewaschenen Bettlaken auszuschütteln, um sie anschließend zum Trocknen aufzuhängen. Sylvia war froh, daß sie zu beschäftigt waren, um sie zu bemerken. Pearl hatte sie nach Jeans Verschwinden sehr unterstützt, aber im Augenblick konnte Sylvia niemanden gebrauchen, der sich ebenfalls Sorgen machte.

Dankbar, daß die Kinder sich nicht sehen ließen, schlüpfte sie ins Haus. Sie brauchte eine Atempause, Zeit, ihre Gedanken zu ordnen und sich etwas Neues zu überlegen.

Aleesa würde wissen wollen, wo ihre Mutter war. Sie fürchtete sich vor ihr, fühlte sich aber gleichzeitig verantwortlich für sie und gab sich die Schuld an ihrem Verschwinden, weil sie es mit ihrer Weigerung in Verbindung brachte, in jenem verhängnisvollen Spiel den Ball zurückzugeben. Aleesa war erleichtert gewesen, als sie endlich herausbekommen hatten, wo Jean sich aufhielt. Sie glaubte fest, daß ihre Mutter bald zurückkommen würde und daß dann alles wieder in Ordnung wäre. Sylvia seufzte, während sie mit schweren Schritten das Wohnzimmer durchquerte. Sie war nicht begeistert davon, sich auch noch *dieser* Enttäuschung stellen zu müssen.

Das einladend kühle Gästezimmer roch nach Roteichenpolitur und Bienenwachs. Das Bett war frisch bezogen, der Spiegel geputzt, die Frisierkommode aufgeräumt und auf Hochglanz gebracht. Plötzlich merkte Sylvia, wie müde sie war. In letzter Zeit hatte sie kaum geschlafen, Sorgen und Schuldgefühle hatten sie bis in die frühen Morgenstunden wachgehalten. Auch waren ihre Kopfschmerzen inzwischen schlimmer geworden. Sie legte sich hin, um für eine halbe Stunde die Augen zuzumachen.

12. KAPITEL

Sie wurde von Stimmen geweckt, schrillen Stimmen voller Angst, die in ihren Traum drangen, in dem Winstons Sarg in einem tiefen schwarzen Loch verschwand, während eine nackte Jean lachend auf dem Deckel balancierte und trotzig an einem dicken Joint zog. Sylvia erwachte blinzelnd. Das Geräusch des Sarges, der beim Hinabgelassenwerden gegen die Seile schlug, verwandelte sich in ein leises, beharrliches Klopfen an der Tür. Ein schwacher Duft nach Haschisch lag in der Luft. Sie fragte sich, ob er aus ihrem Traum entwichen sein konnte.

»Wer ist da?« rief sie, als das Klopfen drängender wurde.

Kinder wisperten miteinander. »Tante Sylvia!« drang schließlich Luties schüchterne Stimme durch die Tür. »Mama sagt, dassde bitte gleich kommen sollst.«

»Was gibt es denn, Lutie?«

Jalini antwortete. Sie war ziemlich verängstigt, versuchte aber, es sich nicht anmerken zu lassen. »Tante Jean iss gekommen un hat 'nen Rasta aus Sansee mitgebracht, un Mama sagt, dasse verrückt geworden iss wie Miss Maddy. Kannste bitte schnell kommen, Tante?«

Dann waren die Schritte eines Erwachsenen zu hören. Eine Konferenz im Flüsterton folgte, schließlich Pearls Stimme: »Kann ich 'ne Minute reinkommen, Sylvia?«

»Ja, komm rein.«

Eine nervös wirkende Pearl trat ins Zimmer, Lutie und Jalini blieben vor der Tür. »Oh, tut mir leid, ich wußte nich, dassde geschlafen hast.«

»Macht nichts ... Was ist los?«

»Jean iss da, mit dem Rastafari aus Sansee. Sie benimmt sich irgendwie seltsam. Ich hab zufällig gehört, wasde vorhin zu

George gesagt hast: dasse verrückt geworden wär un so, un ich hab mich gefragt ...«

Sylvia setzte sich auf und stellte die Füße auf den Boden. »Mach dir keine Sorgen, Pearl. Jean ist nicht verrückt geworden. Aber es geht ihr auch nicht gut.«

Pearl schien nicht überzeugt. »Es iss bloß, weil se sich so eigenartig verhält, un wegen der Kinder un dem Baby – un wose doch Aleesa so geschlagen hat, daß ihr Gesicht immer noch geschwollen iss ... Also, ich wollt fragen, obde nich mal mit ihr reden kannst.«

»Laß mir fünf Minuten Zeit, dann komme ich runter.«

»Kannste nich jetz sofort kommen?«

Sylvias Kopfschmerzen waren jetzt schlimmer als vor dem Einschlafen. Es gab nichts, was sie sich weniger wünschte als eine weitere Konfrontation mit Jean und ihrem neuen Begleiter. Aber Pearls angstvoller Blick und die Erinnerung an Aleesas Schrammen überzeugten sie, und so streifte sie sich die Sandalen über.

Sie hatten sich im Wohnzimmer breitgemacht. Jean hatte die Füße auf das blankpolierte Kaffeetischchen gelegt. Sie trug dieselben Kleider, in denen sie das Haus vor drei Tagen verlassen hatte. Doch nun waren sie rettungslos verdreckt. Ras Peter räkelte sich in Georges Lieblingssessel und paffte zufrieden an seinem Joint. Er ließ seinen Blick voller Interesse durch den Raum wandern und abschätzend auf allem ruhen, was wertvoll zu sein schien.

Mauvia, Aleesa, Davian und Dionne drängten sich um den Küchentisch, Pearl, Lutie und Jalini standen auf dem Treppenabsatz. Sylvia ärgerte sich, als sie den spöttischen Ausdruck in Jeans Augen sah. Ihre Cousine hatte den Rastafari absichtlich mit hierhergebracht, um Pearl und den Kindern Angst zu machen und sie zu reizen.

»Was tust du hier, Jean?« fragte sie vorsichtig und ermahnte sich, daran zu denken, daß die andere möglicherweise nicht mehr für ihr Benehmen verantwortlich war.

Ihre Cousine setzte sich lächelnd auf. »Hallo, Sylvia. Ich habe nachgedacht und beschlossen, doch hierher zu kommen, um mit dir zu plaudern.«

»Was, hier?« Sylvia sah sich skeptisch um. Eine Atmosphäre von Furcht herrschte im Haus. Zwar hatte sie den dringenden Wunsch, mit Jean zu reden, aber sie spürte auch, daß die Anwesenheit ihrer Cousine allen im Haus Angst einjagte. »Wollen wir nicht lieber zum Strand oder irgendwo anders hin gehen?«

Durch Sylvias Gegenwart ermutigt, wagte sich Pearl hervor. Sie baute sich auf der untersten Treppenstufe auf. »Kann dein Freund bitte draußen rauchen, Jean?«

Jean warf ihr einen frechen Blick zu. »Warum sollte er? Dies ist das Haus meines Bruders, und Ras Peter ist mein Gast.«

»Zuerst mal isses 'n christliches Haus. Wenn er also bleiben will, muß er das Ding da ausmachen«, blieb Pearl hartnäckig.

»Warum rutschst du mir nicht den Buckel runter, Pearl?« sagte Jean und lächelte unfreundlich.

Sylvia war verärgert. »Das kannst du dir wirklich sparen, Jean! Dies ist immer noch Pearls Haus – und was Sie angeht, Mr. Peter, so dachte ich, daß die Rastafari Respekt vor den Ansichten anderer Leute hätten.«

Der Rastafari sah sie prüfend an. Dann zuckte er die Achseln und wandte den Blick ab. Bedächtig nahm er den Joint aus dem Mund und drückte ihn sorgfältig aus.

Im selben Augenblick betrat George das Haus. Sein Gesichtsausdruck verriet Sylvia, daß die Nachbarn ihn bereits über seinen ungewöhnlichen Besuch informiert haben mußten.

»Was iss denn hier los?« fragte er streitlustig und fixierte wütend den Joint in Ras Peters Hand. »Wer hat Sie denn eingeladen – ich will keinen haschischrauchenden Rasta in meinem Haus!«

»Er ist mein Freund, George.« In Jeans Worten schwang eine leise Drohung mit.

George ging darüber hinweg. »Wie kannste nur so schamlos sein un ihn vor den Augen deiner Kinder ins Haus schleppen? Was soll denn Jimmy davon halten?«

»Das ist mir völlig gleich«, murmelte Jean, wirkte nun aber weniger selbstsicher. »Ich bin nicht Jimmys Eigentum, George, und auch nicht das Eigentum von einem von euch.«

Pearl wagte sich hinter Sylvias schützendem Rücken hervor. »Mensch, du kannst doch nich einfach hier reinkommen un in diesem Ton mit George reden, Jean!«

Jean wandte sich langsam zu ihr um und bedachte sie mit einem boshaften Blick. »Aber hallo! Du bist ja immer noch da. Hau endlich ab und häng dich auf!«

»Jean ...« begann Pearl noch einmal.

»Fall tot um, Pearl!«

»Das war wirklich nicht nötig«, sagte Sylvia. Aber Pearl stieg bereits die Treppen hinauf und scheuchte Lutie und Jalini vor sich her. »Geht nach draußen un bleibt im Hof«, befahl sie den anderen Kindern. »Mauvia, geh mit ihnen.«

»Was iss los, Pearl? Haste Angst, dasse sich bei mir anstecken?« rief ihr Jean spöttisch hinterher.

Sylvia ging in die Mitte des Raumes. »Warum versuchen wir nicht, wie vernünftige Leute miteinander zu reden, Jean?«

»Ach, plötzlich sind wir vernünftige Leute!« Jeans schrilles Lachen grenzte an Hysterie. »Hat meine liebe *Cousine* Sylvia dir schon erzählt, daß sie glaubt, daß ich verrückt geworden bin, George?«

Ihr Bruder ging nicht darauf ein. »Ich will deinen Freund nich in meinem Haus haben, Jean. Wennde ihn nich auf der Stelle bittest zu gehn, ruf' ich Missa Mandrake an un laß ihn verhaften.«

»*Mich verhaften lassen!* Weswegen denn?« rief Ras Peter alarmiert. »Ihr seht doch, daß ich so friedlich wie 'n Lamm bin – was hab ich euch denn getan, sagt mir das mal! Was hab ich denn angestellt, daß ihr 'nen Polizisten holen wollt, der mich einsperren un abknallen soll?«

George schnaubte. »Haste noch nie davon gehört, daß Haschisch in Jamaika verboten iss? Das hier iss 'n christliches Haus. Da kann nich einfach so 'n Heide wie du reinkommen un mit seinen verdammten Drogen die Luft verpesten.«

Ras Peter war aufgesprungen. »Ich bin nich hierher gekommen, um Streit anzufangen – ich bin bloß hier, um Miss Jean zu begleiten. Aber jetz werd ich gehn. Schönen Tag noch.«

Sylvia seufzte erleichtert. Vielleicht konnten sie vernünftiger miteinander reden, wenn niemand mehr da war, den Jean beeindrucken wollte.

Es war eine kurzlebige Hoffnung: Jean stand ebenfalls auf. »Wenn mein Freund hier nich willkommen iss, George, dann bin ich's ja wohl auch nich.«

George kratzte sich am Kopf und setzte sich auf einen der Stühle am Eßtisch. »Ich versteh nich, warum du immer Ärger machen mußt, Jean. Ich meine, du hast doch alles gehabt. Du warst Papas Ein un Alles, un trotzdem warste nie zufrieden.«

»Das sagst du jedesmal, George.« Jean warf ihrem Bruder einen säuerlichen Blick zu, ging jedoch nicht mit Ras Peter hinaus. »Wenn du in der Schule besser aufgepaßt und weniger Zeit damit verbracht hättest, den Frauen nachzulaufen, dann könntest du jetzt auch etwas vorweisen.«

»Das iss nich wahr, un das weißte auch. Papa hat dir immer mehr zugetraut als mir, schon bevor Noel gestorben iss. Denk bloß mal dran, was er alles getan hat, damit was aus dir wird ... Un seit du damals das Stipendium gekriegt hast, bin ich ja sowieso nich mehr gut genug für dich.«

»*Du* gönnst mir also auch nix, George, nich wahr? Wie alle anderen – aber wenn ihr wüßtet ...« Mit einem kurzen, bitteren Auflachen schüttelte sie den Kopf. »Ich weiß gar nich, warum ich überhaupt noch mit dir rede. Du konntest es wohl gar nich abwarten, dich an Jimmys Verschwörung zu beteiligen, was?«

George machte ein verwirrtes Gesicht. »Ich versteh nich, wasde damit sagen willst, Jean. Aber wennde dich Jimmy gegenüber genauso verhalten hast, wiede dich jetz mir gegenüber verhältst, isses kein Wunder, daß er dich nich heiraten wollte.«

Jean schnaubte. »Das iss nur sein eigener Schaden. Mir iss inzwischen völlig egal, was aus Jimmy wird. Aber wennde denkst, ich steh daneben un guck zu, wie ihr mir die Kinder unter der Nase weg klaut, dann irrste dich gewaltig.«

Sylvia ging rasch dazwischen. »Ich finde, wir sollten über die Kinder reden, Jean ...«

»Deine Meinung dazu kenn ich bereits, vielen Dank.«

Sylvia konnte die Ablehnung in Jeans Augen deutlich sehen. Rasch sagte sie das Erstbeste, das ihr durch den Kopf ging. »Ich möchte Jimmy wirklich nicht erzählen müssen, was hier vor sich geht. Aber wenn das nötig ist, um dich zur Vernunft zu bringen, dann tue ich es!«

Kaum hatte sie das gesagt, wurde ihr klar, daß es falsch gewesen war. Ein bitterer, unversöhnlicher Ausdruck erschien auf Jeans Gesicht. »Un was erwarteste jetz von mir, Sylvia? Daß ich mir vor Angst inne Hose mach? Jimmy iss mir egal, ihr seid mir alle egal. Denkste vielleicht, ich wüßte nich, warum de's so eilig hast, mich nach England zu bringen?«

»Sei doch vernünftig, Jean ...«

»Vernünftig!« Ihre Cousine kam mit kaum verhohlener Angriffslust auf sie zu und fing beinahe an zu schreien. *»Bescheuert, meinste wohl!* Guck dich doch an – du bist dermaßen vertrocknet, dassde noch nich mal 'nen Mann abkriegst, der dir 'n paar eigne Kinder macht ... Un deshalb biste so scharf auf meine beiden. Glaubste denn, ich hätt nich gemerkt, wiede Jimmy in den letzten zwei Jahren auf deine widerliche Art schöne Augen gemacht hast? Du glaubst wohl, dassde über ihn an meine Kinder rankommst, was? Daß er dir 'n Platz in seinem Bettchen warmhält, jetz wo Winston nich mehr lebt?«

Sylvia schloß die Augen und zählte langsam bis zehn. Sie mußte ruhig bleiben. Wenn sie wütend wurde, würde das die

Situation nur noch verschlimmern. »Niemand will dir deine beiden Kinder wegnehmen.«

»Ach, willste bloß Aleesa für dich haben? Ich hätt's mir denken können. Davian iss nich gut genug für dich, er kann ja nich mal reden!«

Genau wie am Morgen in der hölzernen Behausung des Rastafari lief das Gespräch völlig aus dem Ruder. Aus irgendwelchen Gründen richtete sich Jeans Feindseligkeit vor allem gegen Sylvia, die vergeblich nach einer Möglichkeit suchte, die Situation zu retten, während ihre Cousine immer weiterschimpfte und eine Reihe von teils wirklichen, teils eingebildeten Mißständen anprangerte.

»Ich weiß nich mal, wieso ich überhaupt noch mit dir rede«, endete sie dann. »Schließlich bin ich hergekommen, um mit meinem Bruder zu sprechen, nich mit irgend 'ner Cousine zweiten Grades.«

George räusperte sich. »Was iss denn bloß in dich gefahrn, Jean? Ich hab keine Ahnung, wasde dir von 'nem Gespräch mit mir versprichst. Du weißt genau, wie ich über deinen sündhaften Lebenswandel denk. Un bild dir bloß nich ein, daß ich akzeptieren würd, dassde in aller Öffentlichkeit Unzucht treibst, so daß die Leute schon mit dem Finger auf dich zeigen!«

»Ich bin hierher gekommen, um mit dir über die Kinder zu sprechen, George, aber wenn du das nicht willst, kann ich auch wieder gehen und sie mitnehmen.«

Er machte ein skeptisches Gesicht. »So wie du die Kinder immer auf Sylvia abgeschoben hast, wundert's mich, dassde wegen ihnen überhaupt noch irgendwo hingehst. Ich weiß nich, was mit dir los iss, Jean. Grade hat Dekan Davis noch erzählt, dassde gute Fortschritte machst, un als nächstes kommt Pastor Simmonds un sagt mir, dassde aus fleischlicher Begierde auf seinen Segen verzichtet hast.«

Jean wirkte gequält. *Das Getuschel, Mensch … se haben angefangen, mit dem Finger auf mich zu zeigen un zu tuscheln un von*

Sünde zu reden. Genauso wie inner andern Kirche. Sie schaute ihren Bruder ernst an und rieb sich über den Bauch. »Die Sünde iss schon sehr, sehr lange hier drin, George. Ich schwör bei Gott: Ich hab immer gebetet, aber ich wurde nich erhört.«

George zeigte keinerlei Mitgefühl. »Pastor Simmonds hat sich auf'n Kopf gestellt, um dich wieder auf den rechten Weg zu führn, Jean. Du weißt doch, dasser dir zur Buße geraten hat, weilde in wilder Ehe lebst.«

»So war's ja gar nich, George«, sagte Jean flehend, »ich wollt ihn ja gar nich in Versuchung führn! Ich hab nich mal im Traum dran gedacht, mit ihm zu sündigen. Es lag nur an meiner allerersten Sünde: Als er angefangen hat, mich anzufassen, war plötzlich alles wieder da!«

»Wovon sprichste denn jetz schon wieder?« unterbrach George ungeduldig. »Pastor Simmonds iss 'n ehrbarer Mann mit tadellosem Ruf, ganz gleich, was 'n paar mißgünstige Leute auch sagen mögen. Ich will nich hoffen, dassde ihn verleumden willst.«

»Aber sowas würd ich doch nie machen, George.« Jeans Stimme klang verzweifelt. »Es iss bloß, weil dasselbe früher schon mal passiert iss!«

»Ich weiß nich, wovon du redest, un ich will's auch gar nich wissen.« Georges Ungeduld wuchs. »Jeder von uns versucht, dir zu helfen, aber du willst anscheinend einfach nich auf uns hörn!« Angewidert schüttelte er den Kopf. »Das iss alles das Werk des Teufels, der iss von Anfang an hinter deiner Seele her gewesen.«

Jean warf ihm einen verschlagenen Blick zu. »Es iss Sylvia, George, verstehste das nich? Sylvia iss an allem schuld!« Sie deutete anklagend auf ihre Cousine. »Seit Winstons Tod isse gegen mich. Du fragst dich, warum ich ab un zu 'nen Drink brauche? Mensch, ich sag dir: Sowas wie Sylvia un Jimmy haste noch nich erlebt! Dauernd habense auf Winston rumgehackt, bis er schließlich durchgedreht iss un 'nen Autounfall hatte ... Sie haben ihn innen Tod getrieben, verstehste?«

Eine plötzliche Wut, in die sich aber auch Schuldgefühle mischten, erfaßte Sylvia. *Wie kann Jean es nur wagen, Winstons Andenken zu beflecken, indem sie ihn mit ihrem schäbigen Nervenzusammenbruch in Verbindung bringt?* Sie mußte hier raus. Sie brauchte eine Pause, um ihre Verbitterung zu verarbeiten.

»Ja, los, geh nur«, krähte Jean triumphierend, als Sylvia sich umdrehte und zur Tür ging. Sie fing an, hysterisch zu lachen. »Hau nur ab, du selbstsüchtige alte Kuh, hau ab un sieh zu, obde vor der Wahrheit weglaufen kannst! Will sich einfach Jimmy schnappen, damit er Winstons Stelle einnimmt, un denkt, ich würd ihr seelenruhig dabei zuschaun!« Ihr dröhnendes, spöttisches Lachen folgte Sylvia durch die Tür. »Wennde die Hitze nich verträgst, sollteste kein Feuer anmachen …«

Vor dem Haus traf sie Pearl, die sich auf der zur Straße gewandten Seite der Veranda aufhielt. »Alles okay, Sylvia?« fragte sie besorgt. »*He!* Du zitterst ja … Kann ich irgendwas für dich tun?«

Sylvia schaute auf ihre Hände hinunter und stellte überrascht fest, daß sie *tatsächlich* zitterten. »Es geht schon wieder.«

Pearl kaute auf ihrer Unterlippe. »Tut mir leid, daß ich eben rausgegangen bin. Glaubste, daß Jean wieder in Ordnung kommt?«

Welchen Sinn hatte es, ihr etwas vorzumachen? »Ich weiß es nicht, Pearl, ich weiß es einfach nicht …« Sie brach ab, weil ihr die Tränen in die Augen schossen und ihre Stimme umzukippen drohte.

Pearl nahm ihre Hand und drückte sie beruhigend. »Es iss nich deine Schuld, Sylvia, solche Sachen passieren halt, un du kannst nix dagegen tun, weil es nun mal Gottes Wille iss.«

Obwohl sie nicht an dergleichen glaubte, fühlte sich Sylvia doch getröstet und lächelte Pearl dankbar zu. »Ich werde ein bißchen spazieren gehen, denke ich. Würde es dir etwas ausmachen, auf Aleesa und Davian aufzupassen?«

»Aber das mach ich doch gern!« Pearl brannte förmlich darauf, sich nützlich zu erweisen. »Wennde mir nich andauernd geholfen hättest, seit du hier bist, ging's mir jetz vielleicht wie Jean – seit Kaonas Geburt bin ich ziemlich mit den Nerven runter.«

Sylvia schüttelte den Kopf. »Das kann ich mir kaum vorstellen. Außerdem kommst du doch jetzt schon ein bißchen besser mit ihm klar, oder?«

Pearl zuckte die Achseln. »Ehrlich gesagt, hab ich immer noch nich besonders viel für Kaona übrig. Aber ich krieg jetz nich mehr so schnell Kopfschmerzen von seinem Geschrei. Un seit ich mit ihm das Spiel spiele, das du mir gezeigt hast, lacht er manchmal sogar ...« Sie schwieg verlegen. »Aber ich sollte nich von meinen kleinen Sorgen reden, wo du doch viel größere Probleme hast als ich.«

Sylvia widersprach ihr nicht. »Ich sage Aleesa Bescheid, daß ich einen Spaziergang mache, damit sie sich nicht ängstigt, wenn sie merkt, daß ich weg bin«, sagte sie bemüht zuversichtlich und verließ die Veranda.

Aleesa erschrak, als sie erfuhr, daß Sylvia sie allein lassen wollte. »Können Davian und ich nicht mitkommen, Tante?«

»Nein, Alli, ihr müßt hierbleiben.«

»Aber wenn Mama mich wieder haut? Bitte, laß mich mitkommen, Tante.«

Sylvia überlegte, ob sie nachgeben solle. Sie wußte aber, daß sie Jean nur noch mehr gegen sich aufbringen würde, wenn sie die Kinder mitnähme. Sie hockte sich neben Aleesa und versuchte, es ihr zu erklären. »Sieh mal, deiner Mama geht es im Moment nicht sehr gut, und auch Kleinigkeiten können sie wütend machen. Und euch mitzunehmen, könnte so eine Kleinigkeit sein.«

»Aber sie wird mir weh tun, Tante ...« In Aleesas Augen schimmerten Tränen.

»Das wird sie bestimmt nicht! Außerdem sind Mauvia, Tante Pearl und Onkel George da und passen auf dich auf.«

Das Mädchen weinte jetzt. »Ich will nicht hierbleiben. Tante Pearl kann mich nicht leiden, und Mama wird mich grün und blau schlagen.«

»Das ist nicht fair gegenüber Tante Pearl, Aleesa.«

»Du hast selbst gesagt, daß sie mich nicht leiden kann. Ich habe gehört, wie du mit Onkel George darüber gesprochen hast«, widersprach Aleesa unter Tränen.

Sylvia schaute ihr in die Augen. »Als ich das sagte, habe ich mich geirrt, und es tut mir leid. Tante Pearl war doch nett zu dir, oder etwa nicht?« Das Mädchen nickte widerstrebend, und Sylvia nutzte die Gelegenheit. »Wenn du hierbleibst und lieb zu Tante Pearl bist, darfst du auch mit deinem Papa telefonieren, wenn ich zurück bin.«

Das besänftigte Aleesa. Als Sylvia zur Straße ging, winkte sie ihr gehorsam hinterher.

Auf der Straße fiel ihr ein, welche Ruhe oben auf dem Hügel herrschte, und sie erwog, dort hinaufzusteigen. Sie hätte gern im Schatten eines Guavenbaumes am Rande der Klippen gesessen und den Vögeln zugeschaut, die sich am Himmel über Carbaritta Island wiegten, oder auf die weißen Tupfen der Wellen gestarrt, die auf dem blaugrünen Wasser des Riffs tanzten. Aber dort oben war es allzu leicht, die Gegenwart hinter sich zu lassen und alle tiefgreifenden Probleme über der Schönheit der Landschaft zu vergessen. Also wandte sie sich statt dessen hügelabwärts und verzichtete zugunsten des versengten, reizlosen Tieflands auf die Kühle und den Frieden des Gipfels.

Sie ging lediglich bis zum Ende der Küstenstraße, kehrte um und suchte dann unter demselben mächtigen Flamboyant wie am Morgen Schutz vor der drückenden Hitze des windstillen Tages. Während sich ihre Verärgerung allmählich legte, kehrten ihre Gedanken zu Jean zurück. Sie hatte das Gefühl, bei ihr versagt zu haben. *Warum habe ich nicht vorausgesehen, welche*

Probleme Jean damit haben würde, ohne Jimmy nach Jamaika zu kommen? fragte sie sich erneut und fand auch diesmal keine überzeugende Antwort darauf. Einen Augenblick lang ärgerte sie sich über Jimmy. Er hatte gewußt, in welcher Verfassung Jean war, und auch, wie die Leute in Port Juanero auf ein solches Benehmen reagieren würden. *Warum hat er sie bloß in diesem Zustand hierher geschickt?*

Bei dem Gedanken daran, wie nachdrücklich ihr Schwager versucht hatte, sie auf Jeans Probleme aufmerksam zu machen, und wie skeptisch sie seiner Besorgnis gegenüber gewesen war, begann Sylvia sich unbehaglich zu fühlen. Sie hatte in der ganzen Angelegenheit nur Jeans Versuch zu sehen vermocht, die Aufmerksamkeit auf sich zu lenken.

Sie fing an, auf ihrer Unterlippe zu kauen. *Ich habe gewußt, daß sie unglücklich war, weil Jimmy sie nicht heiraten wollte, aber ich habe nicht bemerkt, wie sehr sie unter ihrer Unbeholfenheit den Kindern gegenüber litt – obwohl auch das keine ausreichende Erklärung für ihre Krankheit ist. Es muß noch eine andere Ursache dafür geben, eine ältere …*

Sie fand diese Überlegungen zwar einleuchtend, wußte deswegen aber noch lange nicht, was jetzt zu tun war. Sie erwog, Jimmy anzurufen, verwarf diese Idee, und dann fiel ihr einfach nichts mehr ein. Sie rieb sich mit dem Finger an der Nase und fühlte sich alleingelassen und hoffnungslos.

Das Geräusch aufeinanderprallender Steine verriet ihr, daß sich jemand näherte. Sie drehte sich um und sah, daß Miss Berta die steile Böschung heraufkam.

»Machense 'nen Spaziergang, Miss Sylvia?« fragte die Marktfrau, blieb atemlos stehen und stellte ihre unzähligen Taschen und Tüten ab. »Für euch junge Leute mag das ja noch angehn, aber für meine alten Knochen isses viel zu heiß dazu.«

Sylvia nickte. »Im Radio haben sie gesagt, daß es seit zwanzig Jahren nicht mehr so heiß gewesen ist.«

Miss Berta wischte sich mit ihrem unvermeidlichen Waschlappen den Hals unter dem weiten Kragen ihres ärmellosen, geblümten Kleides. »Das könnense laut sagen. Wohin soll's denn gehn? Wollense Miss Jean besuchen?«

Sylvia tat so, als bemerke sie die Neugier der anderen nicht. »Eigentlich wollte ich gerade wieder zurückgehen.«

»Wartense 'nen Augenblick. Wennse mir drei von meinen Taschen abnehmen, komm ich 'n Stück mit Ihnen.«

Zögernd willigte Sylvia ein. Es war schwer genug, sich selbst durch die Hitze zu schleppen – auch ohne prall gefüllte Plastiktüten, die scherzhaft »Skandaltaschen« genannt wurden, weil sie transparent waren und jeder sehen konnte, was sich in ihnen befand.

»Un wie geht's Miss Jean?« fragte Miss Berta, während sie sich mit dem Lappen den Schweiß aus dem Gesicht wischte. »Isses wahr, dasse verrückt geworden iss?«

Sylvia war verblüfft. »Wer hat Ihnen denn *das* erzählt, Miss Berta?«

»Port Juanero iss klein, Mensch. Miss Jean war im Getränkeladen un in der Bar un hat so ziemlich alles geschluckt, was se in die Hände kriegen konnte. Genauso hat's damals ihr Vater gemacht.«

Sylvia seufzte. »Gibt es *irgend etwas*, das Sie nicht wissen, Miss Berta?«

Die andere lachte und wurde dann wieder ernst. »Ich kannte Miss Jeans un Missa Georges Vater lange, bevor er sich dem weißen Rum zugewandt hat ... das iss vielleicht 'ne Problemfamilie, Mensch! Das Schicksal meint's nich gut mit ihnen.«

Sylvia zögerte. Jean hatte sich immer geweigert zu erzählen, was aus ihrem Vater geworden war. Vielleicht konnte sie hier eine Erklärung für den gegenwärtigen Zustand ihrer Cousine finden?

Ihr professionelles Interesse erwachte. »Im Moment«, sagte sie vorsichtig, »geht's Jean nicht besonders gut, Miss Berta.«

»Ganz der Vater«, stimmte Miss Berta wie erhofft zu. »Bei ihm war's genauso. Nehmense sich die Taschen, Miss Sylvia, ich muß vor heute abend in Richmond sein.«

Gehorsam hob Sylvia die Beutel auf und ging im Gleichschritt neben der massigen Frau her. »Was haben Sie damit gemeint, als sie sagten, daß Jean wie ihr Vater sei?«

Miss Berta nickte, wie um sich selbst etwas zu bestätigen. »Diese Familie iss vom Unglück verfolgt, Mensch. Die Mutter starb un hinterließ dem alten Missa Mackenzie drei Kinder; er liebte Noel, seinen Ältesten, am meisten, geradezu abgöttisch – un als dann der Blitz kam un ihn erschlagen hat, fing der alte Missa Mackenzie mit dem weißen Rum an.«

»Sie meinen, er war Alkoholiker?«

»Das weiß ich nich, Miss Sylvia, aber er fing an zu saufen. Eines Tages dann bringt er die Kinder inne Stadt un gibtse einfach innem Kinderheim ab ... un als nächstes hörn wir, dasse ihm in Bellevue das halbe Gehirn rausgenommen haben. Das Komische iss ...« – sie machte eine Pause, um das Gewicht ihrer vielen Tüten neu zu verteilen – »ich hab immer gedacht, daß Missa George mal enden würd wie sein Vater: Miss Jean ging ja ins Ausland un studierte un kriegte 'nen guten Job, während er sich ganz schön wild aufführte. Aber dann wurde er gerettet un ging immer inne Kirche un machte an der Abendschule sogar seinen Abschluß nach.«

Die Marktfrau änderte ihren Tonfall, als sie den Drahtzaun ihres Grundstücks erreichten. »Bernice, nimm uns mal 'n bißchen was ab. Un sag Marta, se soll uns Limonade bringen. Miss Sylvia iss zu Besuch.«

Miss Bertas älteste Tochter kam aus dem Haus und bedachte Sylvia mit einem schüchternen Lächeln. Sie hatte eine Duschhaube aufgesetzt, damit ihre Wetlook-Frisur feucht blieb. »Tag, Miss Sylvia«, sagte sie und nahm ihr die Taschen ab. »Ich habse gestern mit Aleesa un Davian am Strand gesehn, aber Sie haben mich nich gesehn.«

Sylvia erwiderte das Lächeln, folgte Miss Berta auf die kühle Veranda und griff dankbar nach dem großen Glas geeister Limonade, das die jüngere Tochter ihr gab.

»Schmeckt's?« fragte Miss Berta und ließ sich stöhnend in den Segeltuchsessel neben Sylvia fallen.

»Ja, danke.«

»Die Limonen sind von Missa Georges Baum.« Miss Berta nahm einen tiefen Schluck und bedeutete den Kindern, daß sie verschwinden sollten. »Also, was möchtense über Miss Jeans Familie wissen, Miss Sylvia?«

Sylvia wurde von den Kenntnissen der Händlerin nicht enttäuscht. Miss Berta hatte in der Nähe der Mackenzies in Cromwell gelebt und die Familie ihr Leben lang gekannt. Als Sylvia sie schließlich verließ, glaubte sie, einige der Tragödien besser zu verstehen, die zu Jeans derzeitigem Gemütszustand beigetragen hatten.

13. KAPITEL

Der Geruch von gebratenen Hühnchen und Kidney-Bohnen, die in Hunderten von Küchen gekocht wurden, hing schwer in der heißen Nachmittagsluft. Sylvias Magen schien sich zu heben. Ein nagendes Unwohlsein veranlaßte sie, so schnell zu gehen, wie es die Hitze nur zuließ. Schweißperlen bildeten sich an ihrem Haaransatz und liefen ihr in schmalen Bächen über die Stirn. Der Schweiß drang ihr aus allen Poren, und das Kleid klebte auf ihrer heißen, feuchten Haut.

Lange bevor sie das Haus erreicht hatte, ahnte sie, daß etwas nicht stimmte. Als das leise Weinen eines Kindes an ihr Ohr drang, wußte sie es genau. Erst glaubte sie, daß es Aleesa sei, und das wilde Pochen ihres Herzens beruhigte sich ein wenig. Dann wurde ihr klar, daß es mehrere Kinder waren. Sie konnte einen Ton panischen Schreckens heraushören, der sehr nach Lutie und Dionne klang. Schließlich war sie nahe genug, um Jalinis klagend erhobene Stimme zu unterscheiden. Mit einem Adrenalinstoß fuhr ihr eine neue Welle der Besorgnis in die Glieder. Sie geriet völlig außer Atem und merkte, daß sie am Rande einer Ohnmacht stand.

Ganz ruhig, beschwor sie sich, als sie merkte, wie sehr ihr Atem raste, und sie zwang sich, langsam und gleichmäßig Luft zu holen. Unterhalb von Georges Haus blieb sie auf der Straße stehen. Sie verspürte wenig Lust, den langen Aufstieg zu beginnen. Die Ahnung einer bevorstehenden Krise rumorte in ihrem Bauch. Das Gefühl breitete sich schnell aus, und einen Moment lang fürchtete sie, ihr würde übel werden. Sie versuchte, ihre Ängste mit Vernunftgründen wegzuschieben. *Es konnte nichts passiert sein. Ansonsten würde George noch da sein – und sein Auto war nicht zu sehen.*

Die Hunde, die zur Abwechslung einmal beide da waren, liefen auf dem unbefestigten Hof vor dem Haus hin und her. Ihre Aufgeregtheit strafte Sylvias Beschwichtigungsversuche Lügen. Sie sah verwundert, daß sich die Kinder auf der zur Straße weisenden Seite der Veranda zusammendrängten, und wollte ihnen zurufen, daß sie sich nicht in dieser gefährlichen Ecke anlehnen sollten. Erst meinte sie, Aleesa eingeklemmt zwischen den schlacksigen Zwillingen zu sehen. Nein, es war Jalini, nicht Aleesa. Sylvia zählte noch einmal, langsamer diesmal, und weigerte sich zu glauben, daß ihre Nichte nicht dort war.

Hatte Jean Aleesa etwas getan? Dutzende von Möglichkeiten schossen ihr durch den Kopf. Vielleicht war das Kind irgendwie verletzt worden. Vor ihrem inneren Auge sah sie, wie Jeans Faust mit dem kleinen Gesicht zusammentraf, sich hob, um noch mal zuzuschlagen … *War George deshalb nicht hier? Vielleicht war Alli verletzt – ernsthaft verletzt!*

Jetzt kam Bewegung in ihre Beine. Rasch lief sie die unebenen Stufen hinauf. Je weiter sie kam, desto mehr wuchs ihre Angst. Die drei Kinder sahen so eingeschüchtert, so verstört aus!

Lutie erblickte sie zuerst und weinte noch mehr, als Sylvia sie mühsam anlächelte. »Tante Sylvia!« Sie drückte sich an ihrer schweigenden Zwillingsschwester vorbei und lehnte sich so weit über das Geländer, daß Sylvias Herz einmal aussetzte. »Tante Jean iss weggegangen. Mama hat noch versucht, se aufzuhalten.«

»Ja, genau«, schniefte Jalini, »un Aleesa hat nich mitgehn wollen, weil Tante Jean Davian geohrfeigt hat, weil er geheult hat, aber dann hatse Aleesa auch geohrfeigt un gesagt, dasse trotzdem mitkommen muß.«

Was sagten sie da? Einen Moment lang begriff Sylvia überhaupt nichts. Aleesa war hier – mußte hier sein. Vielleicht waren sie und Davian oben …

»Sie sind schon lange weg, Tante Sylvia«, warf Jalini ein, »un wir haben gewartet un gewartet, un Mama hat Lutie losgeschickt, um dich zu suchen, aberse hat dich nirgendwo finden können.«

Begleitet von einem erneuten Aufheulen der Zwillinge, überkam sie ein unerträgliches Schuldgefühl, das sie zu überwältigen, zu lähmen drohte. Sie drängte es zurück und wandte ihre Aufmerksamkeit wieder den Kindern zu.

»Lehn dich nicht so weit vor, Lutie, und du auch nicht, Jalini, sonst verliert ihr noch das Gleichgewicht und fallt runter.«

Luties Kopf verschwand, und Sylvia hörte, wie sie nach Pearl rief. Sie war wie elektrisiert und stieg doppelt so schnell wie sonst zum Haus hinauf – trotz ihrer von der Hitze ausgedörrten Kehle, trotz des Schweißes, der in ihren Augen brannte.

Als sie atemlos die Veranda erklomm, trat Pearl, den zeternden Kaona auf dem Arm, aus dem Haus. »Ihr Kinder geht jetz rüber zu Miss Lisa un bittetse, euch was zum Abendessen zu machen.«

»Ich will hierbleiben, Mama«, protestierte Jalini sofort. »Aleesa un ich sind Freundinnen, un Tante Jean hat mir eine runtergehaun, weil ich gesagt hab, dasse meine Cousine in Ruhe lassen soll.«

Pearl schnalzte ungeduldig, um zu überspielen, wie besorgt sie war. *»Tu, was ich dir sage, Jali, un geh mir jetz nich auf die Nerven!«*

Jalini senkte den Kopf. »Ja, Mama.«

»Un was sollen wir machen, wenn Miss Lisa nich zu Hause iss, Mama?« Lutie dachte wie immer praktisch. »Sollen wir dann sofort zurückkommen?«

»Ich habse vor 'ner Minute angerufen, se wartet schon auf euch. Un bittet euren Vater, euch wieder mit herzubringen, wenn er sein Kosmetikgeld bei Miss Lisa abholt.«

»Ja, Mama«, antworteten die Kinder im Chor.

Eine Zeitlang sah Sylvia hinter ihnen her, während sie die Straße hinunterliefen. Sie konnte nicht glauben, wollte einfach nicht wahrhaben, was sie ihr erzählt hatten. Jean hatte Davian und Aleesa geschlagen und mitgenommen und setzte sie jetzt wer weiß welchen Gefahren aus – und das, nachdem *sie* dem kleinen Mädchen versprochen hatte, daß es nichts zu befürchten habe.

Schließlich verschwanden Lutie, Dionne und Jalini hinter einer Biegung, und es gab keine Ausrede mehr, das Unvermeidbare weiter hinauszuschieben. Widerwillig drehte sie sich zu Pearl um. Noch immer verspürte sie das Bedürfnis, die Tatsache ihres erneuten Scheiterns zu leugnen. »Sind Aleesa und Davian mit George unterwegs?«

»Sylvia …« Pearl zögerte, teils schuldbewußt, teils mitfühlend. »Jean hat Davian un Aleesa mitgenommen.«

Sie hatte es zwar schon von den Kindern gehört, aber das änderte nichts daran, daß ihr die Nachricht, mit solcher Endgültigkeit ausgesprochen, auf den Magen schlug. Sie ließ sich auf das Sofa fallen, um Halt zu finden. »Soll das heißen, daß sie mit ihnen einen Ausflug macht?«

Pearl schüttelte den Kopf. »Sie iss nich einfach kurz mit ihnen weggefahrn, Sylvia. Sie hat ihre Koffer gepackt un die Kinder mitgenommen.«

Sofort sprang Sylvia auf und lief ins Gästezimmer. Sie zweifelte nicht an Pearls Worten, aber sie mußte etwas tun, brauchte diese schwache Hoffnung, um nicht völlig zu verzweifeln. Bei dem Anblick, der sich ihr bot, blieb sie wie angewurzelt stehen.

Der Raum war ein einziges Chaos. Alles, was ihr gehörte, war gründlich in Unordnung gebracht und beschädigt worden. Ihre Kleider waren von den Bügeln gerissen worden und lagen zertreten am Boden. Sämtliche Schubladen waren herausgenommen und zu einem wirren Haufen übereinander getürmt worden. Alles war mit Puder und Lippenstift verschmiert. Zuoberst lag ihre Handtasche und daneben die Geldbörse, weit geöffnet, aber leer.

Sie war wie betäubt, unfähig, diese gemeine und boshafte Trotzhandlung ihrer Cousine zu begreifen. Mit welcher schrecklichen Tat, die ihr Jeans wirre Phantasie zuschrieb, hatte sie das verdient?

Unter ihren Füßen raschelte etwas. Sie schaute zu Boden. Als sie sah, worauf sie stand, hatte sie das Gefühl, daß eine riesige Hand ihr das Herz abdrücke. Sie bückte sich, hob die Teile des zerfetzten Photos auf und starrte ungläubig auf Winstons Gesicht. Das war die schlimmste aller Demütigungen. Langsam ging sie hinüber zum Bett und ließ sich auf die einzige freie Stelle fallen.

Das hatte Jean ihr angetan. Sie hatte sie bestohlen, ihre Sachen systematisch durchsucht und ihr einziges Andenken an Winston mit voller Absicht in Stücke gerissen. Sie war wie betäubt. Einen Augenblick lang war sie nicht in der Lage, vernünftig zu überlegen – oder überhaupt einen Gedanken zu fassen.

»Es tut mir so leid, Sylvia.« Pearl trat vorsichtig durch die Tür. Ihre Stimme zitterte vor Schreck. »Ich hätt nie gedacht, dasse sowas machen würde. Ich bin noch nich mal auf die Idee gekommen, 'nen Blick hier reinzuwerfen.«

Sylvia guckte sie verwirrt an und wunderte sich, daß sie die andere nur wie durch einen Nebelschleier wahrnahm. Etwas Feuchtes tropfte auf ihre Wange und lief ihr in den Mundwinkel. Überrascht schaute sie nach oben und erwartete fast, daß es aus heiterem Himmel zu regnen angefangen hatte. Was hatte ihre Mutter immer über Regenwetter gesagt? *Der Teufel un seine Frau streiten sich.*

»Ich hätt verhindern müssen, dasse das tut«, sagte Pearl traurig und versuchte vergeblich, ein wenig Ordnung in den Haufen beschmutzter Kleidungsstücke zu bringen. Nach einer Weile gab sie auf und ließ die Sachen wieder auf den Boden fallen.

Einen Moment lang stand sie einfach da und machte ein ratloses Gesicht. Dann schien sie eine Entscheidung getroffen zu haben. Behutsam bahnte sie sich einen Weg durch die Trümmer, die ihre Schwägerin hinterlassen hatte, räumte eine Stelle frei und setzte sich neben Sylvia. »Es iss zwar keine Entschuldigung, Sylvia, aber die Kinder hatten so 'ne Angst vor Jean, un dann iss George auch noch abgehaun, weil er seine Kosmetikrunde machen mußte …« Als sie Sylvias Gesichtsausdruck sah, verstummte sie und legte ihr unbeholfen einen Arm um die Schultern. »Sei nich traurig, Sylvia. Wenn ich gewußt hätt …«

»Es ist nicht deine Schuld«, versicherte ihr Sylvia mechanisch, »sondern meine. Ich hätte Aleesa und Davian mitnehmen müssen.«

Ihre Stimme klang so weinerlich, daß sie ein wenig die Fassung verlor. Wieder strich sie sich über die feuchten Wangen. Daß sie ausgerechnet jetzt weinen mußte! Gerade als sie endlich den Punkt erreicht hatte, an dem sie beginnen konnte, Winstons Tod zu verarbeiten. Wie konnte sie nur wegen eines zerrissenen Fotos Tränen vergießen? Es war ja nicht so, daß sie in England nicht noch mehr Bilder von ihm hatte.

Pearl räusperte sich. »Nachdem Jean mit den Kindern weggegangen iss, hab ich Missa Mandrake, den Polizisten, angerufen, aber er war grade dienstlich unterwegs. Wenn er zurück iss, wird ihm sein Assistent ausrichten, daß er möglichst bald herkommen soll.«

Sylvia wischte sich mit dem Handrücken über die Augen und versuchte mühsam, sich auf Pearl zu konzentrieren. »Wo ist Kaona?« fragte sie. Erst jetzt fiel ihr auf, daß das Baby nirgends zu sehen war.

»Mauvia paßt auf ihn auf.«

Es kam ihr in den Sinn, Pearl zu fragen, wieso Mauvia an einem Sonntag hier war. Doch angesichts der Notwendigkeit, etwas wegen der Kinder zu unternehmen, war diese Frage unwichtig. »Wenn es dir nichts ausmacht, Pearl, gehe ich zum Haus des Rastafaris und sehe nach, ob die Kinder dort sind.«

Pearl erhob sich. »Ich war schon da.«

»Du?« Niemals hätte Sylvia damit gerechnet, daß sich Pearl freiwillig in jene illegale Siedlung begeben könnte. Bisher hatte sie sich doch stets mit der Verzweiflung einer Frau, die wußte,

daß ihr niemand etwas zutraute, an ihre untergeordnete Rolle und ihren niedrigen Status geklammert.

»Ich hab mir Sorgen um Davian un Aleesa gemacht«, sagte Pearl leise, »ich hab mich für das, was passiert iss, verantwortlich gefühlt. Schließlich haste se in meiner Obhut gelassen.«

Das Bedürfnis, Pearl zu trösten, war einen Moment lang stärker als Sylvias eigener Kummer. »So darfst du das nicht sehen, Pearl. Wenn Jean entschlossen war, sie mitzunehmen, gab es weder für dich noch für irgend jemand anderen eine Möglichkeit, das zu verhindern.«

»Jedenfalls sindse nich da!« platzte Pearl heraus. »Ich hab 'n paar Leute gefragt, un die haben gesagt, daß der Rasta mit Jean un den Kindern weggegangen iss un dasse nich mehr wiederkommen wollten.«

Das Gefühl, daß alle ihre Bemühungen in Sackgassen endeten, war überwältigend. Dennoch erschien es Sylvia nach wie vor notwendig, etwas zu unternehmen. »Ich werde trotzdem noch mal nachschauen. Man weiß ja nie, vielleicht sind sie erst später heimgekommen.«

Pearl pflichtete ihr widerstrebend bei. »Na gut. Aber du kannst nich den ganzen Weg laufen, erst recht nich, wo's so heiß iss un du die Hitze nich gewöhnt bist. Ich sag dem Sohn von Miss Brown, dasser dich fahrn soll – er hat 'n Taxi.«

Es wurde eine vergebliche Fahrt. Wie Pearl gesagt hatte, waren die Kinder nicht dort, und Ras Peters schäbiges Haus machte einen verlassenen Eindruck. Sylvia fand die Frau, mit der sie am Morgen gesprochen hatte, und fragte sie, ob sie wisse, wohin sie gegangen seien.

Die Frau erwies sich als ebenso freundlich wie zuvor, konnte ihr aber nur wenig sagen. »Vorhin hat auch schon 'ne Frau nach ihnen gefragt«, sagte sie mitfühlend. »Ich weiß nur, daß ihm seine Mutter 'n Haus hinterlassen hat, als se starb.«

»Wo?«

»Das weiß ich nich genau, Ma'm, er hat nur gesagt, dasses inner Stadt iss, in der Nähe von Sandy Gully. Ich würd sagen, dasse dahin gegangen sind. Die Lady konnte die Umgebung hier nämlich nich besonders gut leiden.«

Sylvia versuchte, noch mehr aus ihr herauszubekommen, aber obwohl die Frau offensichtlich helfen wollte, konnte sie ihr keine weiteren Hinweise geben.

Auf dem Rückweg kamen sie bei Dorrie, Miss Bertas Freundin, vorbei, die ihren Stand während des Semesters vor der Schule aufgebaut hatte. Sie rief ihnen etwas zu und bedeutete ihnen, daß sie anhalten sollten. »Ich war grad auf dem Weg zu Ihnen, Miss Sylvia«, keuchte sie, als sie das Taxi erreicht hatte. »Ich hab Miss Jean un Ras Peter, diesen Taugenix, gesehn.«

Sylvia setzte sich auf. »Waren die Kinder bei ihnen?«

»Ja, Mensch, Aleesa un der kleine Junge. Sie stiegen grade in den Bus nach Highgate, un Miss Jean hat Aleesa eine runtergehaun. Die Kleine tat mir so leid.«

Sylvia schöpfte wieder Hoffnung. Aber auch ihre Angst um das Wohlergehen der Kinder nahm zu. »Wann war das, Dorrie?«

»Iss schon 'ne Weile her. Miss Lisa hat mir erst vor kurzem erzählt, daß Miss Jean die Kinder einfach mitgenommen hat un daß Miss Mackenzie nach ihnen sucht. Deshalb wollt ich mich jetz auf den Weg zu Ihnen machen.«

»Danke, Dorrie. Fährt heute noch ein Bus nach Highgate?«

»Sonntags fährt der letzte ziemlich früh, glaub ich – un ich kann auch nich beschwören, dasse nach Highgate gefahren sind.«

»Aber Sie sagten doch …«

»Weiß ich, Miss Sylvia – se haben aber den Bus genommen, der über Highgate un Richmond weiter inne Stadt fährt.«

Sylvia dankte der Marktfrau. Nun kam sie sich nicht mehr ganz so hilflos vor. Wenigstens wußte sie jetzt, wo sie mit der Suche beginnen konnte.

»Ich kannse heute aber nich mehr nach Highgate fahren, Ma'm.« Der Taxifahrer schien ihre Gedanken gelesen zu haben. »Ich muß noch jemand zum Flughafen bringen un hab auch noch nix zu Abend gegessen.«

»Aber Sie haben doch selbst gehört, was Dorrie gesagt hat.«

»Tut mir leid, Ma'm, ich hab nur noch 'ne Stunde Zeit, un das reicht nich, um nach Highgate zu kommen.«

Nichts von dem, was sie sagte, konnte ihn umstimmen. Ihn interessierte nur, daß er für diesen Abend schon eine Fuhre hatte. Ein anderes Taxi war auch nicht mehr zu bekommen. Schließlich ließ sie es darauf beruhen.

Pearl kochte gerade das Abendessen, als Sylvia zurückkam. Ein untersetzter Mann in Polizeiuniform saß auf einem der geschnitzten Lehnstühle und trank Limonade. Als sie eintrat, erhob er sich. Pearl stellte ihn als Mr. Mandrake vor. Sylvia schüttelte ihm die Hand und setzte sich auf das ausladende Sofa, während der Polizist seinen alten Platz wieder einnahm.

Er zog einen kleinen Notizblock aus der Tasche, schlug ihn auf und hielt den Stift bereit. »Miss Mackenzie sagt, daß Ras Peter die kleinen Kinder, die mit Ihnen verwandt sind, mitgenommen hat«, eröffnete er das Gespräch. »Habense 'ne Ahnung, weshalb?«

Sylvia zögerte. »Na ja, eigentlich war es ihre Mutter, die sie mitgenommen hat, als sie mit Mr. Peter wegging.«

Mr. Mandrake machte ein verdrießliches Gesicht und schloß sein Notizbuch. Er trank seine Limonade aus und stand auf. »Dann sieht die Sache allerdings ganz anders aus.«

Pearl legte den langen Löffel, den sie zum Umrühren benutzt hatte, aus der Hand und kam herüber. »Ich wär Ihnen sehr verbunden, wennse sich anhören würden, was Miss Sylvia zu sagen hat, Missa Mandrake.«

Der Polizist war immer noch skeptisch, aber wenigstens setzte er sich wieder hin. »Na gut. Aber ich hab keinerlei Befugnis, mich zwischen 'ne Mutter un ihre Kindern zu stellen.«

Sylvia erzählte ihm von Jeans Zustand und ihren unberechenbaren Launen. Sie erläuterte ihm ihre Sorge um das Wohlergehen der Kinder und erklärte ihm, daß sie beruflich dafür qualifiziert sei, solche Situationen zu beurteilen.

Während all dem saß Mr. Mandrake seelenruhig da und vermittelte den Eindruck, daß er kaum zuhöre. Sein Interesse flackerte auch nicht auf, als sie ihm erzählte, daß Jean Aleesa mißhandelt und Davian geohrfeigt hatte.

Als sie ihren Bericht beendet hatte, schüttelte er den Kopf. »Am besten wär's, wennse erstmal den Vater der Kinder aus England holen würden. Dann können wir weitersehn.«

»Anscheinend verstehen Sie mich nicht.« Sylvia war von der Lässigkeit, mit der er ihre Bitte abwies, ziemlich überrascht. »Wir reden hier über den Schutz von Kindern. Sie sind wahrscheinlich in großer Gefahr.«

Er war nicht im geringsten beeindruckt. »Ich seh da kein Problem, Miss Sylvia. Die Mutter hat entschieden, dasse hier weggehen un die Kinder mitnehmen will, daran iss nix Ungesetzliches.«

»Und was ist, wenn sie eins der Kinder verletzt oder sogar tötet?«

»Ich weiß nich, was Sie damit andeuten wollen«, kam seine Antwort klar und sachlich, »aber das iss in Jamaika ebenso 'ne Straftat wie anderswo auch. Wenn eins der Kinder umkommt, wird die verantwortliche Person vor Gericht gestellt un womöglich sogar gehängt. Genauso war's, als drüben im Greenhouse District 'n Mann seine Frau getötet un eins seiner Kinder umgebracht hat: Er wurde gehängt, stimmt's nich, Miss Mackenzie?«

Pearls Nicken trug nicht dazu bei, Sylvias Angst um die Kinder zu mildern. Was nützte es, jemanden zu bestrafen, nachdem den Kindern etwas zugestoßen war? Es ging ihr nicht darum, daß jemand gehängt wurde, falls die Kinder zu Schaden kommen sollten. Sie wollte sie einfach nur wiederhaben, um sie unversehrt ihrem Vater zu übergeben.

»Gibt's denn gar nix, was Sie in der Sache für uns tun können, Missa Mandrake?« fragte Pearl bittend.

»Überhaupt nix, Miss Pearl. Glaubense denn, es hätt sich noch nie 'n Ausländer drüber beschwert, daß 'ne Frau oder 'n Mann ihre eignen Kinder woanders hinbringen? Manche kapiern nich, dasses hier in Jamaika 'n bißchen anders läuft. Wir springen den Leuten nich gleich an den Hals, wennse ihre Kinder nich so erziehen, wie wir's gern hätten.« Bei dieser Vorstellung schüttelte er lachend den Kopf. »Wenn wir das tun würden, hätten wir den ganzen Tag nix andres zu tun.«

»Also sehen Sie keine Möglichkeit, mir bei der Suche nach den Kindern zu helfen?« fragte Sylvia ruhig, ihren Ärger und ihre Enttäuschung hinter professioneller Geschäftigkeit verbergend.

»Das hab ich nich gesagt.« Der Polizist warf ihr einen prüfenden Blick zu. »Wennse uns entschuldigen würden, Miss Mackenzie, ich würd gern unter vier Augen mit Miss Sylvia sprechen.«

»Sie können auf die Veranda gehn. Mauvia iss oben, un die Kinder sind bei Miss Lisa, es wirdse also keiner stören.«

Sobald sich die schwere Tür hinter ihnen geschlossen hatte und sie allein auf der Veranda waren, ging Sylvia zum Angriff über. »Sie haben bereits gesagt, daß Sie keine Möglichkeit sehen, uns zu helfen. Was wollen Sie also noch, Mr. Mandrake?«

»Wennse 'n Moment warten, Miss Sylvia, werdense hören, was ich Ihnen vorzuschlagen hab.«

»Aber Sie sagten bereits, daß Sie nichts tun können.«

Mr. Mandrake beugte sich vor. »Wenn wir uns einigen könnten, wär ich gern bereit, Ihnen dabei zu helfen, die Kinder wiederzufinden. Ich hab Beziehungen, verstehnse?«

Sylvia musterte ihn mißtrauisch. »Wenn wir uns worauf einigen können?«

»Ich dachte so an – na, sagen wir: tausend Dollar. Das Geld iss natürlich nich für mich!«

»Natürlich«, echote Sylvia ungläubig. »Ich vermute, daß Ihnen einige Unkosten entstehen, wenn Sie mir helfen.«

»Das iss richtig. Sehnse, ich kann's nich während der Dienstzeit machen, un je nachdem, wose sind, brauch ich vielleicht noch 'nen Mann, der mir dabei hilft. Alles hat seinen Preis.«

»Angenommen, ich wäre einverstanden: Wann würden Sie mit der Suche anfangen?«

»Sie müßten mir das Geld im voraus geben«, sagte er warnend, »denn wenn ich die Kinder suchen soll, brauch ich was, womit ich die Informanten bezahlen kann.«

»Ich habe keine tausend Dollar bei mir.«

Das schreckte ihn nicht ab. »Na gut, wieviel habense denn?«

»Sehr wenig, nur ein paar Dollar und einige Cents.«

»Wie sieht's mit ausländischem Geld aus?«

Sie hatte nicht die Absicht, ihm zu erzählen, daß Jean Geld aus ihrem Portemonnaie gestohlen hatte. »Ich habe genug Geld, um mir ein Taxi zu nehmen, wenn ich wieder in London bin, mehr nicht.«

»Aber Sie haben doch bestimmt Reiseschecks.«

Sie nickte vage. Ihre Schecks und ihr englisches Geld hatte Jean zum Glück nicht angetastet.

»Dann isses kein Problem.« Mr. Mandrake wurde lebhaft. »Die Bank iss morgen früh geöffnet, Sie können also gleich als erstes die Schecks eintauschen. Wennse dann zur Wache gehn un nach mir fragen, wird man Ihnen sagen, wo ich zu finden bin ... meistens sitz ich ja sowieso vor der Tür.«

»Haben Sie irgendwelche besonderen Wünsche bezüglich der Währung, in der ich Ihnen das Geld überreichen soll?« erkundigte sie sich sarkastisch.

»Also, am liebsten hätt ich US-Dollar, aber ansonsten nehm ich's, wie's kommt.« Er grinste über seinen Scherz und ging zur Tür. »Miss Mackenzie, ich geh jetz ... wenn Missa Mackenzie kommt: ich unterhalt mich 'n andermal mit ihm, ja?«

Pearl erschien in der Tür. »In Ordnung, Missa Mandrake, sagense Miss Mandrake 'n schönen Gruß.«

Am Absatz der Veranda drehte er sich noch einmal um. »Dann bis morgen, Miss Sylvia.«

Voller Empörung sah sie ihm hinterher. Es war einfach nicht zu glauben. Irgendwo da draußen waren Aleesa und Davian in Gefahr, und dieser Mann dachte an nichts anderes als ein bißchen leichtverdientes Geld!

»Kann er dir bei der Suche helfen?« fragte Pearl hoffnungsvoll.

Sylvia warf ihr ein bitteres Lächeln zu. »Wenn ich ihm tausend Dollar im voraus zahle, will er mal sehen, was sich machen läßt.«

»So viel?« fragte Pearl empört. »Das müßte er wirklich billiger machen.«

Sylvia sah sie ungläubig an. »Er wollte, daß ich ihn besteche, Pearl!«

»Ja, Mensch, aber er verlangt zu viel Geld. Ich werd morgen zu ihm gehn, sobald Mauvia da iss. Er verlangt nur deshalb soviel, weilde aus England kommst un er glaubt, dassde reich wärst.«

Was sie da hörte, war schwer zu begreifen. Pearl sprach von der Bestechlichkeit dieses Polizisten, als wäre sie etwas ganz Alltägliches. »Zwei Kinder sind in Gefahr, Pearl, und dieser Polizist will nur etwas tun, wenn er Geld dafür bekommt. Was denkt er sich denn dabei?«

Jetzt drang ihre Mißbilligung endlich durch, und Pearl wurde verlegen. »Das mußte verstehen, Sylvia. Missa Mandrake iss kein schlechter Mensch. So läuft's hier eben. Die Leute versuchen, auf jede erdenkliche Art Geld zu machen. Die Polizisten werden mies bezahlt, un alles wird teurer. Es iss nur nich richtig, dasser so viel verlangt, viel zu viel.«

Bedächtig schüttelte Sylvia den Kopf. »Ich werde kein Schmiergeld zahlen, Pearl. Lieber gehe ich selbst nach den Kindern suchen, als mich auf solche Machenschaften einzulassen.«

Pearl nickte. »Ich kann's dir nich verdenken. Vielleicht überlegt's sich Missa Mandrake auch noch anders – außerdem bin ich sicher, daß George bereits iss, dir zu helfen.«

George, der eine Stunde später mit seinen Kindern zurückkam, war derselben Ansicht wie Pearl. Er schickte die Kinder ins Haus und setzte sich auf die Veranda, um mit Sylvia zu reden.

»Ich hab gehört, was Jean getan hat«, sagte er, sobald die Tür hinter den Kindern zugefallen war. »Ich hab 'n richtigen Schreck gekriegt, als mir Miss Lisa davon erzählt hat. Wenn ich irgendwas für dich tun kann, egal was, brauchste mir nur Bescheid zu sagen!«

»Na ja, Dorrie erzählte mir, sie habe sie im Bus nach Highgate gesehen, und ich wollte dich fragen, ob du mich morgen dorthin bringen kannst.«

»Haste mit Missa Mandrake gesprochen?«

Sie nickte sarkastisch. »Er will mir helfen, wenn ich ihm tausend Dollar zahle.«

»Soviel? Nee, Mensch, das kann er doch nich machen. Ich sag dir was. Morgen geh ich als allererstes zu ihm. Er muß vernünftig sein. Er kann dich nich so ausnehmen, nur weilde aus'm Ausland kommst, das iss nich fair.«

»Ich werde ihm kein Schmiergeld geben, George«, wiederholte Sylvia, was sie bereits Pearl gesagt hatte. »Es ist unehrlich, und ich habe nicht vor, das zu unterstützen.«

George sah sie gönnerhaft an. »Aber nur so können die Menschen in diesen schweren Zeiten überleben, Sylvia. Missa Mandrake kann von dem, was se ihm zahlen, kaum leben.«

»Das ist mir egal, George. Du bist es doch, der sich immer darüber beklagt, daß die jamaikanische Regierung korrupt ist. Daß Beamte sich schmieren lassen und die Partei, die an der Macht ist, immer nur ihren Anhängern Jobs und Geld verschafft.«

»Stimmt – aber das iss 'ne andere Sache. 'n Mann wie Missa Mandrake iss 'n kleiner Fisch, un irgendwie muß er schließlich seine Familie ernähren.«

»Er ist korrupt, George, und wenn ich ihm Geld gebe, unterstütze ich ihn darin. Du mußt dich entscheiden: Entweder es ist gut, daß die Regierung alles nur ihren eigenen Leuten zuschustert, oder es ist schlecht, daß Mr. Mandrake Bestechungsgelder annimmt.«

»Un wieso findeste das auf einmal so schlimm?« schmollte George. »In Jamaika läuft's nun mal so. Wennde Wasser willst, zahlste halt 'n bißchen mehr, als das Wasser kostet ...«

Sylvia war nicht zu besänftigen. »Das ist schrecklich, George. Wenn du auf diese Weise an dein Wasser kommst, ist es nicht recht.«

Er schnaubte. »*Recht* iss in Jamaika, wasde dir leisten kannst, Sylvia. Überleg mal, wie uns die Regierung un die ganze Verwaltung bestiehlt. Glaubste, einer von uns hätte auch nur 'nen Groschen von den Hilfsgeldern nach dem Hurrikan gesehen? Halt dich an die, wennde jemandem Vorwürfe machen willst, statt auf kleinen Leuten wie Missa Mandrake un mir rumzuhacken, die sich für ihren Lebensunterhalt abrackern müssen.«

Sylvia war unbehaglich zumute; sie hatte zuviel über die zunehmende Korruption der Reichen in Jamaika gesehen, gehört und gelesen, um seine Argumente abstreiten zu können. »Aber indem man einem schlechten Beispiel folgt, wird man doch kein besserer Mensch, George, oder?«

»Denk, wasde willst.« George zuckte die Achseln, er war offenbar von ihrer Heftigkeit überrascht. »Aber's wird nich leicht für dich sein, überhaupt was zu erreichen, wenn de's nich so machst, wie's hier nun mal gemacht wird.«

»Soll das heißen, daß du mir nicht helfen wirst?«

»*Ich*? Mensch, ich laß mich doch nich bestechen wie Missa Mandrake un die andern Sünder. Nee, sag bloß Bescheid, Mensch – jederzeit! Wennde nach Highgate willst, fahrn wir zuerst dahin un suchen so lange, wie's eben dauert. Was sagt eigentlich Jimmy zu all dem?«

Sylvia hatte gehofft, daß niemand danach fragen würde. Seit sie erfahren hatte, daß die Kinder verschwunden waren, hatte sie den Anruf bei Jimmy vor sich hergeschoben. »Es ist jetzt zu spät, um in England anzurufen«, rechtfertigte sie sich, »ich wollte aufbleiben und es später versuchen.«

George blieb hartnäckig. »Was wird er wohl dazu sagen? Kann er nich irgendwie früher hierher kommen? Da er der Vater der Kinder iss, muß die Polizei ihm helfen, wenn er's verlangt.«

In diesem Moment erschien Pearl in der Tür. »Kommste, George? Dein Essen steht auf'm Tisch.«

George ging ins Haus, und Sylvia atmete erleichtert auf. Sie setzte sich wieder und dachte an die Kinder. Jimmy hatte sich darauf verlassen, daß sie auf sie achten würde – und er hatte ihrem Urteil über Jean vertraut. Anscheinend hatte sie in letzter Zeit überhaupt nichts mehr richtig eingeschätzt.

Sie dachte an Aleesas verzweifelte Bitten, sie mitzunehmen. Warum um alles in der Welt hatte sie nicht nachgegeben? Wenn sie nur weniger mit ihren eigenen, egoistischen Bedürfnissen beschäftigt gewesen wäre! Hätte sie nur Miss Berta nicht getroffen, wäre sie nur früher zurückgekommen! Sie schloß die Augen und überließ sich dem flüchtigen Trost der Vorstellung, sie hätte die beiden mitgenommen und sie wären jetzt oben und zankten sich mit ihren Cousinen.

»Soll ich dir was zu essen bringen, Sylvia?«

Sie schüttelte den Kopf und fühlte, wie ihr Tränen in die Augen stiegen. »Nein, ich habe keinen Hunger.«

Pearl setzte sich neben sie auf die verwitterte Holzbank, die sich auf dieser Seite der Veranda befand. »Ich auch nich ... ich denk dauernd, ich hätt Jean dran hindern müssen, die Kinder mitzunehmen. Wenn ich mich ihr in den Weg gestellt hätt, wärense jetz noch hier, in Sicherheit.«

»Mach dir keine Vorwürfe, Pearl, du warst nicht für sie verantwortlich.«

Die andere schüttelte den Kopf. »Du hastse in meiner Obhut gelassen.« Sie zögerte. »Sylvia, ich weiß, daß es nich immer so ausgesehen hat, aber ich hab Aleesa wirklich gern. Ich war nur manchmal eifersüchtig, weil se besser in der Schule iss als Lutie un Jali.«

»Schon gut, Pearl.« Sie hatten die Rollen wieder getauscht, wie üblich war Sylvia jetzt die Trösterin. »Ich weiß, daß du keinen Groll gegen Aleesa hegst.«

»Es iss alles nur wegen dem Baby, verstehste?« ließ Pearl nicht locker. »Manchmal könnt ich mich einfach nur hinlegen un heulen. Ich weiß auch nich warum, ich hatte während der ganzen Schwangerschaft keine Probleme, un Kaonas Geburt war die leichteste von allen. Wennde mir in letzter Zeit nich geholfen hättest …«

Sylvia tätschelte ihr beruhigend die Hand. »Wahrscheinlich ist es nur eine Art postnataler Depression. Vielen Frauen geht es nach der Entbindung ähnlich.«

»Aber bei den drei andern hab ich mich nie so gefühlt. Ehrlich gesagt, bin ich mir nich sicher, ob ich Kaona jemals so liebhaben werd wie die andern Kinder.«

»Das passiert manchmal.« Stillschweigend hoffte Sylvia, daß Pearl nicht die ganze Geschichte ihrer Schwangerschaft herbeten würde.

Pearl sah ihr das offenbar an. »Tut mir leid, daß ich wieder davon angefangen hab. Ich weiß ja, dassde dich schlecht fühlst, weil Aleesa un Davian weg sind.«

»Schon gut.«

Eine unangenehme Stille entstand, bis Pearl sich räusperte. »Ich hab mir was überlegt, Sylvia … Mein Bruder Lawrence iss im Stadtrat – ich könnt ihn bitten, dir zu helfen.«

»Was könnte er tun?«

»Na ja, unser Parlamentsabgeordneter iss Minister, un Lawrence iss sowas wie seine rechte Hand. Er macht alles mögliche für ihn. Wenn zum Beispiel die Aufträge für die Weihnachtsfeiern vergeben werden, bestimmt Lawrence, wer welche bekommt.«

»Ich verstehe nicht ganz …«

»Lawrence könnte bestimmt was tun. Ganz bestimmt«, bemühte sich Pearl, Sylvia von ihrem Einfall zu überzeugen. »Er iss ‘n wichtiger Mann hier, frag George!«

Trotz allem mußte Sylvia lächeln. »Danke für das Angebot, Pearl. Aber ich wüßte nicht, wie ein Lokalpolitiker mir dabei helfen könnte, Aleesa und Davian zu finden. Es wird wohl kaum von Nutzen für seine Karriere sein, um nur einen Grund zu nennen, der dagegen spricht.«

»Lawrence würde uns helfen, Mensch«, beharrte Pearl. »Du weißt doch, daß er Aleesa gern hat. Er hatse sogar eingeladen mitzukommen, wenn meine drei ihn mal wieder besuchen.«

Sylvia merkte, daß sie anfing, sich an diesen Strohhalm zu klammern. Angenommen, daß Lawrence wirklich nützliche Beziehungen hatte – immerhin tat Hoffnung nicht weh! »Ich weiß nicht, Pearl. Kann er die Polizei dazu bringen, uns zu helfen?«

»Lawrence kann noch viel mehr!« Pearl konnte ihren Stolz auf ihren Bruder kaum verbergen. »Alle hier mögen ihn, un keiner will's sich mit ihm verderben.«

Genüßlich rülpsend erschien George wieder auf der Veranda. »Von wem sprichste denn da, Pearl?«

»Ich hab Sylvia erzählt, daß Lawrence uns vielleicht helfen könnte, Aleesa un Davian wiederzufinden.«

Er nickte, wobei er zwischen den Zähnen stocherte. »Das iss wahr. Aber im Augenblick isser mit dem Minister inner Stadt.«

»Aber Mitte der Woche kommt er zurück.«

Würde sie solange brauchen, um die Kinder zu finden? Sicherlich nicht. »Gut, wenn wir sie bis dahin nicht gefunden haben, spreche ich mit ihm«, stimmte Sylvia zu.

»Wir findense schon, Mensch.« George streckte sich auf dem Sofa aus und schloß die Augen. »Macht das Licht aus, wenn ihr ins Haus geht, ja?«

Sylvia war ein wenig verwundert. Man hätte denken können, daß ihm das, was den Kindern passiert war, wenig ausmachte: trotz seiner großspurigen Worte verhielt er sich nicht anders als sonst. Sie unterdrückte den Gedanken. George würde sie nach Highgate mitnehmen und seine Verkaufszeit dafür opfern. So verhielt sich niemand, der sich keine Sorgen machte.

14. KAPITEL

Nach langen Wochen des Wartens zeigten sich in dieser Nacht die ersten Risse in der schier endlosen Periode der Trockenheit. Es fing mit einem frischen Wind an, der von der Küste bei Sansee hereinwehte. Die Zinkplatten auf Georges Wassertank begannen lautstark zu klappern, dann ertönte das wilde Gebell der Hunde. Kurz darauf flackerten, vom dumpfen Widerhall des Donners begleitet, Blitze in der dichten Schwärze der Nacht.

Dann kam der Regen. Der Himmel öffnete seine Schleusen, und das Rauschen des Wassers übertönte beinahe den Donner. Es regnete Stunde um Stunde. Sylvia wälzte sich unruhig in einem Alptraum, in den das schwere Rascheln der feuchten Bananenwedel und Mangobäume drang.

Als die Dämmerung graue Streifen auf den Horizont malte, hatte der Regen nachgelassen, und auch der Wind begann sich zu legen. Vom schrägen Betondach strömte das Wasser auf die Treppen und weiter zur Straße hinab. Kleine Bäche rauschten über Asphalt und weißen Kalk und versickerten im Boden, ohne dessen gewaltigen Durst stillen zu können.

Bald wurde es hell auf dem Hügel. Ein hektisches Durcheinander atemloser Bewegungen entstand, als die Tiere der Nacht Hof und Gebüsch, Straße und Abzugsgraben den erwachenden Tieren des Tages überließen. Dumpf drang der Schrei des Hahns durch die feuchte Vegetation. Die Hunde, die in Rudeln die Nacht unsicher machten, schlichen nach Hause zurück, um wieder auf dem Posten zu sein, wenn ihre ahnungslosen Besitzer die Betten verließen.

Kaonas Weinen riß Sylvia unvermittelt aus allen Träumen. Sie fühlte sich wie erschlagen und war benommen, weil sie zu wenig Schlaf bekommen hatte. Sie lag da und erwartete, Jeans leises Schnarchen und den schnaufenden Atem der Kinder zu hören. Aber alles war still. Sie öffnete die Augen und begann sich zu erinnern. Die Kinder waren weg, von ihrer zunehmend instabil werdenden Mutter weiß der Himmel wohin verschleppt. Widerstrebend kehrten ihre Gedanken zum vergangenen Tag zurück.

Während Sylvia noch bei Ras Peters Haus nach Jean und den Kinder suchte, hatte Pearl die Zwillinge überredet, ihr beim Aufräumen des Zimmers zu helfen. Sie hatten die Schubladen wieder in die Frisierkommode geräumt, die Lippenstiftspuren entfernt, die wenigen unverschmutzten Kleider herausgesucht und den Rest jemandem mitgegeben, der zu einer Wäscherin nach Mountain District fuhr. Pearl hatte sogar versucht, das Foto von Winston wieder zusammenzusetzen, und es in einen behelfsmäßigen Rahmen gesteckt.

Als Sylvia zurückkam und das Zimmer aufgeräumt vorfand, war sie gerührt. Sie hatte nicht damit gerechnet, daß die Frau ihres Cousins derart einfühlsam sein konnte. Über ihrer Dankbarkeit vergaß sie sogar ihre große Besorgnis ein wenig. In den letzten Tagen hatte Pearl sie immer wieder mit einer Stärke und Zähigkeit überrascht, die man hinter ihrem schüchternen Äußeren nie vermutet hätte.

Nach Jeans Verschwinden hatte sie ihr still zur Seite gestanden und am vorigen Abend sogar eine Menge vernünftiger Vorschläge gemacht. Sie hatte die Namen verschiedener Minibusunternehmen herausgesucht, die die Strecke Kingston-Highgate befuhren, und bei jedem von ihnen angerufen, oft mehrmals, bis sie den Zuständigen am Apparat hatte. Irgendwie war es ihr gelungen, die Busunternehmer zu überreden, nach Jean und den Kindern Ausschau zu halten. Dadurch hatte Sylvia das Gefühl bekommen, daß etwas unternommen wurde, auch wenn sie selber noch nicht mit der Suche beginnen konnte.

Beim Gedanken an den Tag, der ihr bevorstand, kehrte ihre Niedergeschlagenheit zurück. Seit Winstons Tod hatte sie sich nicht mehr so hilflos gefühlt. Sie riß sich zusammen und bemühte sich, nur an das zu denken, was als nächstes zu tun war.

Erst einmal mußte sie Jimmy anrufen. Letzte Nacht hatte sie es nicht mehr geschafft. Sie war zu aufgewühlt gewesen, um sich seiner vorhersehbaren Verärgerung auszusetzen. Nun bereitete sie sich sorgfältig darauf vor. Sie starrte auf die leuchtenden Zeiger des Reiseweckers und überlegte, wie spät es in England war. Sie addierte – zehn Uhr. Sie mußte sich einen Ruck geben. Jimmy würde nicht gerade erfreut darüber sein, daß sie ihn beim Schreiben störte.

Das Gefühl, versagt zu haben, kehrte zurück, doppelt so stark wie gestern. Sylvia schob es beiseite und ging zur Tür. Sie konnte sich jetzt kein Selbstmitleid leisten. Jimmy hatte das Recht, wütend auf sie zu sein, weil es ihr nicht gelungen war, auf seine Kinder aufzupassen.

Als sie endlich eine Verbindung nach London bekam, war der Apparat besetzt, und sie geriet in Versuchung, die unangenehme Pflicht noch ein Weilchen aufzuschieben. Sie riß sich zusammen und wählte mit zitternden Fingern noch einmal. Jimmy war der Vater der Kinder, der Hauptverantwortliche. Er hatte ein Anrecht darauf, zu erfahren, was mit ihnen passiert war.

Beim dritten Versuch kam sie durch. Als das Freizeichen ertönte, begann ihr Herz zu flattern. Beinahe im selben Augenblick nahm Jimmy ab, und seine durch die Entfernung gedämpfte Stimme erklang.

Sylvia wischte sich ihre plötzlich feucht gewordene Handfläche an der Baumwollhose ab. Sie fürchtete, die Worte würden ihr im Halse steckenbleiben. »Jimmy, ich bin's, Sylvia.«

»Sylvia, was iss los?« Er war sofort beunruhigt. »Wieso rufste um diese Zeit an … iss den Kinder was passiert?«

Sie schluckte. »Jean ging es nicht besonders gut …« Beiden war klar, daß sie nur versuchte, Zeit zu schinden.

»Was ist bei euch los, Sylvia? Erzähl mir nicht, daß du um fünf Uhr früh aufstehst, um mir mitzuteilen, daß es Jean nicht gut geht. Es ist etwas mit den Kindern, nicht wahr?«

Sinnlos, weiter nach Ausflüchten zu suchen. »Jean hat sie gestern mitgenommen.«

»Wohin?«

In seiner Stimme mischten sich Verwirrung und wachsende Besorgnis. Sylvias Schuldgefühle wurden stärker. »Genau weiß ich das auch nicht, aber wir haben herausbekommen, in welche Richtung sie wollte.«

In der Stille, die darauf folgte, konnte sie seinen verdutzten Gesichtsausdruck förmlich vor sich sehen. »Willste damit sagen, daß Jean einfach mit meinen Kindern abhaut un dir erst *jetz* einfällt, mir das mitzuteilen, Sylvia?« Er sprach ganz langsam, als glaube er, sich verhört zu haben.

Sie fühlte sich schrecklich. »Ich habe versucht, sie wiederzufinden, Jimmy.«

»Du redest, als ob es um eine verlegte Handtasche ginge ...« Wieder trat eine kurze Stille ein. »Ich kann nicht glauben, daß wir hier von meinen Kindern reden – daß du Jean einfach so mit ihnen abhauen läßt.«

»Glaubst du, ich fühle mich wohl dabei? Ich mache mir ständig Vorwürfe, daß ich sie nicht hätte allein lassen dürfen, daß es nicht passiert wäre, wenn ich nicht solange bei Miss Berta gesessen hätte. Aber es bringt nichts, sich auszumalen, was gewesen wäre, wenn – ich weiß, wovon ich spreche: Ich habe die ganze Zeit nichts anderes gemacht.«

Es folgte eine angespannte Pause, in der er ihre Worte auf sich wirken ließ. »War sie allein, oder war jemand bei ihr?« entgegnete er dann in ruhigerem Ton.

Die Frage kam früher, als Sylvia erwartet hatte. Sie atmete tief durch. »Sie war mit einem Mann namens Ras Peter zusammen.«

»Doch nicht der komische Typ aus den Baracken an der Küste?« fragte Jimmy ungläubig.

»Na ja, er ist in den mittleren Jahren, hat schulterlange Dreadlocks ...«

»Jede Menge fehlender und kaputter Zähne?«

»Ja, kann man sagen.«

Er schnaubte. Sie konnte seinen Abscheu beinahe körperlich spüren. »Nun, ich kümmere mich inzwischen nicht mehr darum, was Jean aus sich macht, aber ich möchte nicht, daß meine Kinder bei diesem Mann sind. Ich komme, so schnell ich kann. Und wenn ich stundenlang auf einen Stand by-Flug warten muß.«

»Begreif doch, daß Jean krank ist, Jimmy.« Sie schob den Zorn über das, was ihre Cousine ihr angetan hatte, beiseite. Sie durfte nicht vergessen, daß Jean nichts für ihr Verhalten konnte, und sie mußte auch Jimmy davon überzeugen. »Das meiste von dem, was sie tut, ist eine Folge ihrer Krankheit.«

»Oh, das sind ja ganz neue Erkenntnisse«, antwortete er verbittert. »Hast du nicht immer gesagt, daß Jean nur ein bißchen Aufmerksamkeit braucht?«

Sie war froh, daß er sie jetzt nicht sehen konnte. »Es tut mir leid – ich hätte auf dich hören sollen ...«

»Nein, Sylv!« fiel er ihr scharf ins Wort. »Ich bin derjenige, der hätte zuhören sollen. Ich bin es leid, immer nach Entschuldigungen für sie zu suchen, ich bin es leid, darauf zu warten, daß Jean wieder die Frau wird, die sie einmal war.«

»Jean braucht dich«, entgegnete sie und hoffte, daß die Worte überzeugender klangen, als sie ihr selbst vorkamen.

»Mag sein, aber mir wird allmählich klar, daß ich dieses ganze Theater nicht brauche«, entgegnete er. »In Wahrheit ist Jean nicht verantwortlich dafür. Ich bin schuld, weil ich es nicht früher gemerkt habe.« Er seufzte so laut, daß sie es bis Jamaika hören konnte. »Bitte bring mir Alli und Davian zurück, Sylv. Wirst du das tun?«

Es lag ihr auf der Zunge, ihn daran zu erinnern, daß das ganze Chaos hauptsächlich ihm zuzuschreiben war. Wenn er Jean nicht allein mit den Kindern weggeschickt hätte, wäre das alles nicht passiert. Sie beschränkte sich aber darauf, über das Nächstliegende zu sprechen. »Das Problem ist, daß wir von den Behörden kaum Hilfe zu erwarten haben, bevor du hier bist, weil Jean die Mutter der Kinder ist.«

»Ich komme, so schnell ich kann – aber ich flehe dich an, Sylvia: finde sie! Wenn den Kindern was passiert, bin ich zu allem fähig.«

Sie konnte es ihm nachfühlen. Seit Aleesa und Davian auf der Welt waren, hatte er sich um sie gekümmert. Sie wußte auch, daß er sein Leben ganz auf ihre Bedürfnisse abgestellt hatte. Gerade deshalb war es ihr vollkommen unverständlich, daß er sie unter Jeans Aufsicht nach Jamaika gelassen hatte.

Als sie schließlich einhängte, waren die anderen gerade erwacht. George erschien am oberen Treppenabsatz, knöpfte sein Hemd zu und verschwand wieder. Pearl trug Kaona nach unten und rief Dionne, damit sie sich um das Baby kümmerte. »Setz dich mit ihm auf die Veranda, damit er frische Luft bekommt«, befahl sie dem Mädchen und fing an, das Frühstück vorzubereiten.

Die Kinder waren bedrückt, sie folgten der Morgenandacht mit ungewohnter Fügsamkeit. Danach machten sie sich flüsternd an ihre Hausarbeiten.

Um der niedergeschlagenen Stimmung zu entgehen, die im Haus herrschte, setzte sich Sylvia auf jene Seite der Veranda, von der sie die Straße überblicken konnte. Sie beobachtete, wie Mauvia sich den Hang hinauf mühte und dabei kreuz und quer ging, um sich den Anstieg zu erleichtern. Einen Moment lang wünschte sie, ihr Leben wäre ebenso unkompliziert wie das der Haushaltshilfe.

»Morgen, Miss Sylvia«, sagte Mauvia. »Sind Miss Jean un die Kinder wieder da?«

Sylvia schüttelte den Kopf. »Guten Morgen, Mauvia. Wie geht's?«

»Soweit ganz gut, Miss.« Sie erblickte Dionne, die gerade das

Baby ins Haus bringen wollte. »Warte 'nen Moment, Dionne. Ich will mir nur rasch die Hände waschen.«

Sie ging zum Wasserhahn am Haus und kam mit tropfenden Händen zurück. »Habense das Gewitter heut nacht gehört, Miss Sylvia? Hoffentlich sind Miss Jean un die Kinder da nich reingeraten ... So, Dionne, gib mir das Baby un geh dich waschen. Nachher holt euch der Pastor ab un nimmt euch mit nach Mountain District.«

Sylvia sah ihr einen Moment lang hinterher, ehe sie sich wieder der Straße zuwandte. Die ersten Arbeiter waren unterwegs und schlängelten sich zwischen den Autos hindurch, die in halsbrecherischem Tempo an ihnen vorbeifuhren. Ein Minibus kam vorbei und hupte. Der Fahrer rief jedem, den er kannte, fröhlich Guten Morgen zu und hielt überall, wo ihm jemand ein Zeichen gab, daß er mitfahren wollte.

Eine halbe Stunde später kamen Dionne, Lutie und Jalini aus dem Haus. Jede trug ihr bestes Sonntagskleid und hatte eine Tasche mit Büchern und Kleidung bei sich.

Jalini setzte sich neben Sylvia. »Sagste uns Bescheid, wenn Aleesa un Davian wieder da sind, Tante?«

Erstaunt schaute Sylvia auf sie hinunter. »Natürlich tue ich das.«

»Glaubste, daß es ihnen gut geht?« fragte das Kind flüsternd, als ob es Angst hätte, seine Besorgnis laut zu äußern. »Ich hab das große Gewitter heut nacht gehört, un ich weiß, daß Davian Gewitter nich leiden kann.«

»Mach dir keine Sorgen, Jalini, ich bin sicher, daß es ihnen gut geht.«

Beruhigt drückte sich das kleine Mädchen an sie. Sylvia wünschte, daß sich *ihre* Ängste ebenso leicht vertreiben lassen würden. Die dauernde Anspannung hatte sie ziemlich mitgenommen. Sie hatte nur noch den einen Gedanken, so schnell wie möglich loszufahren und alles zu unternehmen, um die Kinder wiederzufinden. Sie begann sich bereits über ihre erzwungene Untätigkeit zu ärgern, als George auf der Veranda erschien.

Froh, endlich aufbrechen zu können, stand sie auf. George blieb in der Tür stehen und sah sie überrascht an. »So früh hätteste nich fertig sein müssen. Ich muß erst noch die Kinder rauf nach Mountain District bringen, dann fahr ich dich nach Highgate.«

Sylvia runzelte die Stirn. »Ich dachte, daß der Pastor sie abholt.«

»So war's ja auch geplant. Aber dann hätt der Pastor ziemlich früh losfahrn müssen, un darum hab ich ihm angeboten, daß ichse zu ihm bring.«

Sie konnte es kaum glauben. »Wann hast du ihm das angeboten, George?«

»Letzten Samstag.«

»Warum hast du mir das nicht gesagt, als du gestern abend versprochen hast, mich heute morgen ganz früh nach Highgate zu fahren?«

»Mensch, Sylvia, reg dich nich auf! Ich hab dir gesagt, daß ich dich hinbring, un dabei bleibt's.«

Sie seufzte kopfschüttelnd. »Es ist acht Uhr, George. Ich kann genausogut den Bus nehmen. Offensichtlich fahren so früh am Morgen ziemlich viele.«

»Nee, das kann ich dir nich zumuten, Sylvia. Ich bring die Kinder jetz sofort da rauf. Das dauert nich länger als 'ne Viertelstunde – höchstens 'ne Viertelstunde, wart's nur ab!«

Sie sah zu, wie er aufbrach. Die Kinder marschierten samt Gepäck folgsam hinter ihm her. Sie war hin- und hergerissen, beschloß aber, bis zu seiner Rückkehr zu warten. George wußte in der Region St. Mary viel besser Bescheid als sie, außerdem schien er überall Bekannte zu haben. Und um der Wahrheit die Ehre zu geben: Sie hatte nicht die leiseste Idee, wo sie mit der Suche anfangen sollte, und bei der Vorstellung, allein loszuziehen, mußte sie daran denken, daß sie schon einmal versagt hatte.

Gegen zehn Uhr wurde Sylvia klar, daß George es mit dem Zurückkommen nicht gerade eilig hatte. Sie lief auf und ab und schaute alle paar Minuten auf die Uhr, die auf der Kommode stand. All die schrecklichen Dinge, die den Kindern zustoßen konnten, während sie hier herumhing und auf George wartete, gingen ihr unablässig durch den Kopf. Sie war am Rande der Verzweiflung. Der Anblick von Jean auf dem schmutzigen, wackligen Bett tauchte vor ihrem geistigen Auge auf und erschreckte sie. Sie fand es vernünftiger, nicht weiter darüber nachzudenken, was wäre, wenn sie Aleesa und Davian nicht gesund wiederfand.

Als sie wieder einmal einen ihrer Kontrollgänge zur Uhr machte, schaute Pearl, die den Boden polierte, auf. »Iss George noch nich wieder zurück?«

Sylvia schüttelte den Kopf und versuchte, trotz ihrer Verärgerung zu lächeln. »Ich sollte wohl besser den Bus nehmen. Bei seinem Tempo habe ich keine Chance, Jean und die Kinder zu finden ...«

»Miss Mackenzie? Miss Sylvia?« Miss Bertas Stimme tönte von der Straße herauf. »Jemand zu Hause?«

Widerstrebend folgte Sylvia Pearl nach draußen. Hoffentlich war die Marktfrau nicht gekommen, um mit ihr zu sprechen. Sie hatte ihr zwar am Vortag sehr geholfen, aber Sylvia hatte nicht die geringste Lust, jetzt mit Miss Berta herumzualbern. Die Zeit drängte, und sie hätte schon längst unterwegs sein sollen.

»Könnte jemand den Hund festhalten, bis ich oben bin?« bat Miss Berta ängstlich und blieb am Fuß der Treppe stehen.

Sylvia stellte sich zwischen sie und den Hund, der Miss Berta auf seine Art begrüßen wollte. Wenn sie erst einmal oben war, würde sie ihr sagen, daß sie gerade aufbrechen wollte.

»Möchtense 'n Glas Limonade, Miss Berta?« fragte Pearl, als die Marktfrau keuchend die Veranda erklomm.

Miss Berta nickte. »Eigentlich bin ich hier, um mit Miss Sylvia zu sprechen. Ich wollt gestern nacht noch kommen, aber's war schon zu spät, als mich der Junge aus Highgate zurückfuhr.«

Sylvia spitzte die Ohren und verlor keinen Gedanken mehr an einen schnellen Aufbruch. Es war Miss Berta anzumerken, daß sie wichtige Neuigkeiten hatte. »Haben Sie herausgefunden, wo Jean und die Kinder sind?« fragte sie hoffnungsvoll.

»Ja, Mensch«, grinste Miss Berta triumphierend. »Nachdem Miss Mackenzie den Sohn von Blues angerufen un gebeten hatte, nach Jean un den Kinder Ausschau zu halten, hat er 'n paar von den Busfahrern gefragt, die abends inne Stadt fahrn. Ich hab ihn gestern abend an der Straße nach Highgate getroffen. Er läßt ausrichten, daß Miss Jean bei Missa Samuel im Bus war. Un Missa Samuel hat gesehn, dasse in den Bus nach Papine umgestiegen sind.«

»Vielen, vielen Dank, Miss Berta.« Sylvia hätte sie umarmen können.

»Nicht der Rede wert. Aber wennse nach Papine fahren, suchense am besten in Kintyre oder August Town, wo Ras Peter Verwandte hat – aber das iss wirklich 'n *ziemlich rauhes* Pflaster, Miss Sylvia.«

»Ich paß schon auf«, versicherte ihr Sylvia. »Wenn die Möglichkeit besteht, daß sie an einem dieser Orte sind, werde ich auch dort suchen.«

George kam, als Miss Berta gerade aufbrechen wollte. Er entschuldigte sich tausendmal. »Ich wollt sofort zurückfahrn, aber du kennst das ja: Man kann an den Leuten nich einfach vorbeilaufen, wennse einem Guten Tag sagen wollen ... Wenn du jetz soweit bist – ich muß mich nur kurz frisch machen un dann noch ganz schnell bei Trickster inner Werkstatt vorbei.«

Der neue Hoffnungsschimmer gab Sylvia so viel Auftrieb, daß sie ihm nicht mehr böse war. »Könntest du mich nach Kingston fahren?« schlug sie eifrig vor. »Miss Berta sagt, daß Jean und die Kinder im Bus eines Mr. Samuel dorthin gefahren seien und ...«

»Nach Kingston!« George schaute sie an, als sei sie verrückt geworden. »Das geht heut nich, Sylvia – es iss Monatsanfang, un ich muß unbedingt das Geld einsammeln. Wenn jetz nächste Woche wär, wär's was andres, aber so …«

»Nu fahrse schon hin, Mensch!« rief Pearl aufgebracht. »Gestern Abend haste ihr versprochen, se überall hinzufahren, un wegen dir isse jetz immer noch nich weg. Da hättese genausogut den Bus nehmen können.«

»Misch dich da bitte nich ein, Pearl. Jean un ihre Kinder sind meine Verwandten.«

»Tatsächlich? Wie kommt's dann, dassde noch nich unterwegs bist, umse zu suchen? Miss Berta sagt, dasse sich inner üblen Gegend aufhalten – un du kannst nich mal 'nen Sammeltag ausfallen lassen?«

»Warum kümmerste dich nich um deine eigenen Angelegenheiten un hältst dich aus meinen raus, Pearl?«

Sylvia sah rot. »Wißt ihr was? Ich habe genug von euren ständigen Streitereien. Pearl hat *recht*, George. Du hast versprochen, mich heute morgen als erstes nach Highgate zu fahren. Es wäre mir lieber gewesen, du hättest von Anfang an ehrlich zugegeben, daß du es nicht schaffst, als mich stundenlang warten zu lassen.«

»Aber's gibt doch Gründe dafür, verstehste das denn nich?« Er weigerte sich zuzugeben, daß er im Unrecht war. »Vielleicht hat Gott meine Schritte gelenkt, denn, überleg mal, wenn wir jetz nach Highgate gefahrn wären, hätteste Miss Berta nich getroffen un nich erfahren, daß Jean in Kingston iss.«

Pearl bleckte die Zähne. »Führe den Namen des Herrn nich unnütz im Munde, George! Jeder der Männer, die immer an der Bushaltestelle rumhängen, hätte uns sagen können, wose hingefahren sind.«

George sah sie böse an. »Woher weißte denn so genau über die Männer an der Haltestelle Bescheid?«

»Es iss allgemein bekannt, George, un du weißt's auch … ich

finde, das mindeste, wasde tun kannst, iss, Sylvia inne Stadt zu bringen.«

Sylvia hielt es nicht mehr aus. »Schon in Ordnung, Pearl, wenn George mich nicht fahren will, dann nehme ich eben den Bus.«

»Mensch, sag doch nich sowas, Sylvia«, wandte George beleidigt ein. »Ich fahr dich inne Stadt, sobald die Stoßzeit vorbei iss.«

»Nein, George, ich kann nicht noch mehr Zeit verplempern. Ich werde den Bus nehmen.«

»Aber wennde jetz erst losfährst, schaffste's nich mehr zurück«, gab George zu bedenken.

»Dann werde ich eben in einem Hotel übernachten.«

Pearl sah sie besorgt an. »Iss 'n Hotel nich fast genauso teuer wie 'n Taxi?«

»Es ist ja nur für eine Nacht, Pearl.«

»Das iss aber nich nötig«, sagte Pearl bestimmt. »Eine meiner Schwestern wohnt in Cassava Piece un 'ne andre in Mannings Hill. Ich geb dir für alle Fälle die Adressen.«

Sylvia schaute sie lange an. Pearl drängte ihr ihre Hilfe förmlich auf. Sie fühlte sich für das Durcheinander verantwortlich. Sie glaubte, sie hätte sich Jean in den Weg stellen und verhindern müssen, daß diese einfach so davonging. Sie schämte sich, weil es ihr – bis Sylvia das Offensichtliche ausgesprochen hatte – nicht in den Sinn gekommen war, daß Aleesa und Davian in Gefahr sein könnten.

»Bitte, Sylvia, ich würd mich wesentlich wohler fühlen, wenn du bei einer meiner Schwestern übernachten würdest.«

Sylvia dachte nach und stimmte dann zu. »In Ordnung, wenn ich nicht mehr zurückfahren kann, mache ich das. Gib mir die Adressen, dann mache ich mich auf den Weg. Ach, und übrigens«, fügte sie hinzu, während Pearl die Adressen auf die Rückseite eines Umschlags kritzelte, »könntest du Mr. Mandrake bitte ausrichten, daß ich seine Hilfe jetzt nicht mehr benötige?«

George wollte sich nicht beiseite schieben lassen. »Mach dir da keine Gedanken drüber, Sylvia. Wart 'nen Augenblick, ich mach mich schnell frisch un bring dich dann zur Bushaltestelle. Unterwegs halten wir bei der Polizei un sagen Missa Mandrake Bescheid.«

Sylvia entgegnete nichts. Sobald sie die Dusche rauschen hörte, griff sie nach ihrer Handtasche und verabschiedete sich von Pearl.

Spontan nahm Pearl sie in den Arm. »Ich werd's Missa Mandrake schon ausrichten.«

Als sie Sylvia hinterherblickte, wünschte Pearl von ganzem Herzen, sie hätte den Mut, mit ihr zu gehen. Aber wer sollte sich dann um Kaona und um das Mittagessen für George kümmern ...?

Seufzend winkte sie ihr ein letztes Mal. Wem wollte sie eigentlich noch etwas vormachen? Sie hatte ganz einfach Angst vor den westlichen Stadtteilen von Kingston. Sylvia war es von ihrer Arbeit her gewohnt, mit schwierigen Leuten umzugehen. Außerdem konnte sie so schön reden, daß jeder sofort merken würde, daß er es mit einer Dame aus England zu tun hatte.

Trotzdem ließen ihre Schuldgefühle nicht nach. Wie sie es auch drehte und wendete: Sylvia hatte ihr die Kinder anvertraut, und sie hatte sie im Stich gelassen. Der Gedanke nagte den ganzen Tag über an ihr und verfolgte sie sogar, als sie zu Miss Lisa ging, um Trinkwasser zu holen und ihr beim Kochen Gesellschaft zu leisten. Um zehn Uhr abends glaubte Pearl nicht mehr, daß Sylvia noch zurückkommen würde. Sie rief ihre Schwestern in der Stadt an, aber Sylvia war nicht bei ihnen. Sie wünschte, sie hätte irgend etwas tun können. Allein mit Kaona im Haus, fühlte sie sich nutzlos und gefangen.

Als Sylvia schließlich zurückkam, war es beinahe Mitternacht. Sie wirkte niedergeschlagen und erschöpft, und Pearl begnügte sich damit, ihr rasch etwas zu essen und zu trinken zu machen. Die Bedrücktheit der anderen ließ ahnen, daß ihre

Suche nicht erfolgreich gewesen war, und Pearl beschloß, ihr erst am nächsten Morgen Fragen zu stellen.

Als sie am nächsten Morgen aufwachte, war Sylvia jedoch schon gegangen und hatte auf einem Zettel notiert, daß sie den ersten Bus genommen habe. Pearl hatte die Nachricht gerade gefunden, als Schritte Georges Rückkehr ankündigten. Ihr Ärger verschwand, als sie sah, wen er bei sich hatte.

»Morgen, Miss Mackenzie.«

»Lawrence! Seit wann biste denn wieder aus der Stadt zurück?«

Er grinste. »Seit gestern Nacht, Mensch … hat Miss Sylvia dir nich erzählt, daß wir im selben Bus waren?«

»Sie war so kaputt … aber woher haste denn gewußt, daß ich dich sprechen will?«

»Ich hab's ja gar nich gewußt. Ich bin nur gekommen, um mal zu telefonieren.« Sein schmales Gesicht nahm plötzlich einen besorgten Ausdruck an. »Du weißt, daß ich meine Position als District Councillor nich für persönliche Zwecke mißbrauchen darf, Pearl. Wennde mich also um 'nen Gefallen bitten willst, sollte's was sein, was ich auch verantworten kann.«

»Du weißt doch, daß ich dich nie um sowas bitten würd«, entgegnete Pearl vorwurfsvoll. »Ich hab mich bloß gefragt, ob du Sylvia nich bei der Suche nach Miss Jean helfen könntest.«

Er nickte nachdenklich. »Ja, in Port Juanero erzählt man, dasse verrückt geworden un mit den Kindern nach Kingston abgehauen iss … traurige Geschichte.«

»Wirste Sylvia denn helfen?« wollte Pearl wissen.

»Ich kann nich. Wennse sich irgendwo in St. Mary aufhalten würd, wär's 'ne Kleinigkeit. Aber inner Stadt« – Lawrence spitzte die Lippen und schüttelte den Kopf – »kann ich überhaupt nix ausrichten.«

»Aber du kennst doch Leute dort. Was iss mit den Leuten von der Regierung – die müßten doch was tun können, oder nich?«

George schnaubte ärgerlich. »Verstehste denn nich, daß er dir nich helfen kann, Pearl?«

Sie sah ihn wütend an. »Mit dir hab ich nich geredet, George.«

»Aber was George sagt, stimmt.« Lawrence wechselte einen amüsierten Blick mit seinem Schwager und stopfte sein Hemd tiefer in die enge Hose. »Man kann nich einfach jemand um ‘nen Gefallen bitten, bloß weil ‘ne Frau beschließt, mit ihren Kindern vom Land inne Stadt zu ziehn. Wenn Mr. Dyer hier wär, wär's was andres.«

Pearl war enttäuscht. »Kannste denn wirklich nix tun, Lawrence? Jimmy kommt wahrscheinlich nich vor nächster Woche, un Sylvia glaubt, daß die Kinder in großer Gefahr sind.«

»Mach dir wegen Miss Sylvia keine Gedanken«, riet er ihr. »Sie wird das schon hinkriegen. Ausländische Frauen sind nun mal anders als jamaikanische Frauen, Pearl. Un jetz entschuldige mich bitte, ich muß ‘nen dringenden Anruf machen.«

Sie sah zu, wie er die Nummer wählte, und wünschte, sie hätte den Mut, ihm zu sagen, wie enttäuscht und wütend sie war. Nur die jahrelange Gewohnheit hielt sie davon ab. Warum hatte sie immer Angst, zu sagen, was sie dachte, oder etwas zu tun, das das Mißfallen anderer erregen konnte? Sie verfluchte ihre Schüchternheit und begann, die Küche aufzuräumen und Kaonas zweite Mahlzeit zuzubereiten. Wenn sie nur den Mut hätte, Lawrence die Stirn zu bieten und von ihm zu fordern, daß er Sylvia half! Aber er würde ihr lediglich entgegnen, daß sie sich unnormal und unweiblich verhielt.

Wenn sie nur Sylvia ähnlicher wäre! Sylvia war immer so direkt, außerdem kümmerte sie sich nicht darum, was die Männer von ihrer Einstellung und ihren Ansichten hielten. Sie aber war immer so *furchtsam*. Diese Erkenntnis nagte den Rest des Tages über an ihr und vergrößerte ihre Unzufriedenheit. Ihr wurde klar, daß sie ihr Leben lang vor irgend etwas Angst gehabt hatte. Sie dachte an all die tausend Dinge, vor denen man sich fürchten mußte, wenn man ein kleines Mädchen war …

Da waren die Gewitter gewesen, die in den Bergen so häufig vorkamen. Sie wußte noch gut, wie sie sich bei heftigen nächtlichen Stürmen im Bett an Marcie und Angie gekauert hatte. Noch schlimmer waren die verregneten Morgende, wenn sie zitternd im Bett lag und sich vor Mutters ungeduldiger Aufforderung fürchtete, zur Andacht auf die Veranda zu kommen. Später war ihre kleine Schwester krank geworden, und sie hatte Angst gehabt, daß das Ding, das Angie langsam verzehrte, auch in sie hineinkriechen könnte. Dann hatte sie Angst, daß Gott sie bestrafen würde, weil sie froh gewesen war, als der Tod Angie schließlich von ihren Schmerzen erlöst hatte.

Ruhelos wälzte sich Pearl im Bett hin und her. Warum war sie so und nicht anders? In dieser Nacht fand sie keinen Trost in ihren Gebeten. Während sie hier im sicheren Bau hockte, war Sylvia irgendwo dort draußen und suchte nach den Kindern. Wie gerne hätte sie ihr geholfen! Wenn ihr nur jetzt, da Lawrence sie abgewiesen hatte, etwas einfallen würde, womit sie Sylvia helfen konnte!

Sie schlief ein, ohne der Lösung des Problems irgendwie näher gekommen zu sein. Obwohl Kaonas Wimmern sie diesmal eher beruhigte als ärgerte, wurde es eine unruhige, von schweren Träumen gestörte Nacht. Am Morgen hatte sie immer noch keine Antwort, nur das deprimierende Gefühl, daß wieder ein Tag anbrach, der sich in nichts von den anderen unterschied.

Früh am Nachmittag kam Sylvia zurück. Erhitzt und erschöpft erklomm sie die Veranda. Pearl bot ihr rasch den einzigen Trost an, auf den sie sich verstand. »Soll ich dir was zu trinken bringen, Sylvia?«

Sylvia schloß die Augen und seufzte. »Eine Tasse Tee wäre nicht schlecht. Aber zuerst einmal nehme ich eine Dusche.«

Pearl sah sie die Treppe hinaufsteigen und wünschte, sie hätte mehr anzubieten. Sie brachte sich auf andere Gedanken, indem sie Wasser aufsetzte, einen Beutel ›Red Label‹-Tee aus Georges kostbarem Vorrat klaute und ein paar Kekse mit Butter bestrich.

Als Sylvia wieder herunterkam, sah sie wesentlich besser aus. Dankbar trank sie den Tee. »Danke, das habe ich gebraucht.«

»W... wie kommst du voran?« fragte Pearl zögernd.

Sylvia zuckte die Achseln und machte ein niedergeschlagenes Gesicht. »Nicht sehr gut. Niemand in Kingston scheint Ras Peter zu kennen. Einer hat mich nach Helshire geschickt, und in Crossroad bot mir ein Polizist an, Ras Peter zu verhaften, wenn ich ihm Geld gäbe.«

»Tut mir leid.« Pearl konnte ihr nicht in die Augen sehen. »Ich wünschte, ich könnte dir irgendwie helfen.«

Sylvia stellte ihre Tasse ab. »Zufällig habe ich auf dem Weg hierher darüber nachgedacht. Weißt du, das Problem ist, daß ich mich so englisch anhöre. Ich glaube, daß jemand, der aus Jamaika stammt, wahrscheinlich mehr Glück hätte.«

»Wer, ich?« rief Pearl erstaunt. »Also das glaub ich nich, Sylvia. Ich kann nich so gut reden wie du un bin auch nich so mutig. Ich glaub, ich hätt Angst davor, nach West Kingston zu fahrn.«

»Tagsüber ist es gar nicht so schlimm«, widersprach Sylvia. »Im großen und ganzen sind die Leute recht freundlich.«

»Aber es iss 'ne schlechte Gegend.« Pearl konnte es einfach nicht für sich behalten. »Dauernd wird da jemand umgebracht – als George im Mai dort war, hat er zwei Jungen gesehn, kaum älter als die Zwillinge, die haben in 'nem Leiterwagen 'ne Leiche durch die Gegend geschoben.«

Sylvia schien nicht besonders beeindruckt. »Das ist bedauerlich. Aber es bedeutet nicht, daß die ganze Gegend und alle, die da wohnen, gewalttätig sind, oder?«

Pearl gab das zu, war aber immer noch nicht überzeugt. Sie

wünschte, sie hätte Sylvias Fähigkeit, solche Dinge auf die leichte Schulter zu nehmen.

Georges Grundstück tauchte vor ihrem geistigen Auge auf. Die unteren Abhänge, auf denen sie zu stehen pflegte, bevor Gilbert es unmöglich gemacht hatte. Allmählich formte sich in ihr eine waghalsige Idee, aufregend und beängstigend zugleich. Ein erhebendes Gefühl! Sie fragte sich, ob sie es auch wagen würde, sie auszuführen. Seit Jahren war sie von ihrer Unfähigkeit, etwas Neues zu versuchen, ein Risiko einzugehen, wie gelähmt – und nun verspürte sie auf einmal den Wunsch, auszubrechen und etwas auszuprobieren.

»Glaubste wirklich, daß ich dir helfen kann, Sylvia?«

»Denk einfach nicht mehr dran, Pearl«, seufzte Sylvia. »Ich will dich zu nichts zwingen.«

»Es iss ja nich so, daß ich dir nich helfen will«, sagte Pearl und traf eine Entscheidung. »Ich hab mir nämlich grad überlegt, wenn ich Mauvia dazu bringe, länger zu bleiben, un du ihr vielleicht was extra dafür bezahlst, dann könnt ich dich morgen begleiten.«

Die Erleichterung, die sich auf Sylvias Gesicht abzeichnete, ermutigte Pearl. Sie war keineswegs überzeugt, daß jemand wie sie Erfolg haben würde, wo jemand mit Sylvias Bildung scheiterte – aber sie konnte sich nicht ihr ganzes Leben lang davor drücken, es wenigstens einmal zu versuchen. Pearl blickte zu den Hügeln hinaus, die durch die offene Küchentür zu sehen waren. Es gab da noch etwas, das sie vorher erledigen mußte, etwas, das nicht warten konnte, wenn sich ihr Leben morgen ändern sollte.

15. KAPITEL

Jenseits der Wäscheleinen ging der hintere Teil des Hofes in ein steil ansteigendes, erodiertes Gelände über. Es war ein Vermächtnis aus der Zeit, in der der riesige Baugrund für das Wohnungsbauprogramm aufgeteilt worden war, und konnte als Musterbeispiel für schlechte Planung gelten. Jetzt ragte ein bedrohlicher Abhang über dem Haus auf und ließ es winzig erscheinen.

Weit dort oben befand sich das Ackerland, auf dem George Früchte und Grundnahrungsmittel anbaute, seit Gilbert den unteren, fruchtbareren Teil weggespült hatte. Das Land gehörte zu ihrem Haus, aber was Pearl betraf, hätte es ebensogut auf einem anderen Kontinent liegen können. Für sie war der Acker lediglich eines der Schlachtfelder ihres Ehekriegs. Er bot George eine weitere Möglichkeit, seine Überlegenheit zu demonstrieren und sie zu demütigen.

George war der Auffassung, daß er sich bis auf die Knochen abrackerte, damit seine Kinder nichts entbehrten. Vor den Nachbarn pflegte er mit dem Ertrag seiner Ananasstauden und der Größe seiner Jamswurzeln und Knollen zu prahlen, doch Pearl bekam von seiner reichhaltigen Ernte nur dann etwas zu sehen, wenn er sich nächtliche Wohltaten erhoffte oder Gäste beeindrucken wollte. Wenn sie ihn dagegen um etwas davon bat, beklagte er sich in der Regel, daß sie ihn nie in Ruhe lassen könne, und ging verärgert davon. Längst hatte sie aufgehört zu zählen, wie oft sie ihn bekniet hatte, wie oft sie gar Mauvia hatte hinaufschicken müssen, um Lebensmittel zu holen. Bei solchen Gelegenheiten kam sie sich noch nutzloser vor als sonst und hatte das Gefühl, zwischen dem aufragenden Abhang und der feindlichen Welt da draußen gefangen zu sein.

Pearl stand im Schatten des Abhangs und schaute verbittert hinauf. Sie hätte sich mit Georges Boshaftigkeit abfinden können, wäre da nicht noch die Sache mit den Limonen gewesen. Die Limonen standen stellvertretend für all den unterdrückten Ärger und die Frustrationen der letzten zwölf Jahre. Sie waren eines seiner Haupterzeugnisse, und George haßte es angeblich, sie zu pflücken – auch wenn es ihm ein Vergnügen war, die meisten Frauen der Nachbarschaft damit zu versorgen.

Es war ein tägliches Ritual geworden: Pearl bat um Limonen, und George lehnte ab. Er sah keinen Anlaß dafür, täglich zum Pflücken hinaufzugehen, wollte aber, wenn er doch einmal widerstrebend nachgab, auch keine größere Menge mitbringen. Pearl hatte alles ausprobiert: Bitten, Bestechung, sogar die Drohung, ihm seine tägliche Limonade nicht mehr zuzubereiten. Sie hatte alles ausprobiert – bis auf ihren geheimen Traum, selbst dort hinaufzusteigen. *Wenn ich's allein dorthin schaffe ... brauch ich George vielleicht auch für 'n paar andre Dinge nich mehr.*

Zu dem Acker konnte man nur durch eine umständliche Kletterpartie gelangen. Es galt, die halbfertige Stützmauer aus Leichtbaustein zu erklimmen und dann den äußerst steilen Hang hinaufzusteigen. Das hatte Pearl all die Jahre abgeschreckt, auch schon bevor Gilbert die untere Böschung weggeschwemmt hatte: das unüberwindbare Hindernis dieses Aufstiegs.

Skeptisch betrachtete sie nun die zwei umgestürzten Baumstämme, die in den beinahe senkrecht ansteigenden Boden eingebettet lagen. Dies war die Aufgabe, die sie sich selbst gestellt hatte, der Traum von Unabhängigkeit, den sie seit zehn Jahren hegte – diesen Hang hinaufzuklettern und sich die Limonen selbst zu holen, anstatt zu warten, bis es George in den Kram paßte.

Pearl lächelte freudlos. *Das iss alles, was ich mir die letzten Jahre gewünscht hab: bloß 'nen kleinen Hügel raufzuklettern.* Sie schüttelte den Kopf und ging wieder ins Haus. *Wenn ich's heut bis zum Limonenbaum schaff un morgen Sylvia helf, dann kann ich vielleicht auch noch dies un jenes andre tun.* Die Vorstellung erregte sie, auch wenn sie noch nicht genau wußte, was *dies* und *jenes* sein könnte.

Obwohl sie sich nur mit Mühe zurückhalten konnte, wartete sie, bis Mauvia zum Bügeln ins Haus ging und Sylvia sich, erschöpft von dem Ausflug in die Stadt, hingelegt hatte. Dann machte sie sich daran, den Hügel zu besteigen. Auf diese Weise war es ihre private Schlacht, ihr Kampf – mit sich selbst.

Zähneknirschend kletterte sie auf die niedrige Mauer und setzte den linken Fuß in den Spalt zwischen den beiden abgestorbenen Baumstämmen. Insekten und das Wetter hatten die zersplitterte Rinde ausgehöhlt, so daß es anfangs nicht schwer war, Halt zu finden. Weiter oben jedoch wurde die Oberfläche der Stämme glatt, und sie klammerte sich verzweifelt an dem Gedanken fest, daß dort oben der Limonenbaum auf sie wartete.

Der Aufstieg schien ihr jetzt endlos, voller Hindernisse und Gefahren. Zweifel befielen sie, während ihre Hände auf dem glitschigen Holz und in der krümeligen Erde nach Halt suchten. Die Vorstellung eines tragischen Endes beherrschte ihre Gedanken: Wenn sie nun fiel und mit dem Kopf auf die rauhe Betonmauer des Hauses knallte – wer würde sich dann um die Kinder kümmern? George und sie hatten oft darüber gesprochen, was aus den Kindern werden sollte, falls einer von ihnen starb, aber inzwischen hatte sie kein Vertrauen mehr in sein Versprechen, die Interessen der Kinder über seine eigenen zu stellen.

Nachdem sie den Aufstieg begonnen hatte, kam es ihr vor, als würde der Abhang bis zum Himmel reichen. Ärgerlich über ihren Mangel an Mut zwang sich Pearl, nicht länger an Absturz und Scheitern zu denken. Sie mußte das schaffen, mußte beweisen, daß sie für sich selbst einstehen konnte. Im Oktober wurde sie vierunddreißig Jahre alt – wenn sie es jetzt nicht versuchte, wann dann?

Direkt über ihrem Kopf hielt sich in unmittelbarer Nähe eines Kokospalmenschößlings ein hartnäckiger Guavenbaum im steil ansteigenden Boden fest. Als sie nach seinen Zweigen griff, rutschte sie aus und trat eine kleine Lawine los. Erde und Steinchen prasselten auf die Mauer unter ihr. Sie schlug mit dem Gesicht auf dem Boden auf, hätte vor Schmerz und Schreck beinahe losgelassen und wäre abgestürzt. Einen endlosen Moment lang hing sie an einem Arm, während sie mit den Fingern ihrer freien Hand verzweifelt nach einem Halt suchte.

Sie schenkte weder ihrer aufgerissenen Lippe noch dem Schweiß Beachtung, der in eine Schramme auf ihrer Wange lief. Schließlich gelang es ihr, einen sicheren Halt in dem Guavenbaum zu finden. Vor Angst schloß sie die Augen und drückte sich flach auf den Boden, als könnte das einen Sturz verhindern. Sie zitterte am ganzen Leib, und ihr Herz schlug so schnell, daß sie nach Luft schnappen mußte. Einige Minuten lang blieb sie reglos liegen und wartete darauf, daß das Pochen in ihren Ohren und die Panik in ihrer Brust nachließen.

Sie überlegte, ob sie nicht besser umkehren sollte. Vielleicht hatte George recht, und dieser Weg war für sie als Frau einfach nicht geeignet. Ohne daß sie es bemerkt hatte, hatte ihr linker Fuß bereits begonnen, sich nach unten zu tasten. Sie zog ihn zurück und sagte sich, daß sie es schon schaffen werde. Schließlich bewältigte auch Mauvia den Aufstieg, wann immer sie wollte. Sogar Jean war oft den Hang hinaufgestiegen, um für sich und die Kinder Kokosnüsse zu sammeln. Der Gedanke an ihre Schwägerin rief ihr wieder ins Gedächtnis, wie diese ihren widerstrebenden Sohn hinter sich her zog, während die verschreckte Aleesa ängstlich neben ihr herlief. Das vertrieb Pearls Zweifel und gab ihr neuen Mut. Sie zog sich an den kräftigen Zweigen des Guavenbaums nach oben, bis sie einen kleinen Absatz fand, auf den sie ihre Füße stellen konnte. Schweiß strömte ihr übers Gesicht, vermischte sich mit Dreck und brannte in ihren Augen. Sie wagte nicht, nach unten zu sehen, denn sie war sicher, daß sie dann das Gleichgewicht verlieren und stürzen würde.

In ihrem Mundwinkel pochte ein Schmerz, der ihr Tränen in die Augen trieb. Sie mußte sich zwingen, einen Zentimeter nach dem anderen zurückzulegen, vorbei am ersten Kokospalmenschößling und weiter zum zweiten, der deutlich größer war. Dieser gab einen guten Halt ab, und hinter ihm wurde der Hang etwas flacher. Auf den Knien schob sich Pearl Stück für Stück an seinen Wurzeln vorbei, bis sie endlich aufstehen konnte.

Zitternd vor Erleichterung lehnte sie sich gegen den Stamm der jungen Palme. »Ich hab's geschafft! Ich bin da«, sagte sie sich immer wieder, »ich bin nich abgestürzt!« Sie musterte den vor ihr liegenden Weg und stellte fest, daß der weitere Anstieg längst nicht mehr so steil war.

Vorsichtig betastete sie den Kratzer auf ihrer Wange und die aufgesprungene Lippe. *Das hat sich gelohnt,* befand sie und richtete sich auf. *Das Schlimmste hab ich hinter mir, jetz schaff ich auch noch den Rest.*

Das Triumphgefühl war jede Sekunde der Angst wert, die sie am Hang durchlitten hatte. Sie achtete nicht auf die Kratzer an ihrer Hand und die breiten Schmutzstreifen auf ihrem Kleid. Obwohl der Boden frisch umgegraben war und sie einmal an der Wurzel eines umgestürzten Ackee-Baumes hängenblieb, kam sie nun besser voran. Sie kroch vorwärts und blieb nur stehen, um sich mit dem Rockzipfel den Schweiß aus dem Gesicht zu wischen. Schließlich erreichte sie die Spitze des Hügels und fand sich auf einem Weg wieder, den man bequem aufrecht gehen konnte. Staunend blieb sie stehen.

Seit zehn Jahren lebte sie nun hier und wußte noch nicht einmal, was unmittelbar hinter dem Haus lag. Sie schüttelte den Kopf und wurde sich zum erstenmal bewußt, welch ein beengtes Leben sie geführt hatte. Ihr Blick fiel auf junge Sapotillbäume, die sich den Platz mit Bananenstauden, Ananasbüschen und zwei vom Hurrikan beschädigten Ackee-Bäumen teilten. Es war seltsam, daß sie nicht gewußt hatte, wie üppig das Zuckerrohr stand – oder daß es sogar zwei Apfelbäume gab, nicht nur den einen, den sie von der unteren Böschung aus hatte erkennen können. Hier oben war man in einer anderen

Welt, befand sich an einem kühlen, schattigen, friedlichen Ort, der zum Verweilen einlud – kein Wunder, daß George ihn für sich allein behalten wollte.

Man war verlockt, sich einfach auf den lehmigen Boden zu setzen und sich an der Stille und der Schönheit zu erfreuen. Pearl ermahnte sich, daß noch ein Stück Weges vor ihr lag. Sie zwang sich, weiterzugehen, den Aufstieg zu beenden und die Limonen für die Limonade zu holen, mit der sie ihre glückliche Rückkehr feiern wollte.

Der Limonenbaum stand weiter oben auf dem Hügel, wo drei Grundstücke aneinander grenzten. Er erhob sich inmitten vernachlässigter Anpflanzungen von Okra und Kirschtomaten. Wilder Wein rankte sich um seine dicken Äste, Brennesseln wucherten zwischen seinen Wurzeln. Der Limonenbaum hatte sowohl den Sturm als auch die Dürre überstanden. Vor drei Jahren hatte ein Blitz seinen glatten, grauen Stamm gespalten und eine schwarze Versengung hinterlassen. Dennoch wuchs er weiter und bekam überall neue Zweige. Ohne wie andere Pflanzen eine Vegetationspause zu benötigen, trug er das ganze Jahr über Früchte. Pearl starrte den Baum fasziniert und mit dem überwältigenden Gefühl ihres Sieges an. Er hing voller Früchte in allen Stadien der Reife, die überreifen sprenkelten den Boden im Bannkreis seiner unteren Äste. Pearl sog den Duft der Blüten und der großen grünen Limonen tief in sich ein.

Ihre Augen folgten der Girlande aus Früchten, die sich vor dem hellblauen Himmel abzeichnete. Dann schaute sie nach unten, wo man die neuen Zinkziegeln des Hauses gerade noch erkennen konnte. Am liebsten hätte sie getanzt, gesungen und gebrüllt und aus einem übermütigen Gefühl der Freiheit heraus irgend etwas Verrücktes angestellt. Statt dessen kletterte sie vorsichtig auf einen der unteren Äste und begann, Limonen zu pflücken.

Es dämmerte bereits, als Pearl schließlich wieder von dem Hügel hinabstieg. Ihr war so trotzig zumute wie einem Kind, das sich unerlaubt von zu Hause fortgeschlichen hat. Da sie wußte, daß Sylvia und Mauvia sich um Kaona kümmerten, mußte sie sich nicht vorwerfen, ihn allein gelassen zu haben. Dieses eine Mal hatte sie etwas nur für sich getan, und diese Erfahrung machte sie glücklich und zufrieden.

Sie sah Sylvia mit Kaona auf der Veranda spielen und versteifte sich in Erwartung von Mißbilligung oder zumindest Kritik. Aber Sylvia sah sie nur überrascht an und lächelte. »Wo kommst *du* denn her, Pearl? Ich wußte gar nicht, daß du immer noch hier bist.« Sie schaute Pearl noch einmal an und bemerkte erst jetzt die Schrammen und die geschwollene Lippe. »Himmel, was ist denn mit dir passiert?«

Pearls Grinsen hatte Schlagseite, aber das war ihr egal. »Ich hab bloß 'n paar Limonen geholt.« Sie wiegte die Plastiktüte mit den Früchten in den Armen und hatte das Gefühl, ihr Herz müsse vor Freude zerspringen. »Ich war oben, 'n paar Limonen holen«, wiederholte sie und genoß den Klang dieser Worte.

Sylvia war verwundert. »Bist du hingefallen? Warst du deshalb so lange da oben?«

Pearl hatte das Bedürfnis, ihr Erfolgserlebnis mit jemandem zu teilen. »Ich war zum ersten Mal da oben. Weißte, es iss so schön da, daß ich einfach 'ne Weile da geblieben bin.« Sie hockte sich auf die Kante des Sofas. »Jedesmal wenn ich was von unserm Grundstück gebraucht hab, mußte ich George anbetteln. Es war, als ob ich nix selber machen könnte.«

»Und deswegen wolltest du unbedingt einmal dort hinaufsteigen«, vollendete Sylvia leise.

Pearl schüttelte den Kopf. »Nich nur deshalb. Ich hab zum erstenmal was gemacht, wovor ich Angst hatte. Ich hab 'n bißchen Höhenangst, un als Frau wirste sowieso nich grade dazu ermutigt, irgendwo raufzuklettern.«

»Du führst ein ziemlich eingeengtes Leben, nicht wahr?« In Sylvias Worten mischten sich Überraschung und Mitgefühl. »Ich verstehe nicht, wie eine Frau es hier aushalten kann.«

»Sitzen wir nich alle im selben Boot?« winkte Pearl ab. Sie wollte lieber über ihren Triumph reden. »Seit ich zum erstenmal vor diesem Haus gestanden hab, wollt ich da hinten raufklettern. Aber ich hab mich nie getraut, nich mal, als die untere Böschung noch da war. Un weil ich mir das nich zugetraut hab, hab ich auch vor andren Sachen Angst gehabt.«

Sylvia schien beeindruckt. »Da hinaufzuklettern ist eine Leistung, Pearl. Ich glaube nicht, daß ich dazu in der Lage wäre.«

Pearl glühte vor Glück. »Ich hab's eigentlich auch nur gemacht, weilde mich gebeten hast, morgen mit dir inne Stadt zu gehn.«

»Das verstehe ich nicht.«

»Ich hab mich gefragt, ob ich nich vielleicht doch was Nützliches leisten kann. Außer Kinder kriegen un aufziehen hab ich ja nie viel gemacht, nur mal 'nen Halbtagsjob in Highgate, als Kaona noch nich geboren war.«

Sylvia nickte. Allmählich dämmerte ihr, was Pearl meinte. »Und nun merkst du, daß du noch ganz andere Dinge tun kannst. Das brauchst du mir nicht weiter zu erklären, Pearl.« Sie lehnte sich hinüber und drückte der anderen den Arm. »Ich bin froh, daß du es geschafft hast.«

Pearls Euphorie hielt an, bis sie ins Haus ging und George erblickte. Er saß im Eßbereich des Wohnzimmers und sortierte seine Kosmetika. Als sie durch den Raum ging, hob er den Blick von seinen Kästchen.

Als er sie sah, schlich sich ein ungeduldiger Ausdruck auf sein Gesicht. »Wo kommste denn jetz her, Pearl? Mauvia wußte nich, wode hingegangen bist, un deshalb mußte Sylvia das Baby baden un wickeln.«

Wachsende Verärgerung überschattete Pearls Hochgefühl. »Ich hab dich doch gebeten, auf die Veranda zu gehn, wennde deine Kosmetika auspacken willst.«

»Das iss mein Haus, Pearl. Ich kann meine Sachen auspacken, wo ich will. Un du hast meine Frage nich beantwortet: Wie kannste einfach so abhaun un das Baby allein lassen?«

Es war, als ob sich das Haus wieder wie eine Fessel um sie legte. Den Hügel hinaufzuklettern hatte keine Wunder bewirkt, und durch Georges indirekte Kritik fühlte sie sich wieder so unfähig wie zuvor. Pearl kämpfte gegen das Gefühl an, sich verteidigen zu müssen. »Ich war hinterm Haus, um Limonen für deine Limonade zu holen.« Sie ging zu dem Plastikbehälter, in dem sie die Limonen stets aufbewahrte, und leerte die Tüte hinein. Dann wandte sie sich wieder zu ihm um. »Du sagst immer, dassde zu beschäftigt bist, um Limonen zu pflücken. Also hab ich beschlossen, dir den Weg abzunehmen.«

Das ärgerte ihn erst recht. »Was soll denn das, Pearl? Sollen die Leute denken, daß ich meine Familie nich versorgen kann?« Er sah sie nun genauer an und bemerkte ihre Schrammen. »Guck doch bloß mal dein Gesicht an!« rief er erschrocken.

Pearl beruhigte sich ein wenig und senkte ihre Stimme, weil sie annahm, er sorge sich um ihr Wohlergehen. »Da hab ich mich beim Klettern verletzt.«

Georges Augen wurden schmal. »Willste dich über mich lustig machen, Pearl? Da steigste den Hang rauf un verletzt dich, un ich kann mir demnächst anhören, daß ich dich verprügle un den steilen Berg raufjag. Mensch, Pearl, warum machste nur sowas?«

Sie zuckte die Achseln und versuchte, ihn nicht merken zu lassen, wie sehr seine Haltung sie verletzte. »Ich hab da oben nur Limonen geholt, George. Mauvia iss dauernd da oben, un soweit ich weiß, haste dich auch nich aufgeregt, als Jean raufgeklettert iss, um Kokosnüsse zu holen.«

»Das iss was anderes, das weißte ganz genau.«

»Wieso iss das was anderes?« Pearl stemmte die Hände in die Hüften. »Glaubste denn, daß ich gar nix allein machen kann?«

»Das mußte doch überhaupt nich. Inner Ehe hat jeder seine Aufgaben«, blieb er stur. »Sieh dich doch an, Pearl ... dein Kleid iss voller Erde, un dein ganzes Gesicht iss aufgeschlagen. Was sollen denn die Leute sagen?«

Seine Reaktion enttäuschte sie, und sie begann wieder wie gewohnt auszuteilen. »Es iss mir egal, ob du oder irgend jemand anders schlecht über mich spricht. Ich nehm jetz 'n Bad, un dann mach ich aus den Limonen, die ich gepflückt hab, Limonade.«

»Un wann willste kochen?«

»Es iss noch was von gestern da. Ich wärm's dir auf.«

Er sah sie scharf an. »Du weißt genau, daß ich nich gern was Aufgewärmtes ess ... un da willste mir erzählen, dassde keine Zeit zum Kochen hattest, weilde zwei'nhalb Limonen holen mußtest?«

»Ich war zum erstenmal da oben«, versuchte sie eine Erklärung. Auf einmal tat ihr das Gesicht weh, auch ihr Leib begann überall zu schmerzen.

George war nicht gerade beeindruckt. »Un was machste morgen, hm? Wie lang wirste erst für's Gemüse brauchen, wenn's bei den Limonen schon 'nen ganzen Nachmittag dauert?«

»Wode grad von morgen sprichst ...« Pearl straffte die Schultern und genoß ihre Enthüllung. Sie spürte, daß sie nun wieder im Vorteil war. »Ich fahr morgen mit Sylvia inne Stadt. Du brauchst dir aber keine Sorgen zu machen: Mauvia bleibt länger un kümmert sich um's Essen, un Miss Claudia kommt über Nacht her, falls wir's abends nich mehr nach Haus schaffen.«

Er sah sie an, als stünde plötzlich jemand völlig Fremdes vor ihm. »Das kannste nich machen, Pearl. Du weißt doch, daß ich's nich mag, wie Mauvia kocht.«

Das sollte wohl 'n Witz sein! Pearl mußte daran denken, wie oft ihr Essen unangetastet auf dem Herd stehenblieb oder im Kühlschrank verdarb. Und dann waren da noch die höhnischen Bemerkungen, die einige Frauen aus Mountain District über ihre Kochkünste machten. Bemerkungen, die nur von ihm stammen konnten. Anstatt sich wie gewöhnlich zu ärgern, kam ihr das ganze plötzlich lächerlich vor. »Dann iß doch oben in Mountain District oder hol dir was im ›Cool Shade‹.«

»Iss das dein Ernst?« fragte George ungläubig.

»Wieso nich? Ich koch so oft umsonst, weilde da oben ißt, ohne mir vorher 'n Wort zu sagen.«

»Du weißt sehr gut, daß wir jetz über was andres sprechen.« Er schüttelte den Kopf. Diese plötzliche Widerspenstigkeit konnte er ihr nicht durchgehen lassen. »Wie kannste denn einfach so inne Stadt fahrn, ohne mir was davon zu sagen?«

»Du sagst mir nie, wasde am nächsten Tag vorhast, un ich beklag mich ja auch nich«, hielt ihm Pearl entgegen. »Aber davon will ich gar nich anfangen. Ich fahr inne Stadt, um mit Sylvia nach Aleesa un Davian zu suchen. Ich mach mir nämlich genauso viel Sorgen wie sie un will ihr helfen, se zu finden.«

»Denkste, du wärst die einzige, die sich Sorgen macht?« verwahrte er sich gegen den unterschwelligen Vorwurf. »Wenn sich hier jemand Sorgen macht, dann ich! Aber ich kann nich einfach meine Arbeit im Stich lassen un inne Stadt fahrn. Jemand muß ja das Geld verdienen, dasde so gern ausgibst.«

»Sylvia bezahlt die Fahrt«, entgegnete Pearl. »Sie hat mich nämlich drum gebeten, daß ich ihr bei der Suche nach den Kindern helf!«

»Sylvia hat *dich* gebeten, ihr beim Suchen zu helfen?« George gab sich keine Mühe, seine Überraschung zu verhehlen. »Aber davon verstehste doch überhaupt nix, Pearl!«

Seine Bestimmtheit brachte ihren Entschluß ins Wanken, und sie fragte sich einen Augenblick lang, ob er vielleicht recht hatte. Schließlich hatte sie in den siebzehn Jahren, die sie jetzt aus der Schule war, außer einem Job in einem Lebensmittelladen nur Kinder aufgezogen.

Dann fiel ihr der Limonenbaum wieder ein. Sie dachte an den Schweiß und die Schmerzen, die diese Anstrengung sie gekostet hatten, und an ihr Triumphgefühl. »Sylvia glaubt, daß ich ihr helfen kann, George, un das genügt mir. Entschuldige mich jetz bitte, ich geh baden un mich umziehn.«

Als sie wieder herunterkam, war er zu ihrer Erleichterung nicht mehr da. Sie holte Eis aus dem Kühlschrank und gab es in einen

Beutel, den sie an ihre aufgesprungene Lippe drückte, während sie für sich und Sylvia den gestrigen Eintopf aufwärmte.

Sie wartete mit dem Essen, bis Sylvia Kaona gewickelt und zu Bett gebracht hatte. Als sie am Küchentisch saßen, hielt sie sich mühsam zurück, um noch ein kurzes Tischgebet zu sprechen, bevor sie den Löffel in den dampfenden Eintopf aus Bohnen und Reis tauchte. Sie war lange nicht mehr so hungrig gewesen und genoß jeden einzelnen Bissen. Der heutige Tag war ein Meilenstein in ihrem Leben, und das erfüllte sie mit Zufriedenheit. Alles um sie herum schien ihr nun viel besser, viel annehmbarer.

Zum erstenmal seit Jahren freute sie sich beim Zubettgehen auf morgen. Die Anstrengungen und Erfolge des Tages ließen sie in einen erholsamen, traumlosen Schlaf sinken, der die ganze Nacht über anhielt.

Eine Stunde vor der Dämmerung stand sie auf, und als Kaona erwachte, war sein Fläschchen schon bereit. Sein morgendliches Schreien machte ihr plötzlich nichts mehr aus, und sie stellte erstaunt fest, wie gut ihm das tat. Er planschte vergnügt in seiner kleinen Badewanne und lachte sie an. Seine Zufriedenheit machte ihr Freude, und sie war beinahe traurig, als sie ihn wieder aus dem Wasser nehmen mußte. Sie ertappte sich sogar dabei, wie sie beim Ankleiden mit ihm spielte.

Der einzige Mensch, der Pearl jetzt noch die Laune verderben konnte, war George. Er war letzte Nacht absichtlich spät nach Hause gekommen, aber diesmal hatte sie es gar nicht mitbekommen. Sie hatte so tief geschlafen, daß sie beim Aufwachen überrascht gewesen war, ihn an ihrer Seite zu finden. Sie befürchtete, daß er die gestrige Auseinandersetzung wieder aufnehmen werde, und hoffte, er würde erst aufwachen, wenn sie schon fort wären.

Als sie ihn im Badezimmer hantieren hörte, verlor sie ein wenig den Mut – aber er überraschte sie. Anstatt sich zu beklagen und zu streiten, machte er sich nur eine Tasse Tee und bestand darauf, sie beide, sobald Mauvia da war, zur Bushaltestelle zu fahren.

Der Minibus war halbleer, sie konnten sich ihre Plätze aussuchen. Es war ein ungewohntes Gefühl, am Eingang nicht drängeln und sich durch ein Gewirr von Leibern hindurch in irgendein Eckchen quetschen zu müssen. Pearl genoß das neue Gefühl, einen Platz ganz für sich zu haben und mit Sylvia plaudern zu können, ohne daß Dutzende fremder Ohren mithörten.

Die Sonne war noch nicht ganz aufgegangen, als sie Halfway Tree in Kingston erreichten. Pearl liebte die Frische dieser Tageszeit, die Leere und die Stille, die verschwinden würden, sobald es heiß wurde und sich die Abgase mit den Gerüchen des Abfalls mischten. Sie wäre gerne umhergeschlendert und hätte sich die verlockenden Schaufenster auf den miteinander verbundenen Plazas angeschaut, aber Sylvia hatte es eilig. Sie erklärte ihr, daß sie einen alten Mann getroffen hatte, der unter Umständen wußte, wo Jean sich aufhielt. Sie wollte nicht riskieren, daß er schon weggegangen war, wenn sie in Kintyre ankamen.

Es war nicht schwer, einen Bus dorthin zu finden; allem Anschein nach fuhr jede zweite Linie in Richtung der Universität. Als sie an der Haltestelle in Papine ausstiegen, fühlte Pearl, daß sich ihre alten Ängste wieder regten. Überall herrschte hektische Betriebsamkeit. Händler wetteiferten mit blumigen Sprüchen um die Gunst der wenigen Kunden, derer sie so früh am Tag habhaft werden konnten. Leute standen herum und warteten auf die Busse, die zum Markt in die Stadtmitte oder weiter nach St. Thomas fuhren.

Sobald sie den Bus verlassen hatten, steuerte Sylvia schnurstracks auf die steil abfallende Straße nach Kintyre zu. Pearl folgte ihr widerstrebend. Sie konnte die Gegend auf Anhieb nicht leiden. Am liebsten wäre sie jetzt irgendwo anders gewesen. Sie rechnete fest damit, daß sie jeden Moment in eine Schießerei oder eine Messerstecherei geraten würden. Was auf Georges Ackerland eine gute Idee gewesen zu sein schien, kam ihr jetzt tollkühn vor. Sehnsüchtig dachte sie an die Ruhe in Port Juanero, wo schon ein winziges Ereignis Gesprächsstoff für Wochen lieferte.

Am Fuße des Abhangs schlängelte sich die Straße um einen breiten, seichten Kanal, der vom Regenmangel ausgetrocknet war. Sein Bett war uneben und tückisch, große Felsen, von früheren Flutwellen angeschwemmt, lagen neben kleineren Flußsteinen. Pearl mochte den Geruch und die Geräusche hier nicht. Diese Gegend erinnerte sie an ihre Kindheit in dem windschiefen Holzhaus, das ihr Großvater gebaut hatte, und an die Bilder von Armut und Gewalt in den Medien.

Sylvia hatte ihre Anspannung offenbar bemerkt. »Alles in Ordnung, Pearl?«

Pearl nickte unsicher. »Na ja, ich bin hier noch nie gewesen.«

»Du brauchst keine Angst zu haben«, versicherte ihr Sylvia. »Die Leute sind ziemlich freundlich, und falls dich das beruhigt: Ich habe keine Anzeichen von Gewalt bemerkt.«

Pearl war unbehaglich zumute. Sylvia begriff nicht, wie rauh es in solchen Gegenden zugehen konnte. Sie wußte es, sie hatte es erlebt, als sie schwanger gewesen war und bei Marcie in Cassava Piece gewohnt hatte. Und außerdem wimmelte es im *Gleaner* von Geschichten über Stadtteile wie diesen. Die schrecklichen Nachrichten über grundlose Gewalttaten und Morde waren so alltäglich geworden, daß die Zeitung sie beinahe kommentarlos auflistete. Sie brauchte nicht erst an die Berichte von Mauvia zu denken, die alles von einer Cousine in der Stadt erfuhr, um zu wissen, daß diese Gegend gefährlich war.

»Ich kann mir nicht vorstellen, daß hier am hellichten Tag etwas passiert.« Sylvia warf Pearl ein beruhigendes Lächeln zu, während diese zusammenfuhr, weil plötzlich ein Hund gebellt hatte. »Offensichtlich ist es hier nur bei Nacht nicht ganz sicher.«

Das war ein schwacher Trost, aber in Ermangelung eines besseren klammerte Pearl sich daran.

Der Mann, den Sylvia kennengelernt hatte, lebte auf der anderen Seite des Kanals. Ihn zu umgehen, dauerte eine gute

Viertelstunde. Pearl begegnete den freundlichen Grüßen der Passanten mit Mißtrauen. Sie verdrehte den Kopf und schaute den Leuten nach, um sich zu vergewissern, daß sie nicht plötzlich kehrt machten wie die Schurken in den amerikanischen Filmen, die sie so gern sah. Als sie das gedrungene Holzhaus erreichten, lagen ihre Nerven blank.

Der Mann, mit dem sie verabredet waren, war alt und müde. Er humpelte zum Geländer seiner Veranda, um sich zu vergewissern, wer seine Besucher waren, und stützte sich dabei auf einen Stock. Doch seine Augen blickten klar und intelligent, und er erkannte Sylvia sofort wieder. »Sie sind die ausländische Lady, die gestern hier war.«

Sylvia nickte. »Sie sagten, daß Sie vielleicht etwas für mich herausfinden könnten«, half sie ihm auf die Sprünge.

»Genau«, nickte er. »Kommense rauf un nehmense Platz. Wie ich seh, habense diesmal 'ne Freundin dabei.«

»Ich hoffe, das stört Sie nicht«, entgegnete Sylvia.

»Nee, überhaupt nich. Sie wollten doch wissen, ob jemand 'nen Rastafari mit 'ner englischen Lady un zwei Kindern gesehn hat?« Sobald sie bequem saßen, schlurfte er wieder zu seinem Schaukelstuhl.

»Und, haben Sie etwas herausgefunden?« fragte Sylvia begierig.

Der Alte ignorierte ihre Eile. »Ich hab auch mal in England gelebt. Kennense Brixton?«

Sylvia nickte ungeduldig. »Ich habe früher mal da gewohnt.«

»Hat sich bestimmt ziemlich verändert seit meiner Zeit. Ich war während des Krieges dort, wissense.«

»Ich würde gerne erfahren, ob Sie etwas herausgefunden haben.«

Er musterte sie prüfend. »Weshalb suchense die eigentlich? Sie sagten doch, daß die Kinder mit ihrer Mutter unterwegs sind.«

»Ich glaube, daß sie in Gefahr sind.«

Er kratzte seinen kahlen Kopf und spitzte die Lippen. »Ich

weiß nich. Die Leute hier mögen's nich so, wenn man seine Nase in ihre Angelegenheiten steckt.«

Pearl hörte ihnen eine Weile zu und merkte, daß der Mann immer verschlossener wurde. Sie wunderte sich, daß Sylvia das nicht wahrnahm. Wenn sie in diesem Tempo weitermachte, würde sie nur den Ärger und das Mißtrauen des Alten erregen, und schließlich würde er ihnen jede Hilfe verweigern.

Sie räusperte sich. »Entschuldigense, ich bin die Tante der Kinder. Wir suchense, weil ihr Vater wissen will, wose sind.«

Der alte Mann sah sie überrascht an. »Sie sind von hier?« Es war mehr eine Feststellung als eine Frage, aber Pearl beantwortete sie trotzdem.

»Ich bin aus St. Mary.«

Seine Augen leuchteten auf. »Sagense bloß. Da bin ich geboren. Kennense Rock River?«

»Ja, das kenn ich gut. 'ne Schulfreundin von mir kommt von da.« Pearl sandte ein stilles Dankgebet zu Gott. »Ich bin in Mountain District geboren un aufgewachsen … in der Nähe von Port Juanero.«

»Ja, Port Juanero, das kenn ich – ich hab früher in dem Hotel in Little Bay gearbeitet. Wie hieß es nur … Casa Juanero!«

Pearl plauderte noch ein wenig mit ihm und ließ sich ein paar Anekdoten aus seiner Jugend in St. Mary erzählen. Anschließend klärte sie ihn bereitwillig über ihre Familienverhältnisse auf, damit er sich davon überzeugen konnte, daß sie nicht miteinander verwandt waren. Dann erst lenkte sie das Gespräch wieder auf den Grund ihres Besuchs zurück.

»Miss Sylvia hat mir erzählt, dasse die beiden Kinder gesehn haben.«

Noch aber gab der Alte nicht nach. »Sie haben gesagt, daß ihr Vater se sucht … aber ich versteh nich ganz, warum er hinter ihnen her iss, wennse doch bei ihrer Mutter sind.«

»Da habense recht.« In der Hoffnung, daß ihre Aufrichtigkeit entwaffnend sein möge, stimmte Pearl ihm zu. »Normalerweise wär ich auch Ihrer Meinung. Aber die Mutter iss nich mehr ganz richtig im Kopf, un deshalb machen wir uns alle Sorgen.«

»Sie iss also nich bloß wegen 'ner Ehekrise mit 'nem neuen Freund abgehaun?«

»Aber nein, nix dergleichen«, versicherte sie ihm. »Der Vater liebt die Mutter seiner Kinder un würd alles für se tun, aberse iss irgendwie übergeschnappt un macht jetz die seltsamsten Sachen.«

»Verstehe.« Er war wieder voller Mitgefühl. »Dieser Rastafari ... er nennt sich Peter vom Stamm der Ash ... seine Mutter hat ihm 'n Haus hinterlassen. Sie müssen nur die lange Straße runter, an der Sie vorhin vorbeigekommen sind. Sie können's gar nich verfehlen, weil direkt davor 'n großer Felsbrocken liegt.«

Sylvia wollte schon aufstehen, aber Pearl hielt sie zurück. »Wissense zufällig, um welche Zeit die normalerweise zuhaus sind?«

Wieder kratzte er sich am Kopf. »'ne Nachbarin hat mir erzählt, dasse da waren, aber dann wieder gegangen sind. Sie glaubt, dasse nach Spanish Town wollten – wartense, ich hab mir die Adresse von ihr aufschreiben lassen.« Er wühlte in seinen Taschen und zog schließlich ein säuberlich gefaltetes Stück Papier aus einem Schulheft hervor. »Lesense mir das mal vor. Ich sag Ihnen dann, ob's der richtige Zettel iss.«

Als der Alte bestätigte, daß es der richtige sei, steckte Pearl den Zettel erleichtert ein und stand auf. »Ich weiß gar nich, wie ich Ihnen danken soll.«

»Keine Ursache, Mensch«, grinste er. »Leute aus St. Mary müssen zusammenhalten. Un wenn die Mutter nich mehr ganz richtig iss un der Vater seine Kinder sucht, isses auch besser so.«

Sobald sie das Haus des Alten verlassen hatten, drehte Sylvia sich zu Pearl um. »Ich weiß nicht, wie ich dir danken soll, Pearl.«

»Ich hab ja nich viel gemacht«, wehrte sie sofort ab. »Du mußt bloß 'n bißchen vorsichtig sein, wennde mit den Leuten redest. Sonst denkense nämlich, du wärst vonner Polizei oder sowas.«

Sylvia sah sie überrascht an. »Pearl, ich habe in den letzten zwei Tagen stundenlang mit Leuten geredet, ohne auch nur das Geringste zu erreichen. Ich war sogar bei der Nachbarin, die er erwähnte, und sie schwor, sie hätte keine Ahnung, von wem ich spreche – versteh doch: Es liegt daran, wie du redest.«

Pearl war erleichtert, daß Sylvia überhaupt nicht eifersüchtig, sondern im Gegenteil hocherfreut war. »Na ja, kann schon sein, dasses inner Gegend, wo die Leute einen lieber ausrauben, als mit einem zu reden, schon 'n bißchen drauf ankommt.«

»Sei nicht so bescheiden«, beharrte Sylvia sanft. »Du hast einfach ein Talent dafür, das Vertrauen der Leute zu gewinnen.«

Pearl brauchte eine Weile, um zu begreifen, was das bedeutete. Sie waren beinahe am Ende der steilen Straße nach Papine angekommen, als es sie wie ein Schlag traf. *Sie* hatte diese Adresse herausbekommen. Sie, Pearl Mackenzie, der George außer Hausarbeit nichts zutraute, hatte etwas erreicht, das Sylvia mit all ihrer Bildung nicht geschafft hatte!

Sie stellte sich vor, daß nun der ganze Tag so werden würde, daß sie die Kinder finden und nach Port Juanero zurückbringen würden. Doch die Wirklichkeit sah anders aus. Der alte Mann in Kintyre blieb der einzige, bei dem sie an diesem Tag Erfolg hatten – wenn sie von den beiden Schuljungen absah, die sie um Geld für Süßigkeiten anbettelten.

Als sie wieder zur Haltestelle in Papine kamen, waren die Busse vollgestopft mit Arbeitern, die auf dem Weg in die Stadt waren. Defekte Auspuffrohre stießen Rauch aus, der bei der Hitze nicht aufsteigen konnte, und überall wurde gehupt. Es dauerte lange, bis sie einen Bus nach Spanish Town bekamen, der dann auch noch kurz vor Halfway Tree eine Panne hatte.

Als sie das alte Stadtzentrum endlich erreichten, hatte sich Pearls Optimismus weitgehend in Luft aufgelöst.

Schließlich fanden sie das Haus unter der angegebenen Adresse und klopften an. Ein halbnackter, unfreundlicher Mann öffnete die Tür. Er blieb abweisend im Eingang stehen und musterte sie voller Mißtrauen und Feindseligkeit. Pearl konnte ihm ansehen, daß er Jean und die Kinder auf dem Foto wiedererkannte, das Sylvia ihm hinhielt. Trotzdem war sie erleichtert, als er eine verneinende Antwort grunzte und ihnen die Tür vor der Nase zuschlug. Sie merkte, daß Sylvia verärgert war. Um sie aufzumuntern, schlug sie ihr vor, auf den Markt zu gehen und das Foto dort herumzuzeigen.

Der Vorschlag besänftigte Sylvia, aber Pearl begann sich wieder Gedanken zu machen, weil sie merkte, daß die langen, fruchtlosen Stunden ihrer Suche Sylvias Entschlossenheit nur noch verstärkten. Sie selbst fand es entmutigend, auf dem Markt herumzufragen. Mehrere Leute behaupteten, die Kinder wiederzuerkennen, aber keiner konnte sich erinnern, wo er sie gesehen hatte.

Gegen drei Uhr nachmittags hatte Pearl genug davon. Ihre Füße schmerzten von der ungewohnten Anstrengung, und die Sonne brannte auf ihren unbedeckten Kopf. »Ich denk, wir sollten für heute aufhörn, sonst fährt uns der letzte Bus nach Port Juanero weg«, meinte sie schließlich. »Wenn wir morgen ganz früh kommen, können wir's ja noch mal in Kintyre versuchen.«

Sylvia nickte widerstrebend und versuchte ganz offensichtlich, den Dingen tapfer ins Gesicht zu sehen und ihre Verzweiflung im Zaum zu halten. Pearl hatte den Verdacht, daß sie nur deshalb bereit war aufzugeben, weil sie vollkommen erschöpft war. Aber Pearl war selbst dermaßen müde, daß sie nicht das geringste Schuldgefühl dabei empfand.

16. KAPITEL

Fliegengesumm umgab sie. Das Geräusch schwoll an und ab wie das der Wellen am Strand. Da sie keinerlei Anstalten unternahm, die Fliegen zu verjagen, wurden sie allmählich kühner. Eine setzte sich auf ihre Nase und putzte sich, krabbelte dann weiter und begann, in einem ihrer Nasenlöcher herumzustöbern. Jean bewegte halbherzig den Kopf, um sie zu verscheuchen. Irgendwie konnte sie nicht genügend Kraft aufbringen, um das störende Tier, das jetzt weiter in die Öffnung vordrang, mit einer Handbewegung zu vertreiben.

Die Stimmen in ihrem Kopf wetteiferten immer lauter um ihre Aufmerksamkeit. Sie versuchte, sich auf die guten Stimmen von Granny und Tante Vi zu konzentrieren, und die bösen Stimmen, die sie zu Schlechtigkeiten verleiten wollten, nicht zu beachten. Aber die guten Stimmen wurden immer schwächer und verschwanden allmählich ganz.

Wie bin ich hierher gekommen? Die Frage schoß ihr plötzlich durch den Kopf, übertönte das Geschrei und beanspruchte ihre ganze Aufmerksamkeit. Sie konnte sich nicht mehr erinnern, was jenseits dieser schiefen Tür lag, wußte nicht einmal mehr, wer sie selbst gewesen war. Sie wußte lediglich, daß sie auf sich aufpassen mußte, bis Hilfe kam. Verzweifelt versuchte sie sich zu erinnern, weswegen sie Hilfe brauchte, aber ihre Gedanken liefen wirr durcheinander und blieben an nichts hängen.

Gleichgültig und ohne viel wahrzunehmen ließ sie ihren Blick durch das schäbige Zimmer schweifen. Sie kannte es so gut, als hätte sie ihr ganzes Leben darin verbracht. An der Wand gegenüber befand sich ein schmutziges Bett, dessen strohgefüllte Matratze schon bessere Tage gesehen hatte. In der

Nähe der Tür stand ein angeschlagener alter Nachttopf aus Emaille; über dem Eingang hing an einem rostigen Nagel eine Kerosinlampe, die bei jedem Windhauch flackerte.

Irgend etwas beobachtete sie. Dieser erschreckende Gedanke brachte sie dazu, den Kopf zu drehen und die Fliegen, die sich wie Schiffbrüchige auf ihr versammelt hatten, mit den Händen zu verscheuchen. *Dort drüben war etwas,* das am Rande ihres Gesichtsfeldes auf der Lauer lag. Sie wußte es mit einer Sicherheit, die sie frösteln ließ. Voller Verzweiflung suchte sie den ganzen Raum mit den Augen ab, während Furcht und Aberglaube sie überwältigten. *Sie hatten sie wiedergefunden!* Sie hatten ganz Jamaika durchsucht, um ihren Aufenthaltsort ausfindig zu machen, damit sie wieder anfangen konnten, sie zu quälen.

Bei diesem Gedanken brach ihr kalter Schweiß aus. Es bedurfte nur eines Ausrutschers, eines Moments der Unachtsamkeit, und sie wäre für immer verloren! Sie mußte von hier verschwinden, sich irgendwo in Sicherheit bringen – falls sie überhaupt die Kraft aufbringen konnte, sich zu bewegen. Vielleicht würde sie den Weg nach draußen finden, wenn sie sich daran erinnerte, wie sie hierhergekommen war? Sie zermarterte sich den Kopf, folgte tastend den verschwommenen Spuren ihres Gedächtnisses.

Sie war mit dem Rastafari zusammen gewesen ... in seinem Haus. Ja, das war es! Sie hatten Joints geraucht, und er hatte sie in alle möglichen Weisheiten eingeführt. Tiefe Falten furchten ihre Stirn, während sie versuchte, sich über ihre Beziehung zu dem Mann klar zu werden.

Ein Bild entstand in ihrem Bewußtsein. Bittersüße Schokolade auf ledrigen Handflächen. Kühle Finger auf ihrer heißen Haut. Bilder von Jimmy, der ihr aufmunternd zulächelte, sie erregte ... sie befriedigte. Jimmy, dunkel und schön, seine Haut auf ihrer, sein Körper in ihrem.

Jean runzelte bedauernd die Stirn, als das schöne Bild einem anderen wich. Der Rastafari – wie war doch gleich sein Name gewesen? *P-e-t-e, Peter … Peter vom Stamm der Ash.* Ja, genau, Peter Ashman. Sie freute sich über ihre Erinnerungsleistung. Erleichtert stellte sie fest, daß der Damm nun gebrochen war.

Sie waren alle gegen mich, dachte sie verbittert, *von Anfang an waren sie gegen mich. Sogar Dekan Davis, dieser Heuchler mit seinem Plastiklächeln. Und die ganze Zeit dieses Getuschel über mich, Getuschel bei jeder Gelegenheit. Alle warteten sie nur auf eine Gelegenheit, mir das Messer in den Rücken zu stoßen!*

Beinahe hätte das heftige Bedürfnis zu lachen sie wieder aus dem Konzept gebracht. Die Angst vor der Macht des Gefühls, das da hervorbrechen wollte, ließ sie würgen und schlucken. Verbitterung überwältigte sie, während das wilde Lachen versuchte, zwischen ihren aufeinandergepreßten Lippen hervorzukommen. *Sie* waren schuld, jeder einzelne von ihnen. Wenn sie sich genug anstrengte, würde sie das Getuschel des doppelzüngigen Dekans, der allen in Port Juanero erzählte, daß sie mit Jimmy in Sünde lebte und den Pastor verführen wollte, bestimmt bis hierher hören können!

Wenn ich nur daran denke, daß er diese gemeine Frau vor der ganzen Gemeinde meinen Namen rufen ließ! Sie schüttelte heftig den Kopf und hielt erst inne, als sich das Lachen wieder loszureißen drohte. Statt dessen brachen plötzlich die Stimmen in ihrem Kopf in ein wildes Gelächter aus. Sie preßte beide Hände an ihren Schädel und wiegte sich hin und her, um diese Qual zu ertragen. *Wenn ich nur daran denke!* Als das Gelächter verebbt war und ihr Kopf sich ein wenig geklärt hatte, seufzte sie. *Wenn Miss Berta mir gesagt hätt, was se vorhaben, wär ich nich so arglos inne Kirche reinspaziert. Die ganze Zeit über haben Dekan Davis un Pastor Simmonds meinen Untergang geplant, bloß weil se wußten, daß ich mit 'ner sündigen Vergangenheit zu kämpfen hab.*

Eine Träne lief ihr die Wange hinunter. *Sie wollen alle, daß Jimmy mich verläßt; aber wennse glauben, dasse mir mein eigen Fleisch und Blut vor der Nase wegschnappen können, dann habense sich gewaltig geschnitten!* Sie schüttelte wieder den Kopf, diesmal etwas vorsichtiger, und dachte an das Unrecht, das man ihr angetan hatte. *Die ganze Zeit hab ich dem Dekan vertraut, un der hat alles brühwarm weitererzählt. Kein Wunder, daß 'ne gottlose Frau wie Miss Berta mir das Wort für Wort auf der Straße wiederholen konnte. Sie stecken alle unter einer Decke, alle zusammen: Jimmy, Pearl, Sylvia und die andern.* Das waren die beiden Dinge, die ihr am meisten Kopfzerbrechen machten: diese Verschwörung und die Kreaturen, die am Rande ihres Gesichtsfeldes kauerten und laut jammerten, weil sie zu schlau war, sie an ihre Seele heranzulassen. Die Stimmen in ihrem Kopf erhoben sich zu einem Crescendo. Sie schrie ihren Trotz hinaus und schüttelte ihre Faust in Richtung jener unsagbaren Wesen, die jetzt wieder ein Stück näher an sie herangekrochen sein mußten.

Dann hörte sie, wie eine der guten Stimmen durch das boshafte Geschrei drang, um wieder etwas Ordnung in das Durcheinander in ihrem Kopf zu bringen. Jean nickte, als ob sie etwas gefragt worden sei, und stellte erleichtert fest, daß sich die Lücken in ihrem Gedächtnis allmählich schlossen. Sie alle glaubten, daß sie sich an nichts erinnern würde, aber sie hatte sie wieder einmal hereingelegt!

Trotz all der üblen Dinge, die die Stimmen Ras Peter nachsagten, wußte sie die Wahrheit über ihn. Er war der einzige, der ihr jemals geholfen hatte. Ras Peter hatte sie wirklich gern. Er bewunderte sie für ihre Auslandserfahrung und ihre Bildung, wegen der die anderen sie haßten. Immerhin hatte er sie in dieses Versteck gebracht, nachdem er ihr geholfen hatte, mit Aleesa und Davian aus Port Juanero zu fliehen …

Die Kinder! Was iss mit meinen Kindern passiert?

Jean ließ ihren Blick durch den abgedunkelten Raum wandern, bis er auf die hölzernen Fensterläden fiel, die das Loch in der Wand verschlossen, das als Fenster diente. Ein verirrter Sonnenstrahl zog ihre Aufmerksamkeit auf sich. Sie folgte ihm mit den Augen und meinte, auf dem Boden eine Gruppe winziger, tanzender Menschen zu sehen. Sie vergaß ihre Panik, die Angst um die verschwundenen Kinder und ihre Furcht vor eingebildeten Teufeleien und wandte ihre ganze Aufmerksamkeit diesem neuen Phänomen zu.

Schließlich verschwand der Sonnenstrahl, und das winzige Ballett löste sich vor ihren Augen in Luft auf. Verlegen runzelte sie die Stirn. *Also: Worüber hab ich grad nachgedacht?*

Ein wimmerndes Geräusch von der gegenüberliegenden Wand erregte ihre Aufmerksamkeit, und ihr fiel wieder ein, daß sie darüber nachgedacht hatte, wo die Kinder waren. Als sie die beiden sah, wurde sie von einem Schaudern erfaßt. Sie saßen zusammengedrängt auf dem engen Bett, und jedermann hätte sie für Aleesa und Davian gehalten – nur sie wußte es besser. Sie konnten sie nicht täuschen. Das Gefühl der Unzulänglichkeit, das sie eben beschlichen hatte, war ihr Warnung genug. Wenn es ihre Kinder gewesen wären, hätte sie jetzt nichts als Liebe empfunden, überschwengliche Liebe und den Wunsch, sie zu beschützen. Aber diese *Kreaturen*, die regungslos auf der von ihr abgewandten Seite des Bettes saßen, waren dermaßen abstoßend, daß sie sie sofort als das erkannte, was sie in Wirklichkeit waren: dämonische Vampire, die die Stelle ihrer Kinder eingenommen und ihr Jimmys Liebe gestohlen hatten.

Ihre Augen verengten sich, und sie überlegte, wie der Austausch vonstatten gegangen war. Sylvia mußte in der Nacht hier gewesen sein und ihre richtigen Kinder abermals geraubt haben. *Ja, es muß Sylvia gewesen sein,* entschied sie. Es paßte zur nachtragenden Art dieser Frau, ihre lieben Kinder zu nehmen und diese Dämonen an ihre Stelle zu setzen. *Sie war vom ersten Tag an eifersüchtig, weil Jimmy sich für mich interessiert hat,* überlegte Jean. *Mit Winston allein war sie nie zufrieden, immer wollte sie auch noch seinen Bruder besitzen.*

Bei diesem Gedanken fing ihr Kopf wieder an zu schmerzen, und sie betete, daß Ras Peter rasch zurückkommen würde. Sie mußte Geduld mit ihm haben, schließlich hatte er ihr schon einmal geholfen.

Plötzlich verspürte sie den Drang zu kichern, und als sie ihn unterdrückte, merkte sie, wieviel Gelächter noch immer in ihr war. Lachen war ein rares Gut, und sie durfte nicht alles auf einmal verbrauchen, sonst würde sie zusammenschrumpfen wie die Hülle eines alten Luftballons. Sie sollte sich besser darauf konzentrieren, wie sie die Kinder zurückbekam. Ras Peter würde ihr dabei helfen. Wenn er wieder da war, würde er ihr etwas geben, das sie stark und weniger anfällig machte, etwas zu rauchen, das ihr die Kraft gab, die Dämonen für immer zu vertreiben.

Das eine Ding, der Junge – es sah ihrem hübschen Davian so ähnlich –, begann jetzt zu weinen. Das Geräusch drang tief in ihr Ohr, bohrte und bohrte, reizte sie. Sie hielt die Hände auf die Ohren gepreßt und kämpfte gegen das Bedürfnis an, den Raum zu durchqueren, ihre Finger um den kleinen Hals zu legen und so lange zuzudrücken, bis kein Ton mehr herauskam. Der Wunsch war so stark, daß ihr der Widerstand dagegen den Schweiß auf die Stirn trieb. Sie beugte krampfhaft den Rücken, um nicht aufzustehen. Sie knirschte mit den Zähnen vor Entschlossenheit. *Sie* wollten ja gerade, daß sie zu ihnen hinüberging! Es würde ihnen bestens in den Kram passen, wenn sie die Beherrschung verlor, sie in Stücke schlug und dann geradewegs ins ewige Fegefeuer stürzte!

Die beiden wußten genau, daß die bösen Kreaturen am Rande ihres Gesichtsfeldes herumlungerten und nur auf eine weitere Sünde von ihr warteten, um sie für immer mit sich hinabzuziehen. Höchstwahrscheinlich waren sie alle miteinander verbündet: Sylvia, diese beiden Kinder-Dinger und die, die sich in ihr Gehirn bohrten, um ihr Sünden einzuflüstern, und sie nicht zur Ruhe kommen ließen, solange sie ihnen widerstand.

Sie versuchte zu beten, brachte aber die Worte durcheinander und vergaß, warum sie überhaupt damit angefangen hatte. Schließlich gab sie den Versuch ganz auf. Als sie ihr Gewicht verlagerte, weil sie plötzlich einen Krampf im Bein bekommen hatte, hörte sie etwas rascheln. Sie schaute in der Erwartung zu Boden, die Schlange persönlich auf sich zukriechen zu sehen. Statt dessen erblickte sie eine Tüte mit Bulla-Keksen und eine Flasche Seven-up. Plötzlich hungrig, griff sie nach der Tüte und nahm mit zitternden Fingern einen der kleinen, ringförmigen Kekse heraus. Während sie begierig kaute, fiel ihr ein, daß Ras Peter ihr die Sachen dagelassen haben mußte, und sie dachte voller Zuneigung an ihn.

Eine Bewegung und ein Flüstern auf dem Bett gegenüber ließen sie beim Griff nach dem zweiten Keks innehalten. Mit einem warnenden Knurren hob sie den Kopf, schnappte sich die Tüte und die halbvolle Flasche mit dem abgestandenen, lauwarmen Getränk und drückte sie an ihre schützende Brust. *Kommt nur her, versucht nur, mir meine Sachen wegzunehmen!* Sie starrte sie herausfordernd und erwartungsvoll an. Wenn sie jetzt kämen, könnte sie sie zerstören, sie in Staub verwandeln, ohne daß die lauernden Dämonen etwas dagegen unternehmen könnten. Unter diesen Umständen wäre es Notwehr, und niemand könnte ihr einen Vorwurf daraus machen!

Sie waren inzwischen aufgestanden. Jean beobachtete voller Feindseligkeit, wie sie sich vorsichtig an der Wand entlang in die entfernte Ecke des Zimmers drückten. Das Mädchen-Ding half dem kleinen Jungen, seinen Reißverschluß zu öffnen, und hielt den angestoßenen weißen Emaille-Nachttopf, während er sein Wasser abschlug.

Ekel, bitter wie Galle, stieg in ihr auf und mischte sich mit einer neuen Furcht. Sie glaubte, daß aus dem kleinen Penis ein unablässiger Urinstrahl wie ein Strom der Verdammnis hervorquellen würde. Die Emaille wurde plötzlich durchsichtig, und sie konnte deutlich sehen, wie die Flüssigkeit den Nachttopf zur Hälfte füllte, dann zu drei Vierteln und dann über den Rand lief. Ein zischendes, ätzendes Rinnsal mäanderte auf sie zu. Sie konnte die beiden lachen hören. Das Geräusch drang tief in ihren Kopf und gesellte sich zu den Stimmen, die bereits dort waren. Auf allen vieren zog sie sich zurück. Mit einem dumpfen Geräusch schlug die Flasche auf dem abgetretenen Holzboden auf. Sie spürte, daß eine ätzende Flüssigkeit sie erreichte und ihre Haut benetzte. Es brannte so sehr, daß sie den Schrei, der aus den dunklen und bedrohlichen Tiefen ihres Bauches hochstieg, nur mühsam unterdrücken konnte. *Sie würde bei lebendigem Leib verbrennen!*

Der Gedanke versetzte sie in Panik, aber sie wagte nicht, sich schneller zu bewegen. Wagte auch nicht davonzulaufen, damit den zerbrechlichen Gefühlen in ihrer Brust kein Unglück geschah. *Warum kommt Ras Peter nich zurück? Womit hatte sie das alles verdient?*

Noels Züge schoben sich über die des Davian-Dings. Noel unter dem Mangobaum, eben noch die Hände ausstreckend, im nächsten Moment in gleißend helles Licht getaucht. Sie sah es wie in Zeitlupe vor sich, roch das verbrannte, verkohlte Fleisch, sah den schrecklichen Kummer ihres Vaters, den unausgesprochenen Vorwurf in Tante Vis Augen – das verwundete Kind auf dem schmutzigen Fußboden des Küchenschuppens im quälenden Schatten des blutbefleckten Kreuzes. Neue Nahrung für ihre Angst. *Sie mußte hier raus!* Mußte einen Ausweg finden, bevor sie verbrannte und verschrumpelte wie Noel. Er war jetzt hier, stand da wie der Schwarze Mann, war zurückgekommen, um ihr Angst zu machen. Sie sah, wie er die Hand hob und mit verbrannten Fingern anklagend auf sie deutete, während eine wimmernde Stimme aus seinem zerstörten, offen liegenden Hals drang und sie mit Schimpfworten belegte.

Wie rasend kratzte und schabte Jean an der hölzernen Wand, von der sich Splitter lösten, die sich in die weiche Haut unter ihren abgebrochenen Nägeln bohrten, bis scharlachrotes Blut unter dem verkrusteten Schmutz hervorquoll.

Der Schmerz beruhigte sie und vertrieb die Bilder des Alptraums für einen Moment. Sie starrte auf die dunkelroten Blutstropfen, sah zu, wie sie sich sammelten und ineinander liefen, zu einem Rinnsal wurden, schneller und schneller hervorquollen, an ihren Fingern hinunterliefen und sich in ihrer Handfläche sammelten. Blutige Hände ... Noels Blut, das ihres Vaters ... der Kummer, der an ihr zerrte, sie in zwei Hälften teilte, sie von innen her zerriß.

Ein schallendes Gelächter rumorte in ihrem Bauch und versuchte, nach draußen zu gelangen. Sie mußte dieses Lachen zurückhalten, um der Verdammung nicht Tür und Tor zu öffnen. Was auch immer geschah, *diese* Katastrophe mußte sie um jeden Preis verhindern. Denn nur darauf warteten die lauernden Kreaturen. Wenn erst einmal alles Gute aus ihr hinausgetröpfelt und alles Positive verdampft war, wären sie am Drücker! Sie wußte, daß sie sich dann in sie hineingraben und ihre Seele für alle Ewigkeit zerstören würden. Wieder kratzte sie an der Wand, kratzte und schabte, bis ihre Finger wund und ihre Arme schwer und taub waren.

Das Geheul kam aus den Tiefen ihres Körpers. Wieder und wieder drang es aus der trüben Quelle der Sünden, die sich von selbst auszubreiten schien. Von der ätzenden Flüssigkeit wegrobbend, kauerte sie sich in ihrer Verwirrung an die Wand wie ein in die Enge getriebenes Tier. Noel schien immer größer zu werden, bis er sie schließlich überragte. Sie wich erschrocken vor ihm zurück und preßte ihren Rücken mit aller Kraft gegen die Wand. Sie glaubte, daß sie, wenn sie sich nur genügend anstrengte, mit dem Holz verschmelzen, in der Wand verschwinden und sich von ihr beschützen lassen könnte. Sie versuchte, jeden Winkel des Raums gleichzeitig im Blick zu behalten. Ihre angsterfüllten, von Müdigkeit geröteten Augen rasten unaufhörlich umher, sie wagte kaum zu blinzeln, da die Dämonen diese Gelegenheit nutzen konnten, um in Aktion zu treten und die traurigen Reste des Guten in ihr zu zerstören.

Es war, als ob ihr Sehnerv zersplittert wäre und sie alles nur noch in Bruchstücken wahrnehmen konnte. Sie starrte die Fliegen an, die über ihrem Kopf kreisten. Sie sah die Zeichen des Verfalls, das Astloch in der Wand und die Spuren des Termitenbefalls neben den Fensterläden. Währenddessen behielt sie aber stets die beiden Dämonen im Auge, die zwischen ihr und der Tür standen.

Ihre Lider wurden schwer, und ihr Kopf rutschte gegen die Wand, während das Zimmer vor ihren Augen verschwamm. Die Wesen, die in der Nähe lauerten, regten sich und flüsterten. Schlagartig war sie wieder wach und knurrte warnend. Sie hielten sich für schlau und versuchten, sie einzuschläfern, aber darauf fiel sie nicht herein! Sie verlagerte ihr Gewicht und suchte sich eine bequemere Position. Wenn sie sich nur erinnern könnte, was sie hier getan hatte! Es mußte irgend etwas Sündiges gewesen sein. Dies hier war die Pein, von der der alte Pastor gebrabbelt hatte, während seine Finger an ihr herumfummelten, sie zwickten und ihr wehtaten ...

Es war heiß, und es stank furchtbar. Der Chor der Schmeißfliegen summte ihr noch immer direkt ins Ohr und begleitete das laute Jammern der beiden Kinder-Dinger. Das größere versuchte ständig, sich ihr zu nähern, ihr etwas zu sagen, sie zu überreden, aus dem Zimmer zu gehen. Aber sie war schlauer, als die Dämonen dachten! Wenn sie hinausging, würde sie ihnen niemals entkommen. Sie wollten sie nur noch tiefer in die Hölle führen.

Wenn sie nur wagen könnte, für ein paar Minuten die Augen zu schließen, wenn sie die Glaubensstärke hätte, sich schlafen zu legen und darauf zu vertrauen, daß Gott über ihr wachte! Der Gedanke war irgendwie komisch, und sie mußte kichern, unterdrückte das Geräusch aber, weil es in das gefährliche Lachen aus ihrem Bauch umzuschlagen drohte. Gott hatte sich von ihr abgewandt, weil sie mit dem alten Pastor gesündigt hatte. Genau wie alle anderen gab er ihr die Schuld an der Sache mit Noel und an der mit ihrem Vater. Das war immer das Problem mit Gott gewesen: Er war zu ungeduldig, allzu schnell bereit, ihr damit zu drohen, daß Er sie aus seiner Herde ausschließen werde. Bei Jimmy war es ähnlich und bei Sylvia auch. Unerklärlicherweise brachte auch dieser Gedanke sie zum

Kichern. Sie mußte heftig schlucken, während ihr Lachtränen aus den Augen quollen. Die Vorstellung, daß alle dermaßen über sie herfielen!

Plötzlich schien es ihr völlig sinnlos, weiter zu kämpfen. Die Müdigkeit überrollte sie wie eine schwere Welle. Sie fühlte sich gleichzeitig träge und ganz leicht im Kopf, obgleich sie immer noch von einem Gedanken zum anderen sprang. Sie ließ den Kopf sinken, bis sie ausgestreckt dalag, wobei sie die beiden Dämonen im Auge behielt. Wenn ihr nur jemand sagen würde, was sie tun sollte!

Ihre Lider wurden allmählich schwer und widerstanden all ihren Bemühungen, sie offen zu halten. Sie konnte hören, wie die beiden Wesen flüsterten und über den Boden schlurften, aber sie konnte sich einfach nicht mehr bewegen, konnte den watteartigen Nebel in ihrem Gehirn nicht mehr durchdringen. Die Anstrengung war zu groß, zu schmerzhaft, um sie länger zu ertragen. *Was machte es schon aus, wenn sie sie verschlangen oder sie mit dem Bösen vollstopften?* Dazu fehlte ohnehin nicht mehr viel. Der Gedanke erlöste sie von dem Bedürfnis, wach zu bleiben. Sie entspannte sich und ließ sich vom Schlaf übermannen.

17. KAPITEL

Stimmen von Kindern und Erwachsenen, die durcheinander redeten, weckten sie. Jean blieb reglos liegen. Durch ihren Kopf jagten so viele schattenhafte Bilder, daß sie zuerst an nichts anderes denken konnte. Aber dann begannen ihre Gedanken sich zu verbinden, ergaben die Geräusche allmählich einen Sinn. Sie erkannte Sylvias unterdrückte Verärgerung, Pearls hohe, jammernde Kinderstimme, die von Aleesa, die verängstigt klang, Davians weinerliches, unbeholfenes Geplapper …

Vorsichtig drehte sie sich auf die andere Seite. Bei jeder Bewegung fürchtete sie, daß das Gefühl des Zersplitterns, an das sie sich noch vage erinnerte, zurückkehren könnte. Aber ihr Kopf blieb klar, und sie atmete dankbar auf. Aus Angst, daß die geringste Bewegung die neuen Bilder vertreiben und die bösen Stimmen zurückrufen könnte, blieb sie einfach liegen.

»Alles in Ordnung, Jean?« Sylvias besorgtes Gesicht tauchte in ihrem Blickfeld auf. »Kannst du mich hören? Kannst du dich aufsetzen?«

Sie richtete sich langsam auf und kniff instinktiv die Augen gegen das helle Nachmittagslicht zusammen, das durch die offene Tür fiel. Alles an ihr schien zu zittern, sogar ihre Stimme bebte, als sie sich schließlich dazu durchrang, etwas zu sagen. »Was machst du denn hier, Sylvia?«

»Ich suche schon seit Tagen nach dir und den Kindern.« Zorn war in ihrer Stimme, die Worte klangen abgehackt. »Was glaubst *du*, warum ich hier bin? Ich bin gekommen, um die Kinder zu holen.«

Der Schreck elektrisierte Jean und brachte sie dazu, aufzustehen. Ihr Rock, immer noch feucht, klatschte an ihre Beine und war eine willkommene Kühlung. Das eine Bein fühlte sich verkrampft an. Sie beugte sich hinunter, um das Knie zu massieren, bevor sie ihr Gewicht darauf verlagerte. Dabei erblickte sie Pearl – Pearl, die mit den Kindern davonschlich wie eine Diebin, für die Jean sie trotz all ihres frommen Getues immer gehalten hatte. Sie machte einen Ausfallschritt in Richtung der Frau, aber Sylvia stellte sich breitbeinig zwischen sie und versperrte ihr den Weg. Als Pearl, die ihre Schwägerin stets im Auge behalten hatte, die bedrohliche Bewegung sah, schrie sie auf.

»Bring die Kinder hinaus!« befahl Sylvia der erstarrten Pearl. »Bring sie zur Bushaltestelle, wie ich es dir gesagt habe.«

Pearl zögerte noch immer. »Un was iss mit ... ?«

»Geh schon!«

Hilflos und frustriert sah Jean zu, wie Pearl aus dem Zimmer ging. Sie wollte sich auf Sylvia stürzen, sie niederschlagen, aber etwas im Blick ihrer Cousine machte ihr angst. Also wich sie zurück und versuchte, irgendwie um Sylvia herumzukommen. Die Stimmen warnten sie davor, Sylvia anzurühren, verhöhnten und verspotteten sie wegen der Folgen, die das für sie haben würde. Von einem Fuß auf den anderen tretend, überlegte sie, wie sie an ihr vorbeikommen könnte. Irgendwie müßte sie sich so lang wie nur möglich machen, sich strecken und ausdehnen, bis sie Pearl am Rockzipfel erwischen konnte.

Schließlich gab sie auf, trat einen Schritt zurück und preßte den Rücken fest an die Wand, um nicht in Tränen auszubrechen. »Das kannst du nicht machen, Sylvia – einfach hierher kommen und mir meine Kinder wegnehmen.«

»Niemand will dir deine Kinder wegnehmen, Jean.«

Sie merkte Sylvia an, daß sie sich Mühe gab, ihren Unmut zu verbergen. Das machte sie traurig. Sylvia verbrachte ihr halbes Leben damit, sich zu beherrschen und diese *vernünftige* Sozialarbeiter-Gelassenheit auszustrahlen. Der Gedanke ließ sie Mitleid mit ihrer Cousine empfinden und wischte ihr Mißtrauen beiseite.

Arme alte Sylv – ein Wunder, daß sie vor lauter edler Beherrschtheit nicht verrückt wird. Das erschien ihr so lustig, daß sie kichern mußte. Auf einem abgebrochenen Fingernagel kauend, warf sie ihrer Cousine einen verschmitzten Blick zu und entblößte die Zähne zu einem breiten Lächeln. »Hör mal, Sylvia, in letzter Zeit ist es mir ziemlich schlecht gegangen, aber Ras Peter hat mich geheilt, und jetzt geht es mir viel besser.«

Sylvia erwiderte ihr Lächeln nicht. »Die Kinder sind voller Moskitostiche, Jean, und Aleesa sagt, du hättest ihnen seit zwei Tagen nichts zu essen gegeben.«

Sie kratzte sich am Kopf und versuchte sich zu erinnern. »Du darfst nicht alles glauben, was Aleesa sagt, Sylv«, meinte sie schließlich. »Du weißt ja, wie Kinder in dem Alter lügen. Ich habe ihnen immer etwas zu essen gegeben. Soviel wie die beiden essen, müssen sie entweder von Würmern oder von Dämonen befallen sein.«

Sylvia atmete tief ein und zog die Nase kraus. »Ich bin sicher, daß du getan hast, was du konntest«, sagte sie, »aber mir scheint, daß es dir selbst nicht allzu gut gegangen ist, nicht wahr?«

Jean nickte und erwärmte sich noch mehr für ihre Cousine. Sylvia war eigentlich gar nicht so übel. Sie bemerkte immerhin, wie schlecht es ihr ging! »Ich muß was Verdorbenes gegessen haben, wahrscheinlich isses der Fisch gewesen, den Jimmy gekauft hat. Seitdem bin ich nich mehr ich selbst, verstehste? Ich hab wohl was inne falsche Kehle gekriegt.« Die Vorstellung eines in ihrem Magen gestrandeten Fischs brachte sie wieder zum Kichern.

Sylvia nickte nur. »Ja, irgend etwas stimmt mit dir nicht, und nur ein Arzt wird dir helfen können.«

Das erschien Jean völlig einleuchtend. »Was haste noch mal gesagt, wann Jimmy kommt?«

Sylvia runzelte die Stirn. »Morgen nachmittag. Er mußte über Miami fliegen, weil alle Direktflüge ausgebucht waren.«

Jean wurde lebhaft, plötzlich war sie von neuer Energie erfüllt. »Um wieviel Uhr landet er denn? Ich muß das wissen – wegen der ganzen Vorbereitungen: Bügeln, die Kinder für die Fahrt nach Trelawney fertig machen« – sie fuhr mit der Hand durch ihr staubiges Haar – »un ich muß mich waschen un mir die Haare machen, un außerdem wollen wir ja nich zu spät kommen, nich wahr?«

»Ich glaube nicht, daß es gut wäre, wenn du mit zum Flughafen kämest, Jean.« Sylvia wählte ihre Worte so vorsichtig, als befände sie sich auf einem Minenfeld. »Es ging dir ja nicht so gut – und abends wirst du ihn sowieso in Port Juanero treffen.«

Jeans Zuversicht schwand. Begriff Sylvia nicht, daß das genau das war, was *sie* erreichen wollten? »Ich kann nich zurück nach Port Juanero, Sylv. Die Leute da sind neidisch auf mich, un fast alle intrigieren gegen mich.« Sie faßte den Arm der anderen und befleckte ihn mit Blut und Schmutz. »Verstehste denn nich, daß Pearl genau das will?«

Sylvia war dem Gespräch nicht mehr recht gefolgt, weil ihre Aufmerksamkeit von Jeans verletzten Fingern abgelenkt wurde. »Was ist mit deiner Hand passiert?«

Ein boshaftes Funkeln erschien in Jeans Augen, mit einemmal wirkte sie verschlagen. »Das war Pearl – aus schierer Eifersucht isse hierher gekommen un hat mir die Hände aufgeschlagen.«

Sylvia zögerte, seufzte. »Hier kannst du nicht bleiben, Jean. Deine Tante Vi ist bei uns. Sie wartet draußen. Willst du lieber bei ihr wohnen?«

Sie legte den Kopf schief und dachte darüber nach. »Tante Vi hat früher bei uns gewohnt, weißte«, sagte sie im Plauderton. »Sie hat Noel immer lieber gehabt als mich. Genau wie Papa.«

»Jean!« Sylvia wurde wieder ungeduldig. »Soll ich sie hereinrufen? Sie wohnt in der Red Hills Road im Haus ihrer Tochter Tashi, die noch in Amerika ist. Sie würde dich gerne für ein paar Tage dorthin einladen.«

Das war seltsam. Jean zog die Augenbrauen zusammen. »Aberse wollte uns doch nich haben. Sie hat gesagt, wenn Papa uns ins Kinderheim steckt, dann soll er uns auch selber wieder rausholen. Sie macht mir Vorwürfe wegen Noels Tod, wie alle andern auch.«

»Sie wirft dir gar nichts vor, Jean. Warum sprichst du nicht selbst mit ihr und fragst sie?«

Konnte sie das wagen? Nach all den Jahren, in denen sie Tante Vi aus dem Weg gegangen war, weil sie ihre vorwurfsvollen Blicke fürchtete? Doch Sylvia hatte recht. Sie konnte nicht hier bleiben und auf Ras Peter warten. Wahrscheinlich steckte er mit all denen unter einer Decke, die hinter ihr her waren. Warum sonst hätte er sie mit einer Flasche Seven-up und vertrockneten Keksen in diesem Loch alleingelassen?

»Also, soll ich deine Tante nun holen oder nicht?« Sylvias Ungeduld wuchs. »Ich kann sie nicht ewig draußen stehen lassen, bis du dich entschieden hast.«

»Okay, se soll reinkommen«, sagte sie schließlich, eher von Sylvias Ungeduld getrieben als von dem Wunsch, ihre Tante wiederzusehen. »Mir iss egal, ob ich bei ihr bin oder irgendwo anders.«

Wie der Blitz war Sylvia aus der Tür. Einige Minuten später kam sie mit der alten Frau zurück. Trotz allem war Jean neugierig. Tante Vi sah grauer, gebeugter und schwerfälliger aus als bei ihrer letzten Begegnung. Sie hatte jede Menge Alterswarzen am Kinn und oberhalb der Augen. Sonst hatte sich nichts geändert. Im Grunde war sie die gleiche geblieben. Ihr Blick war scharf, aber auch voll jener unterschwelligen Wärme, die ihre zupackende Art stets gemildert hatte. Ihr Gesicht war so rund und freundlich wie immer.

Jean sah sich die alte Frau ganz genau an, hielt Ausschau nach dem kleinsten Zittern, der geringsten Geste, die ein Indiz für einen Betrug gewesen wäre. Sie fand aber nur Freundlichkeit und Mitgefühl und ließ sich an die gewaltige Brust der Frau sinken. Irgendwie war sie plötzlich nicht mehr von der beengten und bedrückenden Atmosphäre des kleinen Einzimmer-Hauses umgeben, sondern von Sonnenlicht und dem vertrauten Geruch nach trockener Erde und kochenden Bohnen.

Sie war es zufrieden, mitzugehen. Tante Vis Fürsorge legte sich wie Balsam um ihren verwirrten Geist. Wenn sie die Augen schloß, nahm sie die häßliche Außenwelt nicht mehr wahr – das Getuschel über die bedauernswerte Verrückte und das unterdrückte Kichern, das ihnen durch die baufälligen Straßen folgte. Tante Vi versprach, für sie zu beten, ihr Balsam zu kaufen und alle möglichen anderen Dinge, die weit über ihren Horizont gingen. Sie brauchte nichts als das Bewußtsein, daß jemand für sie da war. Daß jemand, der Noel gekannt hatte, ihr nicht die Schuld an seinem Tod gab.

Jean wußte nicht genau, wie sie zu Tante Vis gemütlichem alten Haus gelangt waren. Doch plötzlich wurde die Sonne, die in ihrem Kopf ein Pochen verursacht hatte, durch die schattige Kühle von Steinmauern und den Geruch von Limonen und Orangen ersetzt, die in ihrem Gedächtnis nicht von ihrer Tante zu trennen waren. Die alte Frau stellte sie unter die Dusche und wusch sie, als sei sie noch immer ein Kind.

Später zog ihr Tante Vi eins von Tashis Nachthemden über und träufelte ihr warmes Kokosnußöl auf die Kopfhaut, um ihre Kopfschmerzen wegzumassieren. Die ganze Zeit über summte sie, wenn auch ein wenig schief, Kirchenlieder und alte Hymnen, unterbrochen von gelegentlichen Anrufungen Gottes, der Jeans verwirrter Seele Frieden und Heilung bringen sollte.

Wenn nur Sylvia endlich gehen würde! dachte Jean voller Sehnsucht. Sie stellte sich vor, daß ihr Vater mit Noel bei der Arbeit im Wald war, daß George unterwegs war, um Trinkwasser zu holen, und Tashi unter dem uralten Mandelbaum Kokosnüsse raspelte. Wenn sie die Augen schloß, konnte sie Granny sehen, die sich mit ihrem großen alten Hut ein wenig Luft zufächelte. Vielleicht war das ihre zweite Chance. Die

Gelegenheit, alles richtig zu machen, den Pastor nicht in Versuchung zu führen, Noel unter dem Mangobaum nicht zu provozieren und nicht vom Tod zu sprechen, um Gott nicht auf sich aufmerksam zu machen.

Aber als sie die Augen öffnete, war Sylvia immer noch da, und das Haus war erfüllt von den hektischen Geräuschen des Stadtlebens und nicht von denen des müßigen, entspannten Landlebens von St. Mary. Kurz darauf stellte Tante Vi ihre heilenden Berührungen ein, setzte sich auf und streckte ihren schmerzenden Rücken.

»Ich werd dir 'ne Fischbouillon machen«, verkündete sie schließlich, »damit du wieder zu Kräften kommst. Außerdem scheint mir, daß Miss Sylvia unter vier Augen mit dir reden will.«

Jean schaute Tante Vi hinterher und kam sich wieder allein und verlassen vor. Sie ignorierte die leichte Berührung von Sylvias Fingern auf ihrem Arm und drehte sich auch nicht um, als ihre Cousine aufseufzte.

»Jean, was soll ich Jimmy sagen?«

Wut stieg in ihr auf. »Was willste ihm denn sagen? Nach allem, was er mir angetan hat, hab ich ihm nix mehr mitzuteilen.«

»Das ist nicht gerade sehr konstruktiv.« Sylvia setzte sich auf den Rand des Bettes. »Vorhin wolltest du ihn noch vom Flughafen abholen.«

»Das war vorher.«

»Vor was?«

Jean warf Sylvia einen verschlagenen Blick zu. »Glaubste vielleicht, daß ich dir das einfach sag? Denk nich, daß ich nich weiß, was zwischen dir un Jimmy läuft! Du warst's doch, die diese Stimmen in meinen Kopf gesteckt hat, Sylvia, nich wahr?«

»Ach, hör doch auf, dich wie eine Idiotin zu benehmen! Niemand hat irgend etwas in deinen Kopf gesteckt, und zwischen mir und Jimmy läuft überhaupt nichts.«

Jean lachte und konnte sich kaum wieder einkriegen. Das Lachen schäumte in ihr auf und lief über, bevor sie etwas dagegen unternehmen konnte. Mühsam schluckte sie es wieder hinunter, damit es nicht vollständig auslief. »Glaubste, du kannst mich für dumm verkaufen, Sylvia? Seit Winstons Tod versuchste mir Jimmy wegzunehmen!«

Sylvia schüttelte den Kopf und stand auf. »Es hat im Augenblick offenbar keinen Zweck, mit dir zu reden.«

Jean hörte es kaum. In Gedanken war sie schon woanders. »Wann wird Jimmy mich besuchen kommen?«

Sylvia atmete tief ein. Sie musterte ihre Cousine, ihren wilden Gesichtsausdruck, ihre abgebrochenen Fingernägel. Als Jimmy sie nach Jamaika geschickt hatte, war sie zwar ziemlich kaputt gewesen und hatte zuviel getrunken – aber ihr jetziger Zustand würde trotzdem ein Schock für ihn sein. Es würde Jean sicherlich nicht helfen, wenn er mit Abscheu auf sie reagierte.

»Ich halte es nicht für eine gute Idee, daß Jimmy gleich herkommt«, sagte sie ruhig. »Er hat eine anstrengende Reise hinter sich und wird erstmal genug mit den Kindern zu tun haben. Ich finde, wir sollten dich erst ein wenig herrichten, bevor du ihn triffst.«

»Du willst ihm nich sagen, wo ich bin!« warf Jean ihr voller Entrüstung vor.

»Sei nicht kindisch«, sagte Sylvia und vermied, ihr in die Augen zu blicken. »Ich vermute, daß Jimmy dich so schnell wie möglich sehen will, wenn es dir wieder gut geht.«

Jean wußte, daß ihre Cousine log. Sie war sich dessen so sicher wie der Tatsache, daß sie nie wieder nach Port Juanero zurück konnte. Sylvia wollte Jimmy für sich haben. *Warum hatte sie das nicht früher begriffen?* Es war die ganze Zeit so gewesen. Sie hatte damit gerechnet, daß ihr eines Tages irgendeine mysteriöse Fremde Jimmy wegnehmen würde – dabei war ihre eigene Cousine die größte Bedrohung gewesen! Sie wollte Sylvia anfahren, wütend werden, irgend etwas sagen, aber statt dessen verirrte sich, bevor sie es verhindern konnte, ein Lächeln auf ihr Gesicht.

»Jean«, sagte Sylvia, die ihre Meinung nun geändert hatte, »ich werde nicht zulassen, daß du Jimmy in die Mangel nimmst. Wenn du ihn sehen willst, wirst du nach Port Juanero kommen müssen, denn ich werde ihn bestimmt nicht dazu ermutigen, weiter hinter dir herzurennen.«

»Aber's geht mir nich gut, Sylvia.« Jean zog sich in ein kindliches Verhaltensmuster zurück. »Du hast doch selbst gesagt, daß ich schlecht ausseh!«

Sylvia ließ sich nicht erweichen. »Was du brauchst, ist ein Arzt, nicht Jimmy. Ich versuche, für dich am Freitag einen Termin bei einem Psychiater zu arrangieren. Wenn du es wirklich ernst mit Jimmy meinst, wirst du dir die Mühe machen, hinzugehen.«

Jean fühlte sich eingeschüchtert und gedemütigt. Die Worte ihrer Cousine waren nur ein weiterer Beweis dafür, daß Sylvia keinerlei Mitgefühl mit ihr hatte. Sie rollte sich wie ein Igel zusammen, schloß die Augen, um die Verräterin nicht mehr sehen zu müssen, und überließ sich widerstandslos den Stimmen, die eine nach der anderen wieder in ihren Schädel gekrochen kamen.

18. KAPITEL

Hatte sie die richtigen Entscheidungen getroffen? Die Frage heftete sich wie ein anhänglicher Hund an Sylvias Fersen, während sie mit den anderen im überfüllten Minibus nach Port Juanero saß, und wich auch nicht von ihrer Seite, nachdem sie Aleesa und Davian versorgt hatte. Die Bedenken drückten ihr aufs Gemüt und nervten sie. Sie fuhr George an, weil er das, was Aleesa und Davian durchgemacht hatten, auf die leichte Schulter nahm, und scheuchte seine Kinder fort, die ihr erzählen wollten, was sie bei Miss Lisa alles erlebt hatten.

Sie wünschte, sie könnte ihre Entscheidungen mit jemandem besprechen, könnte das Für und Wider mit jemandem abwägen und sich selbst davon überzeugen, daß sie nur die besten Absichten hegte. Ihr Schädel brummte vor lauter Fragen. Tat sie das Richtige? Waren ihre Beweggründe die richtigen? War es ethisch zulässig, an Jimmys Stelle zu entscheiden, was mit Jean geschehen sollte – selbst wenn es zum Besten der Kinder war? Die Situation bereitete ihr einiges Kopfzerbrechen, und allmählich überkam sie ein Widerwillen. Es hätten die schönsten Ferien ihres Lebens werden sollen, eine Zeit, in der sie neue Erfahrungen sammelte, die die Stelle ihrer Erinnerungen einnehmen konnten – und nicht eine Zeit, in der sie sich mit denselben Fragen wie in ihrem Berufsalltag herumschlug.

Port Juanero war eine kleine, von der Gewohnheit gegenseitiger Hilfsbereitschaft geprägte Gemeinde, in der jede Familienkrise rasch zum Gegenstand öffentlichen Interesses wurde. Jeder wußte von Aleesas und Davians Verschwinden, und die Nachricht ihrer Rückkehr führte einen Strom von Gratulanten in Georges kleines Haus, die dort für festliche Stimmung sorgten.

Sogar Mr. Mandrake kam mit seiner rundlichen Frau vorbei, schüttelte Sylvia die Hand, gratulierte ihr und schenkte den Kindern Käsecracker, damit jeder sah, daß er nicht nachtragend war.

Sylvia saß mit Pearl, Miss Lisa und den zwei Marktfrauen auf der Veranda und wünschte, sie könnte ihre Sorgen mit ihnen teilen. Die Hilfsbereitschaft der drei Frauen hatte sie überrascht. Als Mauvia sich krank gemeldet hatte, hatte Miss Lisa Pearls Kinder ohne Zögern bei sich aufgenommen. Und ohne Dorries und Miss Bertas Hilfe hätten sie niemals Tante Vis Adresse herausbekommen. Sylvias unbeholfenen Vorschlag, ihnen den Zeitaufwand zu bezahlen, lehnten die Frauen ab. Alle Dankesworte zurückweisend, meinte Miss Berta nur, daß Frauen zusammenhalten müßten, und Dorrie fand ein paar passende Adjektive für Georges fehlende Hilfsbereitschaft und seine Teilnahmslosigkeit.

Die Frauen wußten, daß sie sich für die Sicherheit von Jimmys Kindern verantwortlich fühlte. Trotzdem konnte sie mit ihnen nicht über Jeans Leben reden. Nicht daß sie glaubte, sie würden ihr Vertrauen mißbrauchen! Sie kannte sie jetzt besser. Selbst Miss Berta tratschte nur über Unwichtiges und erzählte nur weiter, was bereits allgemein bekannt war. Alles, was man ihr sonst noch anvertraute, behielt sie für sich.

Aber die Sache mit Jean war etwas ganz anderes: ein komplexes moralisches Problem. Sylvia starrte nachdenklich auf die grellorangenen Früchte des Soracee-Strauchs, der sich am Maschendrahtzaun hochrankte. *Sie würden es nicht verstehen,* dachte sie bedauernd, ohne sich jedoch die Mühe zu machen, diese Vermutung zu überprüfen, *ihnen fehlt einfach das Wissen und der intellektuelle Hintergrund, um ethische Fragen dieser Art erfassen zu können.*

Ihrer Meinung nach ließen sich Pearl und die anderen, so bewundernswert und selbstlos ihr Verhalten auch war, von Gefühlen und nicht von einem rationalen Begriff ethischer Verantwortlichkeit leiten. Sie dachte sehnsüchtig an ihre Freunde und Kollegen in England, Menschen, die ihre

Anschauungen und Bedenken teilten. Wenn sie nur einen einzigen von ihnen hier hätte, einen einzigen Menschen, der nicht die Last seiner eigenen Sorgen auf ihren Schultern ablud!

Überrascht von den zahlreichen Hilfsangeboten, hatte sie sich mißtrauisch in sich selbst zurückgezogen. Fragen nach dem Geisteszustand von Georges Schwester beantwortete sie ausweichend und deutete lediglich an, daß Jean zu Besuch bei einer Verwandten in der Stadt sei.

Der Mond stand schon hoch am Himmel, als der Besucherstrom nachließ und die Meute der Gratulanten sich allmählich auf den Heimweg machte. Miss Lisa blieb noch, um Pearl beim Aufräumen zu helfen, und Sylvia zog sich ins Gästezimmer zurück. Sie setzte sich auf die Bettkante, betrachtete die schlafenden Kinder im Mondlicht, das durch die offenen Fensterläden fiel, und dachte über die Entscheidungen nach, die sie für ihre Mutter getroffen hatte.

Sie hatte es stets für ihre wichtigste Aufgabe gehalten, den von ihr betreuten Menschen die Möglichkeit offenzuhalten, eigene Fehler zu machen – jedenfalls, soweit das zu Lernprozessen und nicht zu Katastrophen führte. Und jetzt schob sie plötzlich die Mitglieder von Jimmys Familie wie Figuren auf einem Schachbrett herum! Sie konnte sich noch so oft sagen, daß sie nur das Beste wollte, es blieb die Frage: *Wessen Bestes?* Bis tief in die Nacht, als nur noch das gelegentliche Bellen streunender Hunde und Davians schweres Atmen die Stille unterbrachen, hielten diese Überlegungen sie wach. Schließlich gab sie alle Erklärungsversuche auf. *Ich muß einfach tun, was ich für richtig halte und die Folgen auf mich nehmen,* beschloß sie.

Sie schmiegte sich an die Kinder, freute sich an der Wärme ihrer kleinen Körper und den kaum hörbaren Lauten, die sie im Schlaf von sich gaben. Ihr war bisher nicht klar gewesen, wie leer ihre Arme waren, wie sehr sie sich insgeheim nach einem eigenen Kind sehnte, nach einer Tochter wie Aleesa oder einem Sohn wie Davian, der so schelmisch lächeln konnte und sie so sehr an Winston erinnerte.

In der ersten Dämmerung stand sie auf. Sie war zu unruhig, um weiter gegen ihre Schlaflosigkeit anzukämpfen. Den taufrischen Morgen und den Frieden der Einsamkeit genießend, ging sie zum Meer hinunter. Die Flut hatte nachgelassen, der Strand lag feucht und verlassen vor ihr. Sie setzte sich auf einen Baumstamm, der im nassen Sand lag, und lauschte dem Rhythmus des Meeres, bis die ersten orangenen Sonnenstrahlen über Carbaritta Island erschienen und die Fischerboote in ein malerisches Licht tauchten.

In der strahlenden Schönheit des anbrechenden Tages vermochte sie, was ihr in der schlaflosen Nacht nicht gelungen war: sich selbst zu überzeugen. Jean bei Tante Vi zu lassen, *war* im Interesse aller. Die alte Dame schien eine beruhigende Wirkung auf ihre Nichte zu haben, und Jean brauchte jetzt nichts so sehr wie bedingungslose Zuwendung.

Es war sowieso nur noch für einen Tag. Nur noch, bis sie ihre Cousine zu dem Psychiater bringen konnte, dessen Adresse sie im Telefonbuch gefunden hatte und der ihr etwas verschrieben hatte, um sie ruhig zu stellen. Sobald Jimmy angekommen war, würde sie dann mit Jean nach England fliegen. Sie war sicher, daß sie ohne Probleme zwei Plätze im selben Flugzeug bekommen würden, da es oft vorkam, daß Touristen ihren Aufenthalt auf der Insel verlängerten. Jimmy brauchte nichts zu erfahren. Das war sogar besser, weil ihn andernfalls Schuld- und Verantwortungsgefühle dazu bringen könnten, sich einzumischen und alles zu verderben. Es war besser für ihn, wenn er Jean erst sah, *nachdem* sie die notwendige Behandlung erhalten und ihre momentane Destruktivität abgelegt hatte.

Als sie schließlich wieder zum Haus kam, waren die ersten Pendler schon auf dem Weg zur Arbeit. Die meisten von ihnen grüßten sie oder hielten an, um nach den Kindern zu fragen. Das gab ihr ein gutes Gefühl. Es kam ihr vor, als sei sie in die Gemeinschaft aufgenommen.

Ihre Euphorie hielt an, bis sie plötzlich das heftige Aufschlagen von Stein auf Holz hörte. Mitten auf der Treppe zum Haus hielt Sylvia inne. Sie wandte sich um und richtete ihren Blick instinktiv auf das Gemeindegrundstück hinter der Schule. Drei Halbwüchsige waren damit beschäftigt, Miss Maddys Haus mit Steinen zu bewerfen. Sylvia konnte den boshaften, feindseligen Ausdruck auf ihren Gesichtern förmlich vor sich sehen. Genau so hatten die Menschen in Kingston Jean angeschaut: als ob sie sie mit einer tödlichen Krankheit anstecken könnte. Die Beobachtung, daß die Neigung der Jamaikaner zur Gewalt stark zunahm, sobald es um Geisteskrankheit ging, hatte sie erschüttert, denn sie widersprach aufs heftigste ihrem Vorurteil, daß die Menschen hier freundlicher und toleranter seien als in England. Aus irgendeinem Grund hatte sie bisher geglaubt, daß Intoleranz und Diskriminierung in der Karibik mit der Kolonialzeit verschwunden seien.

Miss Maddys Stimme, die sich zu einem ängstlichen Wimmern erhob, erinnerte sie an die Laute, die Jean von sich gegeben hatte. Kein Zweifel: Wenn sie hinunter zu Miss Maddys Haus ging, würde sie den Haß und die Angst der Städter in den Augen der Jungen widergespiegelt sehen. Sie ärgerte sich über die Abgestumpftheit dieser Leute und wünschte, man könnte sie irgendwie dazu zwingen, sich klarzumachen, welches Leid sie verursachten. Auf Jamaika schien jedermann, selbst die kultiviertesten und gebildetsten Leute, mit Geisteskranken seinen Scherz zu treiben. Es war, als würde ein moralisches Krebsgeschwür im Körper der Gesellschaft wuchern und jede Humanität nach und nach verschlingen.

Sylvia hatte sich nicht einmischen wollen, doch plötzlich trugen ihre Füße sie den Hügel hinab. Vorbei an einer überfüllten Ziegenweide, vorbei an der kleinen Calaloo* -Pflanzung, die mit Hilfe von Pestiziden betrieben wurde, die in den USA längst verboten waren, vorbei am Grab des letzten Besitzers der Solon-Plantage zu dem Platz, an dem Miss Maddys

* Eine spinatähnliche Gemüsepflanze. (A.d.Ü.)

Haus stand, das neben den windschiefen, grauen Nachbarhäusern unverhältnismäßig wohlhabend wirkte. In ihrer Wut achtete sie weder auf die zunehmende Hitze noch auf die holprige Oberfläche der zerfurchten Straße, die sich in das weiche Leinen ihrer Sandalen grub.

Als sie sie erblickten, grinsten die drei Jungen und suchten sich neue Steine. Aus der Nähe sahen sie älter aus, als Sylvia vermutet hatte – es waren beinahe erwachsene Teenager. Sie achtete nicht auf die wortlosen Versuche der Jungen, sie auf ihre Seite zu ziehen, sondern marschierte an ihnen vorbei, bis sie unmittelbar vor Miss Maddys Haus stand.

»Hört sofort damit auf, habt ihr mich verstanden? Warum sucht ihr euch nicht eine sinnvolle Beschäftigung, anstatt eine wehrlose Frau mit Steinen zu bewerfen?«

Die Jungen sahen sie erstaunt an. »Da wohnt doch Maddy, M'am«, antwortete schließlich der Kleinste von ihnen, ein Dicker mit trockenen Hautflecken. »Der isses doch egal, was wir hier machen.«

Sylvia kreuzte die Arme vor der Brust und starrte sie an. »Habt ihr sie jemals gefragt?«

Der Wortführer wechselte einen irritierten Blick mit seinen Kumpanen und kratzte sich am Kopf. »Aberse iss doch verrückt, Ma'm, se kriegt doch gar nix mit.«

Dieses beiläufige Abtun ekelte sie an. Die Wut, die sie gestern in Kingston empfunden hatte, kam wieder hoch, und sie ließ sie hemmungslos an ihnen aus. Verblüfft lauschten die Jungen Sylvias Belehrungen und warfen die Steine weg, als sie ihnen drohte, die Polizei zu holen, wenn sie nicht aufhörten. Zufrieden sah sie, daß sie sich hastig ein ganzes Stück zurückzogen. Was hatte sie schon zu erwarten von einer Bande Taugenichtse, die Spaß daran hatten, eine hilflose Frau zu quälen?

Sylvia war stolz auf sich selbst, weil sie die Augen nicht vor dem Leid dieser Frau verschlossen hatte. Dieses Mal war sie zum Gemeindeland hinabgestiegen und hatte sich für das engagiert, woran sie glaubte!

Sie lächelte flüchtig. *Wenigstens für Miss Maddy habe ich etwas getan – wenn ich die Leute gestern schon nicht davon abhalten konnte, sich über Jean lustig zu machen.*

Zufrieden mit dem, was sie erreicht hatte, richtete sie sich auf und erwartete halb, daß die Ausgestoßene voller Dankbarkeit und Anerkennung aus dem Haus gelaufen käme. Als sich nichts tat, klopfte Sylvia, verwirrt vom Ausbleiben jeder Reaktion, vorsichtig an die massive Holztür. »Sie sind jetzt weg, Miss Maddy. Wenn Sie wollen, können Sie ruhig rauskommen.«

Immer noch nichts. Sie versuchte es noch einmal, hämmerte mit den Fingerknöcheln gegen den robusten Rahmen. Diesmal öffnete sich die Tür ein wenig, und ein mißtrauischer Blick traf sie.

»Es ist vorbei«, wiederholte Sylvia freundlich. Sie nahm an, daß die Frau noch zu verschreckt war, um die Tür weiter zu öffnen. »Die Jungen sind weg, und nach allem, was ich ihnen gerade gesagt habe, glaube ich nicht, daß sie Sie noch einmal belästigen werden.«

Die Tür wurde geöffnet, und ein wutverzerrtes Gesicht kam zum Vorschein. Die Frau räusperte sich kurz und spie einen mächtigen Schwall Speichel nach Sylvia. Er verfehlte sie um Haaresbreite. Dann schickte sie eine Reihe Schimpfwörter hinterher, die ihre selbsternannte Retterin erschütterten.

»Ich habe doch nur versucht, Ihnen zu helfen«, entgegnete Sylvia aufgebracht, als die Schimpftirade ein wenig nachließ. »Sie könnten mir wenigstens ein bißchen dankbar sein.«

Die Frau bleckte die Zähne. »Hatse vielleicht jemand um Ihre Hilfe gebeten?«

Sylvia wollte ihren Ohren nicht trauen. »Wissen Sie, ich hätte nicht hierher kommen müssen. Ich hätte diese Jungs einfach ihr Haus zerstören lassen können – wäre Ihnen das lieber gewesen?«

»Ich habse nich um Ihre Hilfe gebeten«, beharrte die andere. »Mit den' hab ich noch nie Ärger gehabt.«

Sylvia sah die zerlumpte Frau voller Verachtung an. Sie hätte sie am liebsten am Kragen gepackt und dazu gezwungen, sich endlich gegen die ewigen Erniedrigungen zur Wehr zu setzen. Sie mußte tief durchatmen, um ihre ganze angestaute Wut zu unterdrücken. »Mir scheint allerdings, daß Sie mit ziemlich vielen Leute in der Gegend Ärger haben«, erwiderte sie schließlich mühsam.

Die Frau sah sie einen Moment lang verständnislos an. »Ich hab mit niemand Ärger«, sagte sie streitlustig. »Die Männer, die mich besuchn komm', schenken mir Geld un'ne Menge andrer schöner Sachen, se kaufen mir sogar Eistorte un Hühnchen.«

»Das ist nicht der Punkt.«

Miss Maddy blinzelte. »Ich weiß nich, von welchem Punkt Sie reden, Miss, aber meine Kavaliere sin immer gut zu mir. Sie ham mir 'n neues Haus gebaut, als der Bulldozer mein altes in Trinity kaputt gemacht hat, un wennse nachts zu mir komm', flüsternse mir lauter süße Wörter ins Ohr. Warum haben Sie se vertrieben?«

»Aber Sie können sich doch nicht derartig benutzen lassen«, entgegnete Sylvia voller Abscheu. »Die haben nicht das geringste Recht dazu, Sie auszunutzen.«

Wieder bleckte die Frau die Zähne. »Sie haben ja überhaupt keine Ahnung! Hatse denn jemand gebeten, sich in meine Angelegenheiten zu mischen un meine Kavaliere zu vertreiben?«

»Miss Maddy, bitte versuchen Sie doch zu verstehen ...«

»Ich will nix verstehn! Ich habse nich um Hilfe gebeten, ich will keine Hilfe von 'ner Ausländerin. Hamse nich gehört, daß ich verrückt bin? Warum lassense mich dann nich einfach in Ruhe!«

Nach diesem letzten Wortschwall schlug sie die Tür zu. Sylvia starrte peinlich berührt auf das solide Holz. Hinter ihrem Rücken hörte sie unterdrücktes Kindergekicher und ärgerte sich noch mehr. *Undankbares Weib!* dachte sie wütend, drehte sich um und ging davon. *Sie hat noch nicht mal genug Verstand, um zu begreifen, wann ihr jemand helfen will!*

Die Sonne stand nun höher am Himmel, und da sie nicht länger von rechtschaffener Entrüstung getrieben wurde, war es eine mühselige und schweißtreibende Angelegenheit, sich den Hügel wieder hinaufzumühen. Sylvia war gekränkt. Sie war den ganzen Weg zur Schule hinuntergelaufen, und diese Frau war ihr nicht einmal dankbar dafür. *Einige dieser Frauen sind selbst ihre größten Feinde!*

Als sie den Hügel halbwegs erklommen hatte, winkte Jalini ihr zu und hüpfte ihr entgegen, um sie vor dem Haus abzufangen. »Aleesa un Davian schlafen noch, Tante Sylvia«, sagte das Kind aufgeregt, »un Mama hat gesagt, ich sollse nich wecken, bisde kommst … Darf ichse jetz wecken, Tante?«

Sylvia schwitzte und war gereizt. »Nein, Jalini, sie brauchen ihren Schlaf.«

Als sie die Treppen hinaufstieg, hielt das Kind mit ihr Schritt. »Stimmt's, daß Tante Jean genauso verrückt geworden iss wie Miss Maddy un dasse Mama schlagen wollte, Tante?«

Bestürzt schaute Sylvia das Kind an. »Von wem hast du denn diesen Unfug, Jalini? Natürlich hat deine Tante nicht versucht, deine Mama zu schlagen. Es geht ihr nicht gut, das ist alles.«

Jalini machte ein einfältiges Gesicht. »Ich hab ja bloß gedacht …« Sie hatten die Veranda erreicht, und das Kind verjagte einen der Hunde, der ihnen in den Schatten folgen wollte.

Lutie saß auf dem Stuhl, ließ Kaona auf ihren mageren Knien reiten und schnitt Grimassen, um ihn zum Lachen zu bringen. »Iss die verrückte Tante Jean jetz verrückt geworden, Tante Sylvia?« wollte sie wissen.

Sofort erschien Dionne in der Tür. »Isses wahr, daß Tante Jean zurückkommt un uns umbringt, wenn wir schlafen?« fragte sie ängstlich und mit Tränen in den Augen.

»Selbstverständlich nicht!« Sylvia bemühte sich, die Beherrschung zu bewahren. »Eurer Tante geht es nicht gut, und sie bleibt so lange in Kingston, bis es ihr wieder besser geht.«

Es kostete sie viel Mühe, die Kinder zu beruhigen, und als sie damit fertig war, war ihre Laune noch schlechter als zuvor. Verärgert schnitt sie Pearl mit einem kurzangebundenen »Guten Morgen« das Wort ab, und auch George erging es nicht besser. In seinem Eifer, seine Idee einer Willkommensparty für Jimmy mit ihr zu besprechen, ignorierte er ihre schlechte Laune, bis sie ihm geradeheraus sagte, er könne ihr den Buckel hinunterrutschen.

George ließ sich aber nicht abschrecken und redete weiter auf sie ein, bis sie an der Treppe stehenblieb und ihm ungeduldig zuhörte.

»Mein Gott, George!« fuhr sie ihn an, als ihr klar wurde, was er vorhatte. »Hast du denn kein bißchen Taktgefühl? Jean ist krank, und du sprichst von einer Party für Jimmy!«

»Mensch, was willste denn von mir, Sylvia? Ich kann doch nix dafür, daß Jean dauernd Ärger macht.«

»Sie macht keinen Ärger, George, sie ist krank. Du könntest wenigstens ein bißchen Mitleid mit ihr haben.«

»Mitleid, du lieber Himmel! Ich will nich mit dir streiten, Sylvia, ich weiß ja, dasses in England 'n bißchen anders läuft als hier. Aber Jean macht uns allen bloß deshalb Kummer, weil se nich aufhört, sich selber verrückt zu machen.«

»Das ist nicht ganz fair.«

Er achtete nicht darauf. »Jeder will Jimmy sehn. Es bedeutet den Leuten viel, dasser so erfolgreich iss.«

Im Bewußtsein, daß ihre schlechte Laune zum großen Teil von der Enttäuschung und dem Ärger über Jean und Miss Maddy herrührte, schluckte Sylvia ihre Antwort hinunter. »Mach doch, was du willst, George. Ich muß jetzt nach den Kindern sehen.«

Sie waren wach und hielten sich an den Händen. Aleesa hatte sich beschützend auf die Bettkante gesetzt, Davian lag mit weit aufgerissenen Augen neben ihr. Sylvia spürte ihren Kummer, als ob es ihr eigener wäre. Die beiden waren schweigsam und in sich zurückgezogen, und sie zwang sich dazu, sie in Ruhe zu lassen. In diesem Moment wurde ihr bewußt, wie sehr es ihr an Erfahrung im Umgang mit Kindern fehlte, und sie wünschte sich, sie und Winston hätten nicht immer wieder Gründe gefunden, das Kinderkriegen aufzuschieben. Während Aleesa duschte, wusch sie Davian. Als sie anschließend Porridge und Schwarzbrot frühstücken gingen, setzte sich Sylvia zu ihnen an den Tisch.

Obwohl Pearl wie gewöhnlich an der Spüle stand und ihre Kinder auf der Veranda mit den Hunden spielten, herrschte im Haus eine ernste, spannungsgeladene Stimmung. Sylvia hatte das starke Bedürfnis, dieser bedrückenden Atmosphäre zu entfliehen.

»Wie wäre es, wenn wir den Vormittag am Strand verbrächten?« schlug sie vor.

Aleesa war sofort begeistert. »Können unsere Cousinen mitkommen?«

Wie magisch angezogen erschienen Pearls Kinder in der Tür. Jalini schob sich nach vorne. »Dürfen wir mit euch an den Strand, Tante Sylvia?«

Von ihrem Geschrei genervt, wollte Sylvia schon ablehnen, weil sie es satt hatte, dauernd etwas für andere oder deren Kinder zu tun. Seit sie nach Jamaika gekommen war, hatte sie kaum eine ruhige Minute für sich gehabt, und das reichte ihr allmählich.

»Ich weiß nicht«, murmelte sie, »ich bin nicht sicher, ob ich es heute mit euch allen aufnehmen kann.«

Pearl wandte sich von der Spüle zu ihnen um. In ihren Augen spiegelte sich der Wunsch ihrer Kinder wider.

»Ich wär dir total dankbar, wennde se mitnehmen könntest, Sylvia. Ich muß nämlich nach Oche fahren, un Mauvia kommt heut nich.«

Sylvia fühlte sich Pearl gegenüber irgendwie verpflichtet und ärgerte sich darüber. »Aber das Baby kann ich nicht mitnehmen, Pearl«, warnte sie.

»Das iss schon in Ordnung«, entgegnete Pearl mit schlecht verhohlener Erregung, »Miss Lisa will ihn heut vormittag nehmen, ich muß ihn nur noch bei ihr abliefern. Es geht nur um die Großen, verstehste. Miss Lisa kannse heut nich auch noch nehmen, weil ...«

»In Ordnung, ich nehme sie mit«, unterbrach sie Pearls weitschweifige Erklärungsversuche. »Aber erwarte bloß nicht, daß es zur Gewohnheit wird.«

»Ich würd dich nich drum bitten, wenn ich 'nen andern Ausweg wüßte, Sylvia«, erwiderte Pearl leise.

Sylvia war beschämt. »Es tut mir leid, Pearl. Ich wollte damit nicht sagen, daß du sie mir aufzwingst. Also los, ihr fünf! Geht rauf und holt eure Badesachen.«

Pearl wartete, bis die Kinder die Treppe hinaufgerannt waren, und kam dann an den Tisch. »Ich geh mich in dem neuen Palm Springs Hotel vorstellen. Die suchen Zimmermädchen, un se zahlen nich schlecht.«

Sylvia war beeindruckt. »Heißt das, daß George damit einverstanden ist?«

»Ich hab's ihm noch nich so ganz gesagt. Ich denk, wir könnten das Geld gut brauchen.« Sie zögerte. »Findeste, dasses 'ne gute Idee iss?«

Was sollte sie darauf antworten? Schließlich hatte sie nie mit einem Mann zusammengelebt, der so unzulänglich war wie George. Sie entschied sich für einen Kompromiß. »Ich finde ... wenn du es möchtest und für richtig hältst, solltest du es versuchen.«

Pearl lächelte erfreut. »Glaubste, daß ich 'ne Chance hab, genommen zu werden?«

Jetzt erst merkte Sylvia, wie unsicher Pearl wirklich war, spürte den Mangel an Selbstvertrauen, der in vielen Jahren der Unterdrückung entstanden war. »Du hast dieselbe Chance wie jede andere, Pearl.«

»Aber seit der Teilzeitstelle, die ich vor der Geburt der Zwillinge hatte, hab ich nich mehr richtig gearbeitet. Die paar Stunden bei Miss Chung, nachdem Jali in die Schule gekommen war, zählen eigentlich nich un ...«

»Arbeit ist Arbeit«, unterbrach Sylvia. »Und, glaube mir, Pearl, einen Haushalt zu führen und vier Kinder aufzuziehen *ist* harte Arbeit. Wenn du überlegst, was du alles planen mußt, die Putzerei und die Einkäufe – du hast bestimmt genug Erfahrung, um als Hausmeisterin zu arbeiten.«

Pearl lachte, und ihre Anspannung ließ ein wenig nach. »Für 'ne Hausmeisterin bin ich aber zu dunkel. Wennse 'ne schwarze Hausmeisterin sehen, denken die meisten Touristen, daß das Hotel nich gut iss, un suchen sich lieber eins, wo der Hausmeister 'ne hellere Haut hat.«

»Glaubst du das wirklich?« fragte Sylvia nachdenklich. Das stillschweigende Einverständnis, das Pearls beiläufige Worte ausdrückten, bedrückte sie. Sie hatte solche Äußerungen in verschiedenen Versionen gehört, *aber daß Pearl es für so normal hält, daß sie darüber Witze machen kann!* Jean hatte ihr einmal begreiflich zu machen versucht, daß der Rassismus der Farbabstufungen hier dermaßen um sich gegriffen hatte, daß er allgegenwärtig und unausrottbar geworden war.

»Jeder weiß, daß in diesem Land nur Leute mit heller Haut 'nen guten Job kriegen. Selbst wenn ich 'ne sehr gute Ausbildung hätt, würd ich die Stelle höchstwahrscheinlich nich kriegen, weil ich so schwarz bin«, sagte Pearl ernsthaft. »Du weißt doch, wie dunkel Marcie iss?« Sie wartete, bis Sylvia genickt hatte. »Na, genau das iss der Grund, aus demse nich Hausmeisterin geworden iss, sagtse. Sie haben 'ne hellere Frau geholt un ihr den Job gegeben, obwohl se nich so gute Zeugnisse un viel weniger Erfahrung als Marcie hat – un Marcie muß immer noch die Hauptarbeit machen, weil die Hellere nämlich gar nix davon versteht.«

Diese Geschichte kam ihr erschreckend bekannt vor. »Warum unternimmt denn niemand etwas dagegen?«

»Man kann nix machen«, zuckte Pearl resigniert die Achseln, »so iss Jamaika. Selbst Lawrence sagt, dasses die neue Regierung genauso schlimm treibt wie die alte. Das kommt daher, daß den Hellhäutigen un den Weißen alles gehört, weißte. Sie kriegen's direkt von der Regierung, auf Kosten der Schwarzen. Marcie sagt, das iss so, weil se Angst haben, dasses mit ihrem süßen Leben vorbei wär, wenn die Schwarzen jemals bekommen würden, was ihnen zusteht.«

Sylvia war wütend und gleichzeitig verlegen. Anscheinend fühlte sie sich heute von allem und jedem persönlich angegriffen. Sie vermutete, daß es an dem Druck lag, der auf ihr lastete, dem Gefühl ihrer eigenen Verletzlichkeit, das Jeans Verfall in ihr geweckt hatte. Sie war froh, daß die Rückkehr der Kinder die Unterhaltung beendete und dem Gefühl der Ohnmacht, das sie ergriff, einen Riegel vorschob. Mechanisch nahm sie die Tasche entgegen, die ihr Aleesa in die Hand drückte, und schaute nach, ob sie alles Notwendige eingepackt hatte.

»Ich habe deinen Badeanzug und deine Bademütze«, sagte das Mädchen wichtigtuerisch, »und ich habe auch an die Sonnencreme und die Insektensalbe gedacht, und Davian und ich haben unser Taschengeld von vorletzter Woche gefunden, und wir haben es eingesteckt, um den anderen etwas im Strand-Shop zu kaufen.«

Angesichts der Großherzigkeit des Kindes mußte Sylvia lächeln. Das ungute Gefühl, das sie während des Gesprächs ergriffen hatte, verlor sich im Durcheinander des Aufbruchs. Nach all der Hektik und Anspannung der letzten Woche merkte sie plötzlich, daß sie sich auf den Ausflug freute. Pearl gab ihr für den Fall, daß sie früher nach Hause kommen sollten als sie, einen Ersatzschlüssel und packte ihnen zum Ausdruck ihrer Dankbarkeit noch Mangos und Käsestangen als Proviant ein.

19. KAPITEL

Als Sylvia und die Kinder am späten Nachmittag vom Strand zurückkamen, herrschte großer Betrieb in Solon Heights. Die Luft war voller Abgase, und der schläfrige Frieden der Siedlung war einer Geräuschkakophonie gewichen, die die Autos erzeugten, die im Gänsemarsch den Hügel erklommen. Die Fahrer ließen die Motoren aufheulen, damit sie auf dem steilen Hang nicht ausgingen, und veranstalteten mißtönende Hupkonzerte, sobald sich andere mit ihren Fahrzeugen vordrängeln wollten.

Je weiter sie den Hügel hinaufkamen, desto überfüllter wurde die Straße. Die Fahrzeuge mußten hier ständig anhalten, um festlich gekleidete Fußgänger vorbeizulassen. Autos unterschiedlichster Fabrikate drängten sich am Straßenrand: Alte Cortinas und Chevrolets, verfallene Datsuns und Toyotas parkten oft so nahe beieinander, daß sich ihre Stoßstangen berührten. Auch als sie den Flamboyant neben der Landwirtschaftsstation erreichten, wälzten sich immer noch neue Autos herbei und spien aufgeregte Insassen aus, die über die Straße eilten und ihnen flüchtige Grüße zuriefen.

Die Menschenströme trafen sich vor Georges Haus. Aus den Jubelrufen schloß Sylvia, daß Jimmy angekommen sein mußte. Seine Ankunft war offenbar Auslöser der Party – George hatte seine Drohung wahr gemacht. Als sie die Stimme des Missetäters laut und wichtigtuerisch herüberschallen hörte, ärgerte sie sich.

»Sie gehen zu unserm Haus, Tante Sylvia«, erklärte Jalini überflüssigerweise, nahm Aleesa bei der Hand und zog sie vorwärts. »Komm, Aleesa, laß uns zugucken, wie Papa tanzt.«

»Lauft nicht weg, ihr beiden.« Ein weiteres Auto rollte vorbei, und es gelang Sylvia gerade noch, die Kinder am Straßenrand festzuhalten. »Bevor ihr euch den Sand von den Füßen gewaschen habt, könnt ihr sowieso nicht auf die Veranda.«

Im selben Moment entschlüpfte ihr Davian und stürzte an den parkenden Wagen vorbei. Lutie, Aleesa und Jalini rannten kreischend hinter ihm her und riefen ihm zu, daß er anhalten solle. Als er die Treppe zum Haus hinaufzusteigen begann, holten sie ihn ein und wetteiferten darum, wer ihm über die hohe Stufe helfen durfte, die die Mitte der Treppe markierte.

Schüchtern schob Dionne ihre kleine Hand in Sylvias. »Isses wahr, daß Papa heute tanzt, Tante?«

Sylvia schüttelte abwesend den Kopf. Sie überlegte noch, ob sie sich die Mühe machen sollte, hinter den Kindern herzulaufen. »Anscheinend ist dein Onkel Jimmy aus England angekommen, und ein paar Leute sind hier, um ihn zu begrüßen.«

Das Gesicht des Mädchens hellte sich auf, aber noch wagte es nicht, den anderen nachzujagen. Unsicher sah es Sylvia an: »Man soll ordentlich gehn un nich einfach losrennen, nich wahr, Tante?«

Sylvia verkniff sich ein Lächeln. Dionne war die schüchternste von Georges Töchtern, diejenige, die am ehesten nach Pearl kam. Das Mädchen hatte nah am Wasser gebaut und machte sich bei allem und jedem, was es tat, Sorgen, ob es nicht vielleicht falsch war. Sylvia hatte den Eindruck, daß es sich am liebsten im Hintergrund hielt, um nur ja für nichts verantwortlich gemacht oder gescholten zu werden.

»Lauf zu den anderen«, sagte sie schließlich, »aber sei auf der Treppe vorsichtig.«

Sie sah Dionne nach, die sich durch die Menge der Gäste nach oben drängelte. Es widerstrebte ihr, Teil einer für ihre Begriffe geschmacklosen Veranstaltung zu sein. Es war nicht sehr rücksichtsvoll von George, Jimmy nach seiner anstrengenden Reise so etwas zuzumuten – als ob ein Stand by-Flug und die Sorge um Jean und die Kinder nicht genug Streß waren! Sie blieb gerade lange genug auf der Veranda stehen, um den Gästen rasch Guten Tag zu sagen, und begab sich dann zur Rückseite des Hauses, um den Kindern am äußeren Wasserhahn den Sand und das Salz von der Haut zu waschen. Danach ließ sie sie auf die Veranda klettern, während sie sich dafür entschied, durch die Küchentür ins Haus zu gehen.

Als Pearl, die gerade eine neue Lieferung Limonade vorbereitete, aufblickte und sie sah, wurde sie ganz aufgeregt. »Ich hab den Job, Sylvia«, flüsterte sie fröhlich und blickte sich unruhig um, als müsse sie damit rechnen, belauscht zu werden. »Montag inner Woche soll ich anfangen. Der Mann glaubt, daß ich die Arbeit schaffen kann.«

»Das ist großartig«, freute sich Sylvia für sie. »Wie hat George es aufgenommen?«

Pearl machte ein verlegenes Gesicht. »Ich hab's ihm noch nich gesagt.«

Angesichts all der anderen unausgesprochenen Dinge konnte Sylvia ihr das nachfühlen. »Hm, nächsten Montag – da hast du nicht mehr allzu viel Zeit, nicht wahr?«

»Iss schwer, den richtigen Moment zu finden«, gab Pearl zu. »Erst recht jetz, wo Jimmy angekommen iss un jeder ihn sehn will.«

»Er wird aber doch nicht hier wohnen, oder?«

»Nein. Er läßt die Kinder hier un übernachtet im San Juanero Hotel, weil er eigentlich nur gekommen iss, umse wieder nach England zu bringen. Aber du kennst George nich. Wenn Jimmy hier iss, verbringt er jede freie Minute mit ihm, bis spät in die Nacht.«

»Was willst du also tun?«

»Ich werd den Job annehmen. Wenn ich keine Gelegenheit hab, vorher mit ihm drüber zu sprechen, muß ich halt heimlich arbeiten gehn un es ihm später sagen ... Wir brauchen das Geld – un ich brauch die Arbeit.«

Das Schreien des Babys unterstrich die letzte Äußerung. Sylvia nickte verständnisvoll. »Tu, was du für richtig hältst. Soll ich mal nach Kaona sehen?«

Pearl lächelte dankbar. »Wahrscheinlich hat er Blähungen, ich hab ihn grad erst gefüttert.«

Während Sylvia das Baby versorgte, dachte sie darüber nach, wie sehr sich Pearls Einstellung zu ihm verändert hatte. Wenn es weinte, trat ihr inzwischen nicht mehr die nackte Verzweiflung in die Augen, und Kaona seinerseits begrüßte sie stets mit einem Lächeln, wenn er sie sah.

Dann zog sie sich, um sich nicht der allgemeinen Feier anschließen zu müssen, in ihr Zimmer zurück. Sie hatte von gestern noch genug vom Schulterklopfen und Glückwünschen, und es kam ihr makaber vor, daß die Leute feierten, obwohl sie von Jeans Tragödie wußten.

Während sie sich damit beschäftigte, die Kleidung der Kinder zu ordnen, fragte sie sich, wie Tante Vi wohl mit Jean zurechtkam. Sie hatte sie früh am Morgen anzurufen versucht, aber die Leitung war ständig besetzt gewesen. Sie grub ihre Finger in eins der eleganten, geblümten Kleider ihrer Cousine, als ihr wieder einfiel, in welch chaotischem Zustand sie das Zimmer vorgefunden hatte. Wenn die Menge hier verschwunden war, mußte sie unbedingt Tante Vi anrufen, ihr einige Hinweise über den Umgang mit Jeans Krankheit geben und sie an den Termin beim Psychiater erinnern.

Nachdem George und Lawrence einander noch ein paar Abschiedsworte zugebrüllt hatten, worauf wenig später das Aufheulen eines Motors folgte, erstarb schließlich der Lärm im Untergeschoß. Sylvia seufzte erleichtert, erhob sich vom Bett und ging zur Tür. Sie war schon lange mit dem Packen fertig und fing allmählich an, sich zu langweilen.

Jimmy saß auf dem Veranda-Sofa und hatte Davian auf dem Schoß, während Aleesa sich an ihn schmiegte. George hockte auf der niedrigen Brüstung. Den mißbilligenden Blick ihres Cousins ignorierend, nahm Sylvia auf dem mit grünem Segeltuch bezogenen Sessel Platz. »Sind alle schon weg?« fragte sie unschuldig.

Jimmy grinste, aber George konnte nicht mitlachen. »Wie konnteste mir das nur antun, Sylvia!« beklagte er sich. »Alle haben nach dir gefragt. Sogar Lawrence kam's so vor, als würdeste uns aus'm Weg gehn.«

»Ich habe dir gesagt, daß ich nichts von deiner Idee mit der Party halte, George.«

»Aber wose nun mal stattfand, hätteste doch mal für fünf Minuten dazu kommen können!«

»Ich bin ziemlich sicher, daß die Leute wegen Jimmy gekommen sind und nicht wegen mir.«

»Du hättest ja wenigstens 'n bißchen mit ihnen reden können. Jetzt denkense, dassde nix mit ihnen zu tun haben willst.«

Sie zuckte die Achseln. »Die meisten von ihnen haben mich erst gestern gesehen. Ich hätte jedenfalls nicht gedacht, daß dir nach Feiern zumute ist«, fügte sie leise hinzu und betonte noch einmal, was sie ihm schon früher gesagt hatte. »Jean ist immerhin deine Schwester.«

»Das mußte mir nich erst sagen.« Er sprang von der Brüstung und zischte zwischen den Zähnen hindurch: »Vom Tag ihrer Geburt an hat Jean nix als Kummer über uns gebracht ... Ich will gar nich dran denken, was se mir seit unsrer Kindheit alles angetan hat!« Seine Verärgerung über Sylvia hatte er über dem stärkeren Groll, den er gegen seine Schwester hegte, inzwischen vergessen. Er wandte sich an Jimmy. »Also, ich seh dich dann später noch. Ich muß noch bei 'n paar Leuten vorbei, bevor's dunkel wird. Willste mitfahren, Sylvia?«

»Ich denke nicht dran.« Die Schroffheit, mit der sie das sagte, ließ ihn die Augenbrauen zusammenziehen. Sylvia zwang sich, einen ruhigeren Ton anzuschlagen. »Ich will morgen ganz früh nach Kingston fahren, deshalb muß ich früh ins Bett.«

»Ich wollt sowieso nich lang bleiben«, ließ George nicht locker, »außerdem fahr ich unter andrem auch deswegen, um euch 'n paar Kokosnüsse zu besorgen.«

»Ich komme mit«, schlug Aleesa vor. »Davian und ich können dir helfen, die Nüsse zu tragen.«

»Ich komm auch mit«, verkündete Jalini sofort.

»Papa«, fragte Lutie verstimmt, »wenn Jalini mitfährt, müssen Dionne un ich dann auch mit?«

George gab ein ungeduldiges Brummen von sich. »Hört sofort mit dem Quatsch auf! Geht alle drei un helft eurer Mutter beim Aufräumen!«

Jalini machte Anstalten, ihm zu widersprechen, aber in diesem Moment rief Pearl nach ihnen, und so trottete sie widerstrebend hinter den anderen her.

Aleesa gab nicht so leicht auf. »Aber Davian und ich können doch mitfahren, nicht wahr, Onkel George?«

George fühlte sich in die Enge getrieben. »Nee, Mensch.« Sylvia konnte seiner Stimme die Anstrengung anhören, die es ihn kostete, freundlich zu bleiben. »Ich kann euch heut nich mitnehmen – es sei denn, eure Tante kommt mit.«

»Nein, George. Ich muß mit Jimmy reden, und ich weiß nicht, ob ich ihn vor meiner Abreise noch einmal sehe, weil ich das erste Flugzeug nehmen will, in dem wir Plätze bekommen.«

»Warum fahrn wir dann nich alle?« versuchte es George wieder. »Mit dem Leihwagen, dende vor der Tür stehn hast, Jimmy, wärn wir schneller als mit meiner Kiste.«

Jimmy schüttelte den Kopf. »Ich möchte, daß die Kinder heute früh ins Bett kommen. Und mir würde das ehrlich gesagt auch nicht schaden. In Miami mußte ich fast neun Stunden auf 'nen Flug warten, und dann hatte der erste Mietwagen 'ne Panne, das hieß noch mal warten. Ich bin jetzt wirklich ziemlich kaputt, Mensch.«

Trotz dieser Erklärungen versuchte George weiter, sie umzustimmen, bis Sylvia ihm vorschlug, er könne doch Pearl und seine Kinder mitnehmen. Daraufhin kratzte er sofort die Kurve. Sylvia lächelte grimmig und fragte sich, ob er wohl jemals klüger werden würde.

»Aleesa, geh mit deinem Bruder nach oben und wascht euch«, sagte Jimmy, als George gegangen war, und hob Davian von seinen Knien.

Sofort erschien Jalini. »Darf ich Aleesa helfen, Davian zu waschen, Onkel Jimmy? Ich kann das nämlich, weißte. Wenn Sabbat iss, helf ich sogar Mama dabei, Kaona zu baden.«

Jimmy war einverstanden, und die Kinder liefen davon. Dann herrschte einvernehmliches Schweigen auf der Veranda, während es langsam dunkel wurde.

»Pearl und George kommen wohl immer noch nicht besser miteinander aus?« fragte Jimmy schließlich – mehr, um die Stille irgendwie auszufüllen, als aus wirklichem Interesse, argwöhnte Sylvia.

Sie schüttelte den Kopf. »Nein. Aber Pearl fängt allmählich an, für ihre Interessen einzustehen. Sie hat mir sehr geholfen, als die Kinder weg waren, weißt du ...« Als ihr bewußt wurde, daß sie dem zu nahe kam, was unausgesprochen zwischen ihnen im Raum stand, verstummte sie.

»Wo ist Jean, Sylvia?« Abrupt das Thema wechselnd, berührte Jimmy den wunden Punkt.

Sie zögerte und überlegte, wie sie es am besten formulieren könnte. »Man kümmert sich in Kingston um sie.«

»Man kümmert sich um sie? Weswegen? Ich meine ... da die Kinder zurück sind, habe ich gedacht, sie wäre wieder normal ... und mit der Party und allem drum und dran – George hat mir nichts davon gesagt, daß sie immer noch krank ist.«

Er schien seit ihrer letzten Begegnung Anfang des Sommers um Jahre gealtert zu sein; auf seiner Stirn und um seine Mundwinkel hatten sich tiefe Sorgenfalten eingegraben. Sylvia empfand Mitleid mit ihm, und ihr Groll gegen Jean bestärkte sie in ihrem Entschluß. »Ich habe dir schon am Telefon gesagt, daß sie geistig verwirrt ist, Jimmy.«

»Ja, danach wollte ich dich sowieso fragen. Willst du damit sagen, daß sie einen Nervenzusammenbruch hatte, als sie hierher kam?«

Sie war froh darüber, daß er es so gefaßt aufnahm. Nach seinem Ausbruch am Telefon hatte sie beinahe damit gerechnet, daß er von Jean überhaupt nichts mehr wissen wollte. Aber irgendwo empfand sie auch Neid, weil Jean einen solchen Mann hatte und es nicht einmal zu schätzen wußte. »Ich bin keine Psychologin, Jimmy, darum kann ich nicht genau sagen, was ihr fehlt, aber ich würde die Vermutung riskieren, daß es etwas Ernsteres ist.«

Er dachte einen Augenblick darüber nach und nickte dann. »Und wann kann ich sie sehen?«

Sylvia mußte sich zusammenreißen, um die Lüge über die Lippen zu bekommen, und hoffte inbrünstig, daß es sich nicht rächen würde. »Sie möchte sich im Augenblick nicht mit dir treffen.«

»Weiß sie denn, daß ich hier bin?« Es klang beleidigt und argwöhnisch zugleich.

»Ja.« Nun war sie wieder auf festerem Boden. »Ich habe ihr erzählt, daß du heute ankommen würdest, aber sie gibt dir die Schuld an ihrem Zustand. Manche Psychosen bewirken so etwas.«

»Du hast doch gerade gesagt, du wüßtest nicht, was ihr fehlt.«

»Ich weiß es auch nicht, aber ich kenne einige der Symptome, und die stimmen mit dem überein, was ich über Psychosen weiß.« Sie merkte an ihrem Ton, daß sie anfing, sich zu rechtfertigen. »Ehrlich gesagt halte ich es nicht für hilfreich, sich lange damit zu befassen, was genau Jeans Krankheit ist. Es wäre besser, wenn du herausfändest, wie du ihr am besten helfen kannst, anstatt deine Zeit damit zu verplempern, daß du über Schuldfragen nachdenkst.«

Er kratzte sich am Kopf und seufzte, als Aleesa vom Badezimmer aus nach ihm rief: »Papa, kannst du hochkommen und Davian abtrocknen? Er windet sich hin und her und will sich nicht von uns festhalten lassen.«

Jimmy warf ihr ein entschuldigendes Lächeln zu und erhob

sich müde. »Ich kann jetzt nicht weiter darüber reden. Laß uns nachher, wenn die Kinder im Bett sind, einen Spaziergang machen. Dann können wir in Ruhe besprechen, was zu tun ist.«

Froh über den Aufschub stimmte Sylvia zu. Sie war wieder unsicher geworden und brauchte Zeit zum Nachdenken. Sie hatte geglaubt, alle Entscheidungen getroffen zu haben. Aber im Licht von Jimmys Kummer und seiner offensichtlichen Sorge um Jean fing sie an, sich wieder von vorne damit zu quälen. Hatte sie wirklich das Recht, ihm Jeans Aufenthaltsort zu verschweigen? Sollte er nicht selbst entscheiden können, wie sehr er einbezogen werden wollte?

Als die Kinder endlich schliefen, war es schon spät, und Sylvia hatte keine große Lust auf einen Spaziergang. Die vielen schlaflosen Nächte fingen allmählich an, sich zu rächen, und als Jimmy vorschlug, sie könnten in seinem Hotel etwas trinken, stimmte sie sofort zu. Eingedenk der vielen Krabben und anderen Kriechtiere, die nur darauf warteten, daß man auf sie trat, war ein Nachtspaziergang das letzte, was sie sich jetzt wünschte.

Sie setzten sich auf den Balkon von Jimmys Zimmer, und er forderte sie auf, ihm alles zu erzählen, was passiert war. Sylvia schilderte ihm Jeans unberechenbares Verhalten und ihre rasch wechselnden Launen.

»Ich kann einfach nicht verstehen«, brach es aus ihm hervor, »wieso sich das so schnell verschlimmern konnte.«

»Du hast dich seit dem Tag ihrer Geburt um die Kinder gekümmert, Jimmy, und auf einmal hast du Jean mit ihnen allein gelassen und stillschweigend erwartet, daß sie dem gewachsen sein würde.«

»Sie ist immer gut mit ihnen zurechtgekommen.«

»In begrenztem Umfang, ja; aber stell dir mal vor, welche Angst sie gehabt haben muß, als sie auf einmal die alleinige Verantwortung tragen sollte – vor allem, da sie ohnehin schon gewaltig unter Druck stand.«

»Also ist es meine Schuld, weil ich von ihr verlangt habe, den Kindern eine ordentliche Mutter zu sein, oder was? Trägst du etwa keine Verantwortung dafür? Du solltest doch alles im Auge behalten!«

Nun kam auch ihr Groll zum Vorschein. »Es hilft uns auch nicht weiter, wenn wir jetzt anfangen zu streiten, Jimmy. Ich sage ja nicht, daß du nicht auch darunter gelitten hast, aber ich habe drei Tage damit verbracht, nach Aleesa und Davian zu suchen, und zwar in einem Land, in dem ich mich überhaupt nicht auskenne und in dem anscheinend jeder, der eine Uniform oder eine Krawatte trägt, scharf auf Schmiergeld ist. Also komm mir nicht mit deinen Vorwürfen, daß ich ...«

»Es tut mir leid«, versöhnlich legte er seine Hand auf ihre, »ich hätte das nicht sagen sollen. Ich hatte wirklich wahnsinnige Angst um die Kinder. Und dann nicht hierherkommen zu können ... Ich hätte es voraussehen müssen, oder?«

Welche Antwort erwartete er darauf? Natürlich hätte er es voraussehen müssen, aber ihm das jetzt zu sagen würde nur seine Schuldgefühle verstärken und sie noch weiter vom Thema abbringen. »Wie du bereits gesagt hast: Es ist alles sehr schnell gegangen. Eben war sie noch ein Herz und eine Seele mit den Leuten von der Pfingstkirchengemeinde, und im nächsten Augenblick ist sie vollkommen ausgeflippt.«

Er hörte ihr nicht mehr richtig zu. Er saß einfach da und starrte über das Balkongeländer auf die vom Mondlicht versilberten Blätter eines Poui-Baumes, als würden sie nur ihm gehören. Er schien verblüfft, so als könne er nicht begreifen, womit er all den Kummer verdient hatte. Sylvia konnte es ihm nachfühlen und vergaß ihre eigene Verärgerung angesichts seiner Trauer.

Sie nahm seine Hand. »Niemand ist schuld daran, Jimmy. Jeans Probleme haben schon viel früher angefangen. Sogar das Trinken war fast unvermeidlich, wenn man bedenkt, wie es ihrem Vater erging.«

Sie erzählte ihm, was sie in Gesprächen mit Miss Berta und Tante Vi erfahren hatte. Daß Jean sich die Schuld am Tod ihres Bruders gegeben hatte. Daß ihr Vater wegen des Unglücksfalls mit dem Trinken angefangen und Jean und George in einem Kinderheim abgeladen hatte …

»Ich nehme an, daß sie etwas von ihrem Vater in dir sieht«, schloß sie verlegen. »Bestimmt hat sie dich immer mit ihm verglichen und sich dabei unzulänglich gefühlt …«

Sylvia verstummte, als ihr klar wurde, daß seine Aufmerksamkeit immer noch auf etwas anderes gerichtet war. »Es ist schon spät, und du bist müde. Ich glaube, ich sollte jetzt gehen.«

Jimmy regte sich. Er entzog ihr seine Hand und rieb sich das Gesicht, als ob er eben aus einem langen Schlaf erwacht wäre. »Weißt du, ich habe immer gewußt, daß da etwas war. Ein- oder zweimal habe ich auch versucht, sie darüber auszufragen.«

»Vielleicht wollte sie nicht, daß du schlecht von ihr denkst.«

»Das kann ich nicht glauben.« Er schüttelte ablehnend den Kopf. »Sie wußte, daß sie immer auf mich zählen konnte. Wir hatten neun gute Jahre miteinander, Sylvia, wir waren ein Team, Mensch.«

»Nein, das wart ihr nicht«, widersprach sie. »Ich wette, du hast nicht einmal gewußt, wie sehr Jean sich wünschte, daß du sie heiratest.«

»Heiraten! Und warum hat sie mir nichts davon gesagt, wenn es ihr soviel bedeutete?«

»Weil du ihr ganz zu Anfang gesagt hattest, daß du keine Zeit für diese Art Dummheiten hättest … weißt du nicht mehr?«

Er machte ein erschrockenes Gesicht. »Jean wußte, daß es mir ernst war mit unserer Beziehung. Wenn sie gesagt hätte, daß sie heiraten möchte, hätte ich nichts dagegen eingewandt.«

Sylvia seufzte. »Ich wünschte nur, du hättest ihr das gesagt. Ich muß sagen, daß ich von Anfang an gegen eure Beziehung war – fast alle von uns dachten so. Soweit wir wußten, hatte Jean immer heiraten wollen, und du warst überhaupt nicht dafür zu haben.«

Er schnaubte. »Das ist wirklich stark. Jean ist diejenige, die unsere Beziehung nicht ernst genommen hat. Weißt du, wie oft sie nach Hause kam und nach anderen Männern roch?« Er schüttelte den Kopf. »Das Schlimmste daran war, daß sie noch nicht einmal versucht hat, es vor mir zu verbergen. Ich wachte morgens auf und stellte fest, daß sie sich nicht einmal die Mühe gemacht hatte, ihre versifften Klamotten auszuziehen.«

»Du hast es gewußt?«

»Natürlich habe ich es gewußt. Wofür hältst du mich, Sylv? Meine Liebste kriecht am frühen Morgen mit dem Geruch eines anderen auf dem Leib zu mir ins Bett, und ich soll nichts davon mitkriegen?«

»Ich dachte ... na ja, ich habe nicht gewußt, daß es so schlimm war.«

Er stützte den Kopf auf die Hände. »Es lief schon lange nicht mehr gut.« Nun kam seine Verbitterung deutlich zum Vorschein. »Eines Nachts kam sie heim, stank nach Sex und Alkohol und wollte dort weitermachen, wo sie mit dem anderen aufgehört hatte, weißt du.«

Während er fortfuhr, hielt sie betroffen den Atem an.

»Ich hätte sie umbringen können, Sylv. Ich hätte am liebsten das Kissen genommen und das besoffene Grinsen auf ihrem Gesicht erstickt, weil sie mir und den Kindern das antat.«

»Warum hast du sie nicht verlassen?« Die Frage entschlüpfte ihr, ehe sie etwas dagegen tun konnte.

Er schüttelte den Kopf. »Wahrscheinlich, weil ich nicht in der Statistik schwarzer Männer, die Frau und Kinder verlassen, auftauchen wollte. Um ehrlich zu sein: Ich war nicht sicher, ob ich das Sorgerecht für die Kinder bekommen würde, da wir nicht verheiratet waren.«

»Das wäre kein Problem gewesen. Du hättest mir davon erzählen sollen, weißt du ... mir sagen sollen, wie schlecht es lief.«

Er lächelte verkrampft. »Ich habe es versucht, weißt du noch? Du sagtest, ich würde überreagieren, und das war noch eine der netteren Bemerkungen, die ich von dir zu hören bekam. Es mag seltsam klingen, Sylv, aber ich habe Jean trotz allem gern. Ich habe sie sogar sehr gern. Aber wenn ich mir überlege, wie sie mich behandelt hat, scheint das nicht auf Gegenseitigkeit zu beruhen.«

»Kannst du dir nicht vorstellen, daß sie nur deshalb so gehandelt hat, weil es ihr nicht gut ging?« Es hörte sich lahm an, aber sie mußte etwas zu Jeans Verteidigung sagen. »Wenn jemand geistig erkrankt ist, neigt er dazu, sich uncharakteristisch zu verhalten.«

»Es scheint wohl eher ihr wahrer Charakter zu sein, wenn du mich fragst«, entgegnete er unbeeindruckt. »George erzählte mir, daß sie abgehauen ist, um mit Ras Peter zu schlafen, bevor sie die Kinder von hier wegbrachte.«

Sylvia schwieg eine Weile, da ihr nicht mehr das Geringste zu Jeans Verteidigung einfiel. Sie hatte nie darüber nachgedacht, seit wann oder wie oft ihre Cousine Affären gehabt hatte. »Sieh mal, es bringt überhaupt nichts, sich fortwährend gegenseitig zu beschuldigen. Was passiert ist, ist passiert, und niemand kann etwas daran ändern.«

Er pflichtete ihr bei. »Was sollen wir also tun? Ehrlich gesagt, weiß ich nicht, wieviel ich mir von Jean noch bieten lassen will, Sylvia. Ich neige dazu, die Kinder zu nehmen und einfach zu gehen. Ich fürchte, daß ihnen all das sehr schadet.«

»Jean ist im Augenblick bei ihrer Tante Vi.«

»Tante Vi? Bist du sicher? Jean hat in all den Jahren, die wir zusammen sind, kein Wort mit ihr geredet.«

Sylvia nickte. »Die alte Dame hat anscheinend einen beruhigenden Einfluß auf sie, und da Jean sich weigerte, hierher zurückzukommen, schien es mir das Beste, was ich tun konnte, bis wir eine andere Lösung gefunden haben.«

»Ich nehme an, daß ich hinfahren und sie besuchen sollte.«

»Im Moment auf keinen Fall.« Das Zögern in seiner Stimme verstärkte ihre Entschlossenheit. »Ich bringe sie morgen zu einem Psychiater und glaube nicht, daß deine Anwesenheit dabei von Nutzen ist.« Sie gab vor, nicht zu bemerken, wie erleichtert er war, und fuhr nüchtern fort: »Mit ein wenig Glück sollten wir etwas bekommen können, um ihren Zustand zu stabilisieren – wenigstens soweit, daß sie mit mir zurück nach England fliegen kann.« Sie streckte sich, um ihr schmerzendes Kreuz zu entlasten. »Jetzt muß ich aber wirklich gehen, ich muß morgen früh raus.«

Er stand mit ihr zusammen auf und folgte ihr ins Zimmer. »Und du, Sylvia? Wie läuft es bei dir?«

Die unerwartete Frage trieb ihr Tränen in die Augen, und sie blinzelte überrascht. »Ganz gut, glaube ich.«

Behutsam streckte er die Hand aus. »Ich weiß, wieviel dir an dieser Reise lag, und ich fürchte, wir haben dir einiges aufgeladen. Aber … na ja, konntest du alles erledigen, was du dir vorgenommen hattest?«

Die Tränen brannten in ihren Augen und ließen sich nicht mehr zurückhalten. Plötzlich wurde sie wütend. *»Was ich mir vorgenommen hatte?* Wie kann ich *irgend etwas* für mich tun, wenn ich den ganzen Tag herumlaufen muß, um die Probleme anderer Leute zu lösen?« Sie biß sich auf die Lippen und versuchte, das Zittern in ihrer Stimme zu unterdrücken. »Sagen wir einfach, ich hatte schon schönere Ferien, okay?«

»Es tut mir leid, Sylvia.« Es klang so ehrlich, daß ihr erneut Tränen in die Augen traten. Sie widerstand dem Drang, sich die Nase zu putzen und senkte bestürzt den Kopf.

Jimmy sagte nichts mehr, sondern nahm sie einfach in den Arm. Er hielt sie fest, spendete ihr Trost und gab ihr das Gefühl, in seinem Schweigen geborgen zu sein.

Nachdem sie einmal angefangen hatte, weinte sie immer weiter: über das Leid der Kinder, über Jean und ihren unaufhaltsamen Verfall, über die Zerstörung ihrer utopischen Illusionen von Jamaika … Jimmys Arme waren wie ein schützender Kokon, der ihr Halt gab und ihr gestattete, *ihrem* Kummer freien Lauf zu lassen. Behutsam ließ er sich mit ihr auf dem

Sofa nieder und wiegte sie sanft. Schließlich verebbte der Tränenstrom. Sylvia fühlte sich wie ausgewrungen und schämte sich. Sie wollte von ihm wegrücken, die höflich-distanzierte Maske wieder aufsetzen und so tun, als sei nichts geschehen, aber in seinen Arme war es warm, und sie begriff plötzlich, wie wenig menschliche Wärme ihr seit Winstons Tod zuteil geworden war.

Jimmy stützte sein Kinn auf ihren Kopf. »Möchtest du darüber reden?«

Es war verlockend. Sie zog sich weiter zurück und ermahnte sich, daran zu denken, wer er war. »Entschuldige bitte«, sagte sie beschämt, wischte sich mit den Taschentüchern, die er ihr reichte, über die Augen und putzte sich die Nase. »Weiß nicht, was über mich gekommen ist.«

»Man kann nicht immer stark sein, Sylvia«, sagte Jimmy leise, »keiner von uns kann das. Mir ist klar, wie hart Winstons Tod dich getroffen hat, und ich weiß, daß du keine Gelegenheit hattest, ihn ausreichend zu betrauern und dich damit abzufinden. Schließlich bist du ja vor allem deswegen hierher gekommen.«

Am liebsten hätte sie gleich wieder losgeheult. Sie atmete tief durch, um die Tränen zurückzuhalten. »Winston ist seit zwei Jahren tot, Jimmy.«

»Und seit seinem Tod warst du für jeden von uns da. Weißt du, wir haben uns so daran gewöhnt, alles bei dir abzuladen, daß wir nie darüber nachgedacht haben, wer eigentlich für dich da ist. Das ist doch so, oder?«

Sie horchte auf. Diese Worte bezeichneten genau die Lücke, die Winstons Tod hinterlassen hatte, jene Leere in ihrem Inneren, die noch immer vorhanden war, obwohl sie sein Ableben nun akzeptiert hatte. Plötzlich wollte sie Jimmy berühren, ihm nahe sein, ein Teil von ihm sein – so sehr, daß sie sich erneut schämte.

»Ich muß los. Es ist ziemlich spät, und ich brauche noch ein bißchen Schlaf.«

Jimmy stand ebenfalls auf. »Warum bleibst du nicht hier?«

Beim Gedanken an die öden Stunden bis zum Morgen zögerte sie.

»Sylvia, du bist nicht in der richtigen Verfassung, um das Geschrei von Kaona und die Streitereien von George und Pearl zu ertragen.«

»Und *du* bist nicht in der richtigen Verfassung, um zu ertragen, wie ich mich gehenlasse«, entgegnete sie in halb entschuldigendem Ton.

Er schüttelte den Kopf. »Du hast soviel für mich … für uns alle getan, daß ich gerne das Gefühl hätte, auch ein bißchen was für dich getan zu haben, Sylvia. Bleib hier und sprich mit mir, leg dich in das freie Bett, und ich bestelle einen Weckanruf, damit du morgen nicht verschläfst.«

Sie schwankte. Er streckte ihr seine Hand entgegen. Sie dachte an die Jahre des Schweigens, die hinter ihr lagen, und an die langen, einsamen Jahre, die sie noch vor sich hatte. Sie hatte geglaubt, daß ihr Jamaika dabei helfen würde, mit Winstons Verlust fertig zu werden, aber es hatte sich als nicht so einfach erwiesen. Mit einem entschlossenen Schritt nach vorn legte sie ihre Hand in die seine und ließ es zu, daß er seine warmen Finger um die ihren schloß.

20. KAPITEL

Früh am Morgen ist Kingston am schönsten. Das Sonnenlicht fließt über die Ränder der umliegenden Berge, durchbricht den matt dämmernden Himmel und haucht der Stadt neues Leben ein. Die Sonne weckt die Vögel und taucht das Grau des Betons in tropische Farben. Ein fruchtbarer, lehmiger Geruch steigt aus der feuchten Erde und mischt sich mit den frischen, reinen Düften, die von den Hügeln herabwehen.

So aufgeregt wie eine junge Frau, die auf ihren ersten Liebhaber wartet, saß Jean in dem Kleid, das ihr Tante Vi geliehen hatte, auf der Bettkante. In ihrer Vorstellung war sie tatsächlich eine junge Frau und auf wunderbare Weise in die Zeit ihrer Unschuld zurückversetzt, als der Gedanke an Jimmy noch unbezähmbare Freude und ein atemberaubendes Flattern in ihrem Bauch hervorrief. Heute würde er kommen, um sie zu holen, und alles würde gut werden.

Sie schwelgte in Erinnerungen. *Dasser den weiten Weg von England hierher auf sich nimmt, nur um mich zurückzuholen … Er iss wirklich 'n Romantiker!* Sie wollte kichern, tanzen und springen, alles zugleich. Wie sehr mußte er sie doch lieben, daß er all das für sie tat! Daß er sogar seine Arbeit, die ihm so viel bedeutete, im Stich ließ, weil er wußte, daß sie in Gefahr war! Sie runzelte einen Moment lang die Stirn. Vielleicht war es auch falsch, daß sie ihn dazu zwang, sich zwischen ihr und seinem Buch zu entscheiden. Aber sie würde es wiedergutmachen, sie würde alles für ihn tun, was er sich nur wünschen konnte.

Das empörte I-ah eines Esels, der am Haus vorbeiging, riß sie aus ihren Gedanken. Die romantischen Bilder von Jimmy verschwanden aus ihrem Kopf, als wären sie nie dagewesen, und sie wandte ihre ganze Aufmerksamkeit den Geräuschen der erwachenden Stadt zu.

Die Vielzahl der Klänge faszinierte sie: das tiefe, angeberische Brüllen der Lastwagen, die Lebensmittel transportierten, und das laute Heulen der Getränkewagen, das sich so sehr von dem glatten, dumpf pulsierenden Summen der Öl- und Benzintankwagen unterschied. Sie konnte die in Japan hergestellten Stadtbusse von den schwerfälligen, brummigen Überlandbussen unterscheiden, die stadteinwärts fuhren und deren Hupen in jeder Biegung der gewundenen Straße wie Nebelhörner dröhnten. Autos stotterten, brummten und keuchten vorbei, Fahrräder klingelten und quietschten.

Dann mischten sich die Geräusche von Fußgängern in die des Straßenverkehrs. Die Uhrzeit, zu der sie unterwegs waren, bezeichnete ihren Rang in der Gesellschaft und gab an, wieviel Respekt ihnen aufgrund ihrer Stellung zukam. Ganz früh am Morgen kamen die Markthändler und Bauern, die den überladenen, buntbemalten Überlandbussen folgten, in denen sie den größten Teil ihrer Waren transportierten. Dann kamen Arbeiter und die Tagelöhner, die unter schlimmsten Bedingungen in der Freihandelszone tätig waren. Danach die zierlich trippelnden, hochhackigen Angestellten, die noch nicht weit genug aufgestiegen waren, um sich das ultimative Statussymbol eines eigenen Wagens leisten zu können, und schließlich die kichernden Schulkinder. Zwischendurch waren immer wieder die jammernden Rufe der Zeitungs- und Eisverkäufer und das Klippklapp altertümlicher Eselskarren zu hören.

Sie kannte diese Geräusche noch aus einer Zeit, die lange zurücklag. Sie und George waren damals den weiten Weg aus der Region St. Mary hierher in die Stadt gebracht und irgendwo in einem der Außenbezirke abgesetzt worden. Sie versuchte, diese Erinnerung festzuhalten und genauer zu untersuchen, aber sie erwies sich als zu flüchtig und entwischte ihr wieder. Daraufhin wandte sie ihre Aufmerksamkeit dem angenehmen Duft von heißem Schokoladentee und Muskatnuß zu, der durch die Tür drang. Tante Vi begann jeden Tag mit einem Schokoladentee, den sie mit Salz und Muskatnuß würzte und mit Kondensmilch süßte, dazu gab es – passend zur Jahreszeit – Ackee mit gekochten Klößen vom Vortag und dicke Stücke fetttriefender Pfannkuchen, mit denen man den ganzen Überfluß auftunken konnte.

Heute kommt Jimmy, um mich abzuholen! Sie entsann sich dessen ganz neu, aber mit etwas weniger Euphorie als zuvor. *Er wird mit Sylvia kommen un mich zu 'nem Arzt bringen, damit der mir 'ne Arznei gegen mein Kopfweh geben kann. Dann wird er mich wie früher innen Arm nehmen un küssen, un ich werd ihm ganz genau erklären, warum alles schiefgehn mußte, seit das Böse in mich eingedrungen iss. Un danach wird er mir sagen, daß es ihm nix ausmacht, un mir schwören, daß er mich nie wieder wegschickt.* In überschwenglicher Freude umarmte sie sich selbst. *Ja, Jimmy wird machen, daß alles wieder gut wird, un er wird mich nie, nie wieder verlassen!*

Sie lächelte mit neu erwachter Vorfreude. Was für ein Glück, daß sie Jimmy hatte! Er war ein Mann, wie man ihn nur einmal im Leben fand, und wenn sie erst verheiratet wären, würde er für immer zu ihr gehören. Sie umarmte sich wieder und kicherte wie ein Kind. Sie würden zwei Kinder haben, nicht mehr und nicht weniger – aber noch nicht sofort. Erst wollte sie ihn für sich allein haben, mindestens ein Jahr lang, vielleicht auch zwei.

Dann fiel ihr etwas ein, und sie runzelte die Stirn. *Angenommen, er käme nicht? Angenommen, er ließe sie warten und warten, bis sie alt und grau wurde und innerlich verwelkte?* Der Gedanke deprimierte sie, und sie wurde wieder von einem Lachanfall geschüttelt. Dann wandte sie ihre Aufmerksamkeit den Geräuschen des Hauses zu.

Tante Vis gewohntes Rumoren rief in ihrem Gedächtnis zahlreiche Echos aus vergangenen Tagen hervor, verschwommene Bilder der alten Steinveranda, auf der sie, Tashi und George saßen und sich zankten. Keramik und Besteck klapperten durcheinander, und die Kirchenlieder der Morgenandacht im Radio mischten sich mit dem Geräusch der Hacke ihres Vaters, der mit Noel den Boden bearbeitete.

Diesmal wurde die Erinnerung an Noel und ihren Vater nicht von Schuldgefühlen begleitet. Jean grinste erleichtert. Tante Vi hatte am Vortag für sie gebetet, hatte den Herrn auf Knien angefleht, bis der Heilige Geist sie erfüllte und sie Jeans Dämonen austreiben konnte. Die guten Stimmen in Jeans Kopf hatten die Gelegenheit genutzt und gezeigt, wozu sie fähig waren. Sie hatten versucht, ihr zu helfen und sie aufzuheitern. Sie hatten ihr lustige Geschichten erzählt, über die sie lauthals lachen mußte, und hatten währenddessen die guten Gefühle, die noch in ihr waren, repariert und die Behälter in ihrem Bauch neu versiegelt. Inzwischen aber waren die bösen Stimmen zurückgekrochen. Die ganze Nacht über hatte Jean sie im Zimmer umherschleichen gehört. Stundenlang hatten sie nach Wegen gesucht, wieder in sie hineinzuschlüpfen, ehe sie aufgaben und durch den Beton nach draußen verschwunden. Jean hatte schon geglaubt, das Böse in sich endgültig besiegt zu haben. Aber bei Anbruch der Dämmerung waren sie erneut durch die Wand gesickert und wieder am Rande ihres Blickfeldes aufgetaucht, weil sie glaubten, daß sie nicht aufpaßte.

Sie hatte nach Tante Vi rufen wollen und es dann doch nicht gewagt. Was, wenn sie sich ihre Tante schnappen würden, sich in *ihren* Kopf bohrten und dort Unheil anrichteten? Kein Wunder, daß Granny ihr immer wieder zuflüsterte, daß sie egoistisch sei, und sie aufforderte, mehr zu beten.

»Ich deck jetz den Tisch, Jean ...« Der Klang von Tante Vis kräftiger Stimme beruhigte sie ein wenig.

Froh, der Gefahr zu entkommen, die in diesem Zimmer lauerte, lief sie hinaus und schlug die Tür zu, damit die Wesen eingesperrt blieben. Das Wissen, daß Gott in zu vielen Winkeln dieses Hauses anwesend war, als daß sie ihr hätten folgen können, gab ihr ein gutes Gefühl. Sie achtete darauf, sich genau unter das Bild vom Heiligen Abendmahl zu setzen und empfand Erleichterung bei dem Gedanken, daß ein schwarzer Christus über ihr wachte.

Auf einem abgenutzten Tablett trug Tante Vi das Frühstück herbei, stellte den überfüllten Teller auf das Platzdeckchen, das vor Jean lag, und den Becher mit der aromatischen Schokolade daneben. »Beeil dich mit 'm Essen«, drängte sie und setzte sich an die gegenüberliegende Seite des Tisches. »Heut früh bringt dich deine Cousine zum Arzt, un ich hab ihr versprochen, dassde Punkt neun Uhr fertig bist.«

Jean nahm die Gabel in die Hand, doch als sie sie in den Teller tauchen wollte, fing der Ackee sich vor ihren Augen zu bewegen an, hob und senkte sich, kam auf sie zugekrochen und lachte sie aus.

Sie sprang auf und ließ die Gabel fallen. »Ich kann das nicht essen!«

Tante Vi sah sie überrascht an. »Was haste denn auf einmal, Jean? Ackee un gekochte Klöße haste doch immer gern gemocht.«

»Aber schau dir doch den Teller an, Tante Vi! Siehst du sie denn nicht?«

Die alte Frau zog den Teller zu sich herüber und schaute ihn genau an. »Wen? Wovon redeste denn?«

Jean drückte sich mit dem Rücken genau dort an die Wand, wo das Bild von Jesus Christus hing. *»Der Ackee! Schau dir den Ackee an!«*

Die Frau schaute besorgt von dem Teller zu Jean. »An dem Essen iss nix, Kind. Ich sag dir was: Du setzt dich wieder hin, un ich hol dir 'ne neue Portion.«

Tante Vi machte sich über sie lustig. Jean merkte es an ihrer Stimme und an ihrem mitleidigen Blick. »Ich sage dir, irgend etwas bewegt sich da drin«, beharrte sie störrisch, aber die alte Frau nickte nur lächelnd und trug den Teller in die Küche zurück.

Jean fühlte sich wehrlos und einsam. Sie rührte sich nicht von der Stelle. *Ich hätt nie gedacht, dasse so stark sind! Nich mal durch Kochen lassense sich vertreiben.* Sie schaute auf das Bild, das über ihr hing, und erkannte mit schreckgeweitetem Blick, daß es sich vor ihren Augen veränderte. Die Farben wurden immer blasser!

Sie schüttelte heftig den Kopf und schloß die Augen. Das mußte sofort aufhören, der schwarze Christus durfte seine Farbe nicht ändern! Wenn er verblaßte ... wenn er zum weißen Christus wurde, würde ihre Schande offenbar werden, und Tante Vi würde sie nackt und verwundet unter dem blutroten Kreuz liegen sehen.

Zitternd schnappte sie nach Luft. »Weiche von mir, Satan!« murmelte sie immer wieder. Als sie schließlich erneut nach oben zu blicken wagte, stellte sie erleichtert fest, daß der Christus auf dem Bild seine ursprüngliche Farbe wieder angenommen hatte. Mutiger geworden, betrachtete sie sein ruhiges Antlitz ein wenig länger und spürte, wie Bitterkeit in ihr aufstieg. »Nich mal du bist stark genug, den Dämon auszutreiben«, murmelte sie ärgerlich, »un wennde's nich kannst, dann kann's keiner!«

Es machte ihr Sorge, daß Tante Vi ihr nicht glaubte. *Wie soll ich mich denn sicher fühlen, wenn mir niemand glaubt?* fragte sie sich traurig. *All den Leuten, die mich beschützen sollten, fällt nix Besseres ein, als mich 'ne Verrückte zu nennen, als ob nich jeder sehn könnte, daß ich völlig normal bin!*

Die alte Frau kam mit ihrem Teller zurück und drängte sie, sich wieder an den Tisch zu setzen. »Komm, setz dich, Mensch, ich werd den Tisch auch segnen, bevorde anfängst zu essen.«

Ein wenig besänftigt, begab Jean sich langsam zum Tisch und schlüpfte vorsichtig auf ihren Platz zurück. Während ihre Tante ein endloses Gebet sprach, hielt sie für den Fall, daß dieser Teller eine weitere namenlose Bedrohung barg, die Augen ein Stück weit geöffnet.

Erleichtert stellte sie fest, daß das Essen auf ihrem Teller diesmal keinen verrückten Tanz aufführte. Doch dann sah sie, daß Tante Vis Essen sich hob und senkte. Ihr blieb die Luft weg. Sie ballte die Hände zu Fäusten, wagte aber nicht, etwas zu sagen, um dem Verdacht ihrer Tante, daß sie allmählich verrückt würde, keine neue Nahrung zu geben. Warum bemerkte die alte Dame nichts? Wie konnte sie dort sitzen und diese widerliche Masse essen, als würde sie nicht sehen, wie sie sich schäumend auf ihrer Gabel wand? Mit zitternder Hand griff Jean nach ihrer Emaille-Tasse und musterte sie argwöhnisch. Vielleicht waren die Wesen im dicken Schokoladentee ertrunken und lagen tot im Bodensatz? Bei dieser Vorstellung drehte sich ihr der Magen um. Sie schob die Tasse wieder beiseite.

Tante Vi hörte auf zu essen und sah sie verständnislos an. »Warum ißte denn nich? Magste deinen Ackee immer noch nich?«

Unfähig, etwas zu sagen, schüttelte Jean den Kopf. Am liebsten hätte sie ihrer Tante den Teller weggenommen und das, was sie schon geschluckt hatte, aus ihrem Hals gewürgt, damit das Gift nicht in sie eindringen konnte. Sie konnte nun in Tante Vis Kopf hineinschauen und erkennen, daß die Dämonen durch die Speiseröhre in den Mund hinaufkletterten und Anstalten machten, sich zum Gehirn durchzufressen. Das durfte nicht passieren, sie mußte es um jeden Preis verhindern! Langsam, Zentimeter um Zentimeter, rückte sie auf ihrem Stuhl näher an den Tisch heran, ohne die sich windenden Dämonen aus den Augen zu lassen. An den Stellen, an denen sie sich festklammerten, quollen winzige Blutstropfen hervor, die sie begierig aufsaugten. Sie konnten jetzt jeden Augenblick losschlagen. Sie mußte langsam und vorsichtig vorgehen – schon eine einzige plötzliche Bewegung könnte eins dieser Geschöpfe des Bösen veranlassen, sich wie ein Pfeil mitten in das Gehirn der alten Frau zu bohren. Ihre Hände öffneten sich, schoben sich näher an den Hals ihrer Tante heran, die Finger wie Krallen gespreizt …

»Hallo, hallo, Miss Vi?« Die Stimme einer Frau erklang laut und scharf aus der Nähe der Haustür. »Könnense sich mit der Wäsche beeilen, Ma'm?«

Das Geräusch schreckte Jean auf und brachte ihr die Realität wieder zu Bewußtsein. Sie nahm ihre Gabel, griff nach dem Becher mit der Schokolade und fragte sich, ob sie eine solch gewaltige Portion Ackee überhaupt schaffen könne.

»'nen Augenblick«, sagte Tante Vi, die von dem Drama, das sich soeben vor ihren Augen abspielte, nichts mitbekommen hatte. »Die Freundin von Tashi, die die Wäsche mitnimmt, will sich jetz auf 'n Weg machen, un ich muß zusehn, dasse auch ja nix vergißt.«

Als die Waschfrau aufbrach, betrat Sylvia das Haus und machte der Frau, die ein Bündel schmutziger Sachen auf dem Rücken balancierte, höflich Platz. Dann ging sie neben Tante Vi her, blieb aber in der Tür zum größten Zimmer abrupt stehen, als sie sah, daß Jean ihr Essen mit der Gabel auf dem Teller hin- und herschob.

»Bist du noch nicht fertig, Jean?« fragte sie ungeduldig.

Aufgeregt und voller Erwartung schaute Jean an ihr vorbei. Jeden Moment mußte er durch die Tür kommen, sie anlächeln und ihr zuzwinkern!

»Wir müssen gehen, Jean, der Termin ist um halb, und es ist gleich fünf nach.«

Warum kam er nicht herein? Sie schob ihren Teller weg und ging zur Tür. Vielleicht wartete er dahinter, weil er Buh! machen und ihr einen Schreck einjagen wollte.

»Was hast du, Jean?« Sylvia ergriff ihren Arm und hielt sie fest.

Jean blinzelte. »Wo ist Jimmy ?«

Ihre Cousine vermied es, ihr in die Augen schauen. »Er kann nicht kommen, Jean, er muß bei den Kindern bleiben.«

»Welche Kinder?« Sie glaubte ihr kein Wort. Jimmy hatte keine Kinder. »Du gibst also zu, dassde ihn davon abgehalten hast zu kommen? Du wolltest ihn mir immer schon wegnehmen, nich wahr, Sylvia? Seit du deinen eignen Mann in den Tod getrieben hast.«

Tante Vi kam eilig herbeigelaufen. »Halt den Mund, Jean,

un sprich nich schlecht von deiner Cousine. Du wäschst dir jetz das Gesicht, un dann nimmt Miss Sylvia dich mit zum Arzt.«

Sie gab nach, aber ihr Groll nahm zu. Immer sorgte Sylvia dafür, daß sie Ärger mit Tante Vi und Papa bekam. Genau wie es George und Noel immer taten. Trotzdem, erst einmal würde sie mit ihr gehen, aber sobald der Arzt ihr etwas gegen die Kopfschmerzen gegeben hatte, war sie weg! Auf keinen Fall würde sie dableiben und sich das länger gefallen lassen.

Jimmy würde sie irgendwie finden, darauf konnte sie sich verlassen. Er war stets für sie da, wann immer sie ihn brauchte. Zweifellos bereute er, daß er sie ganz allein nach Jamaika geschickt hatte. Er war ja eigens den weiten Weg hierher geflogen, weil er sich nicht verzeihen konnte, daß er zugelassen hatte, daß die Dämonen sich in ihren Kopf gebohrt und sie krank gemacht hatten!

Die Arztpraxis lag, eine kurze Busfahrt und fünfzehn Minuten Fußweg von der Red Hills Road entfernt, versteckt in einer der Nebenstraßen um den Constant Spring Golfklub. Eingeschüchtert von den feindlichen Blicken und dem vernehmlichen Getuschel, das sie in ihrer Umgebung auszulösen glaubte, hielt sich Jean unterwegs stets in Sylvias Nähe auf. In dem Augenblick, in dem sie in den überfüllten Bus stiegen, griffen die bösen Gefühle wieder an. Sie zitterte und bebte, während sie mit Sylvia und zwei anderen Frauen zusammengedrängt auf einem Zweiersitz schaukelte.

Als sie die Praxis erreichten, hatte Jean ihre Beherrschung mühsam zurückgewonnen. Doch das Pochen in ihrem Kopf breitete sich immer weiter aus und drohte ihren Schädel zu sprengen wie eine überreife Brotfrucht.

Der Arzt war in Amerika ausgebildet und hatte eine ruhige, sachliche Art. Anfangs mißtraute ihm Jean, erst recht, als er darauf bestand, unter vier Augen mit ihr zu sprechen. Sie setzte sich auf den Rand eines harten Holzstuhls in der Nähe der Tür – für den Fall, daß er sich als einer von *ihnen* erweisen sollte und dies hier bloß ein weiterer Versuch der Dämonen war, sie in einen Hinterhalt zu locken.

Aber er hielt sie nicht für verrückt. Er war nicht wie die unverschämten Leute, die sie ›die Irre‹ nannten und sie ständig schubsten und anrempelten, wenn sie sich allein auf die Straße wagte. Oder wie Tante Vi, die sich über sie lustig machte, weil *sie* zu dumm war zu begreifen, was sich unmittelbar vor ihren Augen abspielte. Der Arzt wußte alles von den Stimmen und der Versuchung der Sünde. Sie konnte sein Mitgefühl und seine Fürsorglichkeit spüren, und das tat ihr gut.

Wenn seine Haut nicht so dunkel gewesen wäre, hätte man ihn beinahe für Jimmy halten können. Es machte nichts aus, daß er ein wenig älter und ein bißchen dicker um die Hüfte war – auf das Einfühlungsvermögen kam es an! Sie fragte sich, ob er verheiratet sei. Jimmy würde sie nicht heiraten, sie war nicht mehr gut genug für ihn, seit sein Buch erschienen und er *jemand* geworden war.

»Sind Sie der Meinung, daß Jimmy Sie im Stich gelassen hat?« fragte der Arzt, als sie ihm davon erzählte.

»Er kann nix dafür«, beeilte sich Jean, ihn zu verteidigen. »Die Sünde iss schuld, verstehnse? Die Sünde, die noch vor der Sache mit Noel passiert iss.«

Er wollte, daß sie ihm mehr davon erzählte, aber sie konnte es nicht. Niemals würde sie jemandem erzählen können, wieviel Blut an ihren Händen klebte. Jean streckte die Hände aus, schaute sie an und konnte beobachten, wie die Röte unter der Haut aufstieg und verräterische Male auf ihren Handflächen hinterließ. Sie versteckte die Hände rasch hinter ihrem Rücken, denn wenn der Arzt sie sehen würde, würde auch er sie verurteilen. Vermutlich war genau das mit Jimmy passiert. Er mußte die Male gesehen haben, als sie nicht aufgepaßt hatte, und mußte die Schandtaten erraten haben, die sie tief in ihrem Inneren vor allen Blicken verborgen glaubte.

Der Arzt begann wieder zu sprechen, und sie versuchte sich darauf zu konzentrieren. Aber die Worte klangen irgendwie verzerrt und stimmten nicht mit seinen Mundbewegungen überein. Sie konnte einfach nicht glauben, daß jemand dermaßen schnell zu sprechen vermochte, und starrte ihn nur noch an. Seine Stimme klang hoch und schrill – als käme sie von einer Schallplatte, die in der falschen Geschwindigkeit abgespielt wurde. Jean mußte kichern.

Er schien es nicht zu bemerken und sprach einfach weiter, als sei alles in Ordnung. Als er fertig war und sie zur Tür bringen wollte, stand sie widerstrebend auf und blickte ihn voller Verwunderung an. Wollte er ihr denn nichts gegen die Schmerzen geben, ein Medikament, das die bohrenden Wesen aus ihrem Kopf vertrieb und sie wieder gesund machte? Sie öffnete den Mund, um ihn danach zu fragen, überlegte es sich dann aber anders. Es hatte keinen Zweck, ihn zu fragen, wenn sie von seiner Antwort ohnehin kein Wort verstehen würde.

Als sie aus dem Zimmer kamen, stand Sylvia auf. Der Arzt sagte etwas zu ihr.

Sylvia nickte stirnrunzelnd. »Würde es dir etwas ausmachen, einen Moment zu warten, während ich mit Dr. Graham spreche, Jean?« fragte sie.

Jean schüttelte den Kopf. Sie war erleichtert, weil sie damit gerechnet hatte, daß Sylvia genauso schnell sprechen würde wie der Arzt, daß alle Welt so sprechen würde und sie vollkommen ausgeschlossen wäre.

»Es dauert nicht lange«, versicherte ihr Sylvia, »bleib nur hier und geh nicht weg.«

Genau das wollte Jean auch tun: warten, bis Sylvia herauskam und sie wieder zu Tante Vi brachte. Aber die Tür blieb offen, und sie konnte nicht umhin, das Gespräch mitanzuhören. Es war einfach unglaublich: Sie wollten sie ins Irrenhaus stecken. Sylvia saß da drin und redete cool wie nur irgendwas über ihre Einweisung.

Jean versuchte zu verstehen, was der Arzt sagte, aber seine Worte waren nach wie vor ein schnelles, verwirrendes Gebrabbel. Das änderte aber nichts. Ihre Cousine war die Verräterin, der Judas; der Arzt war nur ein weiterer Helfershelfer, wie Jimmy und Winston.

»Sie findet also, daß ich nach Bellevue gehör, ja?« murmelte Jean vor sich hin. »Na, dann wirdse ihr blaues Wunder erleben, wennse da wieder rauskommt, denn ich werd keinesfalls hier rumhängen un warten, bis se mich abholen lassen!« Als sie sich Sylvias Überraschung vorstellte, grinste sie, dann brach sie ebenso plötzlich in Tränen aus. »Ich bin noch nich so verrückt, daß ich nich mehr begreif, was se mir antun wollen«, schniefte sie. »Jeder weiß, was in Bellevue abläuft: da sperrnse anständige Leute ein, bis se tot sind, se nehmen einem sogar das Gehirn raus un prügeln einen von morgens bis abends mit 'ner neunschwänzigen Katze.«

Kein Wunder, daß Sylvia Jimmy nicht mit in die Stadt gebracht hatte! Unter keinen Umständen würde er zulassen, daß sie an so etwas auch nur dachten. Ihre Tränen versiegten, und sie legte die Stirn in Falten. Nicht einmal Jimmys konnte sie sich noch sicher sein. Angenommen, es war seine Idee gewesen? Er schrieb doch immerzu Geschichten, angenommen, er hätte sich etwas ausgedacht, um sie wegschließen zu lassen, damit er frei war für Sylvia? Vielleicht machten sie alle gemeinsame Sache: die ganze Welt gegen sie!

Sie erhob sich verstohlen und musterte die mißtrauisch blickende Sprechstundenhilfe am Empfang und die zwei alten Frauen, die an den gegenüberliegenden Wänden saßen. Wahrscheinlich gab Sylvia ihnen Geld, damit sie auf sie aufpaßten. Sie würden sich bestimmt auf sie stürzen, wenn sie zu fliehen versuchte. Jean zermarterte sich das Gehirn, um einen Ausweg zu finden. Irgendwie mußte sie sich einen raffinierten Plan ausdenken, einen, der so einfach war, daß sie ihn nicht durchschauen konnten.

Sie richtete sich auf und räusperte sich. »Ich geh nur mal zur Toilette«, kündigte sie laut an, »ich muß mal Pipi.«

Sie streckte sich mit mühsam gespielter Unbekümmertheit. Als sie durch den Raum ging, raste ihr Herz vor Angst, daß ihre

List auffliegen könnte. Erleichtert stellte sie fest, daß die drei Frauen sitzen blieben, und ging mutig weiter zur Tür. Bestimmt würden sie bald merken, daß sie nicht zurückkam, aber wenn sie Alarm schlugen, würde sie schon weit, weit weg sein!

Sobald sie aus der Haustür war, fing sie an zu laufen. Die Richtung war ihr ganz egal, es kam nur darauf an, Abstand zwischen sich und die neue Bedrohung zu legen. Sie lief und lief, verlor unterwegs einen von Tashis Schuhen, die ihr Tante Vi geborgt hatte, und kickte den anderen davon, weil das Hinken sie bremste. *Jetz wird mich Sylvia nie mehr finden!* Im Vollgefühl ihrer wagemutigen Schlauheit mußte sie unbändig lachen.

Als sie schließlich wieder in Schrittempo verfiel, hatte sie jede Orientierung verloren. Es war ihr egal; sie hatte längst vergessen, wo sie überhaupt hinwollte, und in ihrer Kehle brannte das viel dringendere Bedürfnis nach einem durststillenden Getränk.

Sie entdeckte einen Kokosnußverkäufer und hielt auf ihn zu. »Gebense mir ‘ne Kokosnuß ... aber nich so ‘ne weiche«, verlangte sie.

Mißtrauisch musterte der Mann ihr gepflegtes Haar, die Schweißflecken auf dem geliehenen Kleid und ihre staubbedeckten nackten Füße. »Was iss mit Ihren Schuhen passiert, Ma’m?«

»Hab ich verloren. Jetzt gebense mir schon ‘ne Kokosnuß – sehnse denn nich, daß ich Durst hab?« Automatisch ahmte sie seine Sprechweise nach.

Er beugte sich ihrem bestimmenden Tonfall, behielt sie aber im Auge, während sie trank. Das Wasser war erfrischend und füllte ihren Magen. Nachdem er die Nuß aufgespalten hatte, biß Jean gierig in das weiche weiße Fleisch und wischte sich erst, nachdem sie beide Hälften völlig abgenagt hatte, mit dem Handrücken über den Mund.

»Das macht vier Dollar«, sagte der Mann, als er ihr die Schalen abnahm.

Jean schnalzte mit der Zunge. »Vier Dollar – wofür denn?«

Der Blick des Mannes verfinsterte sich. »Hörnse, Miss, machense hier keinen Ärger. Sie haben grad meine Kokosnuß gegessen, also müssense auch dafür bezahlen.«

Der glaubte wohl, daß er sie reinlegen könnte? »Seit wann isses denn *Ihre* Kokosnuß? Wenn ich 'ne Nuß will, brauch ich bloß auf 'n Baum klettern. Ich bezahl doch nich vier Dollar für 'ne Nuß, die Sie am Straßenrand aufgelesen haben.«

Sie sah seinem wutverzerrten Gesicht an, was er vorhatte, und war die Straße schon halb hinuntergelaufen, ehe er auch nur den Versuch machen konnte, sie festzuhalten. *Dieser Typ muß echt geglaubt haben, ich wär von gestern,* dachte sie verärgert. *Will mir weismachen, dasser die Kokosnüsse selber macht!* Sie schnalzte noch einmal und ging wieder langsamer, als sie Mary Browns Corner* erreichte.

Wohin jetzt? Sie könnte zu Tante Vi zurückgehen, aber womöglich war Sylvia dort. Außerdem konnte sie im Augenblick niemandem mehr trauen. Sie wanderte eine Zeitlang ziellos umher und war sich nicht sicher, was sie tun sollte. Wenn sie nur wüßte, wo Jimmy jetzt war!

Keine Sekunde lang hatte sie an Sylvias Lüge geglaubt, daß er Kinder habe. Niemals würde Jimmy so etwas tun! Sie hatten ja beschlossen, bis nach der Hochzeit damit zu warten, und überdies hatte er ihr geschworen, daß er keine Kinder von anderen Frauen hatte. Vor allem mußte sie eine Möglichkeit finden, ihn so bald wie möglich zu treffen. Ihr war jetzt klar, daß sie versuchten, sie voneinander getrennt zu halten. Doch wenn sie ihn erst einmal gefunden hatte und er erfuhr, was die anderen mit ihr vorhatten, würde alles gut werden.

Irgendwie trugen ihre Füße sie in die Gegend, in der Ras Peter sie zurückgelassen und Sylvia sie dann gefunden hatte. Sie lief durch die Straßen und stapfte gleichgültig durch stinkende Gräben, wobei sie ununterbrochen Selbstgespräche führte.

* Stadtteil im Norden von Kingston. (A.d.Ü.)

Einige Male wurde sie um ein Haar von einem Auto gerammt, als sie, ohne sich umzuschauen, über die Straße lief. Sie blieb dann mitten auf der Fahrbahn stehen, drohte mit der Faust und stieß Verwünschungen aus, während der erschrockene Fahrer seinem Zorn freien Lauf ließ, um schließlich zurückzustoßen und um sie herumzufahren.

Gegen Mittag bekam sie Hunger und stillte ihn, indem sie weggeworfene Fast food-Verpackungen aufhob und die Krümel in ihre Hand schüttete. Systematisch suchte sie die Bürgersteige zu beiden Seiten der Straße ab, bis sie am Fuß eines Maschendrahtzaunes eine halbgegessene Mango entdeckte. Sie blieb in der Mitte des Gehwegs stehen, um den Geschmack besser genießen zu können, und nagte die Frucht gierig ab.

Sie hatte sich auf die Bürgersteigkante gesetzt, zupfte sich die Mangofäden aus den Zähnen und lutschte die letzte Süße von ihren Fingern, als sie auf der anderen Straßenseite den Rastafari entdeckte. Sie erkannte ihn sofort und verspürte einen heftigen Freudenschauer.

Sieh mal einer an! Er hatte ihr gesagt, daß er zurückkommen würde, und sie hatte ihm nicht geglaubt. Und da saß sie nun hier herum, dachte darüber nach, wie sie ihn finden könnte, und plötzlich tauchte er auf der anderen Straßenseite auf! Sie sprang auf, lief über die Straße und wäre beinahe in ein herannahendes Auto gerannt. Sie ignorierte die wütenden Flüche des Fahrers und hielt den Blick starr auf die Silhouette des kräftig ausschreitenden Rastafaris gerichtet.

»Jimmy! Ich bin's, Jean ... Jimmy, warte doch!«

Der Rastafari ging ungerührt weiter. Jean verzog das Gesicht und fing an zu laufen, als er um eine Straßenecke bog. Wenn sie ihn verlor und er herausfand, daß sie nicht daran geglaubt hatte, daß er zurückkommen würde, wäre ihre letzte Chance dahin, mit ihm zusammen zu bleiben. »Jimmy!« rief sie laut, als er wieder in Sicht war, dann fiel ihr etwas ein ...

Das ganze Rastazeug war doch eine Tarnung! Sie schämte sich, daß sie das hatte vergessen können. Welchen Rastanamen benutzte er noch gleich? Sie zermarterte sich das Hirn und ging ein wenig langsamer, weil sie Seitenstechen bekam. *Peter!* Das war es, Ras Peter vom Stamm der Ash.

»Ras Peter!« versuchte sie es noch einmal und vergaß vor lauter Aufregung den Schmerz in ihrer Lunge.

Er wurde ein wenig langsamer, sah sich unsicher um und ging dann wieder schneller.

»Ras Peter, ich bin's!« schrie sie, drängelte sich durch eine dahinschlendernde Familie und schloß allmählich dichter zu ihm auf. »Ich bin direkt hinter dir!«

Diesmal blieb er stehen und wandte sich um. Eine tiefe Falte bildete sich auf seiner Stirn, während er sich unruhig umschaute, bis sein Blick schließlich an der Gestalt hängenblieb, die auf ihn zugelaufen kam.

Sie winkte fröhlich. »Gut, daß ich dich gesehn hab«, sagte sie und blieb keuchend stehen, »sonst wärste heimgekommen, un ich wär nich da gewesen.«

Der Rastafari schaute sie erstaunt an. Als sie weiter auf ihn zuging, wich er zurück. »Laß mich in Ruhe, Maddy!« rief er ärgerlich. Sie wollte ihn festhalten, aber er schubste sie mit einer panischen Handbewegung weg. »Hau ab, sonst schlag ich dir 'n Schädel ein!«

Jean schaute ihn verwirrt an. »Jimmy, ich bin's, Jean, nich Miss Maddy.« Warum tat er das? Wie war es Sylvia bloß gelungen, ihm einzureden, daß sie jener zerlumpten, verrückten Frau in Port Juanero ähnelte? Sie warf ihm einen verständnisheischenden Blick zu. »Tut mir leid, daß ich deinen Decknamen vergessen hab, aber du mußt bedenken, unter welchem Druck ich stand! Sylvia iss an allem schuld – du kommst nie drauf, was se mir heut morgen antun wollte!«

Er wich weiter zurück. »Hörste nich, ich hab gesagt, dassde abhaun sollst!«

Sie griff nach seinem Arm, aber er zog ihn außer Reichweite, drängte sich durch die Menge, die sich inzwischen um sie versammelt hatte, und lief mit schnellen Schritten davon. Jean wollte ihm nach, aber jemand stellte ihr ein Bein und versetzte ihr einen kräftigen Tritt in die Seite. Sie strauchelte und hielt sich am Kleid einer Frau fest, um nicht hinzufallen. Die Frau schrie auf, dann krachte ein Fuß gegen Jeans Schulter, und sie verlor vollends das Gleichgewicht. Sie landete auf allen vieren und schleppte sich im Rhythmus der Entsetzensschreie weiter, die aus ihrer Kehle drangen.

Die harten Schläge prasselten scheinbar endlos auf sie hernieder, aber plötzlich war sie frei, gerade noch rechtzeitig, um den Rastafari um die nächste Ecke biegen zu sehen. Sie lief ihm nach. Sie mußte ihn unbedingt einholen und ihm alles erklären.

Irgendwie machten alle den großen Fehler, sie mit dieser verrückten, dummen Frau zu verwechseln. Sie war aber ganz anders, sie hatte jahrelang im Ausland gelebt, hatte eine Ausbildung erhalten und alles – sie sollten zu ihr aufschauen, anstatt sie auszulachen und zu verspotten!

Anfangs gelang es ihr, ihm in Sichtweite zu folgen, indem sie den Passanten geschickt auswich und die stark befahrenen Straßen rasch überquerte. Er lief kreuz und quer durch die Stadt, sie kamen durch bedrohlich fremde Gegenden und durch solche, die ihr vage bekannt vorkamen.

Nackte Verzweiflung trieb sie an. Wenn sie ihn nicht einholte und er sie in dieser Hölle zurückließ, würde sie nie wieder zu sich finden, nie wieder nach Hause kommen …

Irgendwann ließen ihre Füße sie im Stich. Sie mußte langsamer gehen, und der Abstand zwischen ihnen vergrößerte sich zusehends. Schließlich konnte sie keinen einzigen Schritt mehr tun, ließ sich einfach auf den Boden fallen und fühlte sich geschlagen und verloren.

Während sie an einen Zaun gekauert auf dem hartgebackenen Lehmboden saß, stieg, ohne daß sie es bemerkte, ein Schluchzen in ihr auf, das immer heftiger und lauter wurde.

»Was iss passiert, Maddy? Hat dir jemand was getan?«

Ihr Herz pochte heftig bei dem Gedanken, daß er zurückgekehrt sei, aber er war es gar nicht.

Es war ein stämmiger Mann mit bartlosem Gesicht und ungekämmtem Haar. Jean betrachtete ihn argwöhnisch und fragte sich, ob *sie* ihn geschickt hatten, um ihr den Rest zu geben. Aber trotz des boshaften Funkelns in seinen Augen lächelte er sie immerhin freundlich an. »Was wollense denn von mir?« fragte sie mißtrauisch und fügte dann mit schmeichlerischer Stimme hinzu: »Ich such Ras Peter, hab ihn aber aus 'n Augen verloren. Kennense ihn vielleicht?«

Der Mann nickte und machte dabei ein Gesicht, als müsse er sich das Lachen über einen Witz, den nur er verstand, verbeißen. »Ich weiß genau, wasde suchst. Geh mir einfach nach, dann besorg ich's dir!«

Sie blieb sitzen und sah teilnahmslos zu, wie er sich entfernte. Als der Mann bemerkte, daß sie keinerlei Anstalten machte, ihm zu folgen, blieb er stehen. »Kommste jetz mit oder nich?«

Widerstrebend stand sie auf. Eigentlich wollte sie nicht mitgehen, aber ihr fiel auch nichts ein, was dagegen sprach. »Wissense denn, wo Ras Peter jetz iss?« bedrängte sie ihn, während sie ihm über einen staubigen Fußweg folgte.

»Wie ich schon gesagt hab, verrückte Lady: Ich weiß alles!«

Als sie schließlich einen einsamen, verlassenen Flecken Brachland erreichten und er über einige Dornbüsche stieg, um zu einer dahinterliegenden Sandfläche zu gelangen, blieb Jean zögernd stehen. Der Mann schnaubte ungeduldig und murmelte etwas vor sich hin. Jean glaubte, daß er sie schlagen werde, und wich vor ihm zurück. Doch er zog lediglich eine halbvolle Flasche Rum aus der Tasche und bot sie ihr an.

Sie nahm sie mit unsicherer Hand und schluckte gierig. Es war schon lange her, daß sie etwas Hochprozentiges getrunken hatte, und sie merkte plötzlich, wie sehr es ihr gefehlt hatte. Sie nahm noch einen tiefen Schluck. »Das iss gut, aber eigentlich trink ich immer Gin mit Wodka.«

Er machte ein skeptisches Gesicht. »Un wohnen tuste in 'nem großen Haus, nehm ich an?«

»Wenn Sie's unbedingt wissen wollen: Ich leb im Ausland«,

korrigierte sie würdevoll. »In England, um genau zu sein. Un ich war auf der Universität un hab 'ne Ausbildung gemacht.«

Der Mann schüttelte lachend den Kopf. »Was für'n Quatsch einem diese Spinner immer erzählen wollen!«

Sie setzte die Flasche wieder an und nahm einen weiteren Schluck. »Ich bin nich verrückt. Wissense, Sylvia hat mir all das angetan – se erzählt den Leuten, daß ich verrückt wär, damit se mir Jimmy wegnehmen kann.«

»Red, wasde willst, Lady, aber komm jetz mit«, sagte er gereizt, »von mir aus kannste die Königin von England sein – solang ich auf meine Kosten komm, isses mir egal.«

Gehorsam folgte sie ihm. Als er die Flasche zurückhaben wollte, drückte sie sie an sich. Er zuckte die Achseln, griff nach ihrem Arm und zog sie hinter einer Gruppe staubiger Büsche auf den unebenen Boden.

Sie lag gleichgültig da, während er sich unter ihrem Rock zu schaffen machte und ihr Höschen herunterzog, und sah ebenso regungslos zu, wie er seinen Reißverschluß öffnete. Sie spürte, daß seine Hände sie packten und seine zudringlichen, knochigen Finger mit brutaler Gewalt in ihr herumstocherten. Das Bild des Kreuzes leuchtete einen Moment lang auf, flackerte und verschwand wieder.

Sie nahm das kaum noch bewußt wahr. Sie nahm überhaupt nichts mehr wahr. Bald würde er fertig sein, und sie könnte sich aufsetzen, den Rum austrinken und sich von ihm dorthin führen lassen, wo Jimmy auf sie wartete, um sie nach Hause zu bringen.

21. KAPITEL

Der kleine überdachte Bereich auf der Aussichtsplattform des Norman Manley Airport war zum Bersten voll. Reisende und ihre Angehörigen bildeten ein buntes Durcheinander. Frauen mit ausladenden Brüsten hielten in der Pracht ihrer besten Gewänder hof und wühlten mit kunstvoll verzierten Strohfächern die Luft auf. Jüngere Frauen liefen geschäftig umher, verteilten die vorbereiteten Lunchpakete und fingen ihre umherstreunenden Kinder wieder ein, während die Männer leidenschaftliche Diskussionen über Politik, Religion und den Spielstand eines laufenden Cricketmatches führten. Nicht das geringste Lüftchen regte sich, und die Dämpfe des Kerosins verbanden sich mit der normalen Luftverschmutzung zu einem dicken, unangenehmen Brodem. Die Touristen, schweißtriefend und vor Unbehagen schweigend, saßen linkisch im schmalen Schattenstreifen am Rand der Plattform herum, wo die Hitze ebenso drückend war wie im vollen Sonnenlicht.

Sylvia fühlte sich beiden Gruppen gegenüber fremd. Sie stand mit Jimmy auf der sonnenbeschienenen Seite der Plattform und versuchte, angesichts der ungehemmten Zurschaustellung jamaikanischer Lebensart, die sie noch vor einer Woche für wundervoll gehalten hätte, die Fassung zu wahren. Die Sonne brannte auf ihren bloßen Armen – der Wetterbericht hatte 39 Grad Celsius vorausgesagt. Trockenes Wetter, heiß genug, um Luftspiegelungen zu erzeugen und nahe Unterhaltungen weit entfernt erscheinen zu lassen. Sie ignorierte das unangenehme Prickeln, das die Sonne trotz des schützenden Strohhuts auf ihrer Kopfhaut hervorrief, und versuchte, lediglich die verblüffende Kraft des Himmelskörpers im Gedächtnis zu bewahren – für den Fall, daß sie nie wieder hierher kommen würde. Ihr Blick wanderte ziellos umher, bis sie sich schließlich dem zuwandte, was unterhalb der Plattform vorging.

Die letzten Passagiere eines kleinen Cubana-Jets verschwanden gerade aus ihrem Blickfeld, während andere eine Boeing 737 bestiegen. Sie sah, wie die Leute auf das Rollfeld eilten, als ob sie befürchteten, die große Air Canada-Maschine könne die Türen schließen und ohne sie abheben. Ihr Blick wanderte zu einer Maschine der Air Jamaica, die sich aus dem blauen Himmel löste und elegant zum Landeanflug einschwenkte. Der Lärm ihrer Motoren ging in dem ohrenzerfetzenden Gebrüll einer startenden Liat-Propellermaschine unter. Für Sylvia war dieses faszinierende Spektakel die Wiederkehr eines Kindheitstraums. Es erfüllte sie mit Wehmut, die großen Flugzeuge starten und landen zu sehen, und sie erinnerte sich daran, wie sie an der Hand ihres Vaters auf der Aussichtsplattform von Heathrow gestanden und der BOAC-Maschine hinterhergewunken hatte, die ihre Mutter an diesen fernen, fernen Ort brachte. Sie hatte Jamaika nur von verblichenen alten Fotos gekannt, von Postkarten von Jimmy und Aleesa, von Plakaten in den Gewölben der Londoner U-Bahn und aus Büchern, die sie sich kaufte oder in der örtlichen Bücherei entlieh.

An diesem Nachmittag war wenig los. Bald waren die letzten Passagiere des Air Jamaica-Flugs von Bord gegangen und die Maschinen der Air Canada und der Liat an verschiedenen Punkten des Horizonts verschwunden. Als Sylvia einfiel, daß sie ihr Gepäck absichtlich früh eingecheckt hatte, um ein bißchen Zeit für Jimmy und die Kinder zu haben, wandte sie ihre Aufmerksamkeit wieder der Plattform zu.

Davian rannte gerade hinter Aleesa her, die sich einigen Kindern angeschlossen hatte, die am entfernten Ende der Plattform eine Art Fangen spielten. Die beiden hatten sich recht gut erholt und schienen ihre schlimmen Erlebnisse vollständig abgeschüttelt zu haben. Die Ereignisse in Kingston waren lediglich in einem Alptraum noch einmal aufgelebt. Sylvia wünschte, sie könnte das auch von sich sagen.

Seit Tante Vi angerufen hatte, um sich nach Jeans Verbleib zu erkundigen, quälte sie sich wieder mit Zweifeln und Fragen. Den kummervollen Tonfall der alten Dame hatte sie noch immer im Ohr. Sie war gerade von der Spitze des Hügels zurückgekommen, wo es ruhig und friedlich gewesen war, als Pearl sich voller Besorgnis an sie gewandt hatte.

»Georges Tante aus der Stadt hat den ganzen Nachmittag über angerufen, Sylvia, se möchte, dassde se so schnell wie möglich zurückrufst.«

Mit zitternden Fingern hatte Sylvia die Nummer gewählt, die Pearl ihr gab.

Tante Vi nahm sofort ab. »Sind Sie's, Miss Sylvia?«

»Ja, Miss Mackenzie.«

»Iss Jean bei Ihnen in Port Juanero?«

Sofort waren die Schuldgefühle, die Sylvia sich am Morgen noch ausgeredet hatte, wieder da. »Nein, ich habe sie in der Stadt gelassen.«

»Aberse iss bis jetz noch nich zurückgekommen, Miss Sylvia. Ich mach mir schon den ganzen Tag Sorgen umse. Bei ihrem Vater war's genauso, als er krank wurde. Habense 'ne Ahnung, wose iss?«

»Ich weiß es nicht. Sie lief auf und davon, als ich mich mit dem Arzt unterhielt.«

»Ich nehm an, Sie hättense ohnehin nich gefunden, weil Sie sich inner Stadt überhaupt nich auskennen.« In der Stimme der alten Frau schwang Verständnis mit.

Sylvia schwieg beschämt. Wie sollte sie der alten Dame erklären, daß sie nicht einmal nach Jean gesucht hatte? Plötzlich wirkte das, was sie getan hatte, gar nicht mehr so vernünftig.

»Jedenfalls«, fuhr Tante Vi fort, »hab ich mich gefragt, obse vielleicht irgendwas erwähnt hat, wose hingegangen sein könnte.«

»Nein, ich wüßte nicht.«

»Na, machense sich jedenfalls keine Sorgen«, sagte Tante Vi voller Nachsicht, wodurch Sylvia sich noch schlechter fühlte. »Ich schick 'n paar Jungs zu dem Holzhaus, wo wir se letztes Mal gefunden haben.«

Sylvia antwortete irgend etwas Unverbindliches und ließ erleichtert den Hörer sinken, als die alte Frau endlich einhängte.

Und nun waren die Schuldgefühle wieder da. Vielleicht hätte sie den Versuch unternehmen sollen, ihre Cousine zu suchen. Man konnte Jean für das, was sie tat, nicht mehr verantwortlich machen. Dummerweise war Sylvia einfach viel zu wütend gewesen, als sie aus der Praxis gekommen war und festgestellt hatte, daß Jean abgehauen war. *Was hätte ich denn tun sollen?* fragte sie sich erneut. *Ich kann nicht immer die Verantwortung für sie übernehmen.* Ihr Groll tauchte wieder auf und mischte sich in die Schuldgefühle. *Warum kommt es mir so vor, als wäre ich diejenige, die sie im Stich gelassen hat?* Vom ersten Moment ihrer Bekanntschaft an hatte Jean alles auf sie abgewälzt. Sylvia seufzte. *Ich habe alles getan, was ich unter diesen Umständen tun konnte, das muß ich mir nur immer wieder klarmachen. Schuldgefühle führen zu nichts.*

Obwohl Sylvias Mutter in ihren letzten Jahren an Altersschwachsinn gelitten hatte, hätte sie niemals damit gerechnet, daß jemand aus ihrer unmittelbaren Umgebung geisteskrank werden könnte. Für die Krankheit ihrer Mutter gab es vernünftige Erklärungen: Sie war alt, die Krankheit war erblich bedingt. Aber trotz allem, was sie aus Lehrbüchern wußte, trotz der jahrelangen Arbeit in diesem Bereich hätte sie niemals angenommen, daß jemandem aus ihrer Familie das zustoßen könnte, was Jean zugestoßen war. Vielleicht hatte sie deshalb stets angenommen, daß Jean sich schon wieder einkriegen werde. Daß ihre Cousine die Annehmlichkeiten im Haus ihrer Tante schließlich doch der Rückkehr in das Durcheinander von West Kingston vorziehen würde. Es hätte allerdings überhaupt nichts geändert, wenn sie es besser gewußt hätte, gestand sie sich stillschweigend ein: Jean hatte es einfach ein bißchen zu weit getrieben.

Sie dachte wieder an den furchtbaren Zorn, der sie überkommen hatte, als sie merkte, daß ihre Cousine einfach abgehauen war – und das nach all den Anstrengungen, die sie unternommen hatten, um sie zu finden. Es hatte ihre Wut nicht gemildert, daß sie sich immer wieder sagte, daß Jean krank sei. Ihre Verärgerung und der in den Jahren des verständnisvollen Umgangs mit Kranken aufgestaute Zorn hatten sich gegenseitig verstärkt. Während der gesamten Rückfahrt nach New Kingston hatte sie über Jean vor sich hin geschimpft.

Sie lehnte sich an das brusthohe Geländer, das die Aussichtsplattform umgab, und fragte sich, wie es kam, daß sie so gut wie keine Reue empfand. Ihre Hand geriet zufällig in die Außentasche ihrer Umhängetasche, in der das zerfetzte Foto von Winston lag. Bei der Erinnerung an Jeans Ruchlosigkeit stieg Verbitterung in ihr auf, und der Kummer zog ihre Mundwinkel nach unten.

»Wie lange noch, bis du los mußt?« Jimmys Frage ließ das unangenehme Gefühl in den Hintergrund treten.

Aleesa erhob ihre Stimme rechthaberisch über die der anderen Kinder, Davian war zum Geländer hinübergelaufen und plapperte dort zusammenhanglos vor sich hin. Sylvia schaute auf die Uhr, während sie im Hinterkopf darüber staunte, wie viele neue Worte er seit jenem hoffnungsvollen Anfang am Strand von Dunn's River dazugelernt hatte.

»Noch zehn Minuten oder so.« Sie warf ihm einen nachdenklichen Blick zu. »Was wirst du unternehmen, Jimmy – wegen Jean, meine ich.«

»Ich selbst: nichts. Vielleicht versuche ich, ein paar Leute dazu zu bringen, nach ihr Ausschau zu halten.«

Sie war überrascht. »Aber ...«

»Ich habe lange darüber nachgedacht, Sylvia, und, so schlimm es sich auch anhört, ich finde einfach -- na ja ...« Er kratzte sich am Kopf, wie er es immer tat, wenn er sich unbehaglich fühlte. »Jean hat sich die Suppe selbst eingebrockt und muß sie jetzt auch allein auslöffeln. Wir haben das ja alles schon durchgekaut. Ich habe dir gesagt, daß du dir keine Gedanken über sie machen und dein eigenes Leben leben sollst. Wenn sie beschließt, einfach davonzulaufen, können weder du noch ich, noch sonst jemand etwas dagegen tun.«

Sylvia riß sich zusammen und beschloß, endlich reinen Tisch zu machen. »Was ich dir noch sagen wollte: Ich habe überhaupt nicht mehr nach ihr gesucht. Ich war so wütend, daß ich zum Reisebüro ging, mein Ticket umtauschte und dann in den Bus nach Port Juanero stieg.«

»Ich kann es dir nicht verdenken.«

»Ist das dein Ernst? Ich dachte, du würdest deswegen völlig ausrasten.«

Er zuckte die Achseln. »Warum sollte ich?«

»Machst du dir keine Sorgen um sie?«

»Natürlich mache ich mir Sorgen, aber was soll ich deiner Meinung nach tun? Ich bin deiner Cousine jahrelang hinterhergelaufen.«

»Wirst du trotzdem versuchen, sie zu finden?«

»Na klar. Aber ich glaube kaum, daß es mir gelingen wird. In Kingston wimmelt es von Verrückten, Sylvia – ich bezweifle, daß man Jean in ein paar Tagen überhaupt noch von den anderen unterscheiden kann.«

Sylvia mußte zugeben, daß er wahrscheinlich recht hatte. Jean war völlig verdreckt gewesen, als sie sie gefunden hatten – obwohl ihr damals noch Ras Peter zur Seite gestanden hatte. Sie bezweifelte, daß es ihrer Cousine gelingen würde, nun, da sie so offensichtlich gestört war, noch jemanden zu finden, der ihr half.

»Und wenn du sie nicht findest, wirst du dann länger bleiben?«

»Auf keinen Fall.« Es klang unumstößlich. »Hier nimmt niemand das Verschwinden einer Verrückten ernst, Sylvia –

selbst dann nicht, wenn sie Ausländerin ist.« Jimmy sprach unbewußt das aus, was sie selber dachte. »Deshalb hatte ich auch keinen großen Erfolg bei dem Versuch, die Behörden um Unterstützung zu bitten.«

Sie nickte und dachte an die Schmiergeldforderungen, die an sie gestellt worden waren, als sie die Kinder suchte, und an die allgemeine Gleichgültigkeit, als Miss Maddy nach dem Abriß ihres ersten Hauses verschwand. »Und du selbst?«

»Ich weiß es nicht, Sylv, ich weiß es einfach nicht. Wenn ich daran denke, was Jean Alli und Davian angetan hat, bin ich mir manchmal nicht sicher, ob ich sie überhaupt wiedersehen will.«

Sie widerstand dem Drang, ihn in die Arme zu schließen und ihn so zu trösten, wie er sie in der Nacht seiner Ankunft getröstet hatte; statt dessen nahm sie seine Hand und gab ihm durch einen beruhigenden Druck zu verstehen, daß sie es ihm nachfühlen konnte. »Du mußt tun, was du für richtig hältst, Jimmy. Du kannst nicht immer auf das Rücksicht nehmen, was Außenstehende denken, wenn du derjenige bist, der darunter leiden muß.«

Jimmy lächelte traurig. »Ich danke dir. Weißt du, ich habe nachgedacht ... über Jean, mich, die Kinder – über die Zukunft, würde ich sagen – und, so gern ich ihr auch helfen würde, falls sie gefunden wird, die Wahrheit ist einfach, daß ich überhaupt nicht mehr weiß, ob ich noch so weitermachen könnte wie bisher.«

Sie dachte darüber nach und nahm, den verbitterten Klang seiner Stimme im Ohr, eine andere Haltung zu dem Thema ein. »Ich verstehe immer noch nicht, warum du dich überhaupt so lange mit dieser Situation abgefunden hast.«

Er überlegte einen Augenblick. »Wer weiß? Wahrscheinlich empfinde ich immer noch viel für sie, außerdem war da, wie ich neulich schon sagte, das Problem mit den Kindern.« Er lächelte bitter. »Ich habe mir immer wieder gesagt, daß andere schwarze Männer sich zu schnell aus der Verantwortung stehlen und daß ich mich anders verhalten würde.«

Beim letzten Mal hatte sie diesen Satz unkommentiert gelassen, diesmal aber schaute sie ihm direkt in die Augen und ließ ihn spüren, wie sehr sie ihn für das, was er getan hatte, bewunderte. »Aber du warst es doch, der stets die Verantwortung für die Kinder auf sich genommen hat, Jimmy. Niemand könnte *jemals* behaupten, daß du dich nicht um sie gekümmert hättest.«

»Stimmt, aber Jean hätte sie wahrscheinlich trotzdem bekommen, nicht wahr? Wenn wir uns getrennt hätten, meine ich.«

»Nicht unbedingt. Immerhin sind sie unter deinem Namen eingetragen, und du bist stets ihre wichtigste Bezugsperson gewesen ...«

»Wie auch immer«, unterbrach er, »jedenfalls hielt ich es für wichtig, daß die Kinder Vater und Mutter haben ... nicht daß Jean ihnen in letzter Zeit eine besonders gute Mutter gewesen wäre, aber ich dachte, wenn sie mit ihnen nach Jamaika ginge und sich eine Weile um sie kümmerte, würde sie die Kinder vielleicht wieder liebgewinnen, und wir könnten einiges von dem retten, was an Gutem da war.«

»Und du glaubst nicht, daß das jetzt noch möglich ist?«

Er verneinte vehement. »Ich habe mir von Jean einiges bieten lassen, habe während der schwierigen Zeit, in der sie so viel getrunken hat, zu ihr gehalten, aber ich glaube nicht, daß ich ihr jemals verzeihen kann, was sie den Kindern angetan hat. Welchen Groll sie auch immer gegen mich hegte – sie hätte es niemals an den Kindern auslassen dürfen.«

Sylvia hätte gerne noch mehr darüber erfahren, um ihm zu helfen, mit seinem Kummer fertig zu werden, doch er schüttelte plötzlich den Kopf und streckte sich. »Sag, können wir nicht über etwas anderes reden?« Er machte eine Pause, in der er sie eindringlich ansah. »Wie fühlst *du* dich denn jetzt, wo du wieder nach England fährst – denkst du immer noch, daß dir die ganze Reise nichts gebracht hat? Letzten Donnerstag hatte ich das bestimmte Gefühl, daß du sie für eine einzige Zeitverschwendung hältst.«

Sylvia runzelte die Stirn und dachte darüber nach. »Nein, das war sie nicht. Jamaika war großartig – in gewisser Hinsicht.« Sie lachte angestrengt. »Ich vermute, ich habe einfach zuviel erwartet.«

»Aber *einige* deiner Erwartungen sind doch bestimmt erfüllt worden, oder?«

Das stimmte. Der Aufenthalt in Jamaika hatte ihr Einblick in Dinge vermittelt, die Winston zu dem Menschen gemacht hatten, der er gewesen war, und er hatte ihr geholfen, sich mit der Tatsache seines Todes abzufinden und für alles dankbar zu sein, was sie miteinander geteilt hatten. Hier hatte sie auch eine andere Art von Nähe zu Jimmy erlebt ... aber das war etwas, worüber sie erst noch in Ruhe nachdenken mußte.

»Um die Wahrheit zu sagen«, gestand sie, »weiß ich erst, seitdem ich dich und Jean, Pearl und George gesehen habe, richtig zu schätzen, was Winston und ich aneinander hatten. Mir war überhaupt nicht klar, wieviel Glück ich gehabt habe.«

Er faßte es nicht als Beleidigung auf. »Eure Beziehung war wirklich etwas ganz Besonderes.«

Sylvia hätte ihm gern ähnlich tröstende Worte gesagt. »Was mit Jean passiert ist, war unvermeidlich«, wiederholte sie. »Bestimmt wäre es mit ihr viel früher soweit gekommen, wenn du nicht gewesen wärst.«

Müde vom Herumrennen, kam Aleesa auf sie zugelaufen. »Wann kommt dein Flugzeug, Tante Sylvia?«

»Es ist schon da, Liebling. Schau!« Sie zeigte auf den dickbauchigen Jet in den nüchternen Farben der British Airways. »Ich warte nur noch, bis die Passagiere aufgerufen werden, an Bord zu gehen.«

»Wir fliegen am Mittwoch nach Hause, nicht wahr, Papa«, meinte das Kind.

Jimmy nickte. »Aber wahrscheinlich nicht mit diesem Flugzeug.«

Aleesa zog die Nase kraus. »Ich bin froh, daß wir heimfahren. Jamaika ist schön für die Ferien, aber das ist auch alles …« Sie machte ein sehnsüchtiges Gesicht. »Ich wünschte nur, Mama würde zurückkommen und wieder sie selbst sein.«

Es war das erste Mal, daß sie ihre Mutter erwähnte, und Sylvia und Jimmy streckten im gleichen Moment die Arme nach dem Kind aus. Verlegen trat Sylvia einen Schritt zurück, aber Jimmy warf ihr ein verständnisvolles Lächeln zu, während er seine Tochter an sich drückte.

»Manchmal passieren Dinge, an denen keiner von uns etwas ändern kann«, erklärte er dem Kind mit ernster Stimme. »Ich glaube, deine Mama steht im Augenblick zu sehr unter Druck, um zu uns zu kommen.«

»Kommt sie jemals wieder zurück? Wenn sie käme, würde ich sie so lieb haben wie früher, Papa, das würde ich ganz bestimmt. Davian und ich haben ihr verziehen.«

Er starrte traurig über das Flugfeld, und Sylvia fragte sich, ob er jetzt daran dachte, daß *seine* Fähigkeit zu verzeihen ausgeschöpft war. Er sagte aber nur: »Wir müssen einfach Geduld haben und abwarten, was passiert, Aleesa.«

Fürs erste getröstet, nickte das kleine Mädchen. »Ich hoffe nur, daß sie nicht für immer in Jamaika bleibt. Ich finde, es ist kein guter Ort zum Leben.«

Als Aleesa davonlief, legte Sylvia ihre Hand auf Jimmys Arm. »Alles in Ordnung?«

»Irgendwann einmal werde ich mit Alli über Jean reden müssen, und ich habe nicht die geringste Idee, was ich ihr dann sagen soll.« Er streckte sich und wechselte unvermittelt das Thema. »Übrigens hat sie recht.«

»Womit?«

»Dieses Land …«, er machte eine ausladende Geste. »Als ich hier aufwuchs, habe ich nicht bemerkt, wie korrupt und rassistisch es in Jamaika zugeht. Vielleicht nur deshalb, weil es damals noch nicht so schlimm war – mit der Korruption, meine ich. Aber jetzt …«

»Jamaika hat viele gute Seiten.«

»Oh, das weiß ich. Immerhin sind die normalen, kleinen Leute hier sehr freundlich.«

Sylvia nickte zustimmend. »Ich habe mich eigentlich noch nie so akzeptiert gefühlt wie hier. Wenn ich zum Beispiel daran denke, wie alle geholfen haben, als die Kinder verschwunden waren. Oder an die Abschiedsparty, die sie gestern Abend für mich gegeben haben.« Sie empfand noch immer Rührung bei dem Gedanken. Alle waren gekommen, um sie zu verabschieden, auch die, mit denen sie nur ein paar Stunden verbracht hatte. Jeder hatte etwas zu essen oder zu trinken, ein Andenken oder einen Segenswunsch mitgebracht, und dann hatten sie in Georges kleinem Häuschen eine improvisierte Party gefeiert. Sylvia hatte gespürt, daß alle sie mochten, daß sie sie aufgenommen und in ihre Herzen geschlossen hatten.

Das Geschrei eines Zeitungsverkäufers, der die Sonntagsausgabe des *Gleaner* anpries, riß sie aus ihren Gedanken. Sylvia erstand ein Exemplar, um im Flugzeug etwas zu lesen zu haben.

»Immerhin hast du ihnen auch etwas gegeben.«

»Hm?«

»Den Frauen ...«

»Welchen Frauen?«

»Denen, die du zusammengebracht hast – Pearl, Miss Berta und Dorrie. Hast du nicht gemerkt, wie sie jetzt zusammenhalten, anstatt sich durch die Hierarchie der Armut voneinander trennen zu lassen?«

Sylvia war nicht ganz seiner Meinung. Sie hatte niemandem geholfen ... nun, vielleicht Pearl ein bißchen. Sie hatte miterlebt, wie die Frau ihres Cousins aus ihrem alten Trott ausgebrochen war und mit steigendem Selbstbewußtsein begonnen hatte, sich um ihre eigenen Bedürfnisse zu kümmern. Allerdings hatte Pearl ihre Entscheidungen ganz allein getroffen und dabei einen Mut gezeigt, den Sylvia nur bewundern konnte.

Sie lächelte, als sie an die letzte Auseinandersetzung von George und Pearl dachte. Das war am Freitagabend gewesen. George hatte gleich wieder seinen üblichen Anfall bekommen, als er Sylvia zu Pearl sagen hörte, daß sie ein Ticket für einen Flug am Sonntag ergattert hatte.

»So bald schon?« hatte er sich geradezu auf sie gestürzt. »Wieso willste denn so plötzlich von hier weg?«

»Ich hatte dir gesagt, daß ich mein Ticket umbuchen würde, George.«

»Aber du hast nix davon gesagt, dasses schon so bald sein würde! Ich hab gehofft, dassde morgen mit inne Kirche kommst – alle wollen dich sehn, un es wär praktisch 'ne Beleidigung, nich hinzugehn.«

Sylvia hatte keine Lust, sich noch einmal auf diese Auseinandersetzung einzulassen. »Kein Interesse, George. Wenn die Leute mich unbedingt sehen wollen, wissen sie ja, wo sie mich finden können.«

»Aber am Sonntag biste schon weg«, entgegnete er, »un da morgen Sabbat iss, iss keine Zeit mehr, noch was zu organisieren, wennde schon so bald fliegst!«

»Mensch, George, lasse doch in Ruhe!« hatte sich Pearl eingemischt. »Sie muß zurück an ihre Arbeit, un wennse nich inne Kirche will, sollteste auch nich versuchen, se dazu zu zwingen.«

Er schaute zu seiner Frau hinüber. »Was mischste dich denn jetz wieder ein, Pearl? Red ich vielleicht mit dir? Warum hältste dich nich aus Sachen raus, die dich nix angehn?«

»Alles, was in diesem Haus passiert, geht mich was an. Ich wohn hier, un Sylvia iss hier zu Gast, also geht's mich auch was an.«

George warf ihr einen ärgerlichen Blick zu. »Halt den Mund! Du hast wohl 'n Sonnenstich!«

Sylvia wußte, daß nun jeder Einmischungsversuch vergeblich war, und setzte sich resigniert an den Küchentisch. Doch zu ihrer Überraschung machte Pearl dem ganzen Streit ein Ende, anstatt schlecht gelaunt weiterzulamentieren, wie sie es sonst immer getan hatte.

»Ich werd mich nich mehr den ganzen Tag lang mit dir streiten, George«, sagte sie brüsk. »Es bringt überhaupt nix, un außerdem schadet's den Kindern.«

George machte ein verblüfftes Gesicht. »Was haste gesagt?«

Pearl schnalzte mit der Zunge. »Wennde das nich kapierst, tut's mir leid für dich. Ich sag dir eins, George, ich werd nich mehr still dasitzen un zusehn, wie du auf mir rumtrampelst. Ich wohn in diesem Haus, un ich trag mein Teil zu allem bei, wenn also hier irgendwas passiert, geht's mich genauso viel an wie dich.«

»Seit wann denn das?«

Sie schaute ihn grimmig an. »Seit ich die Limonen un das Gemüse vom Grundstück selber hol, seit ich inne Stadt gegangen bin, weil du zu feige warst, nach deiner eignen Schwester zu suchen.« Sie nickte eine Weile vor sich hin, bevor sie ihm den letzten Schlag versetzte. »Un seit ich ab nächsten Montag arbeiten geh!«

»*Was?* Soll das heißen, dassde dir 'nen *Job* gesucht hast, ohne mir vorher 'n Sterbenswörtchen davon zu sagen?«

»Dann hab ich's dir eben jetz gesagt, George.« Pearl schnalzte wieder und legte das Messer und die Jamswurzel, die sie gerade geschält hatte, auf den Tisch. »Ich werd mir deine Beleidigungen jetz nich länger anhörn. Kinder, zieht eure Schuhe an un kommt, wir gehn!«

George konnte sie nur noch schockiert anstarren. »Mensch, Pearl, haste vergessen, daß heut der Abend vor Sabbat iss?«

»Ich weiß, George. Aber seit wann spielt denn das für dich 'ne Rolle? Ich geh jetz rüber zu Miss Lisa. Falls ich irgendwas angestellt hab, wird Gott mich auch da finden un zur Rechenschaft ziehn. Er iss nich darauf angewiesen, daß du das für ihn tust.«

Sylvia lehnte sich an das Geländer der Aussichtsplattform und erzählte Jimmy, daß George am nächsten Morgen lammfromm gewesen sei. Bei der Erinnerung daran mußte sie lächeln.

»Es war höchste Zeit, daß sie ihm mal widerspricht«, stimmte Jimmy zu. »Die Männer hier verhalten sich noch genauso wie ihre Väter und Großväter.« Er zuckte die Achseln. »Das beweist lediglich, daß sich in Jamaika nichts ändern wird, bis die Frauen anfangen, die Sache selbst in die Hand zu nehmen.«

Sylvia nickte und schaute wieder auf die Uhr. »Ich muß jetzt los. Ich habe einer Kollegin versprochen, daß ich ihr ein Parfüm aus dem Duty-free Shop mitbringe.«

Sie umarmte erst Aleesa, dann Davian und Jimmy. Plötzlich wurde sie bei dem Gedanken, die Insel verlassen zu müssen, sehr traurig. »Bleibt lieber hier oben«, sagte sie, als Jimmy Davian bei der Hand nahm. »Wenn ihr mitkommt, tue ich vielleicht etwas Dummes. Heulen, zum Beispiel.«

Jimmy lächelte sie mitfühlend an, aber es war Aleesa, die die wehmütige Stimmung vertrieb. »Wenn wir hier oben bleiben, winkst du uns dann?« fragte sie fröhlich.

Sylvia nickte. »Wir sehen uns, wenn ihr wieder in England seid.«

Als sie den Duty-free Shop betrat, wurde ihr Flug gerade aufgerufen, so daß ihr kaum Zeit zum Stöbern blieb. Im ganzen Gebäude wimmelte es von Soldaten, und sie und die anderen Passagiere stellten sich geduldig in einer Reihe auf, da die Amerikaner wieder mal eine Durchsuchung angeordnet hatten.

Als das Flugzeug abgehoben und seine Flughöhe erreicht hatte, schlug Sylvia die umfangreiche Sonntagszeitung auf. Sie blätterte darin und ärgerte sich darüber, keine Illustrierte gekauft zu haben, als ihr Blick an einem Artikel hängenblieb. Er handelte von einer Frau, die in einem Gebüsch im Bezirk Sandy Gully, den Sylvia von ihren verzweifelten Suchgängen in der Stadt her kannte, tot aufgefunden worden war. Die Nachricht erschütterte sie und führte ihr die Gefährlichkeit der Gegend vor Augen, die ihr trotz Georges düsterer Warnungen und Pearls deutlich spürbarer Angst zu abstrakt erschienen war, als daß sie sie hätte würdigen können. Sie faltete die Zeitung und las den Artikel mit der Neugier von jemandem, der am Ort des Geschehens gewesen war.

Als sie zur Beschreibung jener unbekannten Frau kam, riß etwas in ihr, und ihr Herz fing heftig an zu pochen. Ihre Augen glitten so schnell über die Zeilen, daß die Buchstaben ineinander verschwammen und ihr nur wenige Details ins Bewußtsein drangen. Das grüne Kleid, der ungewöhnliche Haarschnitt. *Konnte es sein ...?*

Plötzlich dröhnte das Brummen der Flugzeugmotoren ihr in den Ohren. Sie starrte die Worte an, die schwarz auf weiß dastanden. Während sie den Artikel noch einmal las, drehte sich ihr der Magen um, und sie begann zu zittern. Ihr Herz raste, während sie nach dem entscheidenden Indiz suchte. Es war nicht zu finden – auffällige ausländische Schuhe wurden nirgends erwähnt –, *die Frau war barfuß und hatte keine Papiere bei sich. Die Polizei nimmt an, daß es sich um eine aus ländlichen Regionen zugereiste Person handelt ...*

Mit zitternden Händen legte Sylvia die Zeitung beiseite und schluckte, um ihre plötzlich rauh gewordene Kehle zu befeuchten. *Es konnte nicht sein! Es konnte einfach nicht sein!*

Sollte sie Jimmy anrufen, wenn sie zu Hause ankam? Ihn auffordern herauszufinden, ob es Jean war oder nicht? Sofort verwarf sie den Einfall wieder; wenn es nicht Jean war – und sie wollte nicht glauben, daß sie es sein konnte –, dann würde sie ihn grundlos aufregen, nur um ihre eigenen Schuldgefühle zu beruhigen.

»Alles in Ordnung, Miss?« Die besorgte Frage des freundlichen Herrn mittleren Alters neben ihr drang wie aus weiter Entfernung durch den Fluglärm an ihr Ohr.

»Ja ... natürlich. Ich dachte, ich hätte in der Zeitung etwas über eine Bekannte gelesen, aber die Beschreibung traf nicht auf sie zu.«

Er lächelte und hielt nach den Stewardessen Ausschau, die mit dem Getränkewagen vorbeikamen. »Das ist das Ärgerliche am *Gleaner*, man darf kein Wort von dem glauben, was drin steht.«

Sie dachte über seine Bemerkung nach, und das half ihr, wieder ruhiger zu werden.

»Möchten Sie etwas trinken, Miss?«

Sylvia sah die lächelnde Stewardeß an. »Ein Perrier, wenn Sie welches haben.«

Sie griff nach dem Glas und nahm einen tiefen Schluck, um ihre trockene Kehle zu befeuchten. Sie konnte nicht glauben, daß es Jean war, wagte nicht, es zu glauben – wie hätte sie ansonsten jemals wieder in den Spiegel schauen können?

Das Flugzeug machte eine kurze Zwischenlandung auf den Bahamas, und sie beobachtete, was auf dem Rollfeld vor sich ging, während ihr Nachbar sein Gepäck zusammensuchte. Er hielt inne und räusperte sich, um ihre Aufmerksamkeit auf sich zu lenken. Sylvia wandte sich ihm zu und sah, daß er sehnsüchtig auf die Zeitung in ihrer Hand starrte. »Brauchen Sie die noch?« fragte er bittend.

Sie betrachtete die Zeitung und dachte lange nach. Dann kam sie zu einer Entscheidung und hielt ihm das Blatt hin. »Sie können sie haben«, meinte sie. »Es steht nichts drin, was mich irgendwie betrifft.«